ANNINA SAFRAN

Die Suche nach dem Schattendorf

Die Saga von Eldrid

Band 2

Bibliografische Information der Deutschen Nationalbibliothek:
Die Deutsche Nationalbibliothek verzeichnet diese Publikation in
der Deutschen Nationalbibliografie; detaillierte bibliografische
Daten sind im Internet über dnb.d-nb.de abrufbar.

Lektorat: Michael Raffel
Coverdesign und Illustration: Veronika Wunderer, Hilden Design
Satz und Druck: BookPress.eu

ISBN: 978-3-96443-436-4

INHALT

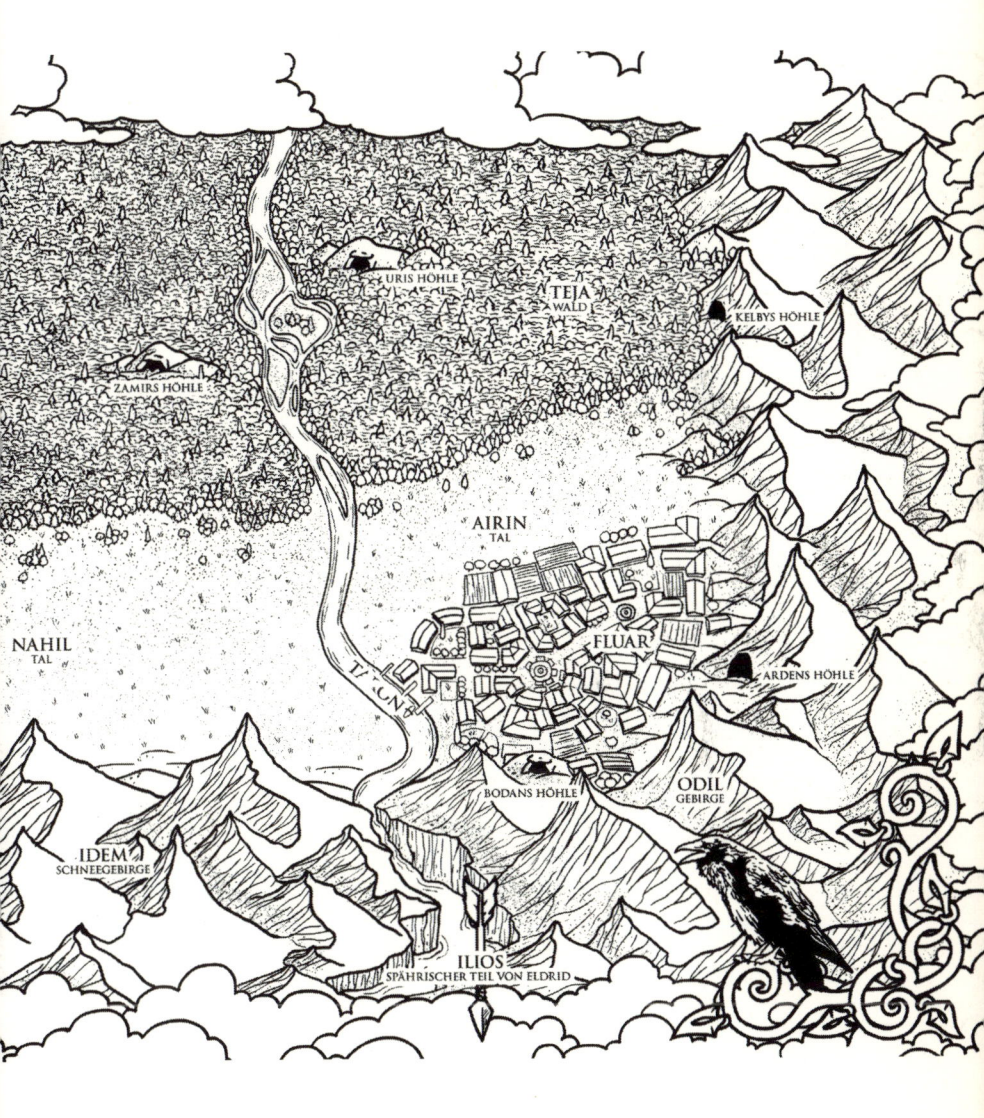

URIS HÖHLE

TEJA
WALD

KELBYS HÖHLE

ZAMIRS HÖHLE

AIRIN
TAL

NAHIL
TAL

FLUAR

ARDENS HÖHLE

BODANS HÖHLE

ODIL
GEBIRGE

IDEM
SCHNEEGEBIRGE

ILIOS
SPÄHRISCHER TEIL VON ELDRID

ERSTES KAPITEL

Besuch von Edmund Taranee

Schrill hallte der Klingelton durch die Stille. Mina zuckte zusammen. Gedankenverloren zog sie ihr Handy aus der Rocktasche und tippte auf die grüne Taste.

»Mina, er kommt«, schrie jemand am anderen Ende der Leitung. Die Stimme hörte sich so hysterisch an, dass Pixi aufgescheucht wurde und umherflatterte.

»Arndt?«, fragte Mina.

»Arndt Solas?«, fügte sie sichtlich irritiert hinzu. Ihr Gesprächspartner schnaufte ungeduldig auf.

»Ja, Mina. Ich bin es, Arndt Solas.«

»Weshalb meldest du dich gerade jetzt? Wir haben uns seit Monaten nicht mehr gesprochen.« Verwirrt strich sie sich eine weiße lange Haarsträhne aus dem Gesicht, die sich aus ihrem streng gebundenen Knoten gelöst hatte. Ihre Wangen leuchteten vor Aufregung.

»Mina! Das ist nicht wichtig. Er kommt zu dir. Er ist schon unterwegs«, brüllte es aus dem Handy.

Mina schwieg.

»Hast du mich verstanden?«

»Ja, Arndt. Ich bin nicht schwerhörig.«

Schweigen.

Pixi schwebte vor ihr hin und her.

»Mina?«, piepste die kleine Fee in hohen Tönen. »Wen meint er?«

»Wer kommt?«, donnerte sie sodann mit ihrer tiefen, unüberhörbaren Stimme weiter, als sie nicht sofort eine Antwort erhielt. Trotz ihrer Größe, die nicht mehr als eine Daumenlänge maß, konnte sie enorm laut werden und bekam dabei eine Stimme, die einem Bariton glich. Diese nutzte sie jedoch nur, wenn sie sich Gehör verschaffen wollte. Ansonsten hatte sie eine einer zarten Fee entsprechende wunderschöne, glockenhelle Stimme. Nervös flatterte sie mit ihren schillernden Flügeln.

»Wer war das?«, fragte Arndt. Er schrie nun nicht mehr, aber seine Sorge war nicht zu überhören. »Mina, wer ist bei dir?«

Mina Scathan atmete schwer auf. Ihre grauen Augen blitzten müde. »Bist du dir ganz sicher, Arndt?«

»Ja.«

»Woher weiß er es?«

»Von mir.« Arndt schwieg kurz. »Mina, wer ist bei dir? Bitte sag mir, was bei dir vor sich geht.«

Mina schüttelte den Kopf und seufzte. »Das kann ich nicht, Arndt. Wenn er wirklich auf dem Weg zu mir ist, muss ich mich vorbereiten.«

Sie legte das Handy in ihre Hand und wollte gerade auflegen, als er rief: »Mina, hast du ein Wesen aus Eldrid bei dir? Ist es das?«

Sie starrte nachdenklich auf das Handy und hielt es dann wieder ans Ohr.

»Warum hast du mit ihm darüber gesprochen, Arndt?«, fragte sie ernst. »Wir hatten eine Abmachung. Das hat mir gerade noch gefehlt. Genau jetzt.«

»Was willst du damit sagen, Mina?«, rief seine beunruhigte Stimme. »Bei dir stimmt doch etwas nicht. Ich komme sofort vorbei.«

»Du hast meine Frage nicht beantwortet«, erwiderte sie ruhig.

Aber Arndt hatte schon aufgelegt.

14

Mina wandte sich der kleinen Fee zu, die sie mit ihren großen Augen anstarrte. Sie war immer wieder niedlich anzusehen. Mit ihrem grünen Federkleid, den schillernd glänzenden großen Flügeln und dem winzigen Kopf, der von goldschimmernden Haaren bedeckt war. Gold, die Farbe von Eldrid. Alles schimmerte in Goldtönen in Eldrid. Wie auch die Geschöpfe, die dort lebten. Die meisten zumindest. Sie atmete tief durch. »Wir bekommen Besuch, Pixi«, erklärte sie mit leicht belegter Stimme. »Wir müssen das Spiegelbild einschließen.«

Sie stand regungslos in der Küche. Aber Pixi flatterte vor ihrem Gesicht hin und her und stemmte die Hände in die Hüften. Ihr kleiner Körper schillerte in allen nur erdenklichen Farben, und die zarten Flügel, die sie trugen, waren vor Aufregung kaum zu sehen.

»Mina, du musst mir jetzt sofort sagen, was hier los ist«, donnerte das winzige Geschöpf mit ihrer tiefen lauten Stimme.

Mina löste sich aus der Erstarrung und blickte sie traurig an. »Die Mitglieder der Spiegelfamilien, Pixi. Sie wollen mit mir reden. Also statten sie mir einen Besuch ab. Jetzt gleich.«

Pixi runzelte die Stirn und hob fragend die Schultern.

»Ich habe die anderen Familien nicht informiert. Nachdem Uri mich besucht hatte, habe ich nur mit Arndt Solas gesprochen. Er versprach mir, es für sich zu behalten. Aber nun ist der alte Taranee auf dem Weg. Und er hat Fragen.«

»Edmund Taranee kommt hierher?«, piepste sie erschrocken und schlug sich die kleine Hand vor den Mund.

Mina nickte leicht und blickte sie ernst an.

»Und Arndt Solas auch. Fehlen nur noch Mitglieder der Ardis- und Dena-Familien, und wir würden eine Versammlung der Spiegelfamilien abhalten.«

Mina seufzte erneut und ging langsam aus der Küche. Sie wirkte in diesem Moment alt. Sehr alt.

Pixi flatterte ihr aufgeregt hinterher.

»Sie dürfen dich nicht sehen«, murmelte Mina wie zu sich

selbst. »Ich werde versuchen, Edmund abzuwimmeln. Und Arndt ebenfalls. Ich kann ihm nicht mehr trauen.«

Sie blieb stehen und sah die Fee nachdenklich an. »Was machen wir mit dir und dem Spiegelbild? Ich muss euch beide verstecken. Meinst du, du kannst das Spiegelbild so lange in Schach halten? Ludmilla ist offiziell nicht in das Geheimnis der Spiegelfamilien eingeweiht, deshalb werden sie nicht nach ihr fragen. Das Spiegelbild ist in ihrem Zimmer. Vielleicht bleibt ihr einfach dort?«

Ohne Pixis Antwort abzuwarten, eilte sie zu Ludmillas Zimmer, scheuchte die Fee hinein und schloss die Tür. Mit zittrigen Fingern holte sie ihr Schlüsselbund aus der Rocktasche. Sie zögerte. Sollte sie die beiden einschließen? Dann würde Ludmillas Spiegelbild vielleicht erst recht anfangen zu lärmen.

Noch während sie überlegte, klingelte es energisch an der Haustür.

Mina stand im Flur und regte sich nicht. Sie lauschte in Ludmillas Zimmer hinein. Es war kein Laut zu hören.

Beim zweiten Klingeln, das von einem kräftigen Klopfen begleitet wurde, ging sie langsam zur Haustür. Ihr langer Rock rauschte leise, und sie knotete behände die Haare wieder zu einem Knoten zusammen. Die Brille, die an einer Kette um ihren Hals baumelte, schob sie sich auf den Kopf.

»Mach auf, Mina. Ich weiß, dass du da bist. Dein Auto steht in der Einfahrt und ...« Ein höhnisches Lachen ertönte. »... du verlässt dein Haus ja sowieso so gut wie nie. Also mach auf!« Es war eine tiefe, befehlende Stimme.

Mina öffnete gemächlich die Tür und lächelte ihrem Gast distanziert entgegen.

»Edmund«, flötete sie betont höflich. »Du musst mir schon die Zeit lassen, zur Tür zu kommen.« Sie blickte dem alten Edmund Taranee in sein faltiges Gesicht. »Und wie ich sehe«, ein gewisser Spot machte sich in ihrer Stimme breit, »du kommst ohne deinen Schatten. Ich nehme also an, dass du ihn bisher auch nicht

16

zurückholen konntest.«

Edmund Taranee schob sie energisch zur Seite und betrat das Haus. Seine Haltung war aufrecht, sein Gang leichtfüßig, aber bestimmt. Er hatte volles weißes Haar, das ihm trotz des strengen Seitenscheitels in die Stirn fiel. Er war ein großer schlanker Mann, und bis auf die Haare und die faltige Haut ließ nichts auf sein Alter schließen. Die graublauen Augen blitzten jugendlich, und seine Bewegungen waren leichtgängig wie die eines jungen Mannes. Gekleidet war er in einen dunkelblauen Anzug mit passender Weste, darunter ein blaugestreiftes Hemd, eine Seidenkrawatte mit einem Muster in verschiedenen Blautönen, und aus der Brusttasche schaute ein farblich abgestimmtes Einstecktuch hervor. Die Füße steckten in bordeauxfarbenen Lederloafern mit Troddeln in derselben Farbe.

Mina musterte ihn amüsiert. »Edmund, du hast nichts dazugelernt. Immer noch genauso eitel wie dein Spiegelwächter. Ihr habt schon immer gut zusammengepasst«, entfuhr es ihr schnippisch, während sie ihm mit betont gemächlichem Schritt folgte.

Edmund warf ihr einen zynischen Blick zu und setzte sich unaufgefordert an den Küchentisch.

»Kommen wir gleich zur Sache, Mina.« Seine Stimme klang hart und sachlich. »Ich habe gehört, dass dein Spiegelwächter dich besucht hat. Nach all der Zeit findest du heraus, dass dein Spiegel funktioniert, und du hältst es nicht für nötig, die anderen Spiegelfamilien zu informieren?« Herrisch schlug er die Hand auf den Tisch. »Wenn es wirklich stimmt, dass du im Besitz eines funktionierenden Spiegels bist, dann bist du verpflichtet, uns dies mitzuteilen.«

Fordernd sah er sie an. Mina lehnte noch immer in der Küchentür. Es gab zwei Türen in Minas Küche. Die eine führte in den Flur zur Haustür, die andere, genau gegenüberliegende, zu den restlichen Zimmern des Hauses und zur Treppe. Langsam löste sie sich von dem Türrahmen, strich bedacht ihren langen Rock zurecht und schritt auf Edmund zu. Sie stützte sich mit beiden Händen auf den Küchentisch und sah ihn mit funkelnden Augen an. Dabei stieg ihr Zornesröte in die Wangen. Sie schob ihren Kopf nach vorn und starrte ihren ungebetenen Gast an.

»Also gut, Edmund«, presste sie hervor. »Kommen wir zur Sache: Ich bin dir überhaupt keine Rechenschaft schuldig.« Ihre Stimme wurde mit jedem Wort lauter und schriller. »Ich habe meinen Schatten und meine Schwester an diese Welt verloren. Deshalb beschloss ich damals, den Spiegel meiner Familie, der Scathan-Familie, nicht mehr zu nutzen. Das teilte ich den Spiegelfamilien mit, und seitdem habe ich mich daran gehalten. Ich habe nie behauptet, dass unser Spiegel nicht funktioniert. Ich habe lediglich darüber informiert, dass der Scathan-Spiegel nicht mehr genutzt wird. Von seiner Funktionsfähigkeit war nie die Rede. Aber da ich weder Interesse an diesem Spiegel noch an Eldrid habe, ist das auch nicht relevant.« Sie schob ihr Gesicht ganz nah vor seines, so dass sich ihre Nasen fast berührten, und flüsterte: »Das ist *unser* Spiegel. Der Scathan-Spiegel.«

Edmund Taranee hielt ihrem Blick stand und bewegte sich nicht. Eisige Kälte stand in seinen Augen, während Mina ihn weiter anfuhr: »Die Scathan-Familie ist fertig mit Eldrid. Wir reisen nicht mehr nach Eldrid. Wir haben genug Verluste erlitten. Wie die anderen Spiegelfamilien mit ihren Spiegeln verfahren, interessiert uns nicht!«

Sie stieß ihm den Finger auf die Brust. »Lege dich nicht mit der Scathan-Familie an. Verstanden?«

Edmund Taranee wich nicht vor ihr zurück. Ohne den Blick zu senken, umschloss er ihren Finger mit seiner Hand und schob ihn von sich. Ruckartig erhob er sich und baute sich vor ihr auf. Sie zuckte noch nicht einmal, sondern legte den Kopf in den Nacken, um ihm ins Gesicht blicken zu können.

»Deine Entscheidungen sind für mich ohne Belang«, knurrte er.

»Sie sind für die Spiegelfamilien bedeutungslos. Die Spiegel haben alle einen und denselben Zweck: als Portal nach Eldrid zu dienen. Dabei spielt es keine Rolle, ob sich eine Familie dazu entschließt, ihren Spiegel nicht mehr zu nutzen.« Ruckartig wandte er sich um und fing an, um den Tisch herum zu laufen. Dabei ließ er Mina nicht aus den Augen.

»Die Taranee-Familie nimmt weiterhin ihre Aufgaben wahr und bewacht ihren Spiegel. Auch wenn er nicht funktioniert. Seit Jahrzehnten versuche ich herauszufinden, warum das so ist. Wir sind bisher davon ausgegangen, dass es mit dem Verlust meines Schattens zusammenhängt. Ehrlich gesagt habe ich deinem Geschwafel, dass du dich weigerst, den Spiegel je wieder zu benutzen, nie Glauben geschenkt. Vielmehr habe ich vermutet, dass er nach dem Verlust deines Schattens und dem Missbrauch durch deine Schwester unbrauchbar geworden ist. Der Taranee-Spiegel dagegen hat nur seine Funktionst-üchtigkeit eingebüßt. Jetzt jedoch, da ich weiß, dass euer Spiegel funktioniert, erwarte ich von dir, dass du ihn mir zugänglich machst und mich nach Eldrid beförderst. Ich habe ein Recht darauf, meinen Schatten zurückzufordern.«

Mina lachte hysterisch auf. »Ha. Ein Recht? Ein Recht, Edmund? Was für ein Recht? Unsere Familien sind einen Pakt eingegangen. Vor mehr als hundert Jahren haben wir einen Pakt geschlossen. Die fünf Spiegelfamilien: Die Scathans, die Taranees, die Solas', die Ardis' und die Denas. Einen Pakt, Edmund. Wir haben kein Gesetz unterschrieben, auch wenn du das gerne so siehst. Wir wollten Eldrid vor unserer Welt bewahren. Wir waren davon überzeugt, dass wir die magischen Wesen vor der Neugier der Menschen schützen müssten. Hätten wir gewusst, wie gefährlich Eldrid ist, hätten wir anders gehandelt. Aber wir sahen nur die wundervolle Welt, waren bezaubert, verzaubert – und sahen nicht die Gefahren. Wir waren Narren. Und diesen Irrtum hat unsere Familie teuer bezahlt. Wir müssen unsere Welt vor

Eldrid schützen. Wenn du anderer Meinung bist«, ihr entfuhr ein höhnisches Krächzen, »und das ist typisch für die Taranee-Familie, dass ihr uns nicht zustimmt, dann bedauere ich dies. Dennoch steht der Scathan-Spiegel für Reisen nach Eldrid nicht mehr zur Verfügung. Und nun möchte ich dich höflich bitten, mein Haus zu verlassen!«

Sie machte eine einladende Handbewegung Richtung Haustür. Ihr gesamter Körper bebte vor Anspannung.

Edmund Taranee durchbohrte sie mit seinen kalten blaugrauen Augen und rührte sich nicht. In diesem Moment klingelte es erneut. Mina setzte ein künstliches Lächeln auf. »Ach, ich vergaß zu erwähnen, dass dein Freund, Arndt Solas, ein schlechtes Gewissen bekam und sich deshalb auf den Weg hierher gemacht hat. Sicherlich möchtest du ihn begrüßen.«

Mit diesen Worten ging sie zur Tür.

»Also ist es wahr«, hörte sie Edmunds düstere Stimme hinter sich. Sie reagierte nicht, sondern öffnete die Tür.

Arndt Solas hatte blaue wässrige Augen und ein von Falten und Furchen durchzogenes Gesicht. Auf der Nase saß eine große schwarze Hornbrille mit dicken Gläsern, die die Augen kleiner wirken ließen. Seinen Kopf bedeckten außer einem dunklen kargen Kranz im Nacken kaum Haare. Der untersetzte Körper steckte in einem zerknitterten weißen Hemd und einer verschlissenen braunen Jacke, die mit Flecken übersät war. Die Hose war an einigen Stellen geflickt, und die Lederschuhe waren abgetragen.

Er stürmte an Mina vorbei, so schnell ihn seine alten wackeligen Beine tragen konnten. Den Stock vor sich in der Luft herumfuchtelnd lief er in die Küche und blieb schwer atmend vor Edmund Taranee stehen.

»Du wagst es nicht …«, krächzte er.

Edmund blickte ihn an. Ein selbstgefälliges Lächeln umspielte seinen Mund.

»Arndt Solas«, näselte er. »Welch eine Freude, dich so schnell wiederzusehen!« Er ließ sich wieder am Küchentisch nieder.

Arndt starrte ihn entgeistert an und rang immer noch nach Luft.

»Arndt, mein Lieber«, fiel Mina Edmund ins Wort. »Wie schön, dass du mich besuchst. Die Umstände könnten erfreulicher sein. Aber du kommst zu spät zu unserer kleinen Zusammenkunft, denn leider wollte Edmund mich gerade verlassen. – Nicht wahr, Edmund?«, fauchte sie und rüttelte an seinem Stuhl.

Er warf ihr einen erstaunten Blick zu.

»Ich gehe nirgendwohin, Mina. Ich bin hier, um Antworten zu erhalten, und ich verlasse dieses Haus erst, wenn ich weiß, was hier vor sich geht.« Seine Stimme hallte durch die Räume des Hauses wie ein kalter Windhauch.

Mina kniff die Augen zusammen. Sie blieb wie versteinert stehen und krallte sich an dem Stuhl fest, auf dem Edmund saß.

»Du hast mich wohl nicht richtig verstanden, Edmund. Es gibt nichts mehr zu besprechen. Wir sind hier fertig. Der Scathan-Spiegel steht als Portal nicht zur Verfügung. Jetzt nicht und in Zukunft auch nicht. Und nun bitte ich dich ein letztes Mal höflich zu gehen!«

Ihre Stimme war schrill. Sie hatte Mühe, sich zu beherrschen. Der alte Taranee rührte sich jedoch nicht.

Arndt Solas, der seinen Atem wiedergefunden hatte, saß ihm inzwischen gegenüber und starrte den Alten verbissen an.

»Du hast sie gehört, Edmund. Lass es gut sein. Du wirst hier nichts erreichen. Du weißt genauso gut wie ich, dass du sie nicht zwingen kannst, den Spiegel zum Leuchten zu bringen. Er reagiert nicht unter Druck. Wenn du unbedingt nach Eldrid reisen willst …« Arndt hielt kurz inne und sah Edmund zweifelnd an. »… und dich in die Gefahr bringen willst, verbannt zu werden, dann schicke ich dich durch unseren Spiegel, den Solas-Spiegel, nach Eldrid. Er wird mir gehorchen. Versuche es doch noch einmal mit unserem Spiegel, wenn der Taranee-Spiegel wirklich nicht reagieren mag.«

»Was heißt hier ›mag‹«, knurrte Edmund. »Du weißt genauso gut wie ich, dass der Taranee-Spiegel seit dem Verlust meines Schattens nicht mehr leuchtet. Und der Solas-Spiegel hat seiner Familie so oft nicht gehorcht – warum soll ich meine Zeit mit dem Solas-Spiegel verschwenden, wenn der Scathan-Spiegel garantiert leuchtet?«

Er wandte sich wieder Mina zu, die wie versteinert neben ihm stand und sich auf die Stuhllehne stützte.

»Ist es nicht so, Mina Scathan?«, flüsterte er kaum hörbar.

»Edmund Taranee«, donnerte Mina los. »Verlasse augenblicklich mein Haus. Ich habe dir nichts mehr zu sagen.«

Sie hatte sich über ihn gebeugt, als wollte sie ihn mit ihrem Körper ersticken. Edmund rutschte vom Stuhl und richtete sich zu seiner vollen Körpergröße auf. So standen sie sich bebend gegenüber und starrten sich in die Augen.

Arndt hob beschwichtigend die Hände. »Hört auf damit«, flehte er sie hilflos an. »Ihr habt keine Kräfte, mit denen ihr euch messen könnt. Weder hier noch in Eldrid. Ihr seid beide schattenlos. Also hört damit auf.«

Mina und Edmund wandten ihm ihre Köpfe zu und funkelten ihn an.

»Das ist genau der Grund, warum ich hier bin. Ich möchte meinen Schatten zurückverlangen«, zischte Edmund.

»Aber nicht durch meinen Spiegel«, presste Mina hervor.

»Also widersprichst du mir nicht, wenn ich behaupte, dass der Scathan-Spiegel funktioniert?«, wisperte Edmund Taranee voller Genugtuung.

Mina schob das Kinn nach vorn und schwieg. Sie zeigte mit ausgestrecktem Arm auf die Haustür.

»Geh«, flüsterte sie, während sie ihm fest in die Augen sah. »Du wirst hier nichts erreichen. Nicht, solange der Scathan-Spiegel in meinem Haus steht und sich in meiner Obhut befindet.« Sie atmete schwer. »Und daran wird sich so bald nichts ändern. Also, raus hier, Edmund. Du bist nicht erwünscht.«

Der alte Taranee sah von Arndt zu Mina, kniff die Augen zusammen und verließ wortlos die Küche. Während er zur Haustür ging, rief er: »Das hier ist noch nicht vorbei, Mina Scathan! Das ist noch nicht vorbei.«

Mit einem Krachen fiel die Haustür ins Schloss.

Erleichtert ließ Mina sich auf den Stuhl fallen.

Arndt sah sie besorgt an. »Geht es dir gut, Mina? Du bist plötzlich so blass.«

Sie warf ihm einen verachtenden Blick zu: »Nein, Arndt. Mir geht es nicht gut. Dieser ungebetene Gast hat mich viel Kraft gekostet. Und dich möchte ich jetzt auch bitten zu gehen.«

Arndt sah sie erstaunt an. »Du bist doch nicht etwa sauer auf mich?«

Als sie nicht antwortete, nestelte er an seiner Jacke herum und blickte betreten auf den Küchentisch. »Es tut mir leid, Mina. Es ist mir rausgerutscht. Er hat mich mal wieder versucht zu zwingen, unseren Spiegel zum Leuchten zu bringen. Unter Zwang funktionierte er nicht. Wie schon so oft zuvor. Er wurde wütend. Beschimpfte mich. Bedrängte mich. Ich solle mich mehr anstrengen. Ich wollte aber gar nicht, dass der Spiegel funktioniert. Bodan kann die Taranees nicht leiden. Wie würde er reagieren, wenn ein Taranee durch seinen Spiegel reist? Deshalb habe ich ihm gesagt, dass der Scathan-Spiegel auf jeden Fall funktionieren würde, da dich Uri vor ein paar Monaten besucht habe. Es sprudelte einfach aus mir heraus, ohne dass ich es wollte. Ich wollte ihn nur loswerden.«

Arndt warf ihr einen verzweifelten Blick zu. »Du weißt, wie er sein kann, Mina. Glaub mir, ich wollte das nicht. Es tut mir leid.«

Mina blickte ihn prüfend an und schwieg.

ZWEITES KAPITEL

Der Aufbruch

Ludmilla trat ganz nah an den Wasserfall heran, der vor Uris Höhle in die Tiefe rauschte, und spürte die eiskalten Spritzer auf ihrem Gesicht. Sie hatte sich entschieden. Sie würde mit Lando und dem Unsichtbaren auf eigene Faust nach Godal suchen und versuchen, ihre Aufgabe zu erfüllen. Ungeduldig trat sie von einem Fuß auf den anderen. Am liebsten wäre sie sofort losgelaufen, bevor sie Zweifel bekäme.

»Wo treffen wir Eneas? Oder ist er etwa schon hier?« Ludmilla sah sich um, als Lando direkt vor dem Höhleneingang stehen blieb. Skeptisch starrte sie auf den Weg, der in den dunklen Teil von Eldrid, nach Fenris, führte. Dieser Unsichtbare war ihr nicht geheuer. Er hatte eine aufbrausende Art und etwas an sich, was ihr Unbehagen bereitete. Was es genau war, konnte sie selbst nicht sagen.

Lando grinste, aber auch er schien angespannt. »Er kommt noch«, zischte er.

»Wart ihr hier verabredet? Wie kommuniziert ihr eigentlich? Wie die Spiegelwächter?«, plapperte Ludmilla weiter.

Er schenkte ihr einen kurzen Seitenblick, der an ihren langen, dunkelroten Haaren hängen blieb, die im Schein des Wasserfalls glänzten. Ihre Turnschuhe, die ursprünglich weiß gewesen waren, hatten eine grau-braune Farbe angenommen, und ihre Jeans hing ausgebeult an ihren schlaksigen Beinen hinunter. Sie fing Landos Blick auf und strich sich verlegen über ihr nicht mehr ganz so weißes T-Shirt.

»Er sollte sich nur beeilen. Nicht, dass Ada aufwacht oder Uri zurückkommt. Dann haben wir unsere Chance verpasst«, drängelte sie weiter. Wie lange würde er auf Eneas warten wollen? Sie wollte nicht mehr warten. Sie hatte das Warten satt. In Eldrid ging alles so langsam zu. Zumindest mit Uri. Die Wesen hier handelten bedacht. Sehr bedacht, und das benötigte Zeit. Zuviel Zeit. Zeit, die sie nicht hatten, denn die Ereignisse überschlugen sich. Genau in diesem Moment demonstrierte Zamir seine Macht. Die riesige Schattenwolke wuchs stündlich, und die Berggeister würden sich mit ihm verbünden, wenn die Ratsmitglieder nicht schnell genug waren. Godal trieb sein Unwesen und hatte eine Oberhexe, Amira, getötet.

Ludmilla erschauderte bei dem Gedanken an die Zeremonie, der sie hatte beiwohnen müssen. Ein abgehackter Kopf. Hunderte von Hexen, die sich heulend und trauernd in Uris Höhle versammelt hatten. Wie lange würde es wohl noch dauern, bis Zamir mächtig genug war, seine Verbannung zu durchbrechen? Nicht auszudenken, was geschehen würde, wenn er sich frei bewegte und nicht mehr auf die Späher und seine Informanten angewiesen wäre. Das durfte nicht passieren. Vorher musste sie den Schattenkönig, Godal, einfangen, an sich binden und zu ihrer Großmutter Mina nach Hause bringen. Als Wiedergutmachung für die Taten ihrer Großmutter war sie bereit, ein großes Opfer zu erbringen. Für Mina und für Eldrid. Für diese magische Welt, die sie komplett in ihren Bann gezogen hatte.

Sie würde die Gefahr, ihren eigenen Schatten zu verlieren, in Kauf nehmen. Das war es ihr wert. Ganz davon abgesehen, dass sie ihren Schatten eh nicht leiden konnte. Er war ihr nicht geheuer. Wie er dalag. Schwarz und blass, mit seinen glühenden Augen. Er führte eine Art Eigenleben. Es schüttelte sie. Dabei hatte Lando ihr gerade erst erklärt, dass sie sich mit ihm auseinandersetzten musste. Sie solle lernen, ihn zu kontrollieren. Dann würde er seine

Mächte mit ihr teilen. Ludmilla atmete bei dem Gedanken tief durch und warf einen kurzen Blick auf ihren Schatten. Als er ihr den Kopf zuwandte und seine roten Augen aufblitzen, zuckte sie zusammen und schaute schnell zu Lando, der nervös vor ihr hin und her lief. Während sie ihn beobachtete, fiel ihr auf, dass er genauso aussah wie vor ein paar Tagen in Bodans Hütte, als sie sich kennengelernt hatten: Die braunen kurzgeschorenen Haare, die unterschiedlich farbigen Augen, der hagere drahtige Körper, der in den Leinensachen steckte, und die leichten Schuhe, die fast jedes Wesen in Eldrid trug.

Vielleicht sollte ich das nächste Mal andere Schuhe mit in diese Welt bringen? Das wäre doch mal eine Geschäftsidee, dachte Ludmilla grinsend, während sie die dünnen Ledermokassins betrachtete. Als sie Landos Blick auffing, erstarrte sie. Wie konnte sie sich mit solchen Belanglosigkeiten beschäftigen? Beschämt starrte sie auf ihre Turnschuhe und besann sich auf die eigentliche Situation, in der sie sich befand: Sie war im Begriff davonzulaufen. Mal wieder. Dieses Mal nicht vor Zuhause, das hatte sie bereits hinter sich, sondern vor Uri, der als sicherer Beschützer galt. Und das, um sich in Gefahr zu bringen. Um eine riskante Mission alleine zu erfüllen. Nur mit Lando und diesem Unsichtbaren an ihrer Seite.

»Können wir nicht schon einmal losgehen?« Sie wischte diese Gedanken fort und warf Lando einen ungeduldigen Blick zu. Ihre hellen blauen Augen blitzten dabei.

Doch in diesem Moment nahm sie eine Bewegung hinter sich wahr. Sie fuhr herum und sah gerade noch, wie Eneas seine sichtbare Gestalt annahm. Er überragte fast den Höhleneingang, neben dem er stand, so groß war er. Seine Statur glich der eines Riesen, nur dass sie schmal und flach war, wie ein in die Länge gezogenes Gummi. Der riesige Körper glitzerte in allen Farbfacetten und war doch fast durchsichtig. Ludmilla musste schon wieder an ein Surfbrett denken und biss sich auf die Lippen, damit sie nicht lachen musste.

Lando machte einen Satz in die Luft und lief mit ausgebreiteten Armen auf ihn zu.

»Eneas, mein Lieber«, lachte er übermütig. »Lang, lang ist es her. Wie gut, dass du meine Nachricht erhalten hast.«

Die Farbe des Unsichtbaren wechselte in ein frisches Grün, er ließ sich auf ein Knie hinab und umarmte Lando herzlich. Ludmilla meinte sogar ein Lächeln auf den dünnen Lippen zu erkennen. Sie starrte die beiden Wesen fasziniert an. Lando klopfte Eneas auf die kaum sichtbaren Oberarme, wobei er sich streckte, um diese zu erreichen. Eneas versprühte durchsichtige, glitzernde Funken, während er Lando an den Schultern packte und ihn anlachte. Dann blickte er zu Ludmilla, und seine Farbe wurde dunkler. Er nickte ihr ernst zu, während er zu Lando sagte: »Ich nahm an, dass du länger brauchst, um sie zu überreden.«

Seine Stimme war sehr hoch und dünn. Zudem klang ein Echo mit. Ob das an dem fast durchsichtigen Körper lag?

Lando hob die Augenbrauen. »Mit Überreden hatte das nichts zu tun. Sie weiß selbst, dass sie es tun muss. Und auf die Spiegelwächter können wir nicht länger warten.«

Er lächelte sie wissend an.

Ludmilla holte tief Luft, doch sie kam nicht dazu, auch nur einen Ton hervorzubringen, denn in dieser Sekunde legte Lando den Finger auf die Lippen und duckte sich. Eneas verschwand augenblicklich. Bevor sie begriff, was geschah, packte Lando sie und zog sie in den Schatten des Höhleneingang. Er presste sie mit seinem Arm gegen die Wand und stellt sich schützend vor sie. Sie wagte kaum zu atmen. Vor dem Eingang der Höhle tobte der Wasserfall. Sie konnte nichts Ungewöhnliches wahrnehmen. Doch gerade, als sie sich aus Landos Umklammerung lösen wollte, warf er ihr einen eindringlichen Blick zu. Und da hörte sie es. Es war ein Geräusch wie von einem brausenden Wirbelsturm. Kleine starke Böen peitschten vor der Höhle hin und her. Kalte Luft wurde in den Höhleneingang gedrückt, so dass Ludmilla augenblicklich Gänsehaut bekam.

Es dauerte nur wenige Minuten, dann legte sich der Sturm, und alles schien wie vorher.

Vorsichtig löste Lando seinen Griff und packte sie an der Hand. Er zog sie wortlos mit sich und wählte den linken Weg, der vom Wasserfall und Uris Höhle wegführte. Der Weg, der in den dunklen Teil von Eldrid führte, nach Fenris. Lando zog sie hinter sich her, als wäre sie mit einem Seil an ihn gebunden.

Ludmilla stolperte mehrere Male, bis sie sich auf ihre Kraft besann. Sie konnte schnell laufen. Sehr, sehr schnell und sicherlich viel schneller als ein Formwandler. Sobald sie das begriffen hatte, überholte sie ihn mühelos und stellte sich vor ihn, was ihn dazu zwingen sollte, stehen zu bleiben. »Was war das?«

Er stoppte abrupt ab und sah sie zögerlich an. »Waldgeister«. Als sie ihn weiterhin fragend ansah, fuhr er fort: »Für lange Erklärungen haben wir keine Zeit. Die Geisterwelten sind aufgebracht. Erst die Berggeister, dann die Schneegeister und nun auch noch die Waldgeister. Wir müssen aus dem Wald raus. Egal, ob hell oder dunkel. Die Waldgeister sind hier zu Hause, und mit denen ist nicht zu spaßen. Wir sollten uns ihnen nicht entgegenstellen. Also«, er atmete lange aus und holte Luft, »du hast dich an deine Kraft erinnert. Das ist gut. Jetzt musst du sie nutzen. Ich verwandle mich in einen Jaguar, der ist schnell genug für dich, und ich bleibe mit dir auf dem Boden. Für mich ist es einfacher, mich in einer Tiergestalt in dieser Geschwindigkeit fortzubewegen. Deine Art des Laufens ist für mich zu ermüdend. Okay?«

Er blickte ihr prüfend in die Augen, während Ludmilla langsam nickte. Waldgeister? Davon hatte ihr bisher niemand erzählt. Bevor sie sich darüber weitere Gedanken machen konnte, verwandelte er sich vor ihren Augen in einen Jaguar. Es dauerte nicht länger als ein paar Sekunden, dennoch wich sie zurück, als die Raubkatze sie anfauchte.

»Und wo ist Eneas?«, fragte sie, während sie sich in Bewegung setzte. Neben ihr knackte ein Ast, und für eine Sekunde erkannte sie ein funkelndes Auge. Sie lächelte unsicher und konzentrierte sich auf ihre Kraft.

Sie hätte gern noch gefragt, ob Lando den Weg kannte, aber dazu kam es nicht. Der Jaguar war unglaublich schnell, sodass sie sich auf ihre Füße konzentrieren musste, um Schritt halten zu können.

Drittes Kapitel

Uri und die Waldgeister

Schwer atmend richtete sich Uri vom Waldboden auf. Sein Gesicht war schmerzverzerrt. Er griff sich an die Brust und würgte. Goldene Flüssigkeit quoll aus dem Mund, während die Gedanken durch den Kopf schossen: Bodan. Bodan verlor seinen Schatten, und es bereitete ihm unerträgliche Schmerzen. Er spürte den Verlust, als wäre es sein eigener. Und noch während er sich sorgte und mit seinem Bruder litt, nahm er eine Schadenfreude wahr, die nur von Zamir stammen konnte. Auch wenn er sich sicher war, dass Zamir nicht wusste, warum Uri solchen Schmerz empfand, so war ihm klar, dass er seine Schwäche ausnutzen würde. Er ließ sich auf die Knie fallen und schloss die Augen. In Gedanken rief er die anderen beiden Spiegelwächter: »Meine Brüder, Kelby, Arden. Ihr spürt den Schmerz ebenso wie ich. Bodan hat seinen Schatten verloren. Ich begreife nicht, wie das passieren konnte. Es ist eine entsetzliche Tragödie. Jedoch müssen wir handeln. Wir müssen uns jetzt verbünden und unsere Kräfte vereinen, damit Zamir den Verbannungszauber nicht brechen kann. Er wird unsere Schwäche ausnutzen. Darüber bin ich mir im Klaren. Deshalb benötige ich eure Unterstützung. Wir treffen uns in unserem Zelt. Ich bitte euch inständig, kommt so schnell wie möglich zum Zelt auf der Waldlichtung von Teja.«

Uri richtete sich auf und blickte zum Himmel. Über ihm kreisten kreischend die Späher. Wie hatten sie ihn finden können? Doch er erlaubte sich keine weitere Verzögerung. So schnell ihn die Füße trugen und er seine Kräfte mobilisieren konnte, rannte er zu dem Treffpunkt. Das transparente Zelt, das nur für die Spiegelwächter sichtbar war, stand schon parat. Es funkelte in der Sonne, während er darauf zuraste. Stürmisch, er fühlte seine Kräfte zurückkommen, riss er die unsichtbare Tür auf. Aber Kelby und Arden waren nicht da. Uri sah sich ungläubig um, als könnte er seinen Augen nicht trauen. Was hielt sie auf? Erneut rief er sie.

»Kelby«, donnerte er in Gedanken. »Arden.«

Er horchte in sich hinein. Aber er erhielt keine Antwort. Das Einzige, was er hörte, war das aufgeregte Pochen seines Herzens.

»Wo seid ihr? Warum seid ihr noch nicht hier?«, fragte er immer wieder.

Aber keine Stimme in seinem Kopf antwortete ihm.

»Seid ihr immer noch beleidigt, weil ich den Plan mit Ludmilla verfolgt habe?«, fragte Uri ungläubig. »Habt ihr nicht gespürt, wie Bodan seine Kräfte verlor? Seid ihr nicht geschwächt?«, fuhr er aufgeregt fort.

Er saß allein in der Mitte des Zeltes auf dem mit einer Art Segeltuch bedeckten Boden und starrte vor sich hin, während er in Gedanken mit den anderen Spiegelwächtern sprach. Er redete auf sie ein und wurde dabei immer unruhiger. Die Zeit rannte ihm davon. Zamir konnte jede Minute angreifen. Und seine Brüder waren beleidigt? Er konnte und wollte das nicht glauben.

Schließlich hörte er ein Flüstern in seinem Kopf. »Wir kommen, Uri! Wir sind ebenfalls angegriffen worden, aber wir kommen. Wir sind auf dem Weg.«

»Was soll das heißen? Ihr seid angegriffen worden? Von wem?«

Noch bevor er eine Antwort erhielt, ergriff eine heftige Windböe das Zelt. Fassungslos wandte sich Uri um. Der Wind pfiff durch die dünnen Wände und drückte ihn zu Boden. Er versuchte, sich mit aller Kraft aufzurichten, aber er war zu geschwächt. Die Luft peitschte durch das Zelt wie eine Flutwelle, und er konnte kaum atmen. Mit großer Mühe beschwor er die goldene schützende Seifenblase hervor. Selbst diese Magie kostete ihn viel Kraft. Bodans Verlust hatte ihm einen Großteil von seiner Stärke genommen, sodass er unter dem Schutzzauber, mit dem er die Seifenblase hervorrief, bebte. Er gab sich nur ein paar Sekunden, um zu verschnaufen und neue Kräfte zu sammeln. Langsam richtete er sich auf und bewegte sich auf den Ausgang des Zeltes zu. Wer wagte es, das Zelt anzugreifen? Wäre es Zamir, würde er ihn direkt attackieren und ihn nicht erst auf die Lichtung hinauslocken. Aber wer oder was war es dann? Waldgeister, schoss es ihm durch den Kopf. Das müssen die Waldgeister sein. Aber warum sind sie so aufgebracht?

Er zögerte. Noch nie in seinem langen Leben hatte er einem Waldgeist gegenübergestanden. Es waren scheue Geister, die sehr empfindlich reagierten, wenn es um ihre Territorien ging. Dennoch erlaubten sie die Durchquerung ihrer Wälder, solange die Passanten den Wald würdigten und nicht beschädigten. Uri konnte sich nicht erklären, warum nun auch noch die Waldgeister aufgebracht waren.

Beschwichtigend hob er die Hände, während er, immer noch in der schützenden Seifenblase verharrend, aus dem Zelt heraustrat. Die zarten Wände erzitterten, als eine besonders harte Böe auf sie traf. Uri taumelte rückwärts. »Ihr seid aufgebracht«, dröhnte seine tiefe Stimme über die Lichtung und hallte an den Bäumen wider.

»Ich verstehe das«, log er.

Der Wind wurde etwas schwächer. Uri wagte es, seine schützende Position zu verlassen, trat nun auf die Lichtung und hob die Hände über den Kopf, als würde eine Waffe auf ihn gerichtet.

»Lasst uns reden«, rief er, wobei er die Singsang-Stimme verwandte. »Bitte«, fügte er fast unterwürfig hinzu.

32

Der Sturm ebbte ab. Ein leichter Windhauch umspielte sein Gesicht, sodass sich seine Haare vom Kopf abhoben, als wären sie elektrisiert.

Uri lächelte unsicher. »Bitte«, wiederholte er. »Erweist mir den Respekt, den ich euch entgegenbringe«, forderte er mit besänftigender Stimme.

Vor ihm erhob sich aus dem Nichts eine grüne Gestalt, die in einer grünen Wolke mitten in der Luft erschien. Sie war drei Köpfe größer als Uri, hatte einen weiblichen Oberkörper und war vollständig von dunkelgrünem Moos bedeckt. Sie schwebte über dem Boden, ihr Unterkörper steckte in der Wolke, und um sie herum flogen kleine Geschöpfe, die aussahen wie grüne, fliegende Ameisen. Der Waldgeist hatte Ähnlichkeit mit den Hexen von Eldrid, nur dass alles an ihr grün war. Lange Haare, wie Algen, hingen an ihr herab, Ranken und Blumen schmückten ihren Hals und Oberkörper wie Ketten. Sie hatte eine scharfkantige Nase, und stechend grüne Augen blitzten aus dem ansonsten moosbedeckten Gesicht.

Uri deutete eine Verneigung an.

»Es ist mir eine Ehre«, begann er ehrfürchtig. »Bisher hat es noch kein Waldgeist für nötig gehalten, sich mir zu zeigen.«

Ihr Gesicht verzog sich zu einer erzürnten Fratze. »Wir waren auch noch nie so verärgert, Uri«, herrschte sie ihn an, wobei sich die kleinen fliegenden Wesen aus ihrer Wolke lösten und ihn umschwirrten. Die winzigen Waldgeister erzeugten dabei so viel Wind, dass Uri erneut ins Taumeln geriet.

Beschwichtigend hob er die Hand.

»Bitte«, forderte er leise, während er sich mühsam aufrecht hielt. Die Knie zitterten so sehr, dass er sich auf ihnen abstützte, um seine Schwäche zu verbergen. Waldgeister waren äußerst emotional und gerieten schnell in Rage. Schwäche kannten sie nicht. Wenn er ihnen nun durch sein Verhalten offenbarte, wie wenig Magie er in diesem Moment besaß, würden sie ihn verhöhnen und nicht mehr ernst nehmen. Aber Spiegelwächter mussten von allen Wesen in Eldrid respektiert und geachtet werden. Sollte eine der Geisterwelten den Stand der Spiegelwächter nicht mehr anerkennen, wäre die Ordnung in Eldrid in Gefahr. Also musste er seine gesamten noch verbliebenen Kräfte sammeln und diesem Waldgeist aufrecht entgegentreten. Er hob den Kopf und blickte ihr in die Augen. Sie schaute streng auf ihn herab, während ihre kleinen Gehilfen ihn umschwirrten. Auf ihren Fingerzeig hin ließen die Geschöpfe von ihm ab. Uri nickte dankbar, brachte aber kein Wort heraus. Fragend blickte er in das grüne Gesicht.

»Du fragst uns ernsthaft, warum wir so aufgebracht sind?«, hauchte sie. Ihre Stimme war keifend und schrill.

Uri zog die Stirn in Falten und nickte leicht, wobei er zu Boden blickte, um ihr noch mehr Respekt zu zollen.

Sie seufzte schwer. »Dann seid ihr Spiegelwächter euch keiner Schandtat bewusst?«, fragte sie und hielt dabei ihren Finger drohend in die Luft, um ihre kleinen Geister in Schach zu halten.

Uri schüttelte heftig den Kopf: »Nein. Was haben wir getan, dass die Waldgeister so aufgebracht sind? Wir sind uns tatsächlich keiner Schuld bewusst. Ihr müsst uns glauben: Die Spiegelwächter würden euch Waldgeister nie absichtlich verärgern. Ganz im Gegenteil: Wir schätzen euch und eure Arbeit sehr. Ihr schützt unsere Wälder, unsere Natur. Auch ihr leistet einen Beitrag zum Fortbestehen dieser Welt.« Seine Stimme war matt, aber aufrichtig.

»Wenn ihr uns so schätzt, warum lasst ihr es dann zu, dass unsere Ruhe gestört wird? Unsere Wälder werden zerstört und ihr seht seelenruhig zu?«, zwitscherte sie ungeduldig, mit einer vogelähnlichen Stimme.

Uri runzelte erneut die Stirn. »Wie meint ihr das? Wer stört eure Ruhe? Wer zerstört die Wälder?«

Der Waldgeist schrie ungeduldig auf. »Ihr wisst nicht, was in Eldrid vor sich geht?«, wetterte sie. »Wie kannst du nur so unwissend sein, Uri? Bist du zu sehr mit den Berggeistern beschäftigt, die sich am Gebirge zu schaffen machen, um zu realisieren, dass sie auch unsere Wälder durchkämen?«

Uri fuhr zusammen und sah den Waldgeist entgeistert an. »Die Berggeister?«, stotterte er.

Wieder schnaufte der Geist erzürnt auf. Die kleinen Gehilfen umschwirrten Uri, jedoch ohne starken Wind zu erzeugen.

»Das ist …«, begann Uri, aber ihm fehlten die Worte. Seine Gedanken überschlugen sich. Waren Kelby und Arden von Berggeistern aufgehalten worden? Hatte Bodan seinen Schatten an einen Berggeist verloren? Nicht an Godal?

»… undenkbar«, stotterte er. »Berggeister außerhalb des Gebirges, in eurem Territorium, hat es seit Anbeginn dieser Welt nicht gegeben. Wir Spiegelwächter sind tatsächlich damit beschäftigt, herauszufinden, was die Berggeister im Schilde führen, wo sie die Städter hingeschafft haben und ob sie sich mit Zamir verbündet haben. Dabei hat mich aber die Nachricht noch nicht erreicht, dass die Berggeister das Gebirge verlassen haben und in den Wald vorgedrungen sind. Bisher sind sie nur in der Stadt Fluar außerhalb des Gebirges gesichtet worden. Aber nicht im Wald.«

Er atmete schwer. »Seid versichert, dass wir versuchen, die Situation unter Kontrolle zu bringen. Eine Delegation von Ratsmitgliedern befindet sich auf dem Weg nach Fluar, um mit den Berggeistern zu verhandeln. Wir müssen ein neues Abkommen mit ihnen treffen. Dazu gehört selbstverständlich auch, dass sie euer Territorium, Teja, den Wald, akzeptieren.«

Der Waldgeist lachte schrill auf. »Akzeptieren? Ihr geht tatsächlich davon aus, dass sich die Berggeister von einem Abkommen beeindrucken lassen? Sie bewegen sich gerade durch Teja, als wäre es eine Steppe und nicht unser wunderschöner Wald. So wie sie sich aufführen, werden sie sich nicht an irgendwelche Absprachen halten. Wenn sie überhaupt mit sich verhandeln lassen.«

Uri starrte den Waldgeist fassungslos an. Die Geisterwelten waren völlig außer Kontrolle. Wie hatte das passieren können? Ohne dass er etwas davon bemerkt hatte? Mit den Berggeistern zu verhandeln war in der Tat ein schwieriges Unterfangen. Aber was hatten sie für eine Wahl? Sie mussten versuchen, Eldrid vor ihnen zu schützen. Sie wussten noch nicht einmal, was sie im Schilde führten. Und nun waren sie schon soweit vorgedrungen. Uri durchschüttelte es.

Der Waldgeist aber war am Ende ihrer Geduld. Sie stieß eine Windböe aus, die Uri wie ein Schlag traf. Er taumelte und fiel rücklings in das Gras. Er fasste sich an die Brust, die schmerzte, da er keine Luft bekam. Kaum lies der Wind nach, sprudelte es aus ihm heraus. Goldene Funken traten aus seinen Händen, Augen und Haaren und übergossen sich auf dem Boden der Lichtung.

Seine Gegnerin hatte sich über ihn gebeugt und betrachtete ihn voller Abscheu. »Ihr seid so schwach, ihr Spiegelwächter. Aber ihr haltet euch für so mächtig. Wir haben den Respekt verloren, Spiegelwächter. Ihr könnt unsere Wälder nicht mehr beschützen, das sehe ich. Ihr seid viel zu schwach, um den Kampf mit den Berggeistern aufzunehmen. Wir werden uns selbst darum kümmern müssen. Aber seid vergewissert«, sie erhob ihren knochigen Finger und bohrte ihn in die Brust, »wenn wir mit den Berggeistern fertig sind, wird Eldrid in einem ganz anderen Glanz erstrahlen.«

Sie wandte sich stolz ab und stieg in ihrer Wolke empor.

»Nein, bitte«, krächzte Uri. Mühsam rappelte er sich auf und hob einen schwach glühenden Finger. »Ihr dürft euch nicht mit den Berggeistern bekriegen. Das wird schrecklich enden.«

Aber der Waldgeist lachte nur auf. »Schlimmer, als es jetzt ist, kann es nicht werden. Die Berggeister müssen in ihre Schranken verwiesen werden, und wir werden uns darum kümmern. Ihr seid dazu nicht fähig.«

Mit diesen Worten stieg die grüne Wolke in den Himmel und

schoss in den Wald hinein. Noch bevor Uri auch nur einen Laut herausbrachte, war sie verschwunden, und der Wind legte sich wieder.

VIERTES KAPITEL

Bodan

Fassungslos starrte Bodan in die schwarze Nebelwolke, die Godal den Berggeistern in die Gesichter geblasen hatte. Auch er konnte nicht sehen, wie der Schattenkönig mit seinem Schatten den Krater hinaufflog und verschwand. Aber er spürte, dass sich sein Schatten von ihm entfernte und wie die Kräfte aus ihm wichen. Das war das letzte Gefühl, das er hatte. Und dann, dann spürte er nichts mehr. Keine Macht, keine Magie. Nichts. Er lehnte kraftlos gegen die warme Felswand des Gebirges Odil, während sich die Gewissheit in sein Bewusstsein einbrannte. Langsam und unwiderruflich: Godal hatte ihn zu einem schattenlosen Wesen gemacht. Sein Schatten war nicht mehr an seiner Seite. Er war zwar immer noch ein Spiegelwächter, aber einer ohne magische Fähigkeiten. Konnte er überhaupt existieren? Er befühlte vorsichtig seinen Körper. Aber der fühlte sich normal an. Die kupferfarbene Haut glitzerte, aber sie glühte nicht mehr. Kein Funkenregen ergoss sich über den Boden, als er prüfend die Hände betrachtete. Vorsichtig hob er einen Fuß, auch das ging. Bodans Körper war intakt, nur seine Mächte waren mitsamt seinem Schatten verschwunden. In diesem Moment schoss es ihm durch den Kopf: Er war nun vollkommen nutzlos für die Berggeister. Sie würden ihn nicht länger am Fuß des Kraters arbeiten lassen. Die Frage war, ob sie ihn überhaupt noch arbeiten ließen oder ihn ... Bodan stockte. Er vermochte den

Gedanken nicht zu Ende zu denken. Wie würde er jetzt den Fluss erreichen können? Ohne die Fähigkeit, den Felsen zum Schmelzen zu bringen? Er würde einen anderen Weg finden müssen, um zu den Flussgeistern zu gelangen. Das war seine einzige Chance der Flucht. Die Flussgeister. Es waren gutmütige Geister, die zwar ihre Ruhe schätzten, aber dem Kontakt zu den Wesen von Eldrid nicht abgeneigt waren. Sie hatten ihm in der Vergangenheit schon öfter aus misslichen Situationen geholfen. Sie würden ihm wieder helfen. Hier und jetzt. Davon war er überzeugt.

Bodan wandte sich dem kleinen Spalt in der Felswand zu, den er hatte freilegen können. Er warf einen letzten Blick auf den Nebel, der die Berggeister einhüllte. Die Zeit war knapp. Bald würde sich der Nebel lichten, und sie würden ihn entdecken und sich überlegen, was sie mit ihm machten. Darauf wollte er nicht warten. Bodan hielt den Atem an, zog den rundlichen Bauch ein und versuchte, sich durch die Öffnung zu zwängen. Aber sie war sehr eng, und während er schob und drückte, bemerkte er, dass er stecken blieb.

Die Hälfte seines Körpers war bereits durch den Spalt verschwunden, als die Stimme eines Berggeistes ertönte: »Was war das?« Ungläubigkeit sprach aus ihr.

»Das war der Schattenkönig«, erwiderte die Stimme, die zu dem König der Berggeister, Raan, gehörte. »Und er hat dem Spiegelwächter seinen Schatten gestohlen. Habt ihr das gesehen? Einfach so!« Auch er schien fassungslos zu sein. »Dabei wäre der Spiegelwächter von großem Nutzen für uns gewesen«, knarrte er.

Bodan hielt den Atem an. Verzweifelt versuchte er, den Bauch durch den Spalt zu zwängen. Er zog und schob, aber nichts bewegte sich. Sein Kopf war noch auf der Seite des Kratergrunds, so dass er sich vorsichtig umwandte, um zu erkennen, ob die Berggeister ihn schon entdeckt hatten.

»Ihm nach«, schrie Raan außer sich. »Worauf wartet ihr? Er darf uns nicht entwischen. Holt euch diesen Schatten zurück.«

Sofort verwandelten sich drei der Berggeister in riesige Nebelwolken und schossen den Krater hinauf. Dann wandte sich Raan dem Gang zu, in dem Bodan steckte. Sein riesiges felsiges Gesicht erschien am Eingang und spähte umher. Schließlich entdeckte er ihn. Der Kopf des Berggeistes schwebte zu ihm hinüber.

»Wolltest du uns verlassen, Spiegelwächter?«, dröhnte der Berggeistkönig.

Bodan schluckte hart und suchte nach einer passenden Antwort.

»Das würde ich dir nicht raten«, fuhr der Geist mit leiser bedrohlicher Stimme fort. »Stell dir vor, wir fangen diesen Schattenkönig mitsamt deinem Schatten ein. Dann könnten wir dafür sorgen, dass er ihn dir zurückgibt, und das ist sicherlich in deinem Interesse, oder?«

In Bodans Kopf explodierten die Gedanken. Glaubten die Berggeister wirklich, dass sie Godal gefangen nehmen könnten? Aber was, wenn doch? Was, wenn er so seinen Schatten zurückbekam? Würden sie ihm den einfach so überlassen? Und was würde geschehen, wenn sie Godal nicht fangen konnten? Dann wäre er ein nutzloser Spiegelwächter für sie.

Bodan fixierte den Berggeist mit festem Blick, obwohl ihn inzwischen jeder einzelne Knochen in seinem Körper schmerzte und der Spalt ihm die Luft abschnürte. »Ja, das wäre tatsächlich in meinem Interesse«, presste er mit Mühe hervor.

Er blickte in das steinerne Gesicht des Berggeistes, und in diesem Moment quoll eine Erinnerung aus der hintersten Ecke seines Gehirns hervor. Es hatte eine Zeit in Eldrid gegeben, da hatten die Berggeister nicht geschlafen. Sie hatten aber ihr Territorium, Odil, das Gebirge, nicht verlassen. Die Wesen von Eldrid hatten schon immer Angst vor ihnen.

In diesem Moment unterbrach Raan den Gedankengang: »Ja, das denke ich mir, denn ihr Spiegelwächter wart schon immer zu selbstherrlich und zu überheblich, um die Alte Kunst zu erlernen.«

»Die Alte Kunst?«, entfuhr es Bodan leise. Er erinnerte sich vage an die Alte Kunst. Es war eine geächtete Kunst. Die Kunst, seinen Schatten an sich zu binden. Dazu mussten die Wesen lernen, mit ihren Schatten zu sprechen. Aber die Wesen von Eldrid sprachen nicht mit ihren Schatten. Für sie reichte es schon, dass ihre Schatten ihre Mächte ebenfalls besaßen. Eine Kommunikation mit den Schatten war für die meisten Geschöpfe undenkbar. Es hatte aber eine Zeit gegeben, da hatten alle Wesen von Eldrid die Alte Kunst erlernen müssen, um sich zu schützen. Um ihre Schatten und ihre magischen Kräfte zu beschützen.

Und plötzlich traf es Bodan wie ein Schlag, und er erinnerte sich: Sie hatten sich vor den Berggeistern schützen müssen. Die Angst vor den Berggeistern hatte dazu geführt, dass die Alte Kunst erlernt worden war. Denn damals hatten die Berggeister nicht geschlafen. Sie hatten zwar das Gebirge nicht verlassen, hatten aber Gefangene genommen, um mit den Schatten der Gefangenen zu sprechen.

Bodans Erinnerungen wurden erneut unterbrochen. »Ja, die Alte Kunst«, tönte Raan. »Es war damals eine völlig unnötige Vorsichtsmaßnahme der Wesen des Lichts, sich so vor uns schützen zu wollen. Denn wir wollten keine Schatten stehlen. Der Einzige, der Schatten von seinen Herren trennen wollte, war der Spiegelwächter, von dem auch dieser Schattenkönig gesprochen hat. Zamir.«

Bodan entfuhr ein ungläubiges Stöhnen. »Schon damals?«

Raan schien dieses Thema zu interessieren. Denn er schwebte näher. »Ja, schon damals«, bestätigte er neugierig. »Wusstet ihr davon nichts?« Bodan sah ihn erstaunt an, und Raan schien eine Antwort zu erwarten, also schüttelte er den Kopf.

»Aber da war doch noch dieser andere Spiegelwächter. Der, der mit uns sprechen wollte. Der uns vor Zamir warnen wollte.«

Bodan verzerrte das Gesicht vor Schmerz, er steckte noch

immer in dem Felsspalt fest, und bei diesen Worten zerriss es ihm fast das Herz. »Uri?«, flüsterte er mehr zu sich selbst. Er hatte damals den Verdacht gehegt, dass Uri Zamir gedeckt hatte. Die beiden hatten schon immer ihre ganz eigene Beziehung zueinander gehabt.

»Und du wusstest nichts davon?«, beharrte der Berggeistkönig.

Erneut musste Bodan unter Schmerzen den Kopf schütteln.

Raan brummte unzufrieden. »Warum vertraut ihr euch untereinander nicht?« Er schwebte vor Bodan auf und ab. »Das war ein merkwürdiger Spiegelwächter, dieser Zamir«, überlegte er langsam. »Und er ist dein Bruder?«

Bodan zögerte. Was sollte er antworten? Ja, Zamir war sein Bruder. Aber sie hatten nie ein sonderlich gutes Verhältnis gehabt. Zamir hatte ihn stets so behandelt, als wäre er ein minderwertiger Spiegelwächter. Genauso wie Kelby und Arden. Er hatte immer nur Uri als ebenbürtig angesehen und hatte nie einen Hehl daraus gemacht. Die Spiegelwächter waren alle Brüder, aber Zamir war der, der am meisten aus der Reihe tanzte. Es schmerzte Bodan, dass sie überhaupt Brüder waren.

Aber diese Gedanken wollte er nicht mit Raan teilen. Deshalb beschloss er, das Thema zu wechseln: »Angenommen, ihr könnt Godal, den Schattenkönig, nicht fangen und er verschwindet mit meinem Schatten. Was passiert dann?« Er atmete schwer. »Dann bin ich euch doch nicht mehr von Nutzen, und ihr könntet mich gehen lassen. Ich muss mich in die Verbannung begeben. Ich bin ein geächtetes Wesen. Ein Schattenloser. Und diese Geschöpfe leben in einem eigenen Dorf, abgeschieden und in der Dunkelheit. Dorthin muss ich mich begeben, sobald ihr mich gehen lasst.«

Raan lachte schallend auf. »Dich gehen lassen? Einen Spiegelwächter? Warum sollten wir das tun? Du weißt mehr über Eldrid als jede Kreatur, die für uns arbeitet. Du bist sehr wertvoll für uns. Ob mit Schatten oder ohne. In dieses Dorf kannst du dich immer noch begeben, wenn wir keine Verwendung mehr für dich haben. Solange du aber uns dienst, bist du unser Gefangener, und die Verbannung muss warten. Wäre das für dich nicht reizvoll? Du wirst unser Berater und bleibst von der Verbannung verschont.«

Er musterte Bodan belustigt. »Ein schattenloser Spiegelwächter in einem Dorf voller schattenloser Wesen. Was für eine Verschwendung. Außerdem scheinst du dich mit diesem Fluss auszukennen, sonst würdest du nicht versuchen, in seine Richtung zu entfliehen.«

Bodan starrte den Berggeist verständnislos an. Dieser deutete mit einem knochigen skelettartigen Finger, der aus der Nebelwolke hervortrat, in die Richtung des Ganges, der weiter in das Gebirge führte. »Du hättest einfach da hinunter rennen können, wenn du hättest fliehen wollen. Aber ich gehe davon aus, dass du zum Fluss wolltest, sonst würdest du nicht in diesem Felsen feststecken.«

Bodan drehte langsam den Kopf in die Richtung, in die der Geist deutete. Er hatte recht. Der Gang führte in das Innere des Gebirges hinein, aber weg von dem Fluss. An diese Option hatte Bodan nicht gedacht. Er hatte die Flussgeister erreichen wollen. Er wagte es kaum, Raan anzublicken, dessen Blick auf ihm haftete wie Klebstoff.

»Was wolltest du da?«, grollte Raan. »Dort hinter dieser Wand? Dort ist der Fluss, nach dem wir suchen, richtig?« Bodan schwieg und presste die Lippen aufeinander. »Ist dort, hinter dieser Felswand, der Fluss?«, dröhnte der Geist.

Bodan hob die Schultern, soweit dies für ihn möglich war.

»Denkst du, ich bin dumm?«, polterte Raan los. »Dass ich nichts hören kann? Ich höre das Wasserrauschen genauso wie du. Ich habe dir befohlen, an dieser Wand zu arbeiten, weil ich vermutete, dass der Fluss dahinter verläuft. Du scheinst derselben Meinung zu sein, richtig?«

Der Finger des Geistes, der eben noch in die Richtung des Ganges gezeigt hatte, stupste ihn nun unsanft an. Bodan stöhnte auf vor Schmerzen und beeilte sich zu nicken.

»Ja?«, forderte Raan. »Gibst du mir recht? Antworte gebührend. Auch ich bin ein König, Spiegelwächter.«

Bodan schluckte und blickte dem Berggeist in das steinernes Gesicht. »Ja, ich gebe dir recht. Ich gehe davon aus, dass der Fluss hinter dieser Wand fließt. Aber ich wollte durch die Öffnung entfliehen, weil ich dachte, dass ihr mir dann nicht folgt«, log er.

Raans höhnisches Gelächter erfüllte den Krater. »Wir können durch jeden noch so kleinen Spalt fliegen, Spiegelwächter«, tönte er. »Wir werden dich überallhin verfolgen. Du bist unserer Gefangener, und so schnell wollen wir auf deine Anwesenheit nicht verzichten. Davon kannst du fest ausgehen.«

Mit diesen Worten erschien ein zweiter Finger aus der Nebelwolke. Im Zangengriff umfassten sie Bodans Körper und zogen ihn aus dem Spalt heraus. Er konnte die Schmerzensschreie nicht unterdrücken, die ihm entfuhren. Auch wenn er nun wieder tief durchatmen konnte, vermutete er, dass er mehrere gebrochene Rippen hatte.

»Du gehst nirgendwohin«, befahl Raan. »Bis wir deinen Schatten wieder eingefangen haben, werden wir eine Beschäftigung für dich finden.«

Bodan aber sackte verzweifelt in sich zusammen und blieb reglos auf dem Boden vor dem Spalt liegen.

FÜNFTES KAPITEL

Arndt Solas

Arndt Solas' Hände zitterten vor Aufregung, während er Mina wissbegierig anstarrte.

»Ist dir noch einmal etwas aus Eldrid zu Ohren gekommen?«, flüsterte er kaum hörbar.

Mina sah ihn mit einem Blick an, der durch ihn hindurchging. »Ich hatte dich ebenfalls gebeten, zu gehen, Arndt! Muss ich deutlicher werden?« Ihre Stimme war leise, aber scharf und bestimmt.

Arndt rührte sich nicht. »Ich war immer dein Vertrauter, Mina. Die Solas' und die Scathans haben in allen Zeiten zusammengehalten. So wie Uri und Bodan engste Freunde sind. Unsere Spiegelwächter sind eng miteinander verbunden, genauso wie wir. Nur weil wir die Spiegel nicht mehr nutzen, heißt das nicht, dass wir nicht mehr füreinander da sind. Ich sehe doch, dass es dir nicht gut geht. Vielleicht kann ich helfen?«

Er hatte die Hand ausgestreckt und sah Mina verschwörerisch an. Ihre Augen füllten sich mit Tränen. Sie drehte sich schnell weg, holte ein Taschentuch aus ihrer Rocktasche und wischte sich über das Gesicht.

»Es ist aussichtslos, Arndt«, würgte sie heiser hervor. »Mir ist nicht zu helfen.«

Sie schluckte hart und nahm einen Lappen in die Hand.

Gedankenverloren wischte sie über die Arbeitsfläche der Küche, ohne ihn anzusehen.

Er blieb sitzen, beobachtete sie und wartete. Lange rührte er sich nicht, bis er schließlich wagte nachzuhaken: »Was ist aussichtslos, Mina?«, fragte er leise.

Mina sah ihn nicht an. Sie zögerte. Es war etwas anderes, als mit Pixi darüber zu reden. Sie war eine Fee und war in Gedanken mehr in Eldrid als bei ihr. Sie musste mit jemandem reden. Vielleicht hatte Arndt eine Idee. Er hatte recht, sie waren immer Vertraute gewesen. Und sie kannte Edmund Taranee. Er konnte andere unter Druck setzen, auf seine ganz eigene Art, und damit kam Arndt, der ein liebenswürdiger, gutmütiger Mensch war, nicht klar. Die Szene, von der er ihr erzählt hatte, spielte sich vor ihrem inneren Auge ab. Sie seufzte tief und schluckte den restlichen Ärger hinunter, der noch in ihr brodelte.

»Ludmilla ist nach Eldrid gereist«, begann sie mit krächzender Stimme.

Arndt wandte sich ihr ruckartig zu und starrte sie ungläubig an. »Ist nicht wahr«, entfuhr es ihm.

Mina nickte matt. »Doch. Sie ist Uris Ruf gefolgt. Er hat sich über meinen Willen hinweggesetzt«, fuhr sie zögernd fort. »Ich weiß nicht, wann sie wiederkommt. Sie ist auf einer Mission. Uri erzählte mir, dass das Licht von Eldrid in Gefahr sei, Zamir habe an Macht gewonnen, und sie hätten es nicht unter Kontrolle.«

»Was?« brach es aus ihm heraus. »Was heißt das? Was passiert in Eldrid? Wie kann Zamir an Macht gewinnen? Und warum ist das Licht in Gefahr?«

Sie hob die Schultern. »Ich weiß es nicht. Ich habe mich mit Uri gestritten, ihm verboten, Ludmilla zu rufen. Ich habe ihm keine Gelegenheit gegeben, mir alles zu erklären.« Sie seufzte. »Und Ludmilla habe ich verboten, dem Ruf zu folgen, als ich bemerkte, dass sie die Funktion des Spiegels entdeckt hatte. Ich habe ihr mit Rauswurf gedroht, aber sie ist dennoch gegangen. Heute Nacht.

Seitdem macht mir ihr Spiegelbild das Leben zur Hölle. Als krönender Abschluss der Katastrophe war vor ein paar Stunden ihre Mutter Alexa zu Besuch, und ihr Spiegelbild hat sich so unmöglich benommen ...« Sie hielt inne und sah Arndt an. »Du weißt doch noch, wie sich Spiegelbilder verhalten, oder?«

Er nickte stumm und sah sie erwartungsvoll durch die dicken Brillengläser an. »Dieses Spiegelbild ist ganz besonders garstig, das kannst du mir glauben. Es hat ein solches Theater gemacht, dass Alexa so entsetzt war und jetzt erwägt, sie mir wegzunehmen.« Sie seufzte tief und ihre Augen füllten sich mit Tränen. »Du weißt, was das bedeutet, Arndt?«

Sie sah ihn unverwandt an, während dicke Tränen ihr Gesicht hinunterrollten.

»Wenn das Spiegelbild das Haus verlässt, kann Ludmilla nicht durch den Spiegel zurückreisen, richtig?«, flüsterte er und starrte sie entsetzt an.

Mina nickte stumm.

»Dann sitzt sie in Eldrid fest«, stellte Arndt tonlos fest.

Sie reagierte nicht. Ihre Augen waren ausdruckslos auf ihn gerichtet.

»Und jetzt? Du musst das verhindern. Was willst du tun?«

Sie hob nur verzweifelt die Schultern. Die Tränen liefen weiter unkontrolliert die Wangen hinunter. »Ich weiß es nicht, Arndt. Ich habe keinen Plan. Ich hoffe auf die Zeit.«

Als er sie fragend anblickte, erklärte sie tonlos: »Die Zeit, Arndt. Erinnerst du dich nicht? 10 zu 1: Wenn zehn Minuten in Eldrid vergehen, vergeht bei uns nur eine Minute. Ich kann nur hoffen, dass die Zeit das Problem lösen wird und Ludmilla rechtzeitig zurück ist, bevor ihr Spiegelbild das Haus verlassen muss. Einen anderen Ausweg aus der Situation sehe ich nicht.«

Er wiegte den Kopf hin und her und überlegte. Auch er war seit vielen Jahrzehnten nicht mehr nach Eldrid gereist. Er hatte zwar seinen Schatten nicht verloren, jedoch hatte die Solas-Familie mit der Scathan-Familie gleichgezogen und den Spiegel nicht mehr benutzt. Sein Vater hatte damals die Entscheidung getroffen, aber auch Arndt war mit der Abmachung einverstanden gewesen. Er hatte Angst um seinen Schatten gehabt, und diese Angst hatte ihn dazu bewogen, ebenfalls nicht mehr nach Eldrid zu reisen. Mina war für ihn das lebende Beispiel, wie schwer es war, ohne Schatten in ihrer Welt zu leben. Ohne dass es jemandem auffiel.

Er erinnerte sich vage an die Erzählungen seines Vaters, wie sich sein Spiegelbild verhalten hatte, während er Eldrid bereist hatte. Doch wie ließ sich ein Spiegelbild besänftigen, das nur den einen Wunsch hatte, nämlich nach Eldrid zu reisen? Auch ihm fiel keine Lösung an.

Bevor er ging, versprach er Mina, sich etwas einfallen zu lassen. Das Spiegelbild durfte das Haus nicht verlassen, und noch wichtiger: Alexa durfte Mina Ludmillas Spiegelbild nicht wegnehmen. Das stand fest. Mina warf ihm einen fast mitleidigen Blick zu, als sie ihn zur Tür begleitete.

»Arndt, bitte achte etwas mehr auf dich. Du bist in einer schlechten Verfassung«, sagte sie besorgt und musterte die leicht verwahrloste Erscheinung.

Er strich sich das verknitterte Hemd glatt und lächelte verlegen. »Du weißt doch, Mina, ich lebe jetzt schon so lange allein in diesem großen Haus.« Er hob die Schultern. »Ich kann mich nur um eines kümmern, um das Haus oder um mich selbst«, erklärte er.

Sie sah ihn prüfend an. »Nein, Arndt, das ist nicht wahr«, entgegnete sie trocken. »Und das weißt du besser als ich.«

Sie klopfte ihm auf die Schulter und öffnete die Haustür. Es war dunkel geworden. Das Licht der Laterne erleuchtete den Vorgarten des prächtigen Hauses, in dem Mina mit Ludmilla wohnte.

Arndt wandte sich ihr erneut zu, bevor er auf die Schwelle trat. Ehe er etwas sagen konnte, nickte sie aufmunternd: »Melde dich, wenn du eine Idee hast, versprochen?«

Er nickte und lächelte. Dann sah er ihr ernst in die Augen: »Und du meldest dich, wenn du wieder Besuch bekommst. Dann komme ich sofort vorbei.«

Mina entfuhr ein lautes Lachen. »Ja, Arndt. Du bist mein Retter in der Not.«

Als er sie geschockt ansah, verstummte sie. »Versprich es mir, Mina«, beharrte er. »Ich möchte nicht, dass du dich Edmund alleine aussetzt. Auch wenn ich weiß, dass du ihm besser die Stirn bieten kannst als ich.«

Sie hob die Augenbrauen: »Also gut, Arndt. Ich rufe dich an, wenn er es wagt, noch einmal hier aufzukreuzen.« Mit diesen Worten schob sie ihn sanft vor die Tür und schloss sie vor seiner Nase.

SECHSTES KAPITEL

Der Wald von Fenris

Ludmillas Beine gehorchten ihr wie nie zuvor. Es kam ihr vor, als ob sie ihre Macht besser denn je einsetzen könnte. Sie bewegte sich so schnell, dass sie ihre Füße kaum sehen konnte. Ihre Jeans waren ein einziger blauer Strich, und die rote Haarsträhne, die immer aus ihrem Zopf herausfiel, wehte ihr ins Gesicht. Und dennoch: Lando war schneller. Der Jaguar gewann trotz des unebenen Waldbodens an solcher Geschwindigkeit, dass sie sich konzentrieren musste, ihm zu folgen.

So rannten sie stundenlang durch den dunklen Teil des Waldes. Sie hatte keine Gelegenheit, sich umzuschauen. Keine Möglichkeit, diesen Teil der Welt zu bewundern. Sie wagte noch nicht einmal einen Blick nach oben, ob Späher ihnen folgten, aus Angst, eine Wurzel zu übersehen und zu stolpern. Sie verlor sämtliches Zeitgefühl, bemerkte aber, dass es, je weiter sie in den Wald eindrangen, desto dunkler wurde. Die Umgebung wirkte schwärzer, und das Licht schien kaum die Baumkronen zu durchdringen. Aber welches Licht auch? Das war der dunkle Teil des Waldes: Das war Fenris. Über den Baumwipfeln hing die riesige Schattenwolke, die Zamir geschaffen hatte. Die Wolke hielt das magische Licht von Eldrid fast vollständig von diesem Teil der Welt fern.

Es schauderte sie bei dem Gedanken. Fenris war in ein Dämmerlicht getaucht. Das war das Überbleibsel des Lichts von

Eldrid, das die Schattenwolke nicht abhalten konnte, den Teil der Welt ein wenig zu erhellen. Doch auch dieses Dämmerlicht war inzwischen so gut wie nicht mehr vorhanden. Ludmilla konnte ihre Umgebung kaum wahrnehmen. Alles war dämmergrau. Bäume, Sträucher, Hecken und sonstige Pflanzen, die sie nicht ausmachen konnte, sahen aus wie Schatten. Und ihr fiel auf, wie still es war. Wenn es überhaupt Geräusche gab, wurden sie von ihrem eigenen Atem übertönt. Nach der langen Zeit, die sie schon unterwegs waren, keuchte sie. Das Knacken und Rascheln unter ihren Füßen konnte sie hören, aber sonst? Kein Vogelgezwitscher, keine Tiergeräusche. Totenstille. Es war beängstigend.

Ludmilla konzentrierte sich darauf, zu Lando aufzuschließen. Der Jaguar hatte sich einen erheblichen Vorsprung erarbeitet und blieb nun stehen. Sie holte ihn schnell ein, doch er machte keinerlei Anstalten, weiterzulaufen. Fragend sah sie der Raubkatze in die gelben Augen. Erst in diesem Moment bemerkte sie, dass sie vollkommen außer Atem war und ihr Schweißperlen von der Stirn tropften. Ihre Beine brannten.

Eine dünne piepsige Stimme hauchte ihr ins Ohr: »Wir machen hier eine kleine Pause, Ludmilla. Du darfst deine Macht nicht überstrapazieren. Das kann dein menschlicher Körper nicht kompensieren.«

Ludmilla zuckte zusammen und fuhr herum. Über ihr schwebte Eneas' Kopf und lächelte sie wohlwollend an. Sie sah von dem Gesicht des Unsichtbaren zu dem Jaguar und nickte langsam.

»Okay, aber nicht zu lang. Mir ist dieser Ort nicht geheuer«, murmelte sie mehr zu sich selbst.

Der Raubkatze entfuhr ein leises Schnurren, was sie als Zustimmung deutete, und Eneas' Kopf wackelte kurz hin und her, bevor er wieder verschwand. Ludmilla ließ sich erschöpft auf den weichen Waldboden fallen. Sie atmete immer noch schwer und hatte Mühe, ihren Atem zu kontrollieren. Der Jaguar setzte sich neben sie und beobachtete aufmerksam die Umgebung.

»Braucht Eneas keine Pause?«, fragte Ludmilla schließlich, als sich ihr Atem beruhigt hatte.

Das Maul des Jaguars umspielte ein Lächeln. Sekunden später erschien Eneas neben ihr. Er hatte sich ebenfalls gesetzt und schnaufte leicht. Sein riesiger langer Körper füllte den gesamten Boden aus. Und das, obwohl er nur die Beine ausgestreckt hatte. Als er ihren Blick spürte, zog er die Knie an, umfasste sie mit den langen Armen und blickte Ludmilla mit funkelnden Augen an.

»Ich war mir nicht sicher, ob du ... Na ja«, stotterte er. »Ich hatte den Eindruck, dass meine Erscheinung Unbehagen bei dir auslöst«, entschuldigte er sich. Seine Stimme war mehr ein Flüstern, und er schaute sich ständig um. »Menschen«, erklärte er zögernd, »fühlen sich in der Anwesenheit von Unsichtbaren meist sehr unwohl. Deshalb vermeiden wir es, uns sichtbar zu machen, sobald ein Mensch in der Nähe ist.«

Er sah sie neugierig an und lächelte unsicher. »Eigentlich geht das allen Wesen so, egal ob Mensch oder magisches Geschöpf«, fügte er schnell hinzu.

Sie erwiderte sein Lächeln und dachte kurz nach: »Ich kann natürlich nur für uns Menschen sprechen. Aber ich könnte mir vorstellen, dass das daran liegt, dass Unsichtbare in unseren Märchen und Fabeln nicht vorkommen, sodass wir Menschen die Unsichtbaren weder kennen noch einschätzen können. Aber was mich betrifft, so sollte ich mich auf jeden Fall an dich gewöhnen, denn wir haben eine gemeinsame Aufgabe vor uns. Ich würde mich also wohler fühlen, wenn du dich ab und zu sichtbar machst, damit ich mit dir reden kann.« Sie machte eine kurze Pause, bevor sie bedacht fortfuhr. »Du riskierst deinen Schatten und damit deine Macht für mich und diese Mission. Wir sollten uns kennenlernen, damit wir einander einschätzen können. Wir müssen einander vertrauen, richtig, Lando?«

Die Augen des Jaguars blitzten zustimmend.

Eneas grinste sie breit an und hätte ihr fast auf die Schulter geklopft, zog die Hand dann aber doch wieder zurück. »Das gefällt mir, Menschenmädchen!«, lachte er leise, und ein kleiner, unsichtbarer Funken löste sich von seiner Wange.

In diesem Moment kam Bewegung in die Bäume über ihnen. Ludmilla sprang auf und starrte in die Baumkronen. Eneas verschwand augenblicklich. Der Jaguar hechtete mit einem Satz an Ludmillas Seite und fauchte. Noch bevor sie erkennen konnte, was es war, setzte sich der Jaguar in Bewegung. Er schlang die Schwanzspitze um ihre Hand und zog sie ein paar Meter mit sich, bevor sie von selbst anfing, zu laufen. Schon nach ein paar Schritten hatte sie an Geschwindigkeit gewonnen und wagte es nicht, nach oben zu blicken. Die Schreie der Späher ertönten über ihnen.

Sie rannten und rannten. Ludmillas Beine schmerzten, und sie wünschte sich sehnlich eine Pause herbei, aber die Späher ließen nicht von ihnen ab. Stumm verfolgten sie sie, nur vereinzelte Schreie drangen aus dem Schwarm und erinnerten daran, dass sie immer noch da waren und ihnen folgten. Die drei liefen immer weiter und immer schneller. Der dunkle Wald war wie zuvor, Ludmilla hatte nicht den Eindruck, als würde sich etwas um sie herum verändern. Es war, als würde sie auf der Stelle laufen, während sich der sehnliche Wunsch in ihr breitmachte, das Ende des Waldes endlich zu erreichen.

Der Jaguar hob regelmäßig den Kopf und vergewisserte sich, ob sie noch verfolgt wurden. Endlich, nach vielen Stunden – zumindest kam es Ludmilla so vor –, lichtete sich der Wald. Angespannt starrte sie den Weg entlang und verlangsamte ihr Tempo. Lando bemerkte es und drehte sich fragend um. Sie deutete mit dem Finger auf den Fleck, der heller aufschimmerte als der Rest. Lando schien es auch zu sehen, denn er ließ sich zu ihr zurückfallen. Auf ihrer anderen Seite erschien Eneas' Kopf.

»Was ist los?«, flüsterte er. »Die Späher verfolgen uns immer noch, warum werdet ihr langsamer?«

In diesem Moment endete der Waldweg. Vor ihnen lag eine riesige kreisrunde Lichtung. Der Boden war mit dunklem Gras bedeckt, ansonsten glich der Ort eher einer Steppe als einer Waldlichtung. Rundherum standen hohe Bäume, Sträucher und Hecken. Ein Weg, der um die Lichtung herum führte, war nicht zu erkennen. Von ihrem Standort aus gab es keine Abzweigung. Genau gegenüber meinte Ludmilla einen breiteren Weg zu erkennen, an dessen Ende sich der helle Lichtfleck befand. Könnte es sein, dass hinter dieser Lichtung das Ende des Waldes lag? Und wenn ja, was kam danach? Angestrengt starrte sie in die Ferne. Doch dann nahm sie eine Bewegung am Himmel über der Lichtung wahr. Auch darüber schwebte die Schattenwolke, aber darunter flog noch etwas Anderes. Entsetzt riss sie die Augen auf und zeigte stumm nach oben.

Ihre beiden Begleiter hoben die Köpfe. Der Jaguar duckte sich instinktiv, als er erkannte, was es war. Eneas entfuhr ein Stöhnen: »Noch mehr Späher«, japste er, »Überall Späher! So viele auf einmal habe ich noch nie gesehen.« Sie kreisten stumm über der Lichtung, als hätten sie die drei erwartet. Es waren so viele, dass sie den gesamten Raum über der Lichtung einnahmen, die doppelt so groß wie ein Fußballfeld war.

Ludmilla wich zurück, als sich ein Späher aus der Masse löste und in ihre Richtung flog. Er streifte fast ihren Kopf, als er über sie hinwegfegte. Sie unterdrückte einen Schrei und duckte sich. Der Jaguar erhob fauchend eine Tatze und schlug in die Luft. Aber der Späher war unerreichbar für ihn.

»In die Richtung gehe ich nicht weiter«, flüsterte sie aufgebracht. »Ich habe gesehen, was sie mit einem Vogel machen. Ich will gar nicht wissen, was sie dann mit uns machen.«

Sie warf den beiden eindringliche Blicke zu. Lando hatte kurzerhand seine Formwandlergestalt wieder angenommen und blickte sie fragend an.

»Sie haben einen kleinen bunten Vogel getötet, der auf dem Weg zu Uris Höhle war. Uri vermutet, dass er eine wichtige Nachricht für ihn hatte. Er hat sie jedenfalls nie erhalten«, berichtete Ludmilla atemlos. »Und vergesst nicht, was Godal und Zamir mit Amira gemacht haben!«

Die beiden Geschöpfe schwiegen betroffen und warfen sich bedeutungsvolle Blicke zu.

»Auf diese Lichtung werde ich keinen Fuß setzen. Nicht, solange die Viecher darüber kreisen wie Aasgeier«, wiederholte sie nachdrücklich.

Noch während sie dies aussprach, flogen zwei weitere Späher bedrohlich nahe über ihre Köpfe hinweg und krächzten dabei.

Ludmilla quietschte auf, während sich Eneas schützend über sie beugte. Lando duckte sich und ging in gebückter Haltung ganz nah an den Rand der Lichtung heran. Mit zusammengekniffen Augen suchte er die Umgebung nach einem anderen Weg ab. Dabei versuchte er die Späher nicht zu beachten. Noch während er angestrengt in das Dämmerlicht starrte, löste sich eine Handvoll Späher aus der Menge und stieß kreischend auf ihn hernieder. Sie hackten mit ihren Schnäbeln nach ihm. Eneas drängte Ludmilla noch ein paar weitere Schritte zurück in den Wald hinein. Gleichzeitig begrub er sie unter sich, wobei er den unsichtbaren Körper materialisierte und wie ein Tuch über sie warf. Landos Funken entluden sich unkontrolliert in alle Richtungen und trafen die Späher an ihren Federn, die Feuer fingen. Er schrie auf vor Wut, während er zurück zu Eneas und Ludmilla rannte.

»Wir müssen einen anderen Weg finden. Es ist auf jeden Fall die richtige Richtung, sonst würden sie nicht versuchen, uns daran zu hindern, die Lichtung zu überqueren«, schrie er den beiden zu. Sie zogen sich in den schützenden Wald zurück und ließen sich hinter einem großen Busch nieder. Die Späher verfolgten sie nicht, aber ihr Kreischen über der Lichtung war nicht zu überhören.

SIEBTES KAPITEL

Zamirs Plan

Unruhig lief Zamir in der Höhle auf und ab. Er erwartete den Bericht der Späher. Fast stündlich ließ er sich darüber informieren, wo sich Uri aufhielt und was er tat. Seit seinem letzten Angriff auf Uri waren mehrere Tage vergangen. Zamir spürte, dass er dem Ziel nahe war. Die Zeit war gekommen. Wäre da nur nicht dieses Mädchen, diese Scathan, die etwas an sich hatte, was er sich nicht erklären konnte. Sie hatte Uri geholfen, seinen Angriff abzuwehren, und es machte ihn rasend, dass er nicht wusste, wie sie das gemacht hatte. Diese Wut ließ ihn nicht schlafen, nicht ruhen. Er musste Uris Schwäche ausnutzen und ihn erneut angreifen. Aber zunächst musste er sicher sein, dass das Mädchen nicht bei ihm war. Noch einmal sollte sie ihm nicht in die Quere kommen.

Seine harten, abgehackten Schritte ließen den Höhlenboden erzittern, als er innehielt und die Schreie der Späher vernahm. Sie waren zurück. Er klatschte angespannt in die Hände und stellte sich aufrecht neben die Feuerstelle. Sein Späher hüpfte in die Höhle und krächzte ihn auffordernd an.

»Dann lass mal sehen«, murmelte Zamir. Er kniete sich zu dem schwarzen krähenartigen Vogel und zischte ein paar unverständliche Worte. Die Augen des Spähers fingen an zu glühen, ebenso die Augen Zamirs. Er sah, was der Vogel zuvor gesehen hatte. Uri. Uri, wie er in einer goldenen Lache auf dem Waldboden lag. Er atmete schwer und konnte sich kaum rühren.

Zamir jubelte auf vor Genugtuung, als er sich wieder aufrichtete. »Das sind sensationelle Neuigkeiten«, rief er aufgeregt. Am liebsten wäre er vor Freude in die Luft gesprungen, aber da saß immer noch der Späher und starrte ihn erwartungsvoll mit seinen kleinen feurigen Augen an.

Mit einer ungeduldigen Handbewegung entließ er ihn: »Beobachtet Uri weiter. Ich muss wissen, was mit ihm passiert und vor allem, ob das Menschenmädchen bei ihm ist.«

Der Späher krächzte zustimmend und hüpfte zum Ausgang der Höhle, wo der restliche Schwarm auf ihn wartete. Zamir folgte ihm mit großen Schritten, so dass sein langer Gehrock hinter ihm her flatterte. Zufrieden verfolgte er, wie sich die Späher in einer riesigen Wolke in den Himmel erhoben. Sie kreischten dabei so laut, dass es im Wald widerhallte.

Das wohlige Gefühl des Triumphes hielt jedoch nur kurz an. Wenig später tigerte Zamir am Eingang der Höhle, seinem verhassten Gefängnis, hin und her.

»Uri ist geschwächt«, murmelte er. »Etwas ist passiert. Etwas Unvorhergesehenes. Etwas, das die Gemeinschaft der Spiegelwächter schwächt. Zu der ich nicht mehr gehöre. Sie haben mich ausgeschlossen.« Verächtlich lachte er auf. »Als wenn mich das interessieren würde. Das einzig Nützliche war das gemeinsame Gefühl, Dinge zu spüren. Aber auch jetzt spüre ich immer noch genug, um zu wissen, dass etwas nicht stimmt. Dass es Uri schlecht geht. Dass er schwach ist. Ich weiß nur nicht, warum. Warum ist er so geschwächt?«

Er faselte vor sich hin. Wirr und undeutlich. Die kurzen blonden Haarsträhnen, die sonst so akkurat zum Seitenscheitel nach hinten gekämmt waren, hingen ihm ins Gesicht, und seine Bewegungen waren abgehackt. Er stolzierte mit großen Schritten auf und ab, wie ein aufgescheuchter Gockel. Schließlich schrie er vor Ungeduld auf und strich sich die Haare nach hinten.

»Ich brauche mehr Informationen«, kreischte er hysterisch in den Wald hinein. »Mehr Informationen. Jetzt sofort.«

Seine Worte hallten im Wald wider, der still und dunkel dalag. Die Schreie der Späher waren verklungen, und kein Geräusch war zu vernehmen. Kein Zweig knackte, kein Insekt brummte, kein Vogel sang. Stille. Nur das Echo auf Zamirs Worte. Sein Gehrock schlug bei jeder Drehung gegen die Felswand, so knapp bemaß er seine Schritte zur Höhlenwand.

»Alle Informanten zu mir. Augenblicklich!«, befahl er. Dieses Mal flüsterte er, kaum hörbar, und dennoch hallte es in all den Köpfen wider, denen die Aufforderung galt. Zamir drehte sich in einer letzten dramatischen Bewegung um und rannte in die Höhle hinein.

»Ich muss mit Godal sprechen. Ich muss mit meinen Schatten sprechen. Ich muss wissen, was vor sich geht«, murmelte er unentwegt, während er sich am Feuer niederließ. »Warum krümmt sich Uri auf dem Waldboden? Ich habe die Antwort der Berggeister noch nicht, die mir Godal übermitteln sollte. Was geht da vor sich?« Er brummte und pfiff vor sich hin.

Genauso plötzlich, wie das unruhige, zapplige Gebaren begonnen hatte, endete es wieder. Zamir atmete tief durch und schloss die Augen. Ich bin stark genug, dachte er. Mächtig genug, um Uri zu besiegen. »Ich bin Zamir!«, murmelte er unablässig, während das Feuer loderte und zischte. »Ich werde dich jetzt bezwingen und deinen Bann brechen, Uri. Dieses Mal wird dir das Mädchen nicht helfen. Dieses Mal, Uri, besiege ich dich.«

In diesem Moment hüpfte ein einzelner Späher an die Feuerstelle. Zamir hatte ihn nicht kommen hören und blickte ihn verwundert an. »Wo kommst du her? Warum bist du nicht bei dem Schwarm, der Uri überwacht?«, fragte er fast zärtlich. »Aber ja, natürlich, ich habe dir eine besondere Aufgabe erteilt. Was hast du gesehen? Zeig es mir! Hast du sie gefunden? Wo ist sie?«

Gierig packte er den Vogel und hob ihn vor sein Gesicht. Die Augen des Tieres und seine eigenen glühten auf, und Zamir sah Ludmilla durch den Wald rennen. Sie war in Fenris. Sie war nicht bei Uri.

»Ha«, schrie er auf, so dass der Späher zusammenzuckte. »Ich wusste es. Ich wusste, dass sie ihn nicht ewig schützen würde.« Er erlöste den Vogel mit einer schwungvollen Bewegung aus der Umklammerung und ließ ihn zum Ausgang fliegen. »Bleib an ihr dran«, rief Zamir ihm nach. Dann setzte er sich vor die Feuerstelle und schloss die Augen.

Er wiegte den Körper vor und zurück und fing an, in einer alten, unverständlichen Sprache zu murmeln. Eine Stichflamme löste sich vom Feuer und schoss Richtung Höhlenausgang. Er verstummte kurz und blickte der Flamme nach. Dann fing er an, eine Melodie zu summen, die in ganz Eldrid bekannt war und überall gesungen, gesummt oder mit Instrumenten musiziert wurde. Die Melodie erhob sich in der Höhle und hallte bald von den Wänden wider. Und Zamir wiegte den Oberkörper im Takt der Melodie, hob die Arme empor und beschwor seine stärkste Magie hervor.

ACHTES KAPITEL

Überall Hindernisse

Immer wieder starrte Ludmilla in den Himmel. Lando und Eneas hatten sich neben sie auf den warmen Waldboden gehockt und beobachteten angestrengt die Umgebung.

»Waldgeister, Späher? Was kommt als nächstes?«, fragte sie nervös. »Das fängt ja gut an. Wollten wir den Wald nicht so schnell wie möglich verlassen, da die Waldgeister aufgebracht sind? Und nun lassen uns die Späher nicht raus.«

Lando sah sie mit zusammengekniffenen Augen an. »Du hast recht, überall Hindernisse«, murmelte er verbissen. »Wir müssen einen Weg finden, den Wald zu verlassen.«

Eneas knurrte unwillig, und kleine unsichtbare Funken lösten sich von seinem Körper. »Also, was machen wir?«, schnaufte er. »Suchen wir nach einem anderen Weg? Außen um die Lichtung herum?«

Lando nickte widerwillig. »Das kostet uns viel Zeit, aber haben wir eine Wahl? So kommen wir nicht über die Lichtung.«

Sie rappelten sich mühsam hoch, alle gezeichnet von der Strecke, die sie innerhalb der letzten Stunden zurückgelegt hatten.

»Wir bleiben dicht zusammen«, befahl Lando, der sich dazu entschlossen hatte, die Formwandlergestalt beizubehalten.

Sie mussten den Pfad verlassen, der sie bisher so bequem und sicher durch den Wald geführt hatte. Sich einen eigenen Weg durch Fenris zu suchen war beschwerlich, und sie kamen nur sehr langsam voran. Es war, als würde ihnen kein Durchgang gewährt. Die Hecken hatten Dornen, an denen Ludmilla ständig hängenblieb, und der Boden war uneben, so dass sie immer wieder stolperte. Sie versuchten, sich mit Stöcken einen Weg zu bahnen, aber auch das gelang nicht. Landos Ungeduld war unerträglich, während Eneas der einzige war, für den die Hindernisse überwindbar schienen. Ludmilla war sich zwar sicher, dass er nicht durch Wände laufen konnte, aber die Sträucher und Hecken konnten ihm nichts anhaben.

Nach einer halben Ewigkeit durch diese Unwägbarkeit blieb Lando abrupt stehen. Er schnaufte entnervt und wandte sich an Eneas: »Ich habe einen Vorschlag. Wie wäre es, wenn du auskundschaftest, ob wir überhaupt eine Chance haben, die Lichtung durch das Dickicht zu umrunden. Ludmilla und ich ruhen uns derweil etwas aus.«

Eneas versprühte ein paar Funken, während er nickte. Offenbar bereitete ihm die Aufgabe Vergnügen. Wenige Sekunden später war er verschwunden, und auch das Knacken der Sträucher verhallte.

Ludmilla ließ sich dankbar neben Lando auf den Boden fallen. Ihre Arme waren zerkratzt, und die kleinen Schnittwunden brannten. Sie lehnte sich gegen einen Baumstumpf und schloss die Augen. Ihr Atem hämmerte gegen ihre Brust.

Sie versuchte, sich zu entspannen, als Zamirs Stimme in ihrem Kopf ertönte: »Hast du wirklich geglaubt, dass du unbemerkt durch mein Reich wandern kannst?«, zischte er. »Hast du wirklich geglaubt, dass du mir entkommst? Dass du meinem Willen widerstehen kannst?«

Er lachte kreischend auf, und Ludmilla fasste sich unwillkürlich an die Ohren. Lando blickte sie verständnislos an.

»Was hast du?«, fragte er, während er in ihr schmerzverzerrtes

Gesicht starrte.

»Scathan-Mädchen«, rief Zamir in ihrem Kopf. »Du musst jetzt zu mir kommen. Es ist nicht weit. Ich weiß, wo ihr seid. Du, dieser arrogante Formwandler und der Dummkopf von einem Unsichtbaren. Ihr habt keine Chance. Aus dem Wald kommt ihr nicht raus, dafür habe ich gesorgt, und nun fordere ich dich auf, mich zu besuchen.«

Sie nahm ihren Kopf zwischen ihre Knie und schüttelte sich. »Nein«, flüsterte sie unentwegt. »Nein, das werde ich nicht. Lass mich in Ruhe.«

Lando begriff sofort. Er sprang auf und versuchte, sie auf die Füße zu ziehen. »Lass es nicht zu«, schrie er aufgebracht.

Sie sah ihn kurz an und schüttelte den Kopf. Ihren Arm, den er bereits ergriffen hatte, um sie hochzuziehen, zog sie zurück und verharrte in der Position.

»Nimm meine Einladung an«, donnerte Zamir so laut, dass ihr der Kopf brummte. Ludmilla schaute zu Lando, weil sie dachte, dass er es hören müsse. Aber er hörte nichts. Für ihn war alles still. Gespenstisch still. Er sah nur ihre weitaufgerissenen hellblauen Augen, die dadurch noch größer wirkten, ihr Gesicht, das in diesem Moment blasser war als ohnehin schon, und ihre zusammengekniffenen Lippen, so dass ihr Mund noch schmaler erschien.

»Menschenmädchen«, säuselte Zamir. »Sei nicht so naiv. Du entkommst mir nicht, und keiner kann dich beschützen. Nicht Uri und auch nicht deine dämlichen Begleiter.« Erneut lachte er schrill auf. »Aber lass dir Zeit. Du scheinst diese Zeit zu brauchen, um zu realisieren, dass du keine Chance gegen mich hast.« Seine Stimme wurde schmeichlerisch: »Du bist doch ein schlaues Mädchen. Wenn du freiwillig zu mir kommst, passiert deinen Begleitern nichts. Das verspreche ich. Ich werde sie verschonen. Aber dafür musst du aus freien Stücken zu mir kommen.« Mit einem Zischen, das ihr durch Mark und Bein ging, verabschiedete er sich.

Sie hatte wieder die Hände auf die Ohren gepresst und starrte vor sich hin, bis auch der letzte Ton von Zamirs Worten in ihr verhallt war. Erst dann wagte sie es aufzublicken. Lando hockte neben ihr und hatte besorgt seine Hand auf ihre Schulter gelegt.

»Was hat er gesagt«, fragte er zögerlich.

Ludmilla entfuhr ein Schnaufen, während sie sich vorsichtig aufsetzte. Ihr gesamter Körper schmerzte von der Anspannung. »Wir kommen hier nicht raus«, flüsterte sie, und Verzweiflung schwang in ihrer Stimme mit.

Im gleichen Augenblick erschien Eneas neben ihnen. Sein durchsichtiges Gesicht war gerötet, und er schien erbost.

»Ich komme noch nicht einmal in die Nähe des anderen Endes der Lichtung«, platzte es aus ihm heraus. »Jedes Mal, wenn ich dachte, ich hätte einen Weg für euch gefunden, wächst vor meinen Füßen ein Baum oder ein Fels aus der Erde, der mir den Weg versperrt. Dieser Wald ist verhext.«

Er hielt inne und starrte sie entgeistert an. »Was ist hier los?«

»Das hat nichts mit Hexerei zu tun«, erwiderte Lando bitter. »Das ist Zamir.«

Eneas entfuhr ein durchsichtiger Funkenregen. »Was heißt das, das ist Zamir?«, polterte er los, wobei sich seine hohe Stimme fast überschlug. »Kann Zamir Felsen aus dem Boden wachsen lassen? Das wäre mir neu.«

Ludmilla entfuhr ein hysterisches Lachen. »Was kann er denn nicht, dieser Zamir?« Die beiden Wesen starrten sie entgeistert an, aber sie zuckte nur mit den Schultern. »Er hat die Berggeister geweckt. Er hat insgesamt fünf mächtige Schatten um sich gesammelt, er kann sicherlich auch Felsen aus dem Boden wachsen lassen. Das ist doch bestimmt einer seiner leichtesten Übungen.«

Sie sprang so schnell auf, dass die beiden Geschöpfe zurückzuckten. »Wir müssen hier weg, und zwar schleunigst. Er hat gesagt, dass ich ihm nicht entkommen kann.«

Lando packte sie am Arm. »Wie stark war die Versuchung,

seinem Ruf zu folgen?«, fragte er barsch. Er kam sehr nah an ihr Gesicht heran, so dass er ihre Sommersprossen fast hätte einzeln zählen können, und stierte ihr in die Augen, als wollte er sie hypnotisieren.

Ludmilla runzelte die Stirn und streifte seine Hand ab. »Was für eine Versuchung?«, fragte sie irritiert. Sie machte einen Schritt rückwärts, um Landos Nähe zu entgehen.

»Warum weichst du von mir? Willst du etwas verbergen?«

»Nein«, blaffte sie den Formwandler an.

»Aber er hat dich gerufen? Er wollte, dass du zu ihm gehst, oder?«

Sie nickte. »Ja, und?« Sie verstand die Frage immer noch nicht.

»Musstest du nicht mit dir kämpfen, seiner Aufforderung zu widerstehen?«

Ludmilla entfuhr ein ungläubiges Lachen. »Was? Nein. Warum sollte ich zu ihm gehen? Ich bin doch nicht lebensmüde.«

»Aber es war schwierig für dich, seiner Aufforderung nicht nachzukommen, oder?«, fragte nun Eneas mit sanfter Stimme. Auch er starrte sie befremdet an.

»Was soll das schon wieder heißen?« Langsam nervte sie dieses Verhör. »Erklärt mir doch mal bitte, was ihr denkt, was ich getan habe oder was ich hätte tun müssen, wenn er mich gerufen hätte.«

Eneas blies ein paar durchsichtige Funken durch die dünnen Nasenlöcher. »Entschuldige bitte, Ludmilla. Aber wenn Zamir ein Wesen oder einen Menschen ruft, ihn bittet, ihn zu besuchen, dann kann eigentlich keiner dieser Aufforderung widerstehen. Dich hat er gerufen, und du bist seinem Ruf nicht gefolgt. Wir fragen uns nur, wie du das gemacht hast. Wie bist du ihm entgegengetreten?«

Ludmilla blickte die beiden Geschöpfe hilflos an. »Was heißt entgegengetreten? Er hat mich aufgefordert, zu kommen. Hat mich gebeten, ihn zu besuchen. Aber ich wollte nicht. Erst ist er wütend geworden und hat mir erklärt, dass wir keine Chance hätten, aus dem Wald rauszukommen. Wir könnten keinen Schritt in Fenris tun, ohne dass er es wüsste. Als er merkte, dass ich nach diesen Drohungen nicht freiwillig zu ihm gehen würde, hat er mir eine Art Ultimatum gestellt. Wenn ich aus freien Stücken seiner Einladung folge, dann verschont er euch. Das hat er zumindest versprochen. Aber ich glaube ihm kein Wort. Ganz davon abgesehen, dass ich freiwillig seine Höhle nicht betreten werde.«

Und dass ihr dämlich seid, fügte sie in Gedanken hinzu, während sie in die ungläubigen Gesichter der beiden Wesen schaute. Natürlich dachte sie nicht, dass Lando und Eneas dämlich waren. Jedoch konnte sie sich diesen Kommentar, zumindest in Gedanken, nicht verkneifen, da die beiden nicht sonderlich intelligent aus der Wäsche schauten, so wie sie sie anstarrten. Sie musste bei dem Anblick fast lachen, konnte es sich aber verkneifen. Die Lage war zu ernst, und es hatte sie Kraft gekostet. Kraft, Zamir aus ihrem Kopf zu vertreiben. Nicht, ihm zu widerstehen. Sie hatte keinen Drang verspürt, dem Ruf zu folgen. Insofern hatte sie die Wahrheit gesagt.

»Und jetzt?«, fragte sie stattdessen, um das Thema in eine andere Richtung zu lenken.

Eneas hob die durchsichtigen Schultern. »Wie gesagt, ich kam nirgends durch. Entweder wir überqueren die Lichtung, oder wir sitzen hier fest.«

Sie zuckte zusammen. Schon der Gedanke an all die Späher, die über der Lichtung kreisten, ließ sie erschaudern.

»Zamir wird uns nicht durchlassen«, flüsterte sie. »Aber wir müssen hier raus. Ich hoffe, dass er auf das Gebiet hinter dem Wald nicht so viel Einfluss hat und uns dann in Ruhe lässt.«

Lando nickte unmerklich und starrte gedankenverloren auf den Boden vor sich. Auch der Unsichtbare schwieg. Aber Ludmilla trat unruhig von einem Fuß auf den anderen. Sie hatten dafür keine Zeit. »Lando? Hast du einen Plan? Was machen wir denn jetzt? Nochmal: Hier können wir nicht bleiben. Zamir wird …« Sie stockte. Was würde Zamir? Er war eingeschlossen. Eingeschlossen in seiner Höhle. Also was könnte er ihnen schon anhaben? Sie blickte in Eneas' aufmerksame Augen. Er schien ihr zugehört zu haben, während Lando nicht reagierte. Ludmilla wagte es nicht, den Satz zu beenden. Ihre Angst vor Zamir war gestiegen. Jedoch war sie genauso ratlos wie ihre Begleiter. Wie sollte es weitergehen?

NEUNTES KAPITEL

Wie viele Schatten, Arndt?

Mina schnaufte erleichtert auf, als sie die Haustür abschloss. Noch mehr Besuch würde sie an diesem Abend nicht verkraften. Kaum hatte sie sich erschöpft am Küchentisch niedergelassen, kam Pixi wutentbrannt aus Ludmillas Zimmer geflogen. Sie schoss wie ein Pfeil durch die Küche und fing lauthals an zu schimpfen. Dabei dröhnte ihre tiefe Stimme durch das gesamte Haus, so dass sich Mina die Ohren zuhielt. Ludmillas Spiegelbild war zum ersten Mal so eingeschüchtert, dass es sich in eine Ecke vom Flur verzog und die Szene aus der Entfernung beobachtete.

»Wann hat Edmund Taranee seinen Schatten verloren?«, donnerte die kleine Fee völlig außer sich. »Wie kann es sein, dass wir davon nichts wissen?«

Unentwegt schüttelte sie den Kopf. Mina sah sie verwirrt an. Sie hatte vergessen, wie fein Feenohren waren. Offenbar hatte Pixi die Gespräche trotz geschlossener Türen und der Entfernung mitgehört.

Mina erinnerte sich vage daran, dass Arndt Solas ein paar Monate, vielleicht ein halbes Jahr nach dem Verlust ihres Schattens, ihr erzählt hatte, dass auch Edmund Taranee seinen Schatten verloren habe. Aber sie hatte sich nicht dafür interessiert, da sie Edmund noch nie sonderlich gemocht hatte. Schon damals nicht. Dass auch er seinen Schatten verloren hatte, war für sie eine kurzaufflammende Genugtuung gewesen. Sie war jedoch nicht auf die Idee gekommen, dass die Wesen von Eldrid von diesem Verlust nichts erfahren würden.

»Wie viele Schatten der Spiegelfamilien sind gestohlen worden?«, polterte Pixi unentwegt und riss Mina aus ihren Erinnerungen.

Mina sah sie verzweifelt an und hob die Schultern. »Das weiß ich nicht, Pixi.«

Sie fühlte sich furchtbar. Ihr damaliges jugendliches Desinteresse führte nun zu absoluter Unwissenheit. »Wir können Arndt fragen«, schlug sie leicht verzweifelt vor.

Die kleine Fee schwebte vor ihrem Gesicht hin und her und stemmte die Hände in die Hüften.

»Ist dir nie in den Sinn gekommen, dass das für uns wichtig ist? Dein Schatten, Godal«, sie spuckte den Namen des Schattenkönigs nur so auf den Boden, »ist vielleicht nicht der einzige lebendige Schatten. Was, wenn Zamir sich den Schatten von Edmund Taranee auch untergeordnet hat? Was, wenn es noch mehr davon gibt? Vielleicht ist das der Grund, warum Zamir so viel Macht erlangen konnte, trotz seiner Verbannung.«

Pixi war vor Entrüstung rot angelaufen und ihre Backen blähten sich auf wie kleine Luftballons.

»Also, Mina, zum letzten Mal: Wie viele Schatten haben die Spiegelfamilien verloren?«, donnerte sie, so dass die Gläser in den Schränken klirrten.

Mina sah sie hilflos an und hob die Schultern. »Ich habe nicht die geringste Ahnung, Pixi, wirklich. Ich weiß nur von meinem und Edmunds Schatten. Wie gesagt, ich kann Arndt fragen«, erwiderte sie leise.

Pixi nickte bestimmt. »Dann musst du wohl deinen alten Freund Arndt fragen«, fauchte sie feindselig und verschwand brummend in Ludmillas Zimmer. Durch das Brummen leuchtete ihr gesamter grüner Körper und produzierte einen hellen

Lichtschein, der die Aufmerksamkeit des Spiegelbildes auf sich zog. Es schrie entzückt auf und folgte der Fee.

Mina sah ihnen nach. Sie konnte sich keinen Reim auf Pixis Aufregung machen. Warum hatte ihr Schatten einen Namen? Godal. Und warum war er lebendig geworden? Uri hatte dies mit keinem Wort erwähnt. Hatte die ganze Aufregung etwa mit ihrem Schatten zu tun? Entschlossen betrat Mina das Zimmer ihrer Enkeltochter und sah sich um. Pixi saß aufgebracht auf Ludmillas Bett und wippte ungeduldig mit dem Fuß.

»Und, hast du Arndt schon erreicht?«, blaffte sie sie an.

Mina setzte sich vorsichtig auf die Bettkante, schüttelte fast unmerklich den Kopf und sah Pixi mit ihren grauen Augen an. Sie schob sich die Brille auf die Nase, um sie besser betrachten zu können. Pixis Federkleid leuchtete in allen Grüntönen, während die prächtigen kleinen Flügel bunt schillerten.

»Pixi«, begann Mina sanft. »Du musst mir bitte zunächst erklären, warum mein Schatten Godal heißt und warum du davon sprichst, dass er lebendig geworden ist.«

Verblüfft starrte Pixi sie an.

»Hat dir Uri nicht erklärt, was Zamir mit deinem Schatten gemacht hat?«, piepste sie aufgeregt und rang nach der Fassung.

Mina schüttelte stumm den Kopf.

»Er hat dir nicht erklärt, dass sich Zamir deine Mächte nicht einverleibt hat, sondern sie deinem Schatten überlassen hat?«, fragte sie weiter, während ihr Gesicht vor Entrüstung rot anschwoll.

Mina schüttelte erneut den Kopf und sah Pixi wissbegierig an.

Die Fee erhob sich und schwebte aufgebracht durch das Zimmer: »Zamir hat sich nur die Mächte angeeignet, die er unbedingt haben wollte. Die übrigen Kräfte überließ er deinem Schatten und ließ ihn lebendig werden. Zamir hat einen Schatten erschaffen, der sich eigenständig in Eldrid bewegen kann. Dein Schatten, Mina«, sie erzitterte und sah sie mit großen, grünen, traurigen Augen an, »heißt Godal und ist der Grund, warum so viele Wesen in Eldrid ihre Schatten verloren haben. Er raubt die Schatten genauso wie Zamir und schickt sie, nachdem er sich ihre Mächte genommen hat, an den Himmel. Die Schattenwolke ist inzwischen riesig und verdunkelt große Teile von Eldrid. Godal« – sie flüsterte den Namen nur noch – »ist ein übermächtiges böses Wesen, das Eldrid beherrscht«, schloss sie erschöpft.

Mina starrte sie entgeistert an. »Und dieses Wesen …«

»Godal ist ein Schatten. Der lebendige Schatten. Der Schattenkönig, wie er auch bezeichnet wird«, verbesserte sie Pixi wichtigtuerisch.

»Diesen Schattenkönig soll Ludmilla einfangen und zu mir zurückbringen?«, platzte es aus Mina heraus, als hätte sie erst jetzt begriffen. »Hat Uri den Verstand verloren?«

Die Fee starrte Mina betroffen an. »Und das hat er dir nicht erzählt?«, fragte sie leise.

Mina bebte vor Wut. »Nein, hat er nicht«, presste sie hervor. »Sicherlich trage ich daran eine Mitschuld, weil ich ihn nicht zu Wort habe kommen lassen«, sprudelte es aus ihr heraus. »Aber dennoch hätte er mir dieses Detail nicht vorenthalten dürfen. Er hätte es mir erzählen müssen. Dann hätte ich Ludmilla mit allen Mitteln von dem Spiegel ferngehalten. Um jeden Preis! Seid ihr euch eigentlich darüber im Klaren, wie gefährlich das ist? Was ihr da vorhabt? Und das mit Ludmilla?«

Minas Atem ging so schnell, dass selbst das Spiegelbild ihrer Enkeltochter interessiert den Kopf hob. Pixi wedelte mit der Hand und versuchte, es zu verscheuchen. Aber es blieb grinsend stehen.

»Wusste ich doch, dass ich was verpasse«, krähte es voller Neugier.

Mina warf ihm einen vernichtenden Blick zu. Eine Weile stierte sie vor sich hin, dann blickte sie Pixi an und formulierte vorsichtig: »Also, mein Schatten, Godal, ist ein übermächtiges böses Wesen, das für Zamir Schatten sammelt und ihn damit mächtig werden ließ, richtig?«

Pixi schwebte regungslos in der Luft und nickte langsam.

»Und ihr wusstet bisher nicht, dass Edmund Taranee auch seinen Schatten in Eldrid verloren hat, wieder richtig?«

Pixi hob nur die Augenbrauen.

»Es stellt sich also die Frage, ob Zamir Edmund Taranees Schatten ebenso hat lebendig werden lassen, wie er es bei Godal gemacht hat. Und ob es darüber hinaus noch weitere Spiegel-familienmitglieder gibt, die auch ihre Schatten verloren haben.«

Pixi schnaubte aufgebracht und fing wieder an umherzufliegen.

»Ja, genau«, schallte sie durch das Zimmer.

Mina nickte, mehr zu sich selbst. »Jetzt habe ich es verstanden. Unabhängig davon, dass sich Ludmilla in großer Gefahr befindet, müssen wir so schnell wie möglich herausfinden, ob jemand und wer von den Spiegelfamilien seinen Schatten verlor.«

Pixi schwebte aufgeregt auf und ab, während Mina ihr Handy zückte und Arndts Nummer wählte.

Zehntes Kapitel

Die Befreiung

Fassungslos starrte Uri in die Richtung, in der die Waldgeister verschwunden waren. Er atmete schwer. Der Körper schmerzte, und vor ihm breitete sich ein See aus goldener Flüssigkeit aus. Seine Magie lag dort zu seinen Füßen. Er selbst hatte sie ausgespuckt, so sehr hatten die Waldgeister ihm zugesetzt. Sie hatten ihm die letzten Kräfte genommen, die ihm nach dem Verlust von Bodans Schatten geblieben waren. Er schüttelte ohnmächtig den Kopf und richtete sich mühsam auf. Vorsichtig straffte er den Körper, strich die Kleidung glatt und wandte sich dem Zelt zu, in dem er auf seine Brüder warten wollte.

In diesem Moment traf ihn der Angriff mit voller Wucht. Uri flog, von einer unsichtbaren Kraft getroffen, rücklings im hohen Bogen durch die Luft. Er schrie auf vor Verwunderung und versuchte, den Aufprall zu verhindern. Jedoch konnte er keine seiner Kräfte aufrufen, so dass er krachend auf dem Boden der Waldlichtung landete. Goldene Funken sprühten in alle Richtungen wie ein kleines Feuerwerk. Uri stöhnte schmerzerfüllt auf. Seine Kochen schmerzten, und er begriff nicht, was geschehen war. Wer oder was war so mächtig, ihn ungehindert durch die Luft zu schleudern? Und warum hatte er es nicht verhindern können? Noch bevor er den Gedanken zu Ende führen konnte, drang Zamir in seinen Kopf ein. Er durchdrang ihn wie ein messerscharfer Pfeil und blieb in der Mitte stecken. Dort bohrte er sich in Uris Gedächtnis und sezierte es, wie mit einem Skalpell. Uri hatte nicht die Kraft, seine Erinnerungen gegen ihn abzuschotten. Und so drang sein Widersacher in die hinterste Ecke seines Gedächtnisses ein und holte die Zauberformel hervor, deren es bedurfte, um den Bann zu lösen. Uri entfuhr ein stummer Schrei, während er schmerzerfüllt die Hände auf den Kopf presste. Er begrub den Kopf im Schoss, versuchte, ihn mit den Armen zu umfassen, als wollte er verhindern, dass die Worte ihn verließen. Aber er hatte keine Chance. Er war zu schwach. Er konnte nur sehenden Auges zulassen, dass Zamir sich befreite. Und Zamir triumphierte. Das alles dauerte nicht mehr als eine Minute. Dann wurde es mit einem Schlag still in Uris Kopf. Und auch um ihn herum wurde es still.

Mühsam richtete er sich auf und stützte sich auf die Unterarme. Verwirrt blickte er umher. Die Umgebung war verschwommen. Als ob er einen Schlag auf den Kopf bekommen hätte. Seine Brille war in das Gras neben ihn geflogen und glitzerte in der Sonne. Uri griff nach ihr und setzte sie auf. Obwohl er nun eigentlich wieder hätte klar sehen müssen, war immer noch alles verschwommen. So hatte er sich noch nie gefühlt. Unruhig richtete er sich weiter auf und versuchte sich zu sortieren. Er fühlte nichts, und sein Kopf war seltsam leer. Keiner kommunizierte mit ihm. Kein Geschöpf in Eldrid fühlte in diesem Moment etwas. Oder konnte er sie einfach nicht spüren?

Zittrig blickte er sich nach allen Seiten um. Langsam kam sein Sehvermögen zurück. Er konzentrierte sich auf seine Mächte, aber da war nichts. Er spürte keine seiner magischen Kräfte. Er fühlte sich leer an. Fassungslos starrte er auf die Hände und hob sie in die Luft. Sie glühten, wie immer. Kleine Funken stoben von den Fingerkuppen. Zumindest dieser Teil seines Körpers war unverändert. Noch während sich Uri misstrauisch umschaute, schoss ihm ein weiterer Gedanke durch den Kopf. Mit klopfendem Herzen warf er einen kurzen prüfenden Blick auf den Boden neben ihm. Er hielt den Atem an. Da lag er. Ruhig und bestimmt, mit feurig goldenen Augen, und blitzte ihn an. Sein Schatten. Uri entfuhr ein erleichtertes Schnauben. Er hatte seinen Schatten nicht verloren. Aber was war mit seiner Magie geschehen? Er fühlte sich taub. Taub und machtlos. Und dann schlich sich ganz langsam die Gewissheit in sein Bewusstsein. Zamir hatte sich nicht nur befreit, er hatte damit auch erreicht, dass seine Kräfte gelähmt waren. Es würde Tage dauern, wenn nicht Wochen, bis sie ihm wieder gehorchen würden.

Uri spürte, wie die Hitze in ihm hochstieg. Sein Herz fing wie wild an zu pochen. Als sein Gesicht anfing zu glühen, erhob sich aus dem hinteren Teil seines Kopfes ein lautes schrilles Gelächter. Es brach über ihn herein wie eine Flutwelle. Es ergriff jede Faser seines Körpers. Der höhnische Jubel des ihm so verhassten Spiegelwächters. Zamir war frei. Er war frei, und er lachte. Lachte, dass es ganz Eldrid hörte. Dass sich alle Wesen von nun an fürchten müssten, da von jetzt an nicht nur Godal Jagd auf ihre Schatten machen würde.

Nachdem der ohrenbetäubende Schall von Zamirs Triumph durch den letzten Bruchteil seines Körpers gefahren war und ganz Eldrid bis in die letzte Ecke erreicht hatte, wurde es wieder still. Still in Uris Kopf und still auf der Lichtung. Uri atmete schwer. Er war auf die Knie gesunken, die Nasenspitze nur Zentimeter vom Boden entfernt. Er zitterte vor Anstrengung und Verzweiflung. Wie hatte das nur geschehen können? Aber er kannte die Antwort: In den letzten Tagen hatte ihn viele Ereignisse geschwächt. Zu sehr geschwächt. Er hatte Ludmilla eine Macht verliehen. Zamir hatte diese Gelegenheit ausgenutzt und seinen ersten Angriff gestartet. Von diesen beiden Ereignissen hatte er sich nicht vollständig erholen können, bevor Bodan seinen Schatten verloren hatte. Das war der nächste Schlag gewesen. Und dann hatte er sich mit den Waldgeistern auseinandergesetzt. Das hatte ihm den Rest gegeben. Und er hatte den schlimmsten Fall nicht verhindern können. Die

Waldgeister vertrauten nicht mehr auf die Kraft der Spiegelwächter und wollten sich den Berggeistern entgegenstellen. Aber nicht nur, dass er gegenüber den Waldgeistern versagt hatte, nun hatte sich Zamir auch noch befreien können. Eldrid zahlte einen bitteren Preis für Uris Entscheidungen und für seine Schwäche: Zamir war frei. Frei und ungehindert, sein Unwesen zu treiben und Eldrid weiter in Dunkelheit zu stürzen.

ELFTES KAPITEL

Der Triumph

Zamir sprang auf. Er hatte es geschafft. Endlich! Das Gefühl des Triumphes stieg in ihm auf wie ein explodierender Vulkan. Er schrie und lachte im Wechsel und rannte um die Feuerstelle herum. Er konnte es selbst kaum fassen. Deshalb drang er in Uris Kopf ein und verhöhnte ihn. So sehr hatte er ihn noch nie verhöhnt und noch nie in solcher Offenheit. Oh, wie sehr würde dieser alte Narr jetzt leiden. Zamir hatte den Verbannungszauber gebrochen und Uri damit fast zerstört. Es war ein Leichtes gewesen, den Bann zu brechen. Fast zu einfach. Und es hätte nicht viel gefehlt, und er hätte es gewagt, aus dieser Distanz ihm seinen Schatten zu nehmen. Uri, der mächtige Spiegelwächter: schattenlos. Das wäre undenkbar, aber auch herrlich und großartig zugleich. Was wäre dieser Schatten für ein Gewinn für ihn! Für ihn, den Herrscher über alle Schatten und über die Dunkelheit in Eldrid.

Völlig außer Atem blieb er abrupt stehen. Er konnte sich diesen Schatten holen. Jederzeit. Ja, er war dazu in der Lage, denn er war jetzt frei. Er konnte die Höhle verlassen. Die Höhle, die so lange sein Verlies gewesen war. Und er konnte seinen Spiegel aufsuchen. Seinen Spiegel. Er würde ihn aktivieren, und dann wäre die Macht der fünf Spiegel wieder vereint. Oh, wie wenig wussten seine Brüder. Wie ahnungslos waren sie!

Zamir hielt inne und strich sich über das Gesicht. Über dieses schöne feine Gesicht eines jungen Mannes. Er befühlte die ebenmäßigen Züge, dieS perfekte schmale Nase und das markante

Kinn. Wie lange würde es wohl dauern, bis er sich selbst betrachten könnte? Eins nach dem anderen, dachte er und wollte sich damit besänftigen. Aber dann überkam ihn erneut ein hysterisches lautes Lachen, das er nicht zügeln konnte. Gedankenverloren und immer noch schallend lachend lief er auf den Ausgang der Höhle zu. Er strich sich den Gehrock glatt, die Haare aus dem Gesicht und verschluckte das letzte kreischende Geräusch, das im Gang der Höhle hallte.

Hoch erhobenen Hauptes trat er aus dem Gang hinaus. Er zuckte kaum merklich, als er die Schwelle übertrat, an der so viele Jahre die unsichtbare Barriere gelegen hatte. Jahrhunderte hatte Uris Macht gereicht. In all dieser Zeit hatte Zamir keinen Fuß mehr in diese von ihm so gehasste und zugleich so geliebte Welt gesetzt. Zufrieden betrachtete er sein dunkles Werk. Er spürte die Angst, die in der Stille lag. Kein Wesen gab ein Geräusch von sich, als er wie im Rausch durch den Wald von Fenris schritt. Er genoss die Furcht, das Zittern der Erde unter den Füßen, und er spürte seine Macht. Spürte, dass genau jetzt eine neue Ära in Eldrid anbrach. Die Ära seiner Herrschaft. Durch Uris Bann war es ihm nicht möglich gewesen, seine Magie vollständig zu benutzen, und selbst bei der Erweckung der Berggeister hatte er das Pentagramm der Schatten nutzen müssen. Aber es war seine Idee, seine Genialität, die dazu geführt hatte, dass die Berggeister erwacht waren. Nun war es an der Zeit, seine Pläne vollständig in die Tat umzusetzen.

Er ließ sich Zeit, wusste er doch genau, wohin die Füße ihn als Erstes tragen würden. Vor allem anderen, was auf seiner langen Liste der Rache stand, würde er als Erstes seinen Spiegel besuchen. Seinen Spiegel und seine Höhle. Am Ende war er vor allem eines – und das konnte er nicht ändern, egal, wie sehr er sich verwandelte: Er war ein Spiegelwächter, und Spiegelwächter hatten nicht nur eine enge Bindung zu ihren Spiegeln, sie lebten auch bei ihren Spiegeln. Das erst machte Spiegelwächter komplett.

Sein Spiegel zog ihn magisch an. Er zitterte vor Erregung, als er sich einen Weg durch das Gestrüpp zu seiner Höhle bahnte. Im

Gegensatz zu Uris Höhle lag seine tief im Wald versteckt. Umgeben von einer dornigen Hecke, die nur nach Aufsagen einer Zauberformel Durchlass gewährte. Doch selbst der Weg zu dieser Hecke war verwachsen, seit Jahrhunderten war hier niemand mehr gewesen. Die Zeit verging in Eldrid anders als in der Menschenwelt. Mina, Godals Herrin, musste inzwischen alt und grau sein, aber hier, hier waren Jahrhunderte vergangen. Godals Macht war gewachsen, ebenso wie seine eigene Macht. Und auch die Hecke, die die versteckte Höhle vor ungebetenen Gästen schützte, war in diesen Jahren so gewuchert, dass nichts erahnen ließ, dass dahinter die Höhle eines Spiegelwächters lag.

Aber dank seiner Mächte war dies für ihn kein Hindernis. Eine herrische Handbewegung, und die Hecke teilte sich und gab den Eingang zur Höhle frei. Ein prickelndes Gefühl machte sich in ihm breit. Er konnte seine Aufregung nicht verbergen, sich nicht beherrschen. Und dann flog er regelrecht den Gang entlang, der in das Innere seiner Höhle führte. In der Mitte war die Feuerstelle zu erahnen, ebenso wie die darum liegenden Strohballen. In der hinteren Ecke lehnte sein Spiegel an der Wand. Der Platz war unverändert, aber er leuchtete nicht. Er begrüßte ihn nicht. Er müsste seine Gegenwart spüren und mit einem Leuchten antworten. Aber der Spiegel gab keinen Schein von sich.

Fassungslos starrte Zamir ihn an. Das Spiegelglas starrte blind zurück. Wie er dastand. Sein prächtiger Spiegel. Er war so groß, dass sein Spiegelglas jeden noch so großen Menschen hindurchlassen konnte. Sein Rahmen war aus purem Gold. Der Rahmen bestand aus goldenen Blättern, Ranken und Heckenzweigen. Genau die Heckenzweige, die Zamirs Höhle bewachten, schmückten golden den Rahmen seines Spiegels. Sie wanden sich um seinen Rahmen wie ein Gebilde. Als wollten die Heckenzweige den Spiegel umschließen. Auf ihnen saßen Ornamente und anders geformte Blätter, die fast wie Fremdkörper auf den Zweigen wirkten. Zusätzlich war der gesamte Rahmen von verblassten Schriftzeichen übersät. Sie hatten sich in das Gold eingebrannt und schwarze Spuren darauf hinterlassen.

Auf der Krone des Rahmens thronte ein fratzengleicher Kopf, ebenfalls aus Gold. Der Kopf wurde von zwei Händen getragen, die das Kinn fächerartig umfassten und so den Kopf stützten. Das Gesicht war schmal mit kleinen schlitzartigen Augen und einer scharfen Nase. Es wurde umspielt von welligen Haaren, die bei den stützenden Händen endeten.

Mit zittriger Hand strich Zamir über die Schriftzeichen. »Warum brennt ihr nicht?«, fragte er mit belegter Stimme. »Meine Anwesenheit aktiviert den Spiegel nicht?«, brummte er ungläubig. »Was hast du mit meinem Spiegel gemacht?«, brüllte er los. Rasend vor Wut und dennoch beherrscht suchte er seinen Spiegel ab. Als gäbe es einen Schalter, den er umlegen musste, um ihn zu aktivieren. Aber so sehr er auch suchte und den Spiegel abtastete und streichelte, er rührte sich nicht.

Unbeherrscht schrie Zamir auf. Es war ein hysterischer Schrei, der im Wald widerhallte.

»Uri«, brüllte er. »Uri, was hast du mit meinen Spiegel gemacht? Warum spricht er nicht mit mir? Warum leuchtet er nicht?«

Und dann rannte er los. Er eilte aus der Höhle, durchteilte die Hecke mit einer schneidenden Bewegung seiner Arme und flog über den Waldweg zu Uris Höhle.

ZWÖLFTES KAPITEL

Aik

Ludmilla wollte gerade fragen, ob es eine Möglichkeit gäbe, den Wald großräumig zu umlaufen, als plötzlich die Erde unter ihren Füßen zuckte. Die gesamte Welt durchfuhr einen Ruck, und auch das letzte Dämmerlicht, das die Schattenwolke durchließ, erlosch schlagartig. Der Boden erzitterte wie bei einem Erdbeben, und die Finsternis legte sich in die noch so kleinste Ecke der Welt und erstickte sämtlichen noch so schwachen Schimmer des kostbaren Lichts von Eldrid. Es war so dunkel, dass Ludmilla nicht wagte, sich zu bewegen. Sie sah überhaupt nichts mehr. Als hätte ihr jemand eine Augenbinde über die Augen gelegt. Sie spürte Landos Hand auf ihren Lippen und unterdrückte einen Schrei. Es ging alles sekundenschnell. Die Erde hörte auf zu beben, und Dämmerlicht brach wieder durch den von der Schattenwolke verhangenen Himmel. Und dann erhob sich ein triumphales Lachen. Es stürzte wie eine Flutwelle über Fenris herein und riss alles mit sich. Ludmilla legte die Hände auf die Ohren und sackte in sich zusammen. Sie konnte dieses Lachen nicht ertragen. Es war so hässlich, so martialisch, so schadenfroh und voller Macht. Auch Landos Hand glitt von ihren Lippen und hing entsetzt und kraftlos am Körper hinunter. Sie tauschten fassungslose Blicke.

Er ist frei, schoss es ihr durch den Kopf. Zamir ist frei. Aber sie wagte nicht, es auszusprechen. Stattdessen fragte sie: »Was war das?« Sie hatte noch ein letztes Fünkchen Hoffnung, dass sie sich irrte.

Eneas Augen lagen in dunklen, fast durchsichtigen Höhlen. Sein Kopf schwebte regungslos in der Luft und rührte sich nicht.

»Dieses Lachen«, begann Lando mit belegter Stimme, »kann nur eines bedeuten …«

»Zamir ist frei«, beendeten die beiden Wesen im Chor den Satz. Dann schwiegen sie lange.

»Aber wie kann das sein?«, fragte Ludmilla schließlich. »Heißt das, dass Uri so geschwächt ist, dass sich Zamir befreien konnte?«

Aber sie kannte die Antwort. Alle kannten die Antwort.

»Wir müssen hier weg«, beschloss Lando schließlich. »So schnell wie möglich.«

»Aber wie?«, fragte Ludmilla und sprang auf.

Eneas packte sie am Handgelenk und zog sie wieder auf den Waldboden. »Wir müssen uns ruhig verhalten und versuchen, so wenig Lärm wie möglich zu machen«, flüsterte er. »Zamir ist frei. Es ist nur eine Frage der Zeit, bis er sämtliche Spione und Späher auf uns hetzt. Wir müssen einen Weg finden, uns unsichtbar zu machen, uns alle drei.« Sein riesiger durchsichtiger Körper glitzerte in allen Facetten, und er funkelte die beiden verschwörerisch an.

Lando schüttelte den Kopf. »Das ist zu riskant. Selbst wenn sie uns nicht sehen können, können sie uns wittern. Wenn sie uns mitten auf der Lichtung wittern, was machen wir dann? Egal ob unsichtbar oder nicht.«

»Wir müssen es trotzdem riskieren«, beharrte Eneas weiter.

»Worauf willst du hinaus, Eneas? Ludmilla kann sich nicht unsichtbar machen. Also brauchen wir uns gar nicht mit diesen Möglichkeiten aufhalten, oder?«

Der Unsichtbare blickte ihn lange schweigend an. Ein kleiner glitzernder Funke löste sich von seinem Auge, als er wieder sprach: »Aber er kann es vielleicht«, und deutete stumm auf Ludmillas Schatten.

Lando zuckte zusammen und warf ihm einen warnenden Blick zu. Ludmilla schielte zu ihrem Schatten, der kaum erkennbar auf dem Boden lag. Seine sonst so rotglühenden Augen blickten sie dieses Mal nicht an.

Lando packte Eneas barsch am Handgelenk. »Das ist jetzt nicht der richtige Zeitpunkt, das zu testen«, fuhr er ihn an. »Wie soll sie wissen, wie das geht? Ein Magier muss ihr dabei helfen. Sie kann das nicht allein. Wir stehen unter Druck. Wie soll das funktionieren?«

»Als Zamir Uri angriff, hat es auch wie von selbst funktioniert«, unterbrach sie ihn leise.

Eneas warf ihm einen bestätigenden Blick zu. »Lass es sie versuchen. Ein Versuch ist es wert. Wenn es nicht funktioniert, dann suchen wir nach einer anderen Lösung.«

Lando biss sich auf die Lippen. »Ich halte das für keine gute Idee«, er hielt kurz inne und starrte auf Ludmillas Schatten. »Aber ich habe keine bessere.«

Er wandte sich ihr zu, packte sie an den Schultern und sah ihr in die Augen: »Also gut, Ludmilla. Es ist wichtig, dass du dich mit ihm verbündest. Du musst dich ihm öffnen, sonst kann er seine Macht nicht mit dir teilen.«

»Woher weißt du das, Lando?«, fragte Eneas plötzlich skeptisch.

Aber er ließ sich nicht beirren. »Ich weiß, dass dir dein Schatten nicht geheuer ist. Du hast Angst vor ihm. Aber das ist falsch. Er ist dein Schatten. Er kann nur existieren, wenn du existierst. Ihr gehört zusammen.« Er warf Eneas einen kurzen Seitenblick zu, bevor er fortfuhr. »Ihr müsst euch verbünden. Zusammen seid ihr noch stärker. Wenn du nicht böse bist, ist es dein Schatten auch nicht.«

Eneas entfuhr ein ungläubiges Stöhnen. Aber ein Hieb von Lando in die unsichtbaren Rippen, der Ludmilla nicht entging, ließ ihn verstummen.

Sofort konzertierte sie sich wieder auf Landos Worte, die wie eine

Beschwörung über seine Lippen kamen: »Er ist dein Schatten. Verbünde dich mit ihm. Schließt Frieden. Ihr seid keine Feinde.«

Und zu Ludmillas Schatten, der inzwischen neben ihnen stand, obwohl Ludmilla saß, sprach er: »Du wirst ihr gehorchen, verstanden? Sie ist deine Herrin, tu, was sie sagt!«

Die rotglühenden Augen des Schattens ruhten auf Lando, während ihm ein feindseliges Zischen entfuhr. Ludmilla zuckte zusammen und schielte zu ihrem Schatten. Sie mochte ihn nicht anschauen. Sie mochte auch nicht mit ihm reden. Und schon gar nicht wollte sie mit ihm Mächte teilen. Aber hatte sie eine Wahl?

»Und wir haben keine andere Möglichkeit?«, fragte sie eindringlich.

Die Geschöpfe sahen sich kurz an und schüttelten unmerklich den Kopf.

»Versuch es doch erst einmal, Ludmilla«, bat Lando sie sanft. »Du wirst sehen, so schlimm ist es nicht, und es ist eine Chance. Wenn nicht sogar die einzige Chance, die wir haben, um den Wald von Fenris so schnell wie möglich zu verlassen.«

Sie blickte flehend zu Eneas, der ermutigend nickte.

»Versuche es«, flüsterte er, und seine Augen wurden dabei größer.

»Also gut«, murmelte sie. »Ich versuche es.«

Vielleicht spricht er ja nicht mit mir, dachte sie hoffnungsvoll. Aber das wagte sie nicht auszusprechen. Ihr war klar, dass es keine andere Möglichkeit gab. Aber mit ihrem Schatten zu sprechen bedurfte ihres gesamten Mutes. Es durchschauderte sie, während sie sich langsam zu ihrem Schatten wandte.

»Du hast mir zu gehorchen!«, krächzte sie mit trockener Stimme. Sofort wandte sie den Blick wieder ab und wartete.

Ihr Schatten wandte sich ihr ebenfalls zu und seine Augen glühten. Sie vernahm ein amüsiertes Lachen in ihrem Kopf, so dass sie vor Schreck einen Satz in die Luft machte.

Lando packte sie am Arm, und zwang sie, ihn anzusehen. Seine verschiedenfarbigen Augen blitzten. »Du brauchst nicht laut mit ihm zu reden. In der Regel geht das in Gedanken.«

Eneas stöhnte erneut auf. »Lando, das kann doch nicht wahr sein. Woher kennst du die Alte Kunst?«

Aber er ignorierte ihn. Ermutigend stupste er sie an. »Du schaffst das! Hab keine Angst, er tut dir nichts. Er kann dir nichts anhaben.«

Ludmilla schluckte, nahm erneut ihren gesamten Mut zusammen und sah ihren Schatten abermals an.

»Kannst du mir sagen, ob du«, sie stockte und überlegte, »ob wir«, verbesserte sie sich, »die Macht haben, uns unsichtbar zu machen?«

Wieder sprach sie es laut aus, biss sich aber gleichzeitig auf die Lippen. *Verzeihung*, dachte sie zögerlich. Der Schatten blinzelte sie kurz an und nickte dann fast unmerklich. Ludmilla starrte ihn ungläubig an. *Das heißt, wir können uns unsichtbar machen, wenn wir wollen?*

Der Schatten schüttelte den Kopf. Langsam hob er die Hand und deutete auf sich.

»Aber wenn du es kannst, kann sie es auch«, herrschte Lando ihn aufbrausend an. Der Schatten ließ sich nicht beeindrucken. Seine Augen ruhten auf Ludmilla.

Sie schluckte. »Du kannst es also wirklich?«, fragte sie erneut. »Du hast die Macht, dich unsichtbar zu machen?«

Lando entfuhr ein missbilligendes Zischen. »Das brauchst du ihn nicht zu fragen, Ludmilla. Er hat die Macht, das heißt, dass du sie auch hast, wenn er sie mit dir teilt.«

Ungeduldig wandte er sich erneut Ludmillas Schatten zu, der ihm keine Beachtung schenkte: »Teile die Macht mit deiner Herrin!«, fuhr er ihn an, als ihn Eneas am Arm packte.

»Lando, du mischst dich ein. Lass das. Sie muss es einfordern. Das weißt du offenbar besser als ich. Wir sollten sie kurz allein lassen.«

»Allein?«, entfuhr es Lando aufgebracht. »Niemals lasse ich Ludmilla mit diesem Schatten allein.«

Ludmillas Schatten fauchte ihn an, und seine Augen funkelten so tiefrot, dass Ludmilla den Eindruck hatte, als würden ihnen gleich Funken entspringen. Sie atmete tief durch, versuchte sich zu beruhigen und beschloss, es wirklich zu versuchen. Wenn sie eines in Eldrid gelernt hatte, dann dass es Unmögliches gab. Und dass sie fähig war, unvorstellbare Dinge zu tun. Warum also nicht mit ihrem Schatten auf der gedanklichen Ebene kommunizieren?

Sie nickte ihren Begleitern zu. »Ich werde es versuchen. Dafür brauche ich etwas Ruhe.«

Die beiden rückten ein wenig ab, wobei Lando sich so setzte, dass er sie stets im Auge hatte. Ludmilla atmete kurz durch und versuchte, sich zu konzentrieren. Schließlich schloss sie die Augen und fragte in Gedanken: *Du kannst mich also hören?*

Ja, klar und deutlich, antwortete eine ruhige warme, dunkle Stimme direkt in ihrem Kopf.

Ludmilla musste sich beherrschen, nicht zu schreien. Sie atmete schwer, während sie sich zusammenriss und weiter fragte: *Hast du einen Namen?*

Ja, ich heiße Aik, und ich bin dein Schatten, Ludmilla.

Sie fixierte ihre Schnürsenkel und presste die Hände neben sich in den weichen Waldboden.

Kann ich dir vertrauen, Aik?, fragte sie unsicher in Gedanken.

Das kommt darauf an, was du vorhast, Ludmilla, antwortete die sanfte Stimme. Dieses Mal war es ein Hauchen. Direkt in ihrem Kopf.

Und plötzlich durchfuhr Ludmilla ein Gedanke. *Und woher weiß ich, dass du nicht Zamir bist, der gerade mit mir spricht?*

Sie hörte ein leises amüsiertes Lachen. *Ich bin dein Schatten, Ludmilla. Kein Spiegelwächter. Aber ich habe viele Mächte, die du nicht hast. Und Zamir hat eine andere Stimme. Er spricht auch anders mit dir, als ich es tue.*

Ludmilla schluckte und nickte. *Woher hast du diese Mächte?*

Aik antwortete nicht sofort. *Alle Scathan-Schatten sind mächtig. Jeder Schatten der Spiegelfamilienmitglieder ist mächtig. Früher bekam jeder Schatten eines Mitglieds der Spiegelfamilien von ihrem Spiegelwächter eine Macht verliehen, als Willkommensgeschenk. Diese Mächte sind innerhalb der Spiegelfamilie vererbbar, so dass die Schatten der Spiegelfamilienmitglieder diese Mächte in sich tragen. Die Mächte schlummern in allen. Nicht nur in dir. Ich trage alle Mächte, die die Scathan-Familie jemals verliehen bekommen haben oder deren Mitglieder gestohlen haben, in mir. Du bist allerdings die erste, die ihren Schatten danach fragt. Die Mitglieder der Scathan-Familie waren bisher nicht schlau genug, ihre Schatten zu fragen oder überhaupt mit ihren Schatten zu kommunizieren. Vielleicht hatten sie aber auch nicht so schlaue Ratgeber, wie du.*

Beim letzten Satz klang Aiks Stimme etwas spöttisch.

Sie schwieg und dachte nach. Wenn ihr Schatten sagte: *alle Mächte der Scathan-Familie,* betraf das dann auch die Mächte, die Mina nicht nur gestohlen, sondern auch an Godal verloren hatte? Godal nutzte diese Mächte immer noch, waren sie dann wirklich vererbbar?

Aik wartete und fügte nach einer Weile leise hinzu: *Und noch nie hat ein Scathan-Schatten seine Mächte mit seinem Herrn geteilt.*

»Bis auf Godal!«, entfuhr es Ludmilla laut.

Lando und Eneas sahen sie verwundert an. Aber sie beachtete sie nicht, sondern vernahm in ihrem Kopf ein amüsiertes Lachen. *Godal hat seine Mächte nicht mit Mina geteilt, sondern mit Zamir. Und Zamir hat ihn dafür lebendig gemacht. Godal ist ein besonderer Schatten. Er ist der Schattenkönig. Aber ich habe die gleichen Mächte wie Godal damals, als er zum Schatten, der wandern kann, erschaffen wurde. Godal hat seitdem viele Mächte gesammelt und ist damit sehr viel mächtiger als ich und als jeder Schatten der Spiegelfamilienmitglieder.*

Aber wie können wir ihn dann besiegen?, fragte sie ihn

verzweifelt. *Wird er mich als seine Herrin anerkennen, wenn ich ihn rufe? Oder wird er das Spiel durchschauen?*

Aik erwiderte nichts darauf.

Aber du willst es doch sicherlich auch auf einen Versuch ankommen lassen, oder?, fragte Ludmilla schließlich. Und vorsichtig fügte sie hinzu: *Bist du nicht neugierig und möchtest Godal begegnen? Wer weiß? Wenn es nach dir geht, befreit er dich vielleicht von mir?*

Aik antwortete nicht gleich. *Das habe ich nicht gesagt. Du sprichst mit mir. Das macht unsere Beziehung zu etwas Besonderem. Vielleicht solltest du dir überlegen, ob du mir auch vertrauen kannst. Ich bin dein Schatten und nicht dein Feind. Als Beweis für meinen guten Willen teile ich die Fähigkeit mit dir, sich unsichtbar machen zu können. Ich habe dir und Uri schon in Nahil geholfen. Auch da habe ich meine Mächte mit dir geteilt. Oder dachtest du, das warst du allein?*

Spott zeichnete sich erneut in seiner Stimme ab. Ludmilla wagte es nicht, ihm zu widersprechen. Sie wagte noch nicht einmal, etwas Gegenteiliges zu denken. Sie wusste nicht, was sie in dem Tal gespürt hatte, als Uri von Zamir angegriffen wurde. Sie hatte nur Uris Macht gespürt, wie sie schwächer wurde, und Zamirs Macht, die stärker war. Darauf hatte sie sich konzentriert. Darauf, und auf das Gefühl der eigenen Macht, die sie in sich gespürt hatte, als sie Uri die Hand auf die Schulter legte. Sie konnte nicht sagen, ob ihr Schatten ihr geholfen hatte oder ob sich irgendetwas in ihr daran erinnert hatte, dass sie mächtig war.

Aiks Augen leuchteten, als Ludmilla ihn ansah. Sie zwang sich zu einem Lächeln und bedankte sich artig dafür, dass er diese Macht mit ihr teilte. *Das ist ein großer Vertrauensbeweis. Ich weiß dein Entgegenkommen zu schätzen*, erklärte sie ihm recht sachlich. Dann schoss ihr ein Gedanke durch den Kopf. *Eine letzte Frage*, bat sie ihn vorsichtig. *Weißt du, was ich denke? Kannst du meine Gedanken lesen oder hören?*

Ihr Schatten lachte schallend. *Ich bin dein Schatten, nicht dein Gewissen oder dein Bewusstsein. Ich kann alles hören, was du hörst, alles sehen, was du siehst, aber ich kann nicht in deinen Kopf eindringen. Der gehört dir ganz allein. Nur wenn du mit mir sprichst, kann ich das hören. Ob in Gedanken oder laut.*

Sie atmete erleichtert auf. Es hatte ihr fürs Erste schon gereicht, dass Uri sich ab und zu ungefragt in ihre Gedanken und in ihren Kopf geschlichen hatte.

»Ich danke dir«, sagte sie aufrichtig und laut.

Lando und Eneas starrten sie verständnislos an, als sie sagte: »Er teilt die Macht mit mir. Diese eine zumindest!« Sie fühlte sich erschöpft und warf einen unsicheren Seitenblick auf ihren Schatten, der nun völlig regungslos neben ihr lag. Auch seine Augen glühten nicht mehr.

DREIZEHNTES KAPITEL

Die Entscheidung der Spiegelwächter

Fassungslos lag Uri im Gras. Er starrte an den Himmel, atmete schwer und sah sie nicht kommen. Zwei schmale kleine Gestalten eilten über die Lichtung. Ihre Statur war der von Uri sehr ähnlich. Sie hatten weiße Haare, die golden schimmerten und sich auf den Schultern kräuselten. Ihre Haut war hell wie Papier. Kelby und Arden.

Sie sahen Uri auf der Waldlichtung im Gras liegen. Er nahm sie erst wahr, als sie ihn schon erreicht hatten. Uri regte sich kaum.

»Es ist alles meine Schuld«, flüsterte er. Er sprach es aus, Wort für Wort, und es kam schwerfällig über seine Lippen.

Die anderen beiden Spiegelwächter starrten auf ihn nieder und zeigten keinerlei Regung. Nach ein paar Minuten des Schweigens schnaufte Kelby auf, er war der größere und etwas kräftigere von den beiden, bückte sich und packte Uri am Arm. Er zog ihn mit einer Leichtigkeit hoch, als hätte Uri kaum Gewicht. Uri ließ es geschehen, taumelte aber ein wenig, als Kelby ihn auf die Füße stellte. Arden schaute nur zu und rührte sich nicht. Seine Haare waren heller und länger als die von Kelby. Ansonsten unterschied er sich kaum von seinem Lieblingsbruder. Blass und goldschimmernd, verrunzelt und schmächtig. Auch er steckte, wie alle Spiegelwächter, in einer Art Uniform aus Leinen. Hemd mit Stehkragen, weite Hosen, die kurz vor den Knöcheln endeten, und dünne Lederschuhe.

»Lasst uns reingehen«, schlug Kelby mit heiserer Stimme vor.

Er wartete die Antwort nicht ab, sondern lief voraus. Uri folgte ihm. Er stolperte vorwärts, konnte sich aber ohne Hilfe auf den Beinen halten. Arden blieb zunächst wie erstarrt auf der Lichtung stehen. Erst als Kelby und Uri das Zelt schon betreten hatten, setzte er sich ebenfalls in Bewegung.

Uri ließ sich auf den Boden fallen und starrte wieder vor sich hin.

Kelby setzte sich neben ihn, stumm und fassungslos.

Als Arden eintrat und die unsichtbare Tür hinter sich schloss, hob keiner der beiden den Kopf. Er setzte sich mit etwas Abstand zu Kelby und beobachtete Uri mit abfälligem Blick.

Er wartete lange, bevor er sprach. Der Zorn, der aus der Stimme stieg, war ungezügelt: »Wie konnte das passieren, Uri?« Die Anklage hallte durch das Zelt.

Uri hob kaum merklich den Kopf. Seine Augen glühten matt. »Du weißt es selbst, Arden«, sprach er kraftlos. »Zu viele Entscheidungen. Zu viele falsche Entscheidungen, und nun ist er frei«, fügte er leise hinzu.

»Aber für den Verlust von Bodans Schatten kannst du ihn nicht verantwortlich machen«, murmelte Kelby mehr zu sich selbst.

»Arden?«, fügte er hinzu, als Arden sich nicht regte.

Aber Arden starrte Uri hasserfüllt an und würdigte Kelby keines Blickes.

»Ja, Uri!«, donnerte er los. »Zu viele falsche Entscheidungen. Ganz richtig. Und die Ära deiner falschen Entscheidungen begann sehr früh. Du hättest Mina und Ada den Eintritt nach Eldrid verwehren müssen, als klar war, unter welchem Einfluss sie standen. Das war deine erste Fehlentscheidung. Mina gewähren zu lassen und sie deinem Schutz zu entziehen, war die Nächste.«

Arden hob die Finger, um die Aufzählung zu unterstreichen. Sein Gesicht war vor Zorn gerötet und glühte in dunklen

Goldtönen. Funken lösten sich unaufhörlich von seinem ganzen Körper, und er bebte, während er fortfuhr: »Als du dir schließlich deine Fehler eingestehen konntest, war es längst zu spät. Zamir hatte Godal erschaffen und zwischenzeitlich offenbar, soweit wir Landos Bericht Glauben schenken können, noch vier weitere mächtige lebendige Schatten. Du hast Zamir unterschätzt. Deine Überheblichkeit und Selbstüberschätzung hat Eldrid ins Verderben gestürzt. Aber das hat nicht gereicht. Du warst der Meinung, mächtig genug zu sein, Zamir allein zu verbannen. Ohne die Unterstützung der Mächte der anderen drei Spiegelwächter. Noch ein Fehler, Uri. Noch ein Fehler. Überheblichkeit und Selbstüberschätzung, das sind deine Fehler. Sie sind es heute, und waren es damals. Und sie haben unsere gesamte Welt ins Verderben gestürzt.«

Kelby hob nun warnend die Hände und ging auf ihn zu. »Arden, nicht«, hob er an.

Aber Arden unterbrach ihn barsch: »Nein, Kelby. Uri hat es selbst ausgesprochen. Er kommt nun endlich zu der Erkenntnis, dass er sich für zu mächtig hält, und das Ergebnis sehen wir direkt vor uns. Durch seine Fehlentscheidungen der letzten Tage hat er sich selbst geschwächt, und Zamir hat diese Schwäche ausgenutzt.« Ihm entfuhr ein weiteres entrüstetes Schnauben. »Aber lasst uns doch chronologisch vorgehen, wenn wir schon dabei sind«, fuhr er fort und seine Stimme wurde wieder lauter und immer unbeherrschter.

»Kommen wir zu dem Scathan-Mädchen. Fehlentscheidung Nummer 4.« Er hob die Hand mit vier glühenden funkensprühenden Fingern in die Luft. »Nachdem auch du einsehen musstest, dass wir Godal nicht Herr werden können und Zamir immer mächtiger wurde, brachtest du sie in unsere Welt. Du kanntest die Gefahr. Du kanntest das Risiko. Aber dennoch, Uri, dennoch brachtest du sie hierher. Wieder gefährdetest du unsere Welt mit einem Mitglied der Scathan-Familie. Dir war doch längst bewusst, dass die Mitglieder der Spiegelfamilien die mächtigsten aller Schatten besitzen. Spätestens seit Godal müsstest auch du diesen Schluss gezogen haben. Oder Uri? Oder hat deine Überheblichkeit das nicht zugelassen?«

Arden hielt inne und wartete auf eine Reaktion. Uri hob müde den Kopf. Sein Gesicht war fahl und hatte sämtliche goldene Farbe verloren. Er sah Arden an und blickte beschämt zu Boden. Er hatte es verdient. Arden hatte recht. Er war blind gewesen. Blind, selbstgefällig und vielleicht sogar übergeschnappt? Hilfesuchend schaute er sich im Zelt um. Wo war Pixi? Sie würde Arden die Stirn bieten. Pixi würde es nicht zulassen, dass er so mit ihm sprach. Aber sie war nicht da. Verzweifelt ließ Uri die Schultern hängen und ließ Arden gewähren. Ja, vielleicht musste dies alles ausgesprochen werden. Möglicherweise sogar, um eine Lösung zu finden? Eine Lösung, die allen half, die Eldrid half und nicht nur Uri zu seiner Macht zurückhalf.

Arden aber schnaufte. »Lassen wir das. Ich habe genug von dir und deinen Alleingängen. Wir müssen uns jetzt um das Fortbestehen von Eldrid kümmern. Kelby und ich. Bodan ist schattenlos, und du bist so geschwächt, dass du uns monatelang keine Hilfe wirst sein können.«

Uri zuckte zusammen. »Monate?«, entfuhr es ihm krächzend. »Wie kommst du darauf? In ein paar Tagen geht es mir bestimmt schon besser.«

Aber Arden schenkte ihm nur einen kalten Blick mit seinen eisigen hellen Augen, die kaum einen Goldton trugen. »Monate, Wochen. Ein paar Tage reichen da gewiss nicht aus. Du wirst sehr lange nicht einsatzfähig sein. Das steht fest.«

Auffordernd wandte er sich an Kelby. »Ich habe doch recht, oder?«

Kelby seufzte schwer. Ein kleiner Funkenregen ging zu Boden, während er sich erhob. »Ja, Arden. Ich gebe dir recht. Ich gebe dir in allem recht!« Er warf einen mitleidigen Blick auf Uri. »Aber …«, und seine Stimme wurde scharf und laut. »Uns trifft eine nicht unerhebliche Mitschuld. Wir haben Uri gewähren lassen. Wir sind nicht eingeschritten, als er Mina und Ada gewähren ließ. Wir sind nicht eingeschritten, als er Zamir allein verbannt hat. Wir haben es kommen sehen und haben nichts dagegen unternommen. Das müssen wir uns vorhalten, Arden!«

Die hohe Stimme dröhnte durch das Zelt. Uri blinzelte zu ihm hoch. Ergriff Kelby für ihn Partei?

Aber Kelby funkelte ihn an. »Ja, Uri, ich gebe auch mir eine Schuld daran, was passiert ist. Aber verstehe mich nicht falsch: Ich heiße nicht gut, was du getan hast, und ich werde dich nicht in Schutz nehmen. Es wird Zeit, dass wir uns um die Belange von Eldrid kümmern.«

Er wandte sich ab und fing an, im Zelt auf und ab zu gehen. »Wir können nicht ändern, was passiert ist. Wir müssen nun Schadensbegrenzung betreiben. Es geht darum, Zamir zu stoppen, Godal zu stoppen, die Berggeister zu stoppen und die Waldgeister zu besänftigen. Auch die Schneegeister müssen beruhigt werden. Außerdem müssen wir Bodan finden und ihm helfen, seinen Schatten zurückzuholen. Godal darf sich die Mächte von Bodans Schatten nicht aneignen. Das muss verhindert werden. Arden und ich werden uns darum kümmern. Wir werden dafür sorgen, dass der schlimmste Fall nicht voranschreitet.«

Arden nickte zustimmend, während Uri wieder vor sich auf den Boden stierte.

»Und du«, Arden wies mit dem Finger auf Uri, als hätte er einen Dolch in der Hand, »du wirst dich raushalten, bis deine Kräfte vollständig wieder verfügbar sind. Und dann«, seine Stimme wurde erneut laut und schrill, »dann wirst du uns gehorchen. Du wirst dich unseren Weisungen unterwerfen und unseren Plan verfolgen und nicht den deinen. Du hast keinen Plan mehr. Du bist geschwächt, fast macht- und kraftlos, du kannst zurzeit gar nichts ausrichten, und bis sich das ändert, wirst du auch nichts unternehmen. Ist das klar?«

Kelby und Arden standen nun nebeneinander vor Uri und blickten feindselig auf ihn herab. Uri nickte schwach und gekränkt.

Die beiden Spiegelwächter sahen sich an, nickten einander zu und wandten sich zum Gehen. Als sie die Tür fast erreicht hatten, drehte sich Kelby ruckartig um. Seine hellen Locken flogen um den Hals, als er Uri anfunkelte: »Und was das Scathan-Mädchen anbelangt«, er zögerte kurz, »Ludmilla.«

Uri sah ihn erwartungsvoll an. »Ja, was ist mit ihr?«, fragte er zaghaft.

»Wir schließen uns der Meinung und dem Beschluss des Rates nicht an«, vollendete Arden Kelbys Satz. »Schick sie zurück, so schnell wie möglich. Wie du das anstellst, ist uns gleich. Sie muss aus dieser Welt verschwinden. Schnellstmöglich. Sie stellt eine zusätzliche Gefahr dar, die wir nicht tragen wollen.«

Uris Augen weiteten sich vor Schreck und Fassungslosigkeit. Doch bevor er nur ein Wort des Protestes herausbrachte, waren die beiden Spiegelwächter auch schon verschwunden.

VIERZEHNTES KAPITEL

Raan

Bodan erwachte von dem erzürnten Brüllen eines Berggeistes. Er konnte nicht erkennen, welcher von ihnen so aufgebracht war, aber das gesamte Gebirge erzitterte. Vorsichtig setzte er sich auf und rieb sich die Brust, die immer noch schmerzte. Das Gefühl der Kraftlosigkeit war nicht gewichen, und der Schlaf hatte keine Erholung gebracht. Er lehnte sich gegen die warme Felswand und sah sich um. Raan war nirgends zu sehen, aber in einiger Entfernung hockte eine Nebelwolke auf dem Boden und schien ihn zu beobachten. Dunkle Flecken, die wie Augen in der Mitte der Wolke saßen, starrten ihn an.

Bodan versuchte, seine Gedanken zu sortieren. Sofort schoss es ihm wieder durch den Kopf. Uri! Uri hatte Zamirs Pläne gekannt und sie dem Rat nicht mitgeteilt. Selbst ihm, seinem engsten Vertrauten, hatte er sich nicht offenbart. Fassungslosigkeit machte sich in ihm breit. Was war passiert? Hatte Uri Eldrid wirklich so hintergangen, indem er die Absichten des Bösesten von allen für sich behalten hatte? Bodan hatte immer den Verdacht gehabt, dass Uri ihm etwas verheimlichte. Etwas, das mit Zamir zu tun hatte. Aber er hatte es sich nie eingestehen wollen. Und selbst jetzt wollte und konnte er es nicht glauben: Hatte Zamir schon zu Urzeiten, als die Berggeister wach waren und im Gebirge lebten, versucht, Schatten von Wesen zu trennen? Er erinnerte sich, dass zu dieser

Zeit Geschöpfe des Lichts einfach verschwanden. Sie hatten aber vermutet, dass sie in andere Teile von Eldrid gereist seien. Weit hinter Odil und Ilios gab es Gebiete, die nur wenig bevölkert waren. Selten kam ein Geschöpf aus seinem Teil der Welt in diese Gebiete. Damals zumindest. Durch die vielen Reisen nach Ilios, die das Schlafen der Berggeister möglich gemacht hatten, hatte Bodan viel über das Land hinter Ilios erfahren. Feuerreiter, Flusslandschaften, Wüsten, unendliches Land und unendlich viele unbekannte Wesen, die dort lebten und sich vom sphärischen Licht von Ilios nährten. Ilios! Bodan seufzte und schweifte mit seinen Gedanken ab. Er liebt dieses Land. So lichtdurchflutet, so rein. Er, der von allen Spiegelwächtern die dunkelsten Haare und die dunkelste Haut hatte, fühlte sich besonders davon angezogen. Das Licht war so hell, dass alles, was dort lebte, fast durchsichtig erschien. Schon ein wenig von diesen Lichtstrahlen, und man fühlte sich wie neugeboren. Bodan hatte sogar den Verdacht, dass dieses Licht eine heilende Wirkung hatte. Es gab zwar nicht viele Krankheiten in Eldrid, aber in Ilios lebten Wesen, die sehr, sehr alt wurden, unabhängig von ihrer Art. Spiegelwächter waren in Eldrid die einzigen Wesen, die unsterblich waren. Formwandler, Unsichtbare und noch eine Handvoll anderer Wesen wurden sehr alt, aber die restlichen Arten hatten in der Regel eine Lebensdauer von drei bis vier Jahrhunderten.

Bodan wurde jäh aus den Gedanken gerissen, als Raan wutentbrannt den Krater herunterrauschte. Er erkannte den König sofort an dem riesigen Kopf, welcher meist zu sehen war. Der Berggeistkönig sauste direkt auf ihn zu und kam mit einer gewaltigen Staubwolke vor ihm zum Halt.

»Erzähl mir alles, was du weißt über diesen Schattenkönig«, befahl er.

Bodan lächelte matt. »Also habt ihr ihn nicht eingefangen, und er ist auf und davon mit meinem Schatten?«, fragte er, statt zu antworten.

Raan funkelte ihn mit glühenden Augen an. »Antworte!«, dröhnte der Berggeist.

»Was möchtest du wissen?«, fragte Bodan besonnen. Er hatte nicht erwartet, dass die Berggeister Godal gefangen nehmen könnten. Das Schicksal eines schattenlosen Wesens erwartete ihn. Das war ihm in dem Moment klar gewesen, als Godal mit seinem Schatten den Krater hinaufgeflogen war. »Was gibt es, was du nicht weißt?«

Der Geist brüllte ungehalten. »Alles. Erzähl mir alles! Wenn ich mich langweile, lasse ich es dich wissen.«

Bodan tat, wie ihm befohlen wurde, und erzählte Raan die Geschichte von Mina und ihrem Schatten, der so viele Mächte erhielt, da sie Schatten stahl. Er berichtete von Zamirs Verrat an Mina und von dem ersten lebendigen Schatten, den Eldrid jemals erlebt hatte und fürchtete: Godal. Dass Godal auch Schatten stahl, musste er ihm nicht erklären, das hatte der Berggeistkönig mit eigenen Augen erleben dürfen. Bodan entfuhr ein sehnsüchtiges Seufzen. Hätte er doch die Alte Kunst erlernt!

Als ob der Berggeist Gedanken lesen könnte, brummte er: »Warum habt ihr nicht angefangen, die Alte Kunst zu erlernen, so wie damals, als die Kreaturen von Eldrid uns fürchteten? Zu Unrecht, im Übrigen! Wir hatten nie vor, Schatten von ihren Herren zu trennen. Das interessiert uns überhaupt nicht. Wir empfinden die Gesellschaft von Schatten als Wesen der Dunkelheit nur angenehmer. Die Geschöpfe des Lichts verstehen uns nicht. Ihre Schatten jedoch schon. Deshalb ziehen wir ihre Gesellschaft vor, aber nicht die von lebendigen, wildgewordenen Schatten, so wie diesem Godal.«

Bodan starrte ihn entgeistert an. »Aber warum versklavt ihr dann die Wesen, wenn ihr sie doch im Grunde respektiert?«, entfuhr es ihm ungläubig.

Raan lachte auf. »Wer hat denn behauptet, dass wir die Wesen des Lichts respektieren? Wir sind nur nicht an einer Trennung von ihren Schatten interessiert. Die Geschöpfe des Lichts sind gemeinsam mit ihren Schatten machtvoller. Würden sie mit ihren Schatten reden, dann wüssten sie das auch. Aber die Wesen des Lichts sind zu arrogant, um mit ihren Schatten zu sprechen. Sehr schade. Sie könnten so viel lernen.« Raan schwebte wieder zum Grund des Kraters zurück.

»Und was ist mit Godal?«, rief Bodan ihm nach.

»Um den kümmern wir uns«, entgegnete Raan überheblich.

»Er ist euch entwischt, und außerhalb des Gebirges habt ihr keine Chance gegen ihn«, brüllte Bodan, so dass seine heisere Stimme im Krater hallte. »Es ist Godal. Er ist das mächtigste Wesen in Eldrid. Gegen ihn könnt ihr nichts ausrichten!«

FÜNFZEHNTES KAPITEL

Ein Versuch der Aufklärung

Arndt Solas zuckte zusammen, als sein Handy klingelte. Er saß zusammengesunken in seinem großen Ohrensessel im Hauseingang und dachte nach. Zögerlich zog er das Handy aus der Tasche.

»Ja, hallo, Arndt Solas hier«, krächzte er heiser.

Gleichzeitig musste er husten, so dass sich Mina das Telefon vom Ohr weghielt und das Gesicht verzog. »Arndt, du bist alt, aber nicht so alt, dass du in den Hörer prusten musst«, schimpfte sie statt einer Begrüßung.

»Mina?«, fragte er ungläubig.

»Ja, und ich möchte, dass du dich unverzüglich wieder hierher begibst. Es ist wichtig. Wenn nicht sogar ein Notfall!«, antwortete sie streng.

»Aber, ich war doch gerade erst bei dir …«, erwiderte er, aber da hatte sie schon aufgelegt.

Er seufzte auf, ergriff den Gehstock und lief wackelnd zur Haustür. Gerade als er sie öffnen wollte, klingelte es. Er zuckte irritiert zusammen und konnte kaum reagieren, als das Klingeln ein zweites Mal ertönte.

»Ja, ja«, murmelte er enerviert. »Nicht so ungeduldig.« Arndt öffnete die Tür einen Spalt, als sie auch schon aufgestoßen wurde und Edmund Taranee an ihm vorbeistürmte.

»Eine Unverschämtheit! Was bildet sich diese Scathan überhaupt ein?«, polterte er los. Arndt blieb ratlos in der Tür stehen und sah hinter ihm her.

»Edmund«, rief er etwas hilflos. »Edmund, ich habe jetzt keine Zeit für dich. Ich muss nochmal weg. Ein …«, er zögerte, »Familiennotfall«, fügte er wenig überzeugend hinzu.

Aber Edmund lachte nur auf. »Was für ein Familiennotfall, Arndt?«, näselte er verächtlich und kam auf ihn zu. »Deine Familie lebt nicht hier. Alle ausgeflogen. Du bist der einzige verbleibende Solas hier in der Stadt. Deshalb lebst du auch alleine in diesem riesigen Haus.« Er machte eine ausladende Bewegung mit seinen Händen. »Dieses wunderschöne herrschaftliche Haus! Und du lässt es vollständig verkommen, du alter Narr!«

Arndt drehte sich zu ihm um und starrte ihn feindselig an. »Edmund Taranee«, schrie er mit trockener Stimme. »Das geht dich nichts an, und ich gehe jetzt. Ich habe keine Zeit für dich, und ich will sie mir auch nicht nehmen. Also habe bitte die Güte und verschwinde. Du kennst den Weg.«

Mit diesen Worten schmiss er die Haustür ins Schloss und hinkte schwerfällig zum Auto.

Erst als er bei Mina Scathan vor dem Haus parkte und ausstieg bemerkte er, dass ihm jemand gefolgt war. Genau hinter seinem Wagen hielt ein silberner Sportwagen. Am Steuer saß ein junger Mann, der telefonierte und zum Seitenfenster hinausschaute, als hätte er Arndt gar nicht bemerkt. Er hatte den Ellenbogen an das Fenster gelehnt und hielt sich die hellblonden Haare aus dem Gesicht. Aber Arndt war sich sicher: Dieses Auto war ihm gefolgt. Ein Taranee? Ein Spion von Edmund?

Kopfschüttelnd betrat er Minas Grundstück und stieg die steilen Stufen zum Haus empor. Schnaufend war er im Begriff die Klingel zu drücken, als die Haustür aufflog.

»Arndt, endlich«, empfing ihn Mina ungeduldig, während sie ihn unsanft ins Haus zog. Der junge Mann im Sportwagen beobachtete, wie die Tür krachend ins Schloss fiel.

In der Küche flog Pixi brummend umher. Arndt blieb wie versteinert stehen, als er sie sah.

»Ach, komm schon, Arndt.« Mina schob ihn in die Küche hinein und drückte ihn auf einen der Stühle. »Tu doch nicht so, als hättest du noch nie eine Fee gesehen«, blaffte sie ihn an, während Arndt sich kaum zu rühren wagte.

Irritiert starrte er Mina an. »Bitte entschuldige, Mina. Es ist schon eine ganze Weile her, dass ich einer Fee gegenübersaß, und vor allem ist mir in unserer Welt bisher keine begegnet«, murmelte er eingeschüchtert und schielte zu Pixi hinüber.

Pixi schwebte langsam vor sein Gesicht, und ein Lächeln huschte über ihre Lippen. »Wir sind uns nur ein paar Mal begegnet, schätze ich, Arndt Solas. Und das ist sehr lange her, das stimmt. Ich bin Pixi, Uris Fee.«

Sie schlug stolz mit ihren großen schillernden Flügeln und reckte das Kinn in die Höhe.

Arndt nickte ehrfürchtig. »Aber ich erinnere mich selbstverständlich an dich, wunderschöne Pixi«, schmeichelte er und lächelte das kleine Wesen voller Bewunderung an.

Sie strich sich über die Flügel und drehte ein elegantes Looping und strahlte dabei. »Dankeschön«, flötete sie und klimperte heftig mit den Wimpern.

»Genug der Freundlichkeiten«, fuhr Mina nervös dazwischen. »Wir haben eine sehr wichtige Frage an dich, Arndt.« Sie erinnerte sich daran, dass Schmeicheleien und Komplimente, die von Menschen ausgesprochen wurden, auf Feen eine ganz besondere, betörende Wirkung hatten. Sie warf Pixi einen strengen Blick zu. Pixi atmete geräuschvoll und schwer aus, so dass die wenigen Haare von Arndts Kopf wehten.

»Schon gut, schon gut, Mina, ich habe verstanden«, meckerte sie wie ein genervter Teenager. Dann wandte sie sich Arndt zu, der sie fragend anblickte. »Arndt«, dröhnte sie. »Wie viele Spiegelfamilienmitglieder haben ihre Schatten in Eldrid verloren?« Sie konnte ihre Aufregung nicht mehr verbergen, und die Wirkung der Schmeichelei war verflogen.

Arndt starrte sie verständnislos an. »Was soll die Frage? Das spielt doch überhaupt keine Rolle«, stammelte er.

»Beantworte meine Frage«, kreischte Pixi hysterisch. »Es spielt sehr wohl eine Rolle, und zwar eine ungeheuer große. Ich will wissen, wem genau und wann die Schatten gestohlen wurden.« Herrisch stemmte sie ihre Hände in die Hüften und stellte sich breitbeinig vor ihn auf den Tisch.

Arndts Hände fingen an zu zittern. »Ich weiß nicht mehr so genau«, stotterte er.

»Dann konzentriere dich und erinnere dich«, befahl die kleine Fee herrisch.

Er verschränkte die Finger vor seinem Bauch, während er sich gedehnt räusperte und laut überlegte: »Nach Mina Scathan hat auch Edmund Taranee seinen Schatten verloren. Das war ein paar Monate, nachdem Mina ohne ihren Schatten aus Eldrid zurückgekehrt war. Gleichzeitig verloren Margot Dena und Hedda Ardis ihre Schatten. Sie waren mit Edmund Taranee nach Eldrid gereist, und alle drei kamen schattenlos zurück. Mit dem Verlust der Schatten überwarfen sich die Dena- und Ardis-Familien mit der Taranee-Familie. Ich weiß leider nicht warum, denn ich war daran nicht interessiert, und wir Solas' hatten nie engen Kontakt mit den Mitgliedern der Ardis- und Dena- Familie. Und Edmund teilte mir auch keine weiteren Details über den Verlust seines Schattens oder den der anderen mit.«

Arndt hielt kurz inne und überlegte. »Edmund war ungewöhnlich gefasst. Daran kann ich mich gut erinnern, weil es mich so erstaunte. Im Gegensatz zu Mina oder auch den Mitgliedern der Dena- und Ardis-Familien schien es ihn nicht zu stören.« Er kniff die Augen zusammen. »Das fand ich höchst merkwürdig, und es kam mir auch in irgendeiner Form verdächtig vor, aber ich konnte mir keinen Reim darauf machen.«

Pixi flatterte aufgeregt vor seinem Gesicht hin und her. »Und weiter«, drängte sie.

Arndt hob die Schultern. »Mit dem Verlust der Schatten beschlossen auch die Ardis- und Dena-Familien, ihre Spiegel nicht mehr zu nutzen und verschlossen sie. Unser Spiegel war schon seit dem Verlust von Minas Schatten und Adas Verschwinden nicht mehr zugänglich. Mein Vater hatte das Spiegelzimmer verschlossen.«

»Heißt das, dass insgesamt vier Schatten von vier Mitgliedern der Spiegelfamilien gestohlen wurden?«, donnerte Pixi los. Sie war außer sich, und ihr Kopf war zu der Größe eines riesigen roten Luftballons herangewachsen.

Arndt nickte eingeschüchtert.

»Und was ist mit der Solas-Familie?«, stocherte sie weiter. »Hat die Solas-Familie keinen Schatten verloren?«

Arndt blickte auf seine verschränkten Finger und biss sich auf die Lippen. »Das kann ich nicht mit Sicherheit sagen«, erwiderte er leise. »Mein kleiner Bruder Desmond verschwand auch irgendwann zu dieser Zeit. Ziemlich bald, nachdem Ada nicht mehr aus Eldrid zurückkehrte. Er hat sie sehr geliebt.« Arndt warf Mina einen Seitenblick zu.

Sie seufzte schwer auf. »Das hast du mir nie erzählt, Arndt«, brach es aus ihr heraus. »Meinst du, er ist ihr gefolgt? Nach Eldrid?«

Arndt hob die Schultern. »Ich weiß es nicht. Er stritt sich mit unseren Eltern und packte seine Sachen. Das Spiegelzimmer war verschlossen. Ich kontrollierte es direkt nach dem Streit, weil ich die Befürchtung hatte, dass er nach Eldrid gehen würde. Aber Desmond hatte immer seine Mittel und Wege, durch verschlossene Türen zu gelangen. Ich kann es nicht ausschließen, dass er den Spiegel benutzt hat. Ich weiß nur, dass er in dieser Nacht das Haus verließ, mitsamt seinem Spiegelbild und seiner Habe.«

Mina starrte ihn entsetzt an.

Er erwiderte ihren Blick und nickte. »Du wolltest von Eldrid nichts mehr wissen. Erinnerst du dich? Alle Geschichten aus oder um Eldrid hast du sofort abgewiegelt. Ebenso alles, was mit Ada zu tun hatte. Du warst zu verletzt, dass sie dortgeblieben war. Also habe ich dir nicht erzählt, dass auch mein Bruder verschwand. Zumal ich mir bis heute nicht sicher bin, wo er ist. Er hat sich nie wieder bei mir gemeldet.«

Er schlug den Blick nieder und nestelte weiter an seinen Fingern herum.

Pixi flog wieder brummend durch die Küche. »Aber wenn Desmond seit so vielen Jahren in Eldrid leben würde, dann wüsste ich es. Und ich habe Ada nie mit einem anderen Menschen gesehen, immer nur mit diesem Formwandler.«

Sie zog ihre winzige Stirn in Falten und überlegte. »Nehmen wir einmal an, Desmond wäre Ada nach Eldrid gefolgt. Was wäre dann aus seinem Spiegelbild geworden? Hätte er es einschließen können? Hier, in eurer Welt?«

»Wie ich schon sagte, der Raum war abgeschlossen. Jahrelang«, antwortete Arndt hastig. »Wenn nicht Jahrzehnte. Mein Vater hat Edmund nicht an unseren Spiegel herangelassen und auch sonst niemanden. Er ist gar nicht auf die Idee gekommen, dass Desmond nach Eldrid gereist sein könnte, und ich habe diesen Verdacht nicht mit meinen Eltern geteilt. Ich wollte ihn nicht verraten oder in Schwierigkeiten bringen. Desmond hätte also sein Spiegelbild einsperren können und hätte dann genug Zeit gehabt, sich in Eldrid eine dauerhafte Möglichkeit einfallen zu lassen, ohne dass wir es bemerkt hätten.«

Pixi nickte eifrig und flog unentwegt vor Arndts Gesicht auf und ab.

»Oder er ist einfach abgehauen«, fuhr Arndt bitter fort. »Vielleicht ist er gar nicht in Eldrid. Unsere Familiengeschichte ist«, er schluckte und zögerte, »kompliziert.«

»So oder so«, kreischte Pixi aufgeregt. »Es gibt mindestens drei weitere Schatten der Spiegelfamilienmitglieder, die in Eldrid sind. Schatten, die Zamir vielleicht hat lebendig werden lassen, so wie Godal. Im schlimmsten Fall sind es sogar vier weitere Schatten. Das macht dann fünf Schatten. Fünf mächtige Schatten.«

Sie schlug sich die Hand auf den Mund, während ihr kleiner Kopf immer weiter rot anschwoll. Mina starrte sie entsetzt an.

Aber Arndt verstand nicht. »Was soll das heißen? Was für mächtige Schatten?«, hauchte er.

Aber Pixi ließ die Luft aus ihrem Kopf mit einem Funkenregen entweichen und flog aus dem Zimmer. »Für Erklärungen ist keine Zeit«, rief sie, während sie in den ersten Stock hinauf flatterte.

Mina sprang auf und lief hinter ihr her.

»Pixi«, rief sie immer wieder. »Pixi, du kannst mich jetzt nicht alleine lassen. Ich brauche dich hier. Hast du schon vergessen: Ludmillas Spiegelbild, Alexas Androhung. Pixi, bitte.« Ihr Rufen hallte durch das gesamte Haus, während sie die Stufen hinaufhastete.

SECHZEHNTES KAPITEL

Adas Hilfe

Uri hörte Adas Rufe schon von weitem. Sehr langsam, schleppenden Schrittes, ging er zu seiner Höhle zurück. Er konnte weder schnell laufen noch irgend eine andere seiner Fähigkeiten einsetzen, um schneller voranzukommen. Er fühlte sich so kraftlos, so machtlos wie noch nie zuvor in seinem gesamten langen Leben. Er erzitterte, als er die Verzweiflung in Adas Stimme wahrnahm. Trotz seiner Schwäche konnte er Gefühle erspüren. Und Ada hatte Panik.

Als er in Adas Sicht kam, holte sie gerade abermals kräftig Luft und brüllte: »Ludmilla! Ludmilla! Ludmilla!«

Es war kein Rufen. Es war ein verzweifelter Schrei, bei dem mitschwang, dass sie befürchtete, keine Antwort zu erhalten und auch keine Ludmilla auftauchen würde. Uri schwankte, als Ada ihn entdeckte. Sie stürzte auf ihn zu.

Völlig außer sich rief sie ihm entgegen: »Sie ist weg! Sie ist verschwunden, Uri!«

Uris Herz pochte wie wild. Sein Gehirn vollzog Saltos. Wenn sie weg war, konnte er sie nicht zurückschicken. Ein Gedanke, der nach Triumph schmeckte, kroch in ihm hoch. Hatte sie es gewagt? War sie gegangen, um die Aufgabe allein zu erfüllen? So musste es sein. Es durfte nicht anders sein.

Ein Lächeln huschte ihm über das Gesicht. Auf dem langen

Weg von der Lichtung zurück zu seiner Höhle hatte er mit sich gerungen. Er wollte Ludmilla nicht zurückschicken. Er wollte der Aufforderung Kelbys und Ardens nicht Folge leisten. Der Rat hatte sich für Ludmillas Aufgabe ausgesprochen, und er würde alles daran setzen, dass Ludmilla ihre Aufgabe erfüllte. Jetzt mehr denn je. Kelby und Arden waren zu weit gegangen. Sie hatten eine entscheidende Grenze überschritten. Sie hatten allein Entscheidungen getroffen, ohne sich mit ihm und Bodan zu beraten. Es war, nach Zamirs Verbannung, schwer genug gewesen, Entscheidungen zu viert zu treffen. In der Regel hatten Bodan und er eine Meinung geteilt und Kelby und Arden die andere. So war es schon immer gewesen. Aber jetzt war Bodan verschwunden, hatte seinen Schatten verloren, und Uri war so geschwächt, dass er sich gegen Kelby und Arden nicht zur Wehr setzen konnte. Das hatten sie ausgenutzt. Sie hatten seine Schwäche ausgenutzt und über seinen Kopf hinweg entschieden.

Und das ließ er sich nicht gefallen. Er würde sich nie etwas von Kelby und Arden vorschreiben lassen, es sei denn, es würde ein mehrheitlicher Beschluss mit Bodan gefasst werden. Das wäre selbst für Uri etwas anderes. Einer Mehrheit würde er sich beugen. Immer. Aber Bodan war nicht da, und nun war Ludmilla verschwunden und er konnte der Aufforderung seiner Brüder nicht nachkommen und sie zurückschicken. Er konnte also nichts tun. Auf Uris Gesicht breitete sich ein zufriedenes Grinsen aus.

Ada sah ihn verständnislos an, als er endlich vor ihr stand. »Warum lächelst du? Ludmilla ist weg. Weg!« Sie schrie das letzte Wort in Uris Gesicht, so dass sich ihr sprühender Speichel über sein Gesicht ausbreitete.

»Sie ist weg?«, fragte er leise. »Bist du dir ganz sicher?«

Ada schnaufte empört. »Würde ich mir sonst die Seele aus dem Leib brüllen? Du bist nicht da, Lando ist weg und Ludmilla auch.«

Sie stockte kurz. »Ah«, entfuhr es ihr leise.

Uri lächelte weiter. »Genau«, nickte er. »Sie ist wohl mit Lando weggegangen.«

Ada starrte ihn entsetzt an: »Das darfst du nicht zulassen. Sprich mit ihr. Dringe in ihre Gedanken ein und sprich mit ihr. Sie muss zurückkommen. Das ist viel zu gefährlich. Vor allem mit diesem Hitzkopf.« Ada schnaubte.

Aber Uri schüttelte den Kopf.

»Was? Warum nicht? Bist du nun auch von Sinnen?«, blaffte sie ihn an.

Uri atmete schwer und ließ sich auf den weichen Waldboden fallen. Ada sah ihn prüfend an. »Was ist überhaupt passiert? Wie siehst du aus?«

Sie machte eine abfällige Handbewegung in die Richtung von Uris Hose und Schuhen.

Er blickte darauf und hob die Augenbrauen. »Das kommt wohl davon, wenn man ohne Mächte durch den Wald laufen muss«, erklärte er sachlich. Seine Ledermokassins waren verschmutzt und hatten Löcher, die helle Leinenhose wies Grasflecken auf.

Ada hob die Hand an den Mund. »Was heißt ohne Mächte?«, flüsterte sie entsetzt. Ihr Blick wanderte in die Richtung, wo Uris Schatten liegen musste.

Uri hob schnell die Hände, und kleine goldene Funken entfuhren den Fingerkuppen. »Ich habe meinen Schatten nicht verloren. Aber Zamir hat mich überwältigt und meinen Bann gebrochen. Nun bin ich sehr ...«, er seufzte, »... schwach!«, beendete er den Satz leise, aber bestimmt.

»Was?«, rief Ada außer sich. «Das war Zamir? Die plötzliche Dunkelheit, dieser Ruck, der durch ganz Eldrid ging? Er ist tatsächlich frei?«

Uri nickte matt.

»Und du? Was heißt das, du bist schwach?«, fragte sie nun plötzlich besorgt.

Uri hob die Schultern. »Ich kann meine Fähigkeiten nicht

einsetzen. Ich habe sie noch, aber ich kann sie nicht einsetzen. Und das heißt auch, dass ich Ludmilla nicht zurückschicken kann, nicht von dieser Stelle und auch nicht von dort, wo sie sich gerade aufhält.«

»Weißt du denn, wo sie ist?«, fragte Ada aufgeregt.

»Nein«, antwortete Uri bedacht. »Selbstverständlich weiß ich das nicht. Wenn Lando ebenfalls verschwunden ist, liegt es nahe, dass sie gemeinsam fortgegangen sind. Ich wünsche es mir sogar, dass er bei ihr ist. Besser, als auf eigene Faust zu verschwinden.«

»Was ihr auch zuzutrauen ist«, murmelte Ada vor sich hin. Uri aber lächelte und warf ihr dabei einen überlegenen Blick zu. Sie schnaubte unbeherrscht. »Sag schon, du weißt doch was. Was haben sie vor?«, herrschte sie ihn an. »Sie ist mit diesem Formwandler unterwegs«, fuhr sie fort, ohne Uri zu Wort kommen zu lassen. »Er hat ihr den schönen kleinen Kopf verdreht. Und er wird sie zu Dummheiten verleiten. Gefährlichen Dummheiten. Wie kannst du dabei nur so ruhig bleiben?«

Uri hob entschuldigend die Schultern. »Ich habe gerade nicht die Kraft, mich aufzuregen, liebe Ada!«

Sie funkelte ihn an und presste die Lippen zusammen. Er konnte sehen, dass sie ihm noch viel mehr an den Kopf werfen wollte, aber sie hielt sich zurück. Uri blickte in den wundervollen Wald Teja und sprach, mehr zu sich selbst: »Ich vertraue Lando. Das weißt du, Ada. Du hast es schon immer missbilligt, aber ich vertraue ihm, und er wird Ludmilla beschützen. Ich kann es in meiner derzeitigen Verfassung nicht. Also ist es gut, dass sie mit ihm gegangen ist. Wäre sie noch hier, hätte ich gar keine andere Wahl gehabt, als sie höchstpersönlich wegzuschicken.«

»Du meinst wohl, sie nach Hause zu schicken«, unterbrach sie ihn barsch.

Aber Uri schüttelte abermals den Kopf. »Nein, Ada. Ich hatte nie vor, sie gegen ihren Willen durch den Spiegel zu schicken.«

Siebzehntes Kapitel

Ein langer Weg

»Wie hast du das gemacht?«, entfuhr es Lando voller Bewunderung, als sie sich wenige Sekunden später vor seinen Augen unsichtbar und wieder sichtbar machte. »Wie kannst du das so schnell beherrschen? Und wie hast du es geschafft, dass er diese Fähigkeit mit dir teilt?«

»Das sind zu viele Fragen, Lando«, zischte Eneas, der skeptisch um sich sah. »Wenn wir erst einmal den Wald hinter uns gelassen haben, haben wir genug Zeit, das zu besprechen.« Danach murmelte er, ohne dass die beiden anderen es hören konnten: »Hoffe ich.«

Sie standen schon bereit, um loszugehen. Eneas klatschte leise in die funkensprühenden Hände. »Auf drei: Wir beide, unsichtbar, Lando, du wirst klein. Ludmilla, wir laufen vorneweg, damit wir ihn nicht versehentlich zertreten.«

Ohne eine Reaktion oder Antwort abzuwarten, schob er Ludmilla vorwärts in die Richtung des Randes der Lichtung. Und noch während sie sich unsichtbar machte, ergriff er ihre Hand und drückte sie. Die Hand des Unsichtbaren fühlte sich warm und weich an. Sie war tellergroß, so dass ihre Hand in der seinen komplett verschwand, bevor sie selbst unsichtbar wurde. Ludmilla fühlte sich sofort beschützt und geborgen, fast wie als Kind, als sie an der Hand ihrer Großmutter gelaufen war. Für den Bruchteil einer Sekunde dachte sie an Mina und fragte sich, ob sie wohl noch wütend auf sie war und ob sie ihr Spiegelbild im Griff hatte. Aber dann wurde sie von Eneas mitgerissen, der mit seinen großen Schritten schnell den Rand der Lichtung erreicht hatte. Sie fühlte sich sicher. Sicherer, als sie sich je bei Uri gefühlt hatte. Und das, obwohl Uri viel mächtiger als Eneas war.

Ludmilla hatte das Gefühl, dass Eneas sich ständig umschaute, da seine Hand zuckte, als würde er den Kopf ruckartig umdrehen. Die Späher krächzten unruhig, manche lösten sich aus dem Schwarm und flogen tiefer über die Lichtung hinweg, nahmen aber keine Witterung von ihnen auf. So hasteten sie vorwärts und hatten schnell das gegenüberliegende Wäldchen erreicht. Ludmilla wagte nicht anzuhalten, bis Eneas' Hand sie zurückzog, so dass sie gezwungen war, stehen zu bleiben. Er bedeutete ihr mit einer kurz sichtbaren Geste mit der Hand, dass sie hinter dem nächstgelegenen Busch Halt machen sollte.

»Ludmilla!«, flüsterte er aufgeregt. »Ludmilla, wir müssen auf Lando warten. So schnell ist er nicht.«

Ludmilla machte sich sichtbar und sah unsicher in die Richtung, aus der Eneas' Stimme gekommen war. »Was meinst du damit, nicht so schnell?«, frage sie.

Eneas' Kopf erschien direkt über ihr. »Wie kannst du beide Mächte auf einmal anwenden?«, flüsterte er aufgebracht. »Das können nur sehr wenige Geschöpfe hier in Eldrid.« Aus seiner Stimme sprach Unsicherheit. »Was bist du, Ludmilla? Bist du wirklich ein Mensch?«

In diesem Moment wuchs Lando in die Höhe. Er war außer Atem und rang offensichtlich mit der Fassung. »Wie kann das sein?«, fragte er, während sich seine Stimme fast überschlug. Ohne eine Antwort abzuwarten, wandte er sich Ludmilla zu: »Wie hast du das gemacht?«

Ludmilla starrte die beiden erstaunt an. »Was meint ihr?« Sie konnte die ganze Aufregung nicht verstehen. »Und warum fragst du mich, ob ich wirklich ein Mensch bin?«, fragte sie weiter und blickte Eneas in die fast durchsichtigen Augen.

»Das hast du sie gefragt?«, platze es aus Lando heraus. »Wie kannst du das in Frage stellen? Natürlich ist sie ein Mensch. Sie ist eine Scathan. Und offensichtlich eine ganz besondere Scathan.«

Eneas hob nur zweifelnd die Schultern. »Ich habe mich nur gefragt, wie das möglich ist. Sie kann zwei Mächte zur gleichen Zeit anwenden. Das ist selbst in Eldrid eine äußerste Seltenheit. Es bedarf dafür eines sehr mächtigen, erfahrenen und in Regel sehr alten Wesens, um das zu tun. Aber bestimmt keines Menschen!« Seine Stimme war ruhig und sanft, aber der Funkenregen, der sich auf dem Boden ergoss, ließ darauf schließen, wie aufgebracht er war.

Eneas sah Ludmilla an und lächelte gequält: »Versteh mich nicht falsch. Du bist ein besonderes Menschenmädchen, und ich kann dich gut leiden. Aber, das was du uns eben demonstriert hast, kann ich mir einfach nicht erklären.«

Sie sah ihn verständnislos an. »Ich weiß überhaupt nicht, worüber ihr sprecht. Ich habe mich unsichtbar gemacht und bin dir gefolgt, Eneas. Warum bist du der Meinung, dass ich zwei Mächte auf einmal angewandt habe?«

Eneas warf Lando einen bedeutsamen Blick zu. »Siehst du? Sie hat es noch nicht einmal gemerkt«, flüsterte er, als ob er nicht wollte, dass Ludmilla ihn hörte. Aber seine Stimme war hoch und klar und der Boden vibrierte regelrecht, wenn er sprach.

Lando sah ihn irritiert an und dann wieder sie. Langsam schüttelte er den Kopf. »Nur damit ich das auch wirklich richtig verstehe, Ludmilla«, sprach er ernst – und dies war einer der wenigen Momente, in denen sie sein wahres Alter erkannte –, »du hast nicht bemerkt, dass du deine Macht des Schnelllaufens angewandt hast, während du unsichtbar warst?«

Sie blickte ihm in die Augen, während sie den Kopf schüttelte. »Nein, habe ich nicht. Ich bin einfach nur gelaufen, hinter Eneas her, und habe mich seinem Tempo angepasst.«

Der Unsichtbare nickte bekräftigend. »Das ist richtig. Nur, dass ich für deine Größe sehr große Schritte mache und du eigentlich gar nicht hättest Schritt halten können. Ich hätte Rücksicht nehmen müssen, wenn du deine Kraft nicht angewandt hättest. Aber das musste ich nicht, und du hättest mich wahrscheinlich auch noch geschoben, wenn du mich hättest sehen können, weil es dir nicht schnell genug ging.«

Lando atmete tief ein und aus. Dann beschloss er: »Wir können das jetzt nicht lösen. Wir sollten den Wald verlassen und das Gespräch auf später verschieben. Schließlich wissen wir auch noch nicht, wie du deinen Schatten dazu gebracht hast, dass er seine Macht mit dir teilt.«

»Aik«, unterbrach ihn Ludmilla.

Sie sahen sie irritiert an. »Aik«, entfuhr es Lando. »Dein Schatten hat einen Namen und heißt Aik?«

Ludmilla nickte unsicher und warf einen Blick auf ihren Schatten. In ihrem Kopf hörte sie ihn sehr leise amüsiert lachen.

Eneas hob die nicht vorhandenen Augenbrauen, so dass sein Gesicht noch länger aussah. »Später«, murmelte er nur. »Später wirst du viele Fragen beantworten müssen«, brummte er, während er sich schnaufend in Bewegung setzte.

Ihr Herz pochte hart und schwer gegen ihre Brust, während sie neben Lando herlief. Er hatte seine Gestalt als Formwandler beibehalten und lief schweigend an ihrer Seite. Wachsam beobachtete er die Umgebung. Eine Hand hatte er immer in ihrer Nähe, für den Fall, dass er sie schützen müsse. Auch wenn er sich nicht sicher war, ob er das überhaupt noch musste. Vielmehr gewann er den Eindruck, dass Ludmilla sehr gut auf sich selbst aufpassen konnte.

Und Ludmilla? Sie bekam Zweifel, ob es so eine gute Idee gewesen war, mit Lando und Eneas mitzugehen. Sie konnte sich nicht erklären, was vor sich ging, und sie kannte diese Welt viel zu wenig, um zu realisieren, wenn sich etwas Ungewöhnliches tat oder wenn sie etwas konnte, was die anderen in Erstaunen versetzte.

Angespannt pirschten sie das letzte Stück durch den Wald, das sich hinter der Lichtung befand. Die Bäume wurden immer lichter, bis schließlich weder Büsche noch Sträucher um sie herum wuchsen. Sie betraten eine kahle Landschaft. Dunkel und feindselig lag sie da. Es schien ein einziger Morast zu sein, der sich glitzernd und still vor ihnen ausbreitete wie ein Teppich.

Lando blieb abrupt stehen und breitete die Arme als Barriere aus, damit auch die anderen beiden keinen Schritt weitergingen. Die Stille war gespenstisch.

»Was ist das?«, flüsterte Eneas, während er sich hinkniete und den Boden untersuchte.

»Ich weiß es nicht«, murmelte Lando. Seine Stimme klang besorgt.

Ludmilla hockte sich auf das letzte Stückchen Waldboden und betastete vorsichtig den vor ihr liegenden Boden. An ihrem Finger blieb schwarzer Schleim kleben. Er war warm und zähflüssig.

»Das könnte eine Art Moor sein«, stellte sie fest.

»Was meinst du damit?«, fragte Eneas.

»Der Boden hat dieselbe Konsistenz wie das Moor, in das ich eingesunken bin. Das Moor mit den Fröschen, die Wesen mit ihrem Gift lähmen«, versuchte sie zu erklären.

Er sah Lando fragend an.

»Frag nicht. Sie ist ja wieder rausgekommen«, erwiderte dieser nur knapp den Blick seines Freundes. »Aber hier gibt es keine Frösche, und der Sumpf, von dem du sprichst, befindet sich in Nahil. Wir sind in Fenris und dazu noch in einem Gebiet, das weder Eneas noch ich jemals bereist haben. Wir wissen nicht, wie es aussah, bevor die Dunkelheit alles veränderte.«

Ludmilla nutzte seine Atempause. »Heißt das, dass die Landschaft früher anders ausgesehen hat, bevor die Schattenwolke sie verdunkelte?«

Die beiden Geschöpfe nickten finster.

»Aber ist es nicht denkbar, dass es dennoch eine Art Moor ist?«, beharrte sie.

Lando sah sie prüfend an. »Hilft uns diese Erkenntnis?«, fragte er zynisch.

Sie hob die Schultern. »Hier können wir auf jeden Fall nicht bleiben. Wir müssen weiter. Auf dieser Ebene können wir nirgends geschützt rasten.«

Sie hob die Hand über die Augen, als ob die Dunkelheit sie blenden würde und sie so besser sehen könnte. Aber sie erkannte nichts. Nichts außer unendliche Weite, eine glatte Fläche, an deren Ende sich das Gebirge abzeichnete.

ACHTZEHNTES KAPITEL

Vince Taranee

Nachdem Arndt Solas wieder in dem Haus verschwunden war, beobachtete der junge Mann in seinem Sportwagen noch ein paar Minuten das Haus, bevor er den Motor aufheulen ließ und davon fuhr. Vince Taranee fuhr zu seinem Großvater, um Bericht zu erstatten. Dabei hatte er die Geheimnistuerei so satt. Was hatte das alles zu bedeuten? Warum musste er einen alten schmierigen Mann verfolgen wie in einem schlechten Krimi? Er seufzte leise, während er die Einfahrt zu dem herrschaftlichen Anwesen der Taranee-Familie hinauffuhr. Das Haus war riesig und im Grunde viel zu groß für seinen Großvater allein. Aber er hielt eisern daran fest. Wie oft hatten sie versucht, ihn zu überzeugen, dass ein kleineres Anwesen von nicht minderer Schönheit ihm das Leben erleichtern würde, aber er wollte davon nichts hören.

Er parkte das Auto direkt vor der riesigen Haustür und stieg aus. Noch während er sich die Jacke überwarf, öffnete sich die Tür. Augenblicklich trat ein Diener in Frack und weißen Handschuhen hinaus und begrüßte ihn: »Junger Herr, wie gut, dass sie da sind. Sie werden schon voller Ungeduld erwartet.«

Vince lächelte. »Tobt er wieder?«, fragte er leise. Der Diener hob nur missbilligend die Augenbrauen und schwieg. Aber ein Lächeln umspielte kurz seinen Mund, und er neigte den Kopf, als er ihn in das Haus hinein geleitete. Es hätte auch als Kopfnicken gedeutet werden können.

Sie traten in die riesige Eingangshalle, die durch den Marmorboden besonders kühl wirkte. Überall hingen Spiegel an den Wänden. Vince trat auf einen der Spiegel zu und strich sich das hellblonde Haar aus dem Gesicht. Er trug es gern länger, zu lang, wie sein Großvater nicht oft genug betonen konnte. Aber er mochte es so. Die Länge betonte die sonnengebräunte Haut und lenkte von dem etwas zu spitzen Kinn ab, das er nicht leiden konnte. Zudem stachen seine hellen blauen Augen besonders gut heraus. Selbstgefällig strich er sich über den Oberkörper und das Hemd glatt. Insgesamt war er mit seinem Aussehen zufrieden. Groß war er und schlank. Ein paar Muskeln am Oberkörper hatte er sich antrainieren können. Kurz betrachtete er die weißen Turnschuhe, die er ohne Socken trug und die hellen Jeans, die dazu passten. Er lächelte. Sicherlich würde der Alte ihn wegen seines Aufzuges tadeln. Turnschuhe und Jeans waren in diesem Hause nicht gern gesehen, aber er hatte für ihn einen Auftrag erledigt und hatte umgehend zu ihm kommen sollen. Da war keine Zeit fürs Umziehen gewesen.

Vince' schmale Lippen verzogen sich zu einem spöttischen Grinsen. Aber nur für den Bruchteil einer Sekunde, denn schon kam sein Großvater die Treppe heruntergeeilt. Noch vom ersten Stockwerk aus rief er: »Na endlich, wird auch Zeit, Bursche!«

Vince grinste. *Bursche* nannte ihn sein Großvater, seit dem er klein war.

Edmund Taranee empfing seinen Enkelsohn mit der Art von Herzlichkeit, die er aufbringen konnte. Er klopfte ihm kräftig auf den Rücken und schob ihn gleichzeitig in die Bibliothek, die sich direkt neben der Eingangshalle befand. Der Raum war in dunklen Farben gehalten. An sämtlichen Wänden waren dunkle, hölzerne Regale angebracht, die bis zur Decke reichten. Darin befanden sich die Schätze der Taranee-Familie: Bücher. Erstausgaben, alte Bücher und neue Bücher. Es gab Regale, die nur einer bestimmten Zeit gewidmet waren, und andere, in denen die Bücher gemischt nebeneinanderstanden, jedoch das Thema gemeinsam hatten. Bildbände hatten ein eigenes Regal, genauso wie Lyrik und zeitgenössische Romane. Am anderen Ende des Raumes befand sich eine weitere Tür, so dass der Raum von zwei Seiten betreten werden konnte. Trotz der vielen Bücher roch es weder modrig noch muffig, sondern frisch, als würde der Raum regelmäßig gelüftet. Aber es war ungewöhnlich kalt, so dass sich Edmund einen Schal umlegte, der über einem der ledernen Sessel lag.

Der Diener eilte herein und brachte dem Hausherrn ein Glas mit einer goldenen Flüssigkeit. Er deutete eine Verbeugung an und fragte leise: »Wünscht der junge Herr auch etwas zu trinken?«

Aber Vince schüttelte den Kopf. »Nein, danke«, entgegnete er mit ebenso leiser Stimme.

Edmund hatte sich inzwischen in einem der ledernen Sessel niedergelassen und sah Vince erwartungsvoll an. »Und, Vincent. Was hast du in Erfahrung bringen können? Erzähl mir alles ganz genau.«

Vince setzte sich und atmet kurz durch. Er hasste es, wenn sein Großvater ihn Vincent nannte. Das war nicht sein Name. Aber Edmund weigerte sich, ihn Vince zu nennen. »Vince ist die Abkürzung von Vincent, also werde ich dich auch so nennen«, hatte er ihm schon an der Wiege erklärt.

»Nach deinem Besuch, Großvater, fuhr er zu dem Haus der Scathan-Familie. Er blieb eine Weile und kam dann wieder raus und fuhr nach Hause. Mehr ist nicht passiert.« Er sprach mit fester Stimme und nicht zu laut. Genauso, wie es sein Großvater von ihm erwartete. Das Zischen, das jedes S begleitete, hatte er sich nicht abgewöhnen können.

»Hast du die Alte gesehen, wie sie ihn zur Tür brachte? War sie noch da, als er ging?«, herrschte Edmund ihn an.

Vince sah ihn stirnrunzelnd an. »Warum ist das so wichtig, Großvater?«

Aber Edmund warf ihm einen strengen Blick zu, also antwortete er. »Ja, sie hat ihn zur Tür gebracht. Sie war da. Aber ihre Enkeltochter, Ludmilla Scathan, dieses freche Ding, war nicht bei ihr. Aber das ist nicht ungewöhnlich, denn warum sollten sie den Gast zusammen zur Tür begleiten?«

»Ja, warum auch?«, zeterte Edmund los. Sein Enkelsohn sah ihn verständnislos an. »Darum geht es nicht, Vincent. Es geht nicht darum, was du glaubst oder nicht glaubst. Es geht mir einzig und allein darum, was du gesehen hast und wen du gesehen hast.«

»Also gut«, erwiderte Vince mit dünner Stimme. »Ich habe Arndt Solas gesehen, wie er von Mina Scathan zur Tür begleitet wurde, wie er in das Auto stieg und nach Hause gefahren ist. Er hat das Auto vor der Tür abgestellt und ist in sein Haus gegangen. Nachdem sich die Haustür geschlossen hatte und ich sah, dass das Licht im Haus anging, bin ich zu dir gefahren.«

Edmund stöhnte auf. »Wir wissen immer noch nicht, was sie im Schilde führen. Wir müssen nach Eldrid. Es führt kein Weg daran vorbei.«

»Aber der Spiegel funktioniert nicht«, entgegnete Vince leise, als hätte er Bedenken, seinen Großvater noch mehr zu verärgern.

Aber dieser blieb ruhig. »Ich weiß, Vincent, ich weiß. Das wird sich hoffentlich bald ändern. Ich habe noch keinen konkreten Plan, aber ich habe es im Gefühl. Es passiert etwas. Irgendetwas. Und dann, dann wirst du für mich nach Eldrid reisen und Zamir zur Rede stellen. Du wirst in Erfahrung bringen, was da vor sich geht.«

Vince sprang auf. »Das wäre fantastisch, wenn ich bald nach Eldrid reisen könnte, Großvater!« Seine Stimme glühte vor Verzückung.

Edmunds Augen blitzten auf. »Ja, mein Bursche, wäre es. Und du bist bestens vorbereitet. Bald ist es soweit. Ich bin mir sicher.« Und mit diesen Worten erhob er sich und schritt auf die zweite Tür zu.

»Ich ruf dich an, Vincent«, rief er und winkte lässig, bevor er verschwand. Vince blieb mit pochendem Herzen sitzen. Er konnte sein Glück kaum fassen. Endlich würde er nach Eldrid reisen. Endlich.

NEUNZEHNTES KAPITEL

Adas Macht

Ada brachte Uri in seine Höhle, entfachte das Feuer und klopfte ihm den Strohballen zurecht. »Ob du willst oder nicht«, brummte sie widerwillig, »ich bleibe hier und helfe dir, wieder zu Kräften zu kommen«.

Uri lächelte schwach, während er sie beobachtete. »Die Frage ist doch eher, ob *du* das wirklich willst, Ada«, flüsterte er mehr zu sich selbst.

Sie hielt inne und blitzte ihn an. Dann fing sie an, Wasser aufzusetzen. Sie hatte sich dazu entschieden, nicht erneut mit ihm zu streiten.

Er sah ihr dabei zu, zögerte lange, bevor er schließlich ihren Arm ergriff und sie festhielt. »Ada, da ist etwas, was du wissen musst.«

Sie zuckte zusammen und fuhr herum. »Was soll das sein? Es ist alles schon schlimm genug: Ludmilla ist verschwunden, wahrscheinlich mit diesem sich selbstüberschätzenden Formwandler, Zamir hat deinen Bann gebrochen, und du bist so geschwächt, dass du noch nicht einmal mit den Wesen von Eldrid kommunizieren kannst. Schlimmer kann es kaum kommen.«

Aber dann sah sie Uris Gesichtsausdruck und erbleichte. »Uri«, fuhr sie ihn an. »Ich bekomme Angst, wenn du so ernst dreinschaust. Sag mir endlich, was es ist!«

Uri seufzte. »Setz dich, Ada. Es geht um Bodan.«

Ada unterdrückte einen Aufschrei und schlug sich die Hand auf den Mund. »Was ist es? Nun sag schon, Uri.«

»Er hat seinen Schatten verloren«, krächzte er. Die Stimme versagte ihm fast bei dieser Nachricht.

Ihr schossen die Tränen in die Augen, und sie sackte in sich zusammen. »Das darf nicht wahr sein«, murmelte sie immer wieder.

Uri beobachtete sie und fühlte erneut, wie sich der Schmerz in ihm ausbreitete. »Deshalb war ich geschwächt. Deshalb konnte Zamir mich angreifen und den Bann lösen. Wir sind alle miteinander verbunden, und verliert einer von uns seinen Schatten, schwächt uns das alle, die Gemeinschaft der Spiegelwächter.«

»Aber dann hätte es Zamir auch schwächen müssen«, brach es aus ihr heraus. »Wie konnte er so mächtig sein, sich deine Schwäche zunutze zu machen und deinen Bann zu brechen?«

»Wir haben Zamir bei seiner Verbannung aus unserer Gemeinschaft entlassen. Wir haben ihm seinen Spiegel genommen, und ich habe versucht, ihm die Fähigkeit, die Emotionen der anderen Wesen von Eldrid zu spüren, zu nehmen. Es ist mir nicht gänzlich gelungen. Aber er ist nicht mehr mit uns verbunden. Nur selten, kann ich seine Gefühle spüren oder kann er in meinen Kopf eindringen. Wir haben uns gegenseitig voneinander abgeschottet.«

Ada saß in sich zusammengesunken da und weinte stumm.

Uri schloss die Augen und versuchte, sich auszuruhen, doch in seinem Kopf rauschte es. Erst dachte er, es sei die Erschöpfung. Doch dann wurde das Rauschen immer lauter und ging über in ein Brummen und Vibrieren. Und dann spürte er die Wut. Zamirs Wut. Und sie kam näher. Er kam, um ihn zu sehen.

Uri richtete sich mühsam auf. »Ada«, krächzte er. »Ada, du musst gehen, sofort!«

»Ich gehe nirgendwohin«, erwiderte sie mit tränenerstickter

Stimme.

Er setzte sich auf und nickte heftig. »Doch, Ada, du musst. Er kommt. Er ist auf dem Weg hierher, und er darf dich hier nicht sehen!« Seine Stimme wirkte nun fester und entschieden.

Aber Ada schenkte ihm keine Beachtung. Sie hatte noch nicht einmal gezuckt, als sie hörte, dass Zamir auf dem Weg war. »Es wird Zeit, dass wir uns wiedersehen«, sagte sie schließlich und richtete sich auf. Sie wischte sich die Tränen aus dem Gesicht. »Er wird nicht hierher kommen und dich noch mehr schwächen«, erklärte sie sachlich, »oder dir auch noch deinen Schatten nehmen. Das werde ich nicht zulassen.«

Sie strich ihr schlichtes Leinenkleid zurecht und warf ihren langen geflochtenen Zopf in den Nacken. Ihre grauen Augen blitzten, und in diesem Moment sah sie ihrer Schwester Mina sehr ähnlich. »Ich bin bereit.«

Uri schüttelte heftig den Kopf, doch in diesem Augenblick fegte eine Windböe durch die Höhle und ließ das Feuer aufflackern.

Blitzschnell baute sich Ada vor Uri auf. So schnelle Bewegungen hatte er ihr gar nicht mehr zugetraut. Sie straffte ihren gesamten Körper, während sie ihrem Widersacher gegenübertrat.

Zamir stutzte für eine Sekunde, als er Ada sah. Er raste vor Wut, machte eine unwirsche Handbewegung und wollte sie zur Seite schieben. Aber Ada blieb stehen.

Ungläubig funkelte er sie an. Das konnte nur ein Zufall gewesen sein, aber er wollte nicht unhöflich erscheinen. Schließlich war sie eine alte Frau. Er setzte sein martialisches Lächeln auf.

»Nun gut, Ada. Lang nicht gesehen, meine Liebe«, säuselte er beherrscht.

Sie nickte und lächelte ruhig.

»Ich habe keine Zeit für Wiedersehensfeiern, sei so gut und mach den Weg frei, ich muss mit meinem Bruder Uri sprechen«, knurrte er, als sie sich nicht rührte und er auch mit dem Einsatz seiner Magie nicht an ihr vorbei kam.

Ada schüttelte den Kopf. »Du hast genug Schaden angerichtet, Zamir!« Sie spuckte ihm diese Worte regelrecht vor die Füße. »Uri ist für dich nicht zu sprechen!«

Hinter ihr vernahm sie ein ungläubiges Aufatmen.

»Ada, bitte!« Uri war schwerfällig aufgestanden und hatte ihr die Hand auf die Schulter gelegt. »Das ist eine Sache zwischen Zamir und mir!«

Aber sie schüttelte den Kopf. »Tut mir leid, meine Herren, aber das werde ich nicht zulassen.«

Uri hatte keinerlei Kraft, Ada wegzuschieben, aber auch Zamir gelang es nicht. Wie angewurzelt stand sie zwischen den beiden Spiegelwächtern und streckte den Rücken durch, während sie Zamir fest in die Augen sah. »Hör nicht auf ihn, mein Lieber. Wie du weißt, ist er zurzeit etwas geschwächt und kann deshalb keine Entscheidungen treffen.«

Zamir entfuhr ein ungläubiges Lachen. »Und deshalb triffst du diese nun für ihn?«

Sie nickte lächelnd.

»Wer gibt dir das Recht, dich in diese Angelegenheit einzumischen?«, polterte Zamir los.

Aber Ada antwortete nicht. Sie stand zwischen den beiden Spiegelwächtern wie eine Mauer und verhinderte dadurch, dass sie sich in die Augen schauen konnten. Uri fühlte sich wie ein kleiner Schuljunge, vor dem schützend seine Mutter stand. Das machte ihn wütend. Er fühlte sich gedemütigt, war aber nicht in der Lage, dieses Gefühl in Macht zu verwandeln.

Zamir zögerte noch einen Augenblick, dann griff er an. Er schleuderte einen Feuerball auf Ada, der zu seiner Verwunderung an ihr abprallte. Stattdessen erhob sich hinter ihr ihr Schatten. Seine Augen glühten, und er wuchs zur doppelten Größe an. Zamir stolperte rückwärts vor Schreck.

»Wie hast du das gemacht?«, keuchte er. Aber er fing sich in der nächsten Sekunde und startete einen weiteren Angriff. Er beschwor einen Wind herauf, der Ada umblasen sollte, aber auch das misslang. Ada bewegte sich nicht von der Stelle, und Uri kauerte hinter ihr und betrachtete mit Abscheu und Bewunderung zugleich das Schauspiel.

»Erinnerst du dich?«, dröhnte nun Ada. Die Augen ihres Schattens leuchteten und sprühten flammende Funken. »Erinnerst du dich an all die Mächte, die ich für dich stehlen sollte?«

Zamir trat einen Schritt zurück und erbleichte. Ada folgte ihm. Ihr übergroßer Schatten war direkt hinter ihr.

»Erinnerst du dich?«, wiederholte sie, und ihre Stimme hallte in der Höhle wie ein Echo wider. »An unser Spiel?« Sie lachte kurz spöttisch auf. »Ich habe diese Mächte noch! Du konntest mir meinen Schatten nicht nehmen. Erinnerst du dich?«

Zamir entfuhr ein ungläubiges Zischen. Damit hatte er nicht gerechnet. »Selbstverständlich erinnere ich mich. Die Zeit hier in Eldrid verfliegt zwar schneller, aber die Erinnerung verblasst genauso langsam wie in eurer Welt.« Er lachte kurz unbeherrscht auf, dann hatte er sich wieder unter Kontrolle. »Mir war nur nicht klar, dass du deine Mächte auch einsetzt«, säuselte er mit unterdrückter Anspannung. »Hattest du nicht geschworen, im Austausch für ein lebenslanges Bleiberecht in Eldrid deine Mächte nie einzusetzen. Wieder ein Mensch, der dich enttäuscht, nicht wahr, Uri?«

Adas Augen verengten sich. Ihr Schatten hockte weiterhin bedrohlich auf ihren Schultern. »Ich setze sie für etwas Gutes ein, mein Lieber«, entgegnete sie ebenfalls beherrscht. »Und wenn ich dafür bestraft werde, dann sei es so. Mein Schatten hat lange genug auf seinen Einsatz gewartet.«

»Pah!«, schrie Zamir. »Was Gutes, ja, Ada, was Gutes?« Wieder baute er sich vor ihr auf und versuchte, an ihr vorbeizukommen. Aber es gelang ihm auch dieses Mal nicht.

»Ja!«, antwortete sie seelenruhig und blies Zamir einen Funkenregen ins Gesicht, der ihn rückwärts taumeln ließ.

»Du wagst es tatsächlich, dich mit mir zu messen?«, schrie er aufgebracht. »Willst du das? Willst du deinen Schatten wirklich an mich verlieren?«

Nun lachte Ada höhnisch auf. »Ich kann meinen Schatten nicht verlieren. Er gehorcht mir, er teilt seine Mächte mit mir. Er ist Godals Bruder. Ein Scathan-Schatten, und damit sehr viel mächtiger als dein Spiegelwächter-Schatten. Völlig gleich, wie viele Mächte du gesammelt hast. Mein Schatten hat mehr Macht, und wir sind verbunden. Er löst sich nicht von mir.«

Nun machte sie einen Schritt auf Zamir zu und baute sich bedrohlich vor ihm auf. »Du kannst mir meinen Schatten nicht stehlen, Zamir. Das ist vorbei. Ich habe die Alte Kunst erlernt.«

»Die Alte Kunst?«, stöhnte Zamir ungläubig und wich vor ihr zurück. War das wahr? Wie war sie hinter dieses Geheimnis gekommen? Wie hatte sie die Alte Kunst erlernen können? Warum hatte sie sich dazu herabgelassen, mit ihrem Schatten zu sprechen? Wesen von Eldrid sprachen nicht mit ihrem Schatten. Deshalb konnten ihnen die Schatten auch so einfach gestohlen werden. Weil sie ihre Schatten nicht respektierten, nicht schätzten. Aber es gab diese Kunst, von der Ada sprach. Die Alte Kunst, den Schatten an sich zu binden. Dazu musste man mit ihm reden.

Zamir durchfuhr ein Schauer. Wer wusste noch von der alten Kunst? Wer hatte sich erinnert? Wer erlernte sie gerade? Das könnte seinen gesamten Plan in Gefahr bringen. Unschlüssig machte er einen weiteren Schritt zurück.

Ada ergriff erneut das Wort: »Es wäre jetzt besser, wenn du gehst. Uri braucht Ruhe, und er ist nicht für dich zu sprechen, weder für dich noch für Godal noch für irgendein Wesen, das ihm etwas anhaben will.«

Zamir entfuhr ein amüsiertes Lachen. Er hatte sich wieder gefangen: »Wer sagt denn, das ich ihm etwas anhaben will? Ich möchte nur wissen«, und dann entlud sich erneut seine Wut, »was du mit meinem Spiegel gemacht hast!«

Uri versuchte verzweifelt, seinen Kopf an Ada vorbeizuschieben. Er lächelte Zamir matt an. »Kannst du ihn nicht aktivieren?«, fragte er so beiläufig wie nur möglich.

Zamir schnaubte wie ein wildgewordenes Rhinozeros. Funken sprühten von dem Körper, die an Ada absprangen wie Wassertropfen von einer imprägnierten Jacke. Erneut versuchte er, an Ada vorbeizukommen und sich auf Uri zu stürzen. Seine ungezügelte Wut hinterließ jedoch keinen Eindruck bei ihr. Sie wankte noch nicht einmal, als ein Feuerschwall wie der eines Feuerschluckers nach ihr griff. Mit einer lässigen Handbewegung wehrte sie ihn ab.

Hilf mir, flehte Zamir seinen Schatten in Gedanken an. *Hilf mir, sie machen sich über mich lustig. Das kann ich nicht dulden. Wir müssen unsere Macht demonstrieren.*

Aber Zamirs Schatten lachte nur laut auf. *Das ist ein sehr mächtiges Exemplar,* entgegnete er in Zamirs Kopf. *Sie hat recht, wenn sie sagt, dass er sich nicht von ihr trennen lässt. Wir sind durch den Bruch des Bannes auch geschwächt. Ich will es nicht auf einen Kampf ankommen lassen. Lass uns uns zurückziehen.*

Verächtlich schnaubte Zamir auf, als er diese Worte vernahm. Wütend ballte er die Fäuste und erklärte mit beherrschter Stimme und hocherhobenem Kopf: »Also gut, für heute verschone ich euch. Ich sehe, dass Uri geschwächt und zu keinem Gespräch fähig ist. Aber ich komme wieder, das verspreche ich euch. Seid gewarnt, heute erfahrt ihr meine Gnade, das nächste Mal wird es Rache sein.«

Seine letzten Worte hallten in Uris Höhle wieder, während Zamir sich in eine Staubwolke verwandelte und verschwand.

Zwanzigstes Kapitel

Das Spiegelbild

Keuchend erreichten Mina und Arndt das Spiegelzimmer. Aber zu spät. Der Spiegel leuchtete längst und Pixi war verschwunden. Mina lehnte am Türrahmen und starrte fassungslos in das Zimmer hinein, während die Treppenstufen verdächtig knarrten. Das hatte ihr jetzt noch gefehlt. Hämisch grinsend schritt Ludmillas Spiegelbild den Gang hinunter.

»Hast du wirklich gedacht, dass dieses kleine Etwas dir helfen würde?«, höhnte es, und Mina hatte Mühe, nicht ihre Enkeltochter darin zu sehen. Das Spiegelbild warf sich die langen roten Haare über die Schulter und blitzte sie mit ihren hellen, blauen Augen an. Ein fratzenhaftes Grinsen breitete sich über das schöne Gesicht aus. Das spitze Kinn und die schmale Nase kamen dadurch noch mehr zur Geltung. Verzweifelt starrte Mina die Gestalt an, die sich vor ihr aufbaute. Bösartig und mit zusammengepressten Lippen stand es da, die Fäuste geballt und der Körper angespannt.

»Finde dich damit ab, alte Frau. Sie kommt so schnell nicht wieder, es sei denn, ich hole sie.«

Mina zuckte zusammen und schüttelte den Kopf. Mehrmals und heftig.

Bevor sie etwas erwidern konnte, schob sich Arndt zwischen die beiden: »Du kannst sie nicht holen. Es geht nicht«, donnerte er los, in einer Lautstärke, die Mina zusammenfahren ließ. Verwundert blickte sie ihn an, während er den Rücken durchdrückte und drohend den Zeigefinger hob. »Du musst eines verstehen: Kein Spiegelbild kann nach Eldrid reisen. Der Spiegel wird es dir nicht erlauben. Es gibt keine Spiegelbilder in Eldrid, erst recht keine menschlichen, die lebendig geworden sind so wie du.«

Bei diesen Worten schoss Mina ein Gedanke durch den Kopf. Spiegelbilder wurden in ihrer Welt lebendig, wenn Menschen die Spiegel benutzten. Das war schon immer so gewesen. Aber nun wurden Schatten in Eldrid lebendig. Das war neu. Gab es zwischen den Spiegelbildern und den Schatten vielleicht einen Zusammenhang?

Aber sie hatte keine Gelegenheit, diesen Gedanken weiter zu verfolgen, denn Ludmillas Spiegelbild holte sie schlagartig in die Realität zurück. »Das glaube ich dir nicht«, zischte es Arndt an. »Ich glaube, dass diese Alte mir die Reise durch den Spiegel einfach nicht erlaubt, weil es für Ludmilla gefährlich werden könnte.« Es zeigte auf Mina, und ein fieser Ausdruck breitete sich auf seinem Gesicht aus. »Wenn der Spiegel mich angeblich nicht durchlässt, dann habt ihr sicherlich keine Einwände, wenn ich es probiere. Ich habe schließlich nichts zu verlieren.«

Es lachte laut und bösartig, während es auf den leuchtenden Spiegel zutrat. Mina war zwar alt und müde von den Ereignissen der letzten Stunden, aber ihre Reaktionszeit war immer noch schnell. Sie schoss an dem Spiegelbild vorbei und legte die Hand auf den Rahmen, so dass dieser augenblicklich erlosch.

»Du wirst das nie herausfinden, weil ich nicht zulassen werde, dass du dich diesem Spiegel auch nur näherst, wenn er leuchtet«, herrschte sie das Exemplar an, das sie zähneknirschend anstarrte.

Mina versuchte, sich zu beherrschen. Sie musste einen Weg finden, das Spiegelbild zu beruhigen. Es musste Ludmillas Platz einnehmen, so lange Ludmilla in Eldrid war, und durfte nicht alles kaputt machen, was Ludmilla und Mina in dieser Welt hatten. Krampfhaft überlegte sie, was sie dem Spiegelbild bieten könnte, das interessant genug war, um es zu besänftigen.

Aber das Spiegelbild wollte nicht reden. Wutentbrannt rannte es den Flur hinunter und schlug Ludmillas Zimmertür hinter sich zu. Mina blieb schwer atmend neben dem Spiegel stehen und betrachtete sich in dem alten Glas. Wie alt sie geworden war. Zu alt für dieses Abenteuer, das sie nicht erleben wollte und das sie sich auch nicht für ihre Enkelin wünschte. Sie wollte ihren Alltag mit Ludmilla zurück. Wünschte sich die Normalität zurück mit der sie, trotz ihres schattenlosen Daseins, ihr Leben in dieser Welt bestritt. Selbst nach den alltäglichen Streitereien sehnte sie sich. Das kam ihr in diesem Moment alles so banal vor. Banal im Vergleich zu dem, was auf sie zukommen würde, wenn ihre Tochter dieses Spiegelbild aus dem Haus schaffen würde. Wieder rollten ihr unkontrolliert die Tränen über die Wangen. Verzweiflung machte sich in ihr breit und legte sich um ihre Brust wie ein zu enges Oberteil. Arndt legte ihr sanft die Hand auf die Schulter.

»Wir schaffen das schon«, flüsterte er aufmunternd.

Aber Mina hatte keine Hoffnung mehr. Gerade als sie das Gefühl hatte, dass sämtliche Kraft aus ihrem Körper wich, hörte sie, wie sich Ludmillas Zimmertür öffnete und das Spiegelbild mit energischen Schritten über den Flur lief.

Mina hastete zur Treppe und schrie: »Was hast du vor?«

Das Spiegelbild hatte eine von Ludmillas Jacken übergezogen und drehte sich zu ihr um. Abscheu sprach aus seinem Blick. »Ich suche mir einen anderen Spiegel, den ich benutzen kann. Ich habe genug Informationen von dir und Arndt Solas und auch von diesem Edmund Taranee. Ich finde schon einen Weg nach Eldrid. Und wenn nicht durch den Scathan-Spiegel, dann eben durch einen anderen.«

Es machte kehrt und lief in Richtung Haustür. Mina hastete ihm hinterher.

»Das kannst du nicht machen«, kreischte sie völlig außer sich. »Du darfst das Haus nicht verlassen!«

130

Aber sie war nicht schnell genug und sah gerade noch den roten Schopf des Spiegelbildes ihrer Enkelin durch die Haustür verschwinden. Sie stürmte auf die Tür zu, riss sie auf und starrte in die Nacht hinein. Aber das Spiegelbild war nirgends zu sehen.

Ihr entfuhr ein zaghaftes »Ludmilla«, während sie sich nervös zu den Nachbarhäusern umschaute.

Arndt, der nicht so schnell zu Fuß war, stand keuchend hinter ihr. »Was ist passiert?«, fragte er.

»Es ist weg«, fauchte Mina. »Es hat das Haus verlassen, und jetzt müssen wir es suchen.«

Hastig kontrollierte sie ihren Schlüssel in ihrer Rocktasche, bevor sie die Tür hinter sich zuzog. Sie eilte zum Törchen, das den Vorgarten vom Haus trennte, und spähte die Straße hinauf und hinunter. Aber da war kein Spiegelbild. Kein Mädchen, das aussah wie Ludmilla. Tränen der Verzweiflung füllten ihre Augen. Mit zittrigen Fingern suchte sie nach ihrem Autoschlüssel, schob das Tor auf und stieg in das Auto.

»Du fährst nach links, ich nach rechts«, rief sie ihrem alten Freund zu, bevor sie losfuhr.

Arndt nickte und stieg ebenfalls in sein Auto.

Einundzwanzigstes Kapitel

Uris Dank

Ada seufzte erleichtert auf, während sich ihr Schatten wieder auf den Boden neben ihr legte. Als sie sich umdrehte, sah sie in die entsetzten Augen von Uri. Er wich regelrecht vor ihr zurück, als sie einen Schritt auf ihn zu machte.

»Er hat recht«, krächzte er. »Du hast es versprochen!«

Ada stöhnte auf. »Das ist dein Dank«, polterte sie los. »Uri?«

Er ließ sich auf den Strohballen am Feuer fallen. »Du hast recht«, erwiderte er. »Ich sollte dankbar sein. Stattdessen bin ich entsetzt und verängstigt.«

»Verängstigt?«, brach es aus ihr heraus.

Aber er lächelte nur matt. »Das magst du doch so an Bodan, Ada. Seine Ehrlichkeit, dass er seine Gefühle offenbart. Ich habe mich immer beherrscht. Versucht, ein Vorbild zu sein. Gutmütig, gutherzig, der Spiegelwächter, der die Welt bewacht und bewahrt. Der Spiegelwächter, der sich stets zurücknimmt. Der die Bedürfnisse aller Geschöpfe über seine eigenen stellt. Aber ich habe es satt. Ich bin zwar ein mächtiges Wesen, mit allerlei Mächten, aber auch ich habe Gefühle. Ich habe Angst vor dem, was kommt, vor Zamir und seinen Absichten. Und ich habe Angst vor deinem Schatten und dass du mit ihm sprichst. Du hast dich, mal wieder, nicht an die Abmachung gehalten. Und das, obwohl sie ganz klar war. Du hast eingewilligt, dass ich, wenn du in Eldrid bleiben darfst, dein Spiegelbild einfriere und du im Gegenzug keine deiner Mächte benutzt. Ich dachte, dass du dich daran gehalten hättest, aber auch du spielst ein falsches Spiel. Statt dich an die Abmachung zu halten, hast du angefangen, mit deinem Schatten zu sprechen. Du hast«, er holte tief Luft, »und das verstört mich zutiefst: Du hast tatsächlich die Alte Kunst erlernt und deinen Schatten an dich gebunden. Was wolltest du damit erreichen?«

Zitternd hob er die Hand und führte eine Schale mit Wasser an den trockenen Mund und sah Ada fragend an. Ada lächelte ihn offen an und setzte sich zu ihm.

»Du misstraust mir also, Uri?«, fragte sie sanft. »Nach all den Jahren, nach all der Zeit kannst du mir immer noch nicht vertrauen?« Seufzend blickte sie zu Boden. »Was kann ich nur tun, um dich endlich davon zu überzeugen, dass ich auf der richtigen Seite stehe? Habe ich das nicht heute bewiesen? Ich habe dich vor Zamir beschützt.«

»Ja, aber für welchen Preis?«, presste Uri hervor. »Er weiß nun, dass du die Alte Kunst erlernt hast. Und entweder wurde er daran erinnert, dass es sie gibt oder er weiß nun, dass er nicht der einzige ist, der sie kennt.«

Ada zuckte zusammen. »Was soll das heißen«, unterbrach sie ihn. »Dachte er ernsthaft, dass er der einzige ist, der sich an die Alte Kunst erinnert? Und beherrscht er sie etwa auch?«

Uri hob die Augenbrauen. »Woher soll ich das wissen?«, bellte er ungehalten. »Es reicht schon, dass du sie erlernt hast. Und du hast es ihm auch noch veranschaulicht, wie gut du sie beherrschst.« Wieder schnaufte er unbeherrscht auf. »Zu Zamir würde es passen. Aber warum sollte er sie erlernen? Er hat den Verlust des Schattens nicht zu befürchten.« Er lachte bitter auf. »Oder doch? Vielleicht habe ich Zamir unterschätzt, und er weiß sehr wohl, wie gefährlich Godal ihm werden kann.« Er holte tief Luft. »Godal ist zu allem fähig. Auch dazu, Zamir seinen Schatten zu rauben.«

Abrupt hielt er inne. »Ada«, flüsterte er plötzlich. Er richtete sich mühsam auf und funkelte sie an. Hoffnungsschimmer spiegelten sich in seinen Augen. »Ada, das wäre die Lösung. Daran haben wir noch gar nicht gedacht.« Sie sah ihn verständnislos an, aber Uri lachte. »Godal raubt Zamir seinen Schatten. Dann wird Zamir zu einem schattenlosen Wesen. Schattenlos und machtlos. Und wir hätten ein Problem weniger.«

Uri fing an zu lachen. Er lachte herzhaft und laut, bis ihm goldene Tränen über das Gesicht rollten.

Ada aber schwieg und betrachtete ihn nachdenklich, bevor sie sagte: »Ich denke nicht, dass Zamir Godal unterschätzt. Zumindest nicht, was seine Boshaftigkeit anbelangt. Ganz im Gegenteil. Ich bin davon überzeugt, dass Zamir schlau genug war, die Alte Kunst zu erlernen. Er hat seinen Schatten an sich gebunden. Ganz sicher. Das macht ihn unbesiegbar und schützt ihn vor Godal. Meinst du nicht, dass er keine Vorsichtsmaßnahmen ergriffen hat, bevor er einen solch mächtigen Schatten erschaffen hat?«

Uris Lachen verstummte abrupt. »Da magst du recht haben. Aber du bedenkst eines nicht: Spiegelwächter haben es nie für nötig gehalten, die Alte Kunst zu erlernen. Wir sind so mächtig, dass wir keine Feinde haben. Also haben wir keinen Grund dazu. Wozu sollen wir uns mit unserem Schatten verbinden, wenn er sowieso gehorcht? Die Alte Kunst zu erlernen ist mühsam und dauert Jahre.«

»Die Zeit hatte Zamir allemal«, fiel ihm Ada ins Wort.

Uri blickte sie nachdenklich an und wiegte den Kopf hin und her. »Warum hast du sie erlernt, Ada? Bitte sei ehrlich! Ich muss es wissen. Ich möchte dir so gern vertrauen können.«

Ada sprang auf. »Du willst mir nicht vertrauen. Das konntest du seit dem Verlust von Minas Schatten nicht mehr, und das hat sich bis heute nicht geändert. Selbst mein heutiger Beweis der Treue und Liebe hat dir nicht gereicht. Du misstraust mir dennoch und immer noch, und das wird sich nie ändern, warum sollte ich dir dann also irgendetwas erklären?«

Beleidigt wie ein kleines Kind drehte sie sich weg und wartete. Aber Uri antwortete nicht. Er bohrte mit seinen Blicken Löcher in ihren Rücken und schaute immer wieder unsicher auf ihren Schatten, der völlig regungslos auf dem Boden lag. Die feurigen Augen waren nicht zu erkennen.

Nach einer Weile ergriff Uri das Wort. »Ada«.

Langsam wandte sie sich ihm zu und sah ihn erwartungsvoll an.

»Ohne dich wäre das heute anders geendet. Dafür danke ich dir. Ich kenne deine Motive nicht und würde gerne glauben, dass sie edelmütig sind, aber ich weiß es nicht. Wäre es für dich denkbar, noch eine Weile bei mir zu bleiben und mir zu helfen, mich zu erholen? Wenn Zamir morgen wiederkehrt, bin ich immer noch nicht stark genug, um mich ihm zu stellen. Er wird mich vernichten oder was immer er vorhat, er wird es kampflos erreichen. Es sei denn …« – Ada hob die Augenbrauen, während er sprach – »… du bleibst bei mir und«, er stockte, »beschützt mich?«

Ada lachte kurz auf. »Also, ich darf dich beschützen, aber du vertraust mir nicht? Und eigentlich verabscheust du mich, weil ich die Alte Kunst erlernt habe und du nicht weißt, wofür?«

Uri hob die Hand, und ein kleiner goldener Funkregen entsprang den Fingerkuppen. Er lächelte kurz und beobachtete die Funken, wie sie zu Boden schwebten. Dann blickte er Ada an und sprach mit fester Stimme: »Ich habe nie behauptet, dass ich dich verachte, Ada. Ich verachte die Alte Kunst, das ist richtig, aber ich verachte dich nicht.«

Sie schnaufte abfällig.

»Ada, bitte, das führt zu nichts, und ich benötige deine Hilfe, hier und jetzt.« Er warf ihr einen flehenden Blick zu.

Noch für einen kurzen Moment funkelte sie ihn böse an, dann breitete sich ein Lächeln auf ihrem Gesicht aus und sie erklärte knapp: »Ich würde dich nie im Stich lassen, Uri.«

Mit diesen Worten setzte sie einen großen Topf aufs Feuer, um eine stärkende Suppe zu kochen.

Zamir und sein Spiegel

Wutentbrannt stand Zamir vor seinem eingefrorenen Spiegel. Er starrte das erblindete Spiegelglas an, und seinen Fäusten entsprangen Feuerbälle, die er aber nicht dem Spiegel entgegenschleuderte. Er überlegte: Würde er sich die Blöße geben und das Pentagramm der Schatten zu Hilfe rufen? Nein, er wollte dieses Problem mit seinen eigenen Kräften lösen. Er machte eine herrische Handbewegung in Richtung seines Schattens, der leise vor sich hin lachte.

»Da gibt es nichts zu lachen«, keifte er ihn an. »Du hast doch auch keine Idee, wie der Spiegel wiedererweckt wird. Damit kennst du dich als Schatten nicht aus.«

Sein Schatten verstummte und drehte sich beleidigt weg. Zamir aber schoss ein Gedanke durch den Kopf. Das Pentagramm der Schatten würde ihm nicht helfen können. Es hatte Macht nur in Eldrid. Und auch wenn die Kraft der fünf mächtigen Schatten unermesslich war, insbesondere als Pentagramm vereint, waren sie dennoch nicht in der Lage, auf die Portale Einfluss zu nehmen. Es waren Schatten und keine Geschöpfe von Eldrid. Im Übrigen erschien es ihm zu gefährlich, das Pentagramm der Schatten an seinen Spiegel heranzulassen. Denn neben dem der Schatten, das er gerade erst zusammen gefügt hatte, gab es seit Anbeginn des Bestehens der magischen Welt Eldrid das Pentagramm der Spiegel.

Unerschütterlich und unverändert bis heute. Das Pentagramm der Schatten könnte das der Spiegel zerstören. Das wäre möglich und die Folgen unberechenbar. Zamir stöhnte auf. Also wäre das Pentagramm der Schatten keine Hilfe, um den Spiegel zum Leuchten zu bringen. Aber er brannte regelrecht darauf, mit seinem Spiegel zu kommunizieren. Der Spiegel war ein Teil seiner selbst. Er hatte ihm so lange gefehlt, und nun sollte er weiter auf ihn verzichten müssen? Er war nicht bereit, weiterhin ohne seinen Spiegel zu herrschen. Er gab ihm zusätzliche Macht. Und diese Macht würde er brauchen. Dringend.

»Hast du keine Idee?«, fragte er seinen Schatten widerwillig. Nach all den Jahren hasste er es immer noch, mit ihm zu sprechen. Er hatte sich nie daran gewöhnt, einen ständigen Begleiter zu haben, der in seinem Kopf mit ihm sprach. Deshalb hatte er ihm eine Stimme gegeben. Eine Stimme außerhalb seines Kopfes. Er hatte es nicht ertragen, dass sein Schatten nur in seinem Kopf war. Das hatte in wahnsinnig gemacht.

Die Stimme des Schattens hatte ihn in den vielen Jahren der Gefangenschaft begleitet und sich dabei als nützlich herausgestellt. Nicht zuletzt, weil sich Zamir so sicher sein konnte, dass Godal ihm seinen Schatten nicht stehlen konnte. Godal war unberechenbar. Das wusste er. Er hatte sich schützen wollen. Vor dem, was er geschaffen hatte. Ein Schritt, der ihm nicht leicht gefallen war.

Die Wesen von Eldrid sprachen nicht mit ihren Schatten. Sie erduldeten, dass sie von ihren Schatten abhängig waren, da diese ihre Mächte mittrugen, aber eine Beziehung zu ihnen aufzubauen vermieden sie. Die Schatten waren keine eigene Spezies. Sie waren nicht geschätzt. Selbst zu der Zeit, als noch mit ihnen gesprochen wurde. Das war einer der Gründe, warum die Alte Kunst, seinen Schatten an sich zu binden, nicht weitergetragen wurde. Weil es eine geächtete Kunst war. Und das war sein Glück, sein Vorteil, denn so war es ein Leichtes, Schatten zu stehlen und die

Dunkelheit über Eldrid auszubreiten. Aber er, Zamir, hatte sich gewappnet. Ihm konnte niemand den Schatten nehmen und damit auch nicht die Magie. Er würde ewig mächtig bleiben. Mächtig sein und herrschen. Herrschen über ein dunkles Eldrid mit Wesen der Dunkelheit und nicht mit Geschöpfen des Lichts. Die würden ausgerottet werden. Sie würden sterben. Zamir verzog das Gesicht zu einem fratzenhaften Lächeln. Versonnen starrte er an sich herunter, bis sein Blick an dem erblindeten Spiegel hinaufwanderte. Sein Spiegel. Er würde ihn brauchen.

»Da gibt es eine Möglichkeit«, hörte er seinen Schatten verschwörerisch flüstern.

»Und die wäre?«, herrschte Zamir ihn an.

»Versuche, ihn zu zerstören, und er wird leuchten«, schlug der Schatten vor.

Zamir starrte ihn an. »Das ist irrsinnig und gefährlich«, murmelte er. »Was, wenn es mir gelingt und ich ihn zerstöre?«

»Dann zerstörst du das Pentagramm der Spiegel, und das einzige machtvolle Pentagramm, das es in Eldrid dann noch gibt, ist das der Schatten. Wozu brauchst du den Spiegel?«, wisperte der Schatten.

Zamir dachte lange nach. »Ich brauche meinen Spiegel. Er verstärkt meine Macht. Ich bin ein Spiegelwächter. Ich muss meinen Spiegel bewachen. Das ist meine Aufgabe. Warum sollte ich meinen Spiegel zerstören?«

»Du brauchst ihn nicht mehr«, säuselte sein Schatten. »Du bist mächtig genug. Als Herrscher von Eldrid wirst du kein Spiegelwächter mehr sein. Du wirst Zamir sein, der Herrscher, nicht Zamir, der Spiegelwächter. Dein Spiegel hat keinen Wert mehr für dich. Glaube mir. Zerstöre ihn, und du wirst die unermessliche Macht des Pentagramms der Schatten zu spüren bekommen.«

»Was soll das heißen? Ich kenne die unermessliche Macht des Pentagramms der Schatten«, blaffte er ihn an.

Sein Schatten lachte leise und böse. »Aber dieses Pentagramm wird durch das Pentagramm der Spiegel nicht ergänzt, sondern gehindert. Die Spiegel mindern die Kraft der mächtigen Schatten.«

»Nein, nein, nein. Das ist falsch«, unterbrach ihn Zamir erbost. »Warum willst du mir das einreden? Was führst du im Schilde? Ich gebe dich nicht frei. Niemals.«

Aber sein Schatten fuhr unbeirrt fort: »Du irrst dich. Du machst dich von etwas abhängig, was du nicht mehr benötigst. Entledige dich dieses alten Dings. Es gibt so viele Vorteile: Keine Taranees mehr, die deine Pläne durchkreuzen könnten. Kein Bewachen des Spiegels mehr. Niemals. Du wärst frei.«

»Aber ich bin frei«, polterte Zamir. »Frei und nicht mehr gefangen in dieser Höhle.«

»Richtig. Aber nun willst du dich selbst wieder in Gefangenschaft begeben. Indem du den Spiegel aktivierst. Denk darüber nach. Sei nicht so besessen von deinem Spiegel. Denk nach. Ohne ihn bist du besser gestellt. Glaub mir, es macht Sinn. Zerstöre ihn.«

Zamir hatte das Gefühl verrückt zu werden. »Schweig, schweig«, herrschte er ihn an. »Ich will nichts mehr hören. Ich habe genug. Ich werde es mir überlegen, aber noch teile ich deine Ansichten nicht.«

Er warf einen letzten Blick auf den Spiegel und verließ die Höhle. Sein Schatten aber lachte ein grausames Lachen, das in der Höhle widerhallte, bevor er seinem Herrn folgte.

DREIUNDZWANZIGSTES KAPITEL

Uris Geheimnis

»Ada?«, Uri setzte sich auf und beobachtete sie bei der Zubereitung der Suppe.

»Hhm«, entgegnete sie abwesend.

»Was sagen die Formwandler, wenn du solange wegbleibst? Sie benötigen sicherlich deine Hilfe bei der Pflege des Waldes und der Felder.«

Ada brummte wieder etwas Unverständliches. Er wollte sie nicht von ihren Aufgaben abhalten, auch wenn er sie als Schutz dringend benötigte. Aber Eldrid brauchte sie auch.

»Ada, wenn du nicht bleiben kannst, dann sag es mir. Ich weiß, dass du gebraucht wirst. Leider von der Gemeinschaft der Formwandler mehr als von mir. Jetzt, da sich die Dunkelheit immer weiter ausbreitet, ist es umso wichtiger, dass das Licht gepflegt und bewahrt wird. Das Licht muss mehr strahlen als je zuvor. Die Geschöpfe brauchen viel Kraft bei dem Kampf gegen die Dunkelheit, und die erhalten sie durch das Licht. Nun, da Zamir frei ist, ist dies noch wichtiger als zuvor. Die Formwandler tragen, gemeinsam mit den Elfenvölkern, einen essenziellen Teil zur Stärkung unseres Lichts bei.«

Sie beobachtete ihn aus den Augenwinkeln. »Die kommen gut ohne mich zurecht«, murmelte sie. Er schwieg. Sie hatten sich sehr lange nicht gesehen, bevor Ludmilla angefangen hatte, Eldrid zu bereisen. Die Formwandler lebten am Rande des Waldes Teja, weit hinter dem Gebirge, das nicht nur an das Schneegebirge angrenzte, sondern auch an die Meereslandschaften und das Elfengebiet im Osten von Eldrid. Sowohl die Formwandler als auch die Elfen waren für die Bewahrung des Waldes und die angrenzenden Gebiete zuständig. Sie nährten den Wald und pflegten ihn. So konnte das Licht von Eldrid bewahrt und gestärkt werden: durch eine gesunde Landschaft. Ada hatte sich den Formwandlern schon vor langer Zeit angeschlossen und kam selten nach Fluar oder in den Teil von Teja, in dem sich Uris Höhle befand.

Nachdenklich betrachtete er Ada. Sie war alt geworden. Obwohl die Zeit in Eldrid schneller verstrich als in der Menschenwelt, alterten Menschen in Eldrid langsamer – sie alterten genauso langsam, als lebten sie in der Menschenwelt. Während in Eldrid Jahrhunderte vergingen, verstrichen in der Menschenwelt nur Jahrzehnte. Ein Umstand, den schon so mancher Mensch dazu bewogen hatte, in Eldrid zu bleiben, sofern es der jeweilige Spiegelwächter zugelassen hatte.

»Mir wurde berichtet, dass du dich mit der Pflege der Pflanzen und Sträucher besonders gut auskennst, Ada«, beharrte er.

Aber sie zuckte nur mit den Schultern und mied seinen Blick. Uri versuchte, die Gefühle zu unterdrücken, die in ihm aufkamen, wenn er an Adas und Minas Verbrechen dachte. Wie viele Schatten hatten sie gestohlen? Es waren so viele gewesen, so unendlich viele. Aber nun war Ada schon seit langer Zeit in Eldrid und hatte sich nichts mehr zu Schulden kommen lassen. Er musste seinen Groll überwinden und eine engere Verbindung zu ihr aufbauen. Also beschloss er, ihr sein tiefstes Geheimnis anzuvertrauen.

»Also gut, Ada, du möchtest einen Beweis meines Vertrauens, dann erzähle ich dir jetzt, was sich wirklich zugetragen hat und dass es alles meine Schuld ist«, setzte er an.

»Was soll das heißen?« Ada ließ den Löffel, mit dem sie die Suppe umrührte, in den Kessel sinken. Uri blickte ihr traurig in die

Augen und schwieg. »Was meinst du damit, dass es alles deine Schuld ist?«, beharrte sie ungeduldig.

»Es gibt da etwas, das ich Bodan, Arden und Kelby nie erzählt habe«, seufzte er. »Und dem Rat auch nicht.«

Ada starrte ihn fordernd an. »Uri?«, drängte sie.

»Es wird dir nicht gefallen«, murmelte er. Er seufzte und blickte an die Höhlendecke, während er sprach: »Zamir und ich, wir waren sehr eng verbunden. Das liegt daran, dass unsere Höhlen im Wald liegen und unsere Spiegel eine Verbindung miteinander haben.«

»Was soll das heißen?«, unterbrach sie ihn. »Was für eine Verbindung? Die Scathan-Familie und die Taranee-Familie sind nicht miteinander verwandt, und Spiegel können keine Verbindung zu einander haben.« Sie hörte sich schon fast wie Ludmilla an.

Uri hob missbilligend eine Augenbraue und sah sie traurig über das Brillengestell an. »Unsere Spiegel haben eine Besonderheit. Etwas, was die anderen Spiegel nicht haben.«

Ada zuckte unmerklich zusammen. Aber Uri ließ sich nicht beirren.

»Das verstehst du nicht, Ada. Das kann kein Mensch verstehen, und ich möchte mich auch nicht erklären müssen. Nimm es einfach so, wie es ist: Der Scathan-Spiegel und der Taranee-Spiegel haben eine besondere Macht und eine besondere Verbindung zueinander. So auch ihre Spiegelwächter, Zamir und ich. Wir waren schon immer mächtiger als die anderen drei Spiegelwächter. Zamir hat keine Gelegenheit ausgelassen, sie das spüren zu lassen. So selbstverliebt und eitel, wie er ist und stets war, hat er seine Macht demonstriert, wo immer es ging. Vor allem Kelby und Arden ließen sich davon zwar nicht beeindrucken, waren aber nicht sonderlich gut auf ihn zu sprechen. Ein ausgewogenes Machtverhältnis und Führen von Eldrid war schwierig.«

»Das ist nichts Neues«, schnaubte Ada ungeduldig.

»Willst du die Geschichte hören oder nicht?«, erwiderte er

gereizt.

Wissbegierig nickte sie.

»Also, dann hör zu und gedulde dich!« Er schob sich einen Strohballen in den Rücken und lehnte sich dagegen. Gedankenverloren fing er an zu erzählen:

»Vor langer, langer Zeit, als auch Zamir und ich noch jung waren, verbrachten wir viel Zeit miteinander. Ich störte mich nicht an seiner überheblichen Art, und er schätzte meine Gesellschaft, weil er mich als ebenbürtig ansah. Er konnte seine Macht in der meinen erkennen. Und ich gab mich der Illusion hin, dass seine verrückten Absichten, seine Macht zu steigern und zu mehren, nur Hirngespinste seien. Ich wollte es nicht wahrhaben, und dennoch war ich beruhigt, wenn ich ein Auge auf ihn werfen konnte. Er war mir nie ganz geheuer. Stets ein wenig zu verrückt, zu machtbesessen. Und dennoch fühlte ich mich in seiner Gegenwart wohl. Auch ich fühlte mich mächtiger, wenn ich mit ihm zusammen war. Unsere Spiegel fühlten sich anders an, und auch die Menschen, die durch unsere Spiegel reisten, waren mächtiger als die Mitglieder der anderen Spiegelfamilien. Dazu trugen wir unseren Teil bei. Damals war es Brauch, den neuen Mitgliedern der Spiegelfamilien, die zum ersten Mal nach Eldrid reisten, eine Fähigkeit zu übertragen. Als Willkommensgeschenk. Zamir und ich machten daraus einen kleinen Wettstreit. Wer verlieh die bessere Macht, die interessantere oder die beeindruckendere? Unser Repertoire war unerschöpflich, und wir hatten Spaß daran. Auf die Schatten der Menschen, die dadurch erwachten und die Macht ebenfalls erhielten, achteten wir nicht. Zumindest anfangs nicht, und vor allem ich nicht. Zamir beobachtete es jahrelang. Zudem fing er an, den Mitgliedern der Taranee-Familie mehr als nur eine Macht zu übertragen. Er testete ihre Magie und ihre Schatten. Als ich dies bemerkte, stellte ich ihn zur Rede. Ich erklärte ihm, dass es gefährlich sei, Menschen zu viele Fähigkeiten zu übertragen. Sie werden übermütig, vergessen, dass Eldrid nicht

143

ihre Welt ist, und wollen sie nicht mehr verlassen. Aber du weißt, was ich von Menschen halte.«

Uri hob kurz den Kopf und blinzelte Ada an, die ihn konzentriert ansah. Sie nickte kaum merklich, ließ sich aber auf keine Diskussion mit ihm ein.

»Zamir und ich gerieten in Streit darüber. Er strebte nach Macht und Verbündeten. Er hatte mich nach den vielen Jahren der Freundschaft und Begleitung durchschaut und erkannt, dass ich nicht nach mehr Macht strebte. Mir ging es nicht darum, einen Weg zu finden, die Herrschaft über Eldrid an mich zu reißen. Dieser Streit zerrüttete unser Verhältnis. Er sah mich nicht mehr als Verbündeten an. Also fing er an, sich mit den Mitgliedern der Taranee-Familie zu verbünden. Er verlieh ihnen viele Mächte und war davon überzeugt, dass sie sich schon deshalb mit ihm zusammenschließen würden. Aber dem war nicht so. Sie hatten kein Interesse. Trotz all der Macht, die er ihnen verlieh. Sie wollten Eldrid erkunden und trachteten nicht nach der Herrschaft über die magische Welt. Sie strebten nach Freiheit.« Uri seufzte kurz auf. »Eine Eigenschaft, die in Eldrid schwer zu verstehen ist, weil hier alle Geschöpfe frei sind. Zamir konnte die Freiheitsbestrebungen der Taranees nicht nachvollziehen, und das nutzte ich, um mich ihm wieder anzunähern. Ich versuchte, ihm zu erklären, dass sich Menschen niemals mit uns verbünden würden. Dass sie anders sind. Aber das war ein Fehler. Denn das brachte ihn auf die Idee, nach Geschöpfen zu suchen, die ihn verstanden. Wesen, die ebenfalls nach mehr Macht strebten und die er als ebenbürtig ansah. Er wollte eine übermächtige Armee erschaffen. Und ich«, Uri atmete schwer auf, »ich wandte mich von ihm ab. Ich konnte seine Pläne nicht nachvollziehen, verstand nicht, wohin das führen würde. Wollte es auch nicht wissen. Zamir aber konzentrierte sich auf etwas, was er an sich würde binden können. Was ihm untergeben war.«

Ada schlug die Hand vor den Mund. »Die Schatten«, flüsterte

sie.

Uri nickte langsam. »Genau. Er hat schnell verstanden, dass er sich nicht an die Wesen wenden musste, um mächtige Verbündete zu finden, sondern an die Schatten. Aber die Schatten waren keine eigenständigen Wesen, und Zamir fand keinen Weg, sie von ihren Herren zu trennen. Also suchte er die Berggeister auf. Die Berggeister sind die ältesten Wesen von Eldrid. Sie sind sehr weise und sehr mächtig. Sie haben die Entstehung von Eldrid miterlebt, wie die aller anderen Geisterwelten auch. Aber die Berggeister verstehen etwas von der Dunkelheit. Sie lieben die Dunkelheit, und sie lieben Schatten, weil sie selbst keine haben. Sie sind regelrecht besessen von Schatten. Da sie das magische Licht von Eldrid nicht zum Leben brauchen, suchten sie sich einen Gefährten, der beides kannte, Licht und Dunkelheit. Für die Berggeister sind nicht die Geschöpfe von Eldrid die machtvollen und interessanten Wesen, sondern ihre Schatten.«

»Was?«, entfuhr es Ada.

»Die Berggeister waren seit jeher gefürchtete Wesen. Vor allem, weil sie Gefangene nahmen, um mit ihren Schatten zu sprechen. Sie trennten sie aber nicht von ihren Herren, das konnten sie nicht. Aber was sie konnten, war, den Schatten eine Stimme zu verleihen. Normalerweise sprechen Schatten, wenn überhaupt, nur in den Köpfen ihrer Herren. Sie haben keine eigene Stimme. Aber von den Berggeistern bekamen sie eine. Unter den Geschöpfen des Lichts entwickelte sich die Angst, dass die Berggeister einen Weg finden würden, die Schatten von ihren Herren zu trennen. Deshalb und nur deshalb erlernten die Wesen damals die Kunst, ihren Schatten an sich zu binden. Es war eine Vorsichtsmaßnahme, aber diese Kunst war verhasst. Denn mit den Schatten spricht man nicht. Sie tragen zwar unsere Mächte mit in sich, aber wir sind ihre Herren. Und wir sprechen nicht mit unseren Schatten. Auch nicht, um sie an uns zu binden.«

Uris Stimme war scharf geworden. Aus seinen Augen sprühten

145

kleine goldene Funken, während er sich aufsetzte und sie streng ansah. »Das ist auch einer der Gründe, warum wir Spiegelwächter diese Alte Kunst nicht beherrschen. Weil wir arrogant sind und uns für so mächtig halten. Das wird uns nun zum Verhängnis. Bodan hat seinen Schatten verloren, weil wir zu überheblich sind, um uns einzugestehen, dass Godal und Zamir und nun auch die Berggeister eine wahre Bedrohung für uns und unsere Schatten darstellen. Leider dauert es viele Jahre, bis wir diese Alte Kunst beherrschen. Nichts, was ein Wesen auf die Schnelle erlernen kann.«

Ada nickte und wirkte dabei fast schüchtern. »Was ist mit den Berggeistern geschehen? Wie kommt es, dass sie schlafen und was hat das alles mit Zamir und dir zu tun?«

Uri lächelte müde. »Das hat alles leider sehr viel mit Zamir und mir zu tun. Er war besessen von der Idee, dass Schatten eigenständige Wesen werden können. Er machte sich die Angst der Wesen zunutze und versuchte, einen Weg zu finden, die Schatten nicht nur von ihren Wesen zu trennen, sondern sie lebendig werden zu lassen. Darin sah er eine Möglichkeit, noch mehr Macht an sich zu binden. Er wollte alles über Schatten und die Kunst lernen, mit Schatten zu kommunizieren, so wie es die Berggeister taten. Er entschied sich, bei den Berggeistern zu leben und ihnen seinen Schatten als Gesprächspartner anzubieten. Ich konnte ihn von dieser Idee nicht abbringen. Aber ich sorgte mich um ihn. Seine Selbstüberschätzung würde ihm zum Verhängnis werden, dachte ich. Aber dem war nicht so. Er blieb nicht lange bei den Berggeistern. Sie nahmen ihn auf. Begierig, mit einem so mächtigen Schatten sprechen zu können. Aber sie sprachen auch mit Zamir. Die Berggeister ließen sich sehr selten dazu herab, mit den Geschöpfen des Lichts zu sprechen. Aber mit Zamir sprachen sie viel und lange. Gemeinsam mit ihnen studierte er seinen Schatten und Schatten von anderen Wesen. Die Faszination, die die Schatten auf die Berggeister ausübten, hatte sich auf ihn

146

übertragen. Und noch etwas lernte er bei den Berggeistern lieben: Die Dunkelheit.«

Ada hielt sich die Hand vor den Mund und starrte Uri mit weit aufgerissenen Augen an. Aber er beachtete sie nicht. Er war in seine Geschichte versunken, in die Vergangenheit, die er so lange versucht hatte, zu vergessen.

»Nachdem Zamir schon ein paar Jahre bei den Berggeistern verbracht hatte, kam mir zu Ohren, dass Wesen verschwanden. Ich hatte einen Verdacht, der sich bestätigte: Zamir brachte die Berggeister dazu, Wesen gefangen zu nehmen, damit er mit ihren Schatten experimentieren konnte. Er hatte schon damals versucht, die Schatten von ihren Wesen zu trennen. Die Wesen waren von diesen Experimenten so traumatisiert, dass sie sich später nicht mehr daran erinnerten. Für Zamir ein willkommener Nebeneffekt. Die Berggeister ließen ihn gewähren. Sie hatten großes Interesse daran, dass Zamirs Experiment gelingen würde. Nur Schatten als Gesellschaft war für sie eine reizvolle Vorstellung.«

Seine Stimme klang nun hart und stumpf. »Als ich die Zusammenhänge endlich verstand, stellte ich Zamir zur Rede. Zamir verstand meine Aufregung nicht. Er war davon überzeugt, dass er kurz vor einem Durchbruch stand, kurz davor war, die Schatten von ihren Herren zu trennen. Wir hatten einen schrecklichen Streit. Ich erklärte ihm, dass es ihm nichts bringen würde, die Schatten von ihren Herren zu trennen, wenn sie nicht eigenständig wären. Sie wären keine Gefährten für ihn, nur weil sie von ihren Herren getrennt seien. Und sie würden deshalb noch lange nicht ihre Mächte mit ihm teilen. Ich werde nie vergessen, wie Zamirs Augen funkelten und er mich angrinste. ›Da hast du recht, liebster Uri‹, sagte er zu mir. ›Es reicht nicht, die Schatten von ihren Herren zu trennen. Sie müssen eigenständig werden. Oder eben nicht. Es wäre auch denkbar, dass ich mir ihre Mächte aneigne und so noch mächtiger werde.‹ ›Mächtiger und noch einsamer‹, habe ich ihm entgegnet. ›Das bestimme immer noch ich‹, warf er mir an den Kopf. ›Es kommt auf den Schatten an, ob ich nur seine Macht oder auch seine Gesellschaft begehre.‹ Er sprach wie die Berggeister, und ich war entsetzt. In der Zwischenzeit breitete sich die Angst vor den Berggeistern immer mehr aus. Aber es war Zamir, der zwar nicht mehr bei ihnen lebte, aber weiter mit Wesen und Schatten experimentierte. Es verschwanden viele Wesen in dieser Zeit. Und ich? Ich dachte, ich könnte Zamir allein in den Griff bekommen.«

Uri atmete nun schwer und seine Stimme wurde immer leiser.

»Es kam zu einer letzten Auseinandersetzung zwischen Zamir und mir. Ich drohte ihm, maß mich mit ihm. Wir kämpften und ich gewann. Er war sehr geschwächt, zu geschwächt, um weiter zu experimentieren. Und unsere Freundschaft fand ein Ende. Aber auch der Spuk hatte ein Ende. Keine Wesen verschwanden mehr. Ich wagte es und sprach mit den Berggeistern, um sie vor Zamir zu warnen. Ich bat sie, nicht länger mit ihm zu sprechen oder ihn zu unterstützen. Sie waren, zu meiner Überraschung, kooperativ. Es hatte mich sehr viel Überwindung gekostet, sie aufzusuchen, war aber überzeugt, dass es meine Pflicht sei. Ich hatte Zamir gedeckt. Hatte mein Wissen nicht mit meinen Brüdern oder mit dem Rat geteilt. Das war das Mindeste, was ich tun konnte. Dachte ich.«

Ada schnaufte empört auf, aber er ließ sich nicht beirren: »Die Lage beruhigte sich. Und zu meiner großen Überraschung und der unserer gesamten Welt schliefen die Berggeister ein. Keiner weiß, warum oder wie es dazu kam. Aber sie schliefen, und die Wesen von Eldrid konnten Odil wieder passieren, um nach Ilios zu gelangen. Für Eldrid war es eine große Erleichterung, aber ...« Uri hielt kurz inne. »... ich traute dem Frieden nicht. Ich wusste, was Zamir vorhatte, und war mir sicher, dass er nicht ruhen würde, bis er einen Weg gefunden hätte, um Schatten von ihren Herren zu trennen und sie lebendig werden zu lassen. Er meinte es ernst, und ich hatte ihn nur kurzzeitig geschwächt. Aber es blieb ruhig um ihn herum, und keine Wesen verschwanden mehr. Auch nicht, als er wieder bei Kräften war. Er schottete sich ab, verbarg seine Pläne vor mir. Und irgendwann wollte ich glauben, dass er seine Pläne nicht weiter verfolgte. Ich gab mich der Illusion hin, dass er es aufgegeben hatte und dass die Ordnung in Eldrid wiederhergestellt war. Dauerhaft.« Sein Gesicht war schmerzverzerrt. »So wollte ich das sehen, und so verhielt ich mich auch. Arrogant und blind. Und Zamir war ein guter Blender.«

»Aber wie kannst du nicht wissen, warum die Berggeister eingeschlafen sind?«, unterbrach ihn Ada schließlich. »Ihr Spiegelwächter seid doch allwissend. Wie kannst du das nicht wissen?«

Er lachte kurz und bitter auf. »Es gibt Dinge, insbesondere wenn es die Geisterwelten betrifft, da bin auch ich unwissend. Ich weiß nicht, warum die Berggeister eingeschlafen sind. Auch die anderen Spiegelwächter wissen es nicht. Plötzlich schliefen sie. Sie hinterließen uns die Erlaubnis, Odil zu passieren, solange wir sie nicht stören. Ich war selbst überrascht über diese glückliche Fügung. Sie schliefen genau zum richtigen Zeitpunkt ein. Eldrid befand sich in einer unruhigen Zeit. Die Geschöpfe waren voller Angst, erlernten die Alte Kunst, die sie so hassten.« Er brach ab und starrte ins Feuer.

»Und Zamir?«, fragte sie leise.

Uri lachte kurz und bitter auf. »Niemand wusste von seinen Plänen und von seiner Machtbesessenheit. Nur ich, und ich habe es verschwiegen. Zamir schätzte dies an mir und beschloss, mir zu verzeihen. Aber er teilte seine Geheimnisse nicht länger mit mir. Wir entfernten uns voneinander. So vergingen viele Jahrhunderte in Eldrid und die Wesen hörten auf, die Alte Kunst zu erlernen. Da die Berggeister schliefen, gab es keinen Grund, die Schatten an sich zu binden. Die Wesen verlernten diese Kunst, und gaben sie nicht an die nächste Generation weiter. Es war eine sehr friedliche Zeit. Dachten wir zumindest. Denn hinter meinem Rücken fand Zamir einen Weg, die Schatten von ihren Wesen zu trennen. Als Zamir anfing, Mina und dir so viele Mächte zu verleihen, schöpfte ich Verdacht, aber ich wollte es nicht wahrhaben. Ich dachte, er sei in eine von euch verliebt und wolle euch beeindrucken. Als ich hörte, dass er euch beibrachte, Mächte zu stehlen, war es schon zu spät. Ich realisierte viel zu spät, dass sich meine schlimmsten Befürchtungen bewahrheiteten. Er hatte herausgefunden, wie Schatten von ihren Herren getrennt werden können. Dabei hätte ich es besser wissen müssen. Insbesondere hätte ich viel früher reagieren müssen. Aber ich tat nichts.«

Uri brach ab, während Ada ihn entgeistert anstarrte.

»Und als er anfing, die Schatten an den Himmel zu senden, wurdest du nicht misstrauisch? Erst jetzt, als er die Berggeister geweckt hat, ist dir der Zusammen-hang klar geworden?«, rief sie aufgebracht. »Uri, das ist nicht dein Ernst. Bitte sag mir, dass du nicht so blind warst.«

Aber Uri lächelte nur matt und schüttelte den Kopf. »Du hast recht, ich war blind. Ich hätte es verhindern können. Ich hätte es kommen sehen müssen. Aber Zamir ist mein Bruder, Ada. Ich habe ihn geliebt und wollte mir selbst nicht eingestehen, zu was er fähig ist.«

»Aber du hast eine Verantwortung, Uri. Du bist das Oberhaupt dieser Welt und hast sie hintergangen. Solche Information vorzuenthalten, nur aus Liebe zu deinem Bruder?« Sie schüttelte heftig den Kopf. »Wie konntest du nur, Uri?«

Sie sah ihn entsetzt an. Er hob nur die Schultern und schwieg.

Vierundzwanzigstes Kapitel

Das Vorhaben der Berggeister

Bodan war wieder eingeschlafen. Der Verlust seines Schattens hatte ihm seine körperlichen Kräfte geraubt. Auch die Unterhaltungen mit Raan empfand er als anstrengend. Er musste taktisch vorgehen, durfte nicht zu viel verraten, um weiterhin wertvoll für die Berggeister zu bleiben. Obwohl Raan schon betont hatte, dass er für sie immer hilfreich sein würde. Bodan stöhnte auf. Sie würden ihn nicht einfach gehen lassen. Auch nicht, wenn er ihnen von seiner Mission erzählte. Da durchfuhr es ihn. Seine Mission. Er wollte zu den Schneegeistern und sie davon überzeugen, kein Abkommen mit den Berggeistern zu schließen. Das hatte er völlig vergessen. Wie hatte er das nur vergessen können?

Fassungslos starrte er auf seine für ihn so nutzlosen Hände. Was konnte er schon ohne seine Mächte ausrichten? Die Schneegeister würden ihm nicht glauben, wenn er als Schattenloser auftauchen würde. Er war ein schattenloses Wesen. Verzweifelt vergrub er das Gesicht in seinen Händen. Er würde sich verbannen müssen. In das Dorf der schattenlosen Wesen, wenn er jemals der Gefangenschaft würde entfliehen können. Was war besser? Ein Leben in der grausamen Dunkelheit des Berges fernab vom Licht oder ein Leben in Dunkelheit in Odil, aber nicht fernab des Lichtes, denn das Licht war nah. Aber wie nah? Er überlegte. Wenn er doch nur den Fluss erreichen und mit den Flussgeistern sprechen könnte, damit sie ihm aus dieser aussichtslosen Lage heraushalfen. Aber auch hier stellte sich die Frage, ob sie überhaupt mit ihm reden würden, da er nun keinen Schatten mehr hatte. Seine Lage war mehr als verfahren. Die Vorstellung, bei den Berggeistern zu leben und ihr Gefangener zu sein, fraß ihn innerlich auf. Aber viel war von ihm nicht übrig, seitdem sein Schatten ihn verlassen hatte. Er war nur noch die Hülle eines Spiegelwächters. Eine nutzlose Hülle, die die Berggeister mit Informationen füttern sollte. Er schluchzte kurz auf.

In diesem Moment hörte er einen Laut hinter sich. Er kam aus der Richtung des Spaltes in der Bergwand, wohinter er den Fluss vermutete. Neugierig setzte Bodan sich auf und blickte um sich. Die Berggeister hatten aufgehört, ihn zu bewachen. Sie gingen offensichtlich davon aus, dass er Raans Drohung ernst genommen hatte und nicht mehr würde fliehen wollen. Sie arbeiteten am Boden des Kraters, und Bodan konnte immer noch nicht erkennen, woran genau sie arbeiteten oder was sie da taten. Das war seine Chance. Er rutschte langsam, die Nebelwolken und Gesteinskörperteile der Geister fest im Blick, auf den Spalt zu und lehnte sich an die Felswand.

»Pst. Ist da jemand?«, raunte er. Er hielt sich die Hand vor den Mund, als müsste er gähnen.

»Du hast uns gesucht«, hörte er eine extrem hohe piepsige Stimme. »Wir sind hier, Bodan. Wir kennen dich. Du bist ein gütiges Wesen von Eldrid und ein Spiegelwächter. Was können wir für dich tun?«

Er atmete erleichtert auf. »Ich möchte fliehen«, flüsterte er. »Könnt ihr mir helfen?«

Auf der anderen Seite der Wand hörte er ein aufgeregtes Durcheinander von hohen Stimmen. »Aber du bist ein Spiegelwächter, Bodan. Wozu benötigst du unsere Hilfe?«

Er seufzte tief auf. »Mir ist mein Schatten geraubt worden«, murmelte er. Er streckte sich auffällig, um wieder die Hand vor den

Mund zu nehmen. Aber die Berggeister beachteten ihn gar nicht. Er vernahm mehrere Aufschreie der Verwunderung und Empörung.

»Wie konnte das passieren? Rauben die Berggeister nun Schatten?«, wurde er barsch gefragt.

Bodans Gesicht verzerrte sich schmerzvoll. Sie würden ihm nicht helfen. Die Flussgeister hatten selbst keine Schatten und hatten kein Interesse an Schatten oder schattenlosen Wesen. Sie gehörten der Geisterwelt an. So wie die Lichtgeister. Ein kalter Schauer lief ihm den Rücken hinunter, als er an die Lichtgeister dachte. Verzweifelt ließ er seine Hand vom Gesicht sinken.

»Pst«, kam es erneut aus dem Spalt. »Du hast unsere Frage nicht beantwortet.«

Bodan hob nur resigniert die Schultern. »Ihr helft keinem Schattenlosen«, murmelte er matt.

»Aber wir wollen wissen, wie das passiert ist. Wie kommt es, dass ein so gütiger und mächtiger Spiegelwächter wie du seinen Schatten verliert?«

Er lächelte müde. »Ich bin nicht zu Plaudereien aufgelegt«, antwortete er freundlich. »Tut mir leid, ich bin sehr müde und ich dachte, ihr würdet mir helfen. Verzeiht, wenn ich euch gestört habe.«

»Aber wir sind doch hier«, piepste es energisch. »Wir wollen helfen. Allerdings wird das schwierig, wenn du keine Mächte hast. Also: Wie hast du deinen Schatten verloren?«

Ruckartig setzte er sich auf. »Ihr wollt mir helfen?«, entfuhr es ihm. Nervös blickte er zu den Berggeistern, aber die würdigten ihn mit keinem Blick. Erleichtert wandte er sein Gesicht dem Spalt zu. »Godal hat mir den Schatten gestohlen, nachdem die Berggeister mich gefangen genommen haben. Ich war auf dem Weg ins Schneegebirge. Sie haben den Weg weggesprengt, und ich habe versucht, einen anderen Weg zu nehmen. Dabei wurde ich entdeckt, und sie haben mich gefangen genommen. Ich soll bei der

Suche eures Flusses helfen.«

»Das wissen wir. Sie suchen nach uns«, flüsterte es. »Sie wollen uns vertreiben. Wir spionieren sie schon viel länger aus. Es sind üble Kreaturen der Dunkelheit. Gefährlich – und sie haben entsetzliche Pläne.«

Jetzt wurde es interessant. »Was sind ihre Pläne? Was haben sie vor?«, fragte er begehrlich und vergaß jegliche Vorsicht, die ihn davor bewahren sollte, Aufmerksamkeit auf sich zu ziehen.

»Sie wollen Ilios zerstören«, hörte er die hohe Stimme.

»Wie zerstören?«, platzte es aus ihm heraus.

In diesem Moment hörte er ein Grollen und wandte sich blitzschnell um. Raan schoss auf ihn zu. »Was machst du da?«, dröhnte er. Zwei seiner Nebelwolken jagten an ihm vorbei und glitten wie der Wind durch den Spalt, durch den Bodan mit den Flussgeistern gesprochen hatte. Bodan setzte ein unschuldiges Gesicht auf. »Was soll ich schon machen? Ich langweile mich und bin erschöpft. Eigenschaften, die ich vorher noch nicht kannte. Ich fühle mich nutzlos.«

Raan brach in grölendes Gelächter aus. »Wie kannst du dich langweilen? Es gibt genug zu tun.«

»Aber ich bin schwach«, wandte Bodan geschickt ein. »Ich habe keine Macht, und mein Körper erholt sich sehr schlecht von dem Schattenraub. Ich werde euch nicht von Nutzen sein, wenn ich für euch arbeite. Du sagtest doch, ich soll dich informieren. Dir Geschichten aus Eldrid erzählen? Das kann ich, und dafür benötige ich nur meinen Kopf.«

Er zwang sich zu einem Lächeln, das jedoch sofort erstarb, als er in Raans funkelnde Augen schaute.

»Du machst dich über uns lustig?«, dröhnte dieser.

»Keinesfalls«, entgegnete Bodan ganz ruhig, aber sein Herz klopfte dröhnend in seinem Kopf. »Es gibt sehr viel, von dem ihr noch nichts wisst.«

»Das wäre?«, die Stimme des Berggeisterkönigs klang neugierig.

Ihre Schwäche, dachte Bodan. Sie sind neugierig. Sie sind wissbegierig. Das kann ich für mich nutzen. »Zum Beispiel, dass Zamir einen Teil von Eldrid mit seinen Schatten verdunkelt hat. Dieser Teil nennt sich Fenris. Er ist dunkel. Noch dunkler als das Gebirge.«

Raans drohender Gesichtsausdruck wurde milder, und er stierte Bodan aufmerksam an. »Erzähl mir mehr«, befahl er und ließ sich in einer dicken Nebelwolke vor ihm nieder.

In diesem Moment schnellten die zwei Nebelwolken aus dem Spalt und fuhren an Raan vorbei. Ein Rauschen begleitete die Bewegung, und Raans Augen ruhten auf Bodan, während er die für Bodan unverständliche Botschaft vernahm. Bodan starrte ihn angespannt an. Hatten sie die Flussgeister entdeckt? Aber es war Raan nicht anzusehen, ob seine Kundschafter etwas entdeckt hatten oder nicht. Ganz im Gegenteil. Er wandte sich sofort wieder Bodan zu und sah ihn auffordernd an. Also begann dieser zu erzählen.

FÜNFUNDZWANZIGSTES KAPITEL

Das Moor von Fenris

Riesig lag es da. Flächig wie ein Meer, und es war kein Ende in Sicht. Die Luft war klar und frisch, es musste Nacht in Fenris sein, denn es war viel dunkler als im Wald. Das Licht von Eldrid hatte hier selbst als Dämmerlicht kaum eine Chance, die Schattenwolke zu durchdringen. Dennoch gewöhnten sich ihre Augen schnell an die Dunkelheit. Ludmilla blickte über sich und erkannte das Ausmaß von Zamirs Verbrechen. Die Schattenwolke zog sich über ein Gebiet von Eldrid, das sie auch vom Schneegebirge aus nicht hatte erfassen können. Ganz gleich, wohin sie schaute, der Himmel war verdeckt mit der dunklen Wolke.

»In welche Richtung sollen wir gehen?«, fragte sie ihre Begleiter.

Aber auch diese schienen unschlüssig. Vor ihnen tat sich eine Landschaft auf, die nicht weniger einladend hätte sein können.

»Wir können nicht einfach draufloslaufen«, murrte Eneas. »Das ist zu gefährlich. Wir wissen nicht, wie der Untergrund reagiert, wenn er betreten wird. Ich kann nirgends ein Ende erkennen.«

»Aber wir müssen hier weg. Je weiter wir von Zamirs Höhle entfernt sind, desto besser«, drängte Ludmilla.

Lando nickte. »Lasst mich einen Erkundungsflug machen. Vielleicht sehe ich einen Weg oder etwas Ähnliches.« Er verwandelte sich in einen Adler und erhob sich in die Luft. Sein Flügelschlag hallte über dem Moor. Es war das einzige Geräusch, das sie vernahmen.

In diesem Moment realisierte sie es. Ludmilla packte Eneas so kräftig am Handgelenk, dass dieser zusammenfuhr: »Die Späher, Eneas«, flüsterte sie. »Sie schreien nicht mehr. Warum schreien sie nicht mehr?«

Eneas Augen weiteten sich. Langsam nickte er und wandte sich, wie in Zeitlupe, um. Hinter ihnen tauchte ein riesiger Schwarm von Spähern auf. Lautlos bewegten sie sich auf sie zu, aber mit einer rasenden Geschwindigkeit. Ohne zu überlegen, sprang Ludmilla auf und fing an zu rennen. Sie sah noch aus den Augenwinkeln, wie Eneas verschwand. Sie konzentrierte sich auf ihre Fähigkeit und flog regelrecht über das Moor. Zu ihrer Erleichterung sank sie nicht ein, aber sie spürte die Blicke der Späher auf sich. Sie verfolgten sie. Erbarmungslos. Und sie waren schnell.

Ludmilla rannte, rannte in die Richtung, in die Lando geflogen war. Immer wieder stieß ein Späher direkt neben ihr in die Tiefe. Sie schrie auf und schlug Haken in der Hoffnung, die Späher damit zu irritieren. Eneas war offenbar nicht neben ihr, zumindest nicht da, wo der Späher versucht hatte, ihn oder sie zu attackieren. Die Angriffe gingen ins Leere, verfehlten aber ihre Wirkung bei Ludmilla nicht. Ihr Herz schlug noch schneller, Panik breitete sich in ihr aus und schnürte ihr die Kehle zu. Sie wollte nach Lando rufen, aber der Name blieb ihr im Hals stecken. In ihrem Kopf überschlugen sich die Gedanken. Sie wusste nicht, ob sie einfach stehen bleiben oder weiterlaufen sollte. Sie wussten noch nicht einmal, ob sie in die richtige Richtung lief. Um sie herum war alles dunkel. Das Moor lag wie ein schwarzer bedrohlicher Teppich vor ihr, und weit und breit drumherum nahm sie nichts anderes wahr. Kein Baum, kein Strauch, keine Begrenzung, nur das Meer aus tiefschwarzer, klebriger Flüssigkeit. Sie klebte an ihren Füßen und hinderte sie daran, noch schneller zu laufen.

»Eneas«, brüllte sie, doch es war nur ein Flüstern, das ihre Lippen verließ. Sie konnte Lando nicht sehen und Eneas auch nicht. War sie etwa allein? Dann wusste sie erst recht nicht, in welche Richtung sie laufen sollte. Sie wandte sich um und sah, dass noch mehr Späher folgten. Ein riesiger Schwarm von pechschwarzen Vögeln mit glühenden Augen, die aus dem Nichts auftauchten und immer näher kamen. Und Ludmilla rannte. Sie rannte sich die Seele aus dem Leib, bis sie keuchte und nach Luft rang.

Nach einer gefühlten Ewigkeit merkte sie, wie ihre Kräfte nachließen. Ihre Beine schmerzten, ihre Füße klebten immer mehr am Boden fest, und sie hatte das Gefühl, nicht mehr voranzukommen. Sie hatte es längst aufgegeben, sich nach Eneas und Lando umzuschauen. Von beiden fehlte jede Spur. Sie musste darauf vertrauen, dass sie da waren und sie nicht im Stich ließen.

Die Späher hatten nicht aufgehört, sie zu verfolgen, aber sie griffen sie jetzt nicht mehr an. Sie schwebten mit einem kurzen Abstand hinter ihr und ließen sie nicht aus den Augen. Was mache ich nur, dachte Ludmilla verzweifelt. *Was machen wir nur, Aik?* Wie ein Geistesblitz durchfuhr es sie. Ihr Schatten hatte Mächte. Viele Mächte. Vielleicht auch eine Macht, die ihr aus dieser aussichtslosen Lage heraushelfen konnte? Es kam auf einen Versuch an.

Aik?, wiederholte sie. Die Antwort folgte so schnell, dass sie erschrak. *Mach dich unsichtbar, Ludmilla, sofort*, flüsterte er in ihrem Ohr.

Ludmilla verlangsamte ihren Schritt und schloss kurz die Augen. Im nächsten Moment ertönte das schrille Geschrei der Späher. Sie hob ihre Hand vor die Augen und sah, dass sie nicht mehr zu sehen war. Erleichtert atmete sie auf.

Nicht stehen bleiben, ertönte es in ihrem Ohr. Sie nickte und lief weiter. Aber langsamer, denn sie beobachtete die Späher, die sich verteilten und weite Kreise über dem Boden zogen. Immer wieder kamen sie ihr bedrohlich nahe, einige von ihnen schossen wie Pfeile ganz nah über dem Boden, und sie musste ihnen ausweichen.

Die Späher sahen sie zwar nicht mehr, aber sie könnten mit ihr zusammenstoßen. Die Schreie der Kreaturen wurden immer wütender und lauter. Sie formierten sich, stießen auf das Moor hinab und wieder zum Himmel hinauf, aber sie konnten Ludmilla nicht mehr lokalisieren.

Sie konnte sich unbemerkt aus dem Gebiet entfernen, in dem die Späher nach ihr suchten, und flog nun regelrecht über das Moor. Weg von der Schar der Späher, weg von dem Wald und ziellos in das Dunkel. Triumphierend lachte sie innerlich auf.

Wir haben es geschafft, Aik. Das war eine brillante Idee. Aik schwieg. Aber sie hatte so viele Fragen an ihn, und er half ihr. *Das Problem ist nur, dass Eneas und Lando mich jetzt auch nicht sehen können.* Sie sah sich um. Immer noch keine Spur von den beiden. Aber ihr Schatten antwortete nicht.

Aik?, versuchte sie es erneut. *Bitte, Aik, du musst mir helfen. Ich weiß nicht mehr weiter.*

Sie hörte ein Seufzen. *Wobei, Ludmilla, wobei soll ich dir helfen?* Seine Stimme war sanft, aber bestimmt.

Woher soll ich wissen, dass Lando und Eneas in die gleiche Richtung laufen? Wo soll ich hinlaufen?

Das kannst du nicht wissen, und ich kann dir dabei nicht helfen. Vertraue auf deinen Instinkt. Die beiden tauchen schon wieder auf. Die Hauptsache ist, dass die Späher uns nicht mehr folgen.

Aber ich bin müde, jammerte sie. *Ich brauche eine Pause. Ich kann nicht mehr lange so schnell laufen. Aber stehenbleiben kann ich auch nicht, sonst sinke ich ein.*

Aber Aik schwieg, und Ludmilla versuchte, sich so schnell wie möglich fortzubewegen. Ihre Beine fühlten sich an wie Blei, und sie bemerkte, dass ihre Kräfte schwanden. Immer wieder sah sie sich um und versuchte etwas zu erkennen, bis sie ein leises Pfeifen neben sich vernahm. Sie zuckte zusammen und sah über sich ein glitzerndes Auge schweben. Vor Schreck wäre sie fast stehen geblieben.

Nicht stehen bleiben, raunte Aiks Stimme warnend in ihrem Kopf.

»Weiterlaufen«, zischte Eneas neben ihr.

»Eneas«, fuhr sie ihn an. Sie versuchte, ihre Stimme zu beherrschen. »Wo warst du? Ich weiß doch gar nicht, wo ich langlaufen soll.«

Das Auge blitzte und verschwand wieder. Aber sie hörte Eneas Stimme flüstern: »Ich war die ganze Zeit bei dir. Ich konnte nur nicht so nahe an dich heran, das hätten die Späher bemerkt. Wie bist du auf die Idee gekommen, dich unsichtbar zu machen?«

»Die Idee hatte Aik, nicht ich.«

Sie hörte ein unwilliges Murren über sich. »Es war jedenfalls eine gute Idee.«

»Aber woher weißt du jetzt, wo ich bin?«

»Weiterlaufen, weiterlaufen, Ludmilla, das erkläre ich dir später. Auf jeden Fall kann ich dich sehen, auch wenn du unsichtbar bist.«

»Laufen wir in die richtige Richtung?«, fragte sie. »Woher soll ich wissen, wohin ich laufen soll? Ich kann dich nämlich nicht sehen. Und wo ist Lando?« Sie keuchte beim Flüstern. Das Sprechen tat ihr weh, aber sie hatte so viele Fragen. Sie fühlte sich wie ein getriebenes, gehetztes Tier, das einfach ziellos davonläuft. Aber sie hatten ein Ziel. Die Frage war nur, ob Eneas wusste, wo dieses Ziel lag.

»Ich leite dich«, flüsterte Eneas. »Schone deine Kräfte und sprich nicht weiter. Es ist jetzt keine Zeit für Fragen und Antworten«, beschwor er sie. »Du musst dich auf deine Fähigkeiten konzentrieren. Unsichtbar machen und schnell laufen. Schaffst du das?«

Sie nickte unwillig. Aber woher sollte sie wissen, wie er sie leitete, wenn sie ihn nicht sehen konnte? Es war sinnlos, mit ihm zu diskutieren, also rannte sie weiter und hoffte, er würde sie am Arm zupfen oder sich in anderer Weise bemerkbar machen, wenn sie vom Weg abkam.

160

Nach mehreren Stunden war sie so erschöpft, dass sie nur noch trabte, zu einer höheren Geschwindigkeit hatte sie keine Kraft mehr. Da tauchte in der Ferne ein Baum auf. Er ragte aus dem Moor hervor wie der Mast eines gesunkenen Schiffes. Der Stamm war kurz, ein Stumpf, an dem sich noch ein paar wenige karge Äste befanden. Ihr Herz machte einen Satz. Eine rettende Insel. Sie hechtete darauf zu und sprang auf den dicksten Ast, von dem sie annahm, dass er stark genug war, sie zu tragen. Keuchend klammerte sie sich daran fest. Die kreisenden Späher konnte sie in der Ferne nur noch erahnen. Sie waren weit genug weg, wenn es überhaupt Späher waren, die sie zu erkennen glaubte.

Nachdem sich ihr Atem etwas beruhigt hatte, wagte sie es, einen Laut von sich zu geben.

»Eneas?«, rief sie leise und zaghaft. In diesem Moment nahm sie einen Windhauch neben sich wahr. Sie fuhr herum. »Bist du da?«

Als Antwort bekam sie nur ein leises amüsiertes Lachen. *Hast du etwa Zweifel?*, höhnte Aik.

Ludmilla zuckte und sah sich nervös um. *Also bist du doch nicht mein Verbündete*r, zischte sie ihren Schatten an.

Aber in diesem Moment erschien Eneas' Kopf neben ihr. »Ich bin hier, Ludmilla, keine Sorge. Ich weiß nur nicht, wo Lando ist«.

Auch er keuchte und schien sich an einem Ast festzuhalten. *Waren Unsichtbare schwer?*, fragte sich Ludmilla.

Suchend sahen sie sich um. Es war schwierig, etwas zu erkennen, denn über diesem Teil von Fenris lag eine besonders dicke Schicht von Schatten, die fast kein Licht durchließen. Die Landschaft war in ein mattes Dämmerlicht getaucht, das mehr Schatten hervorrief als andere Konturen. Der Wald war nicht mehr zu erkennen, und um sie herum sahen sie nichts als das schwarze Moor, das sich nach allen Seiten erstreckte. Sie saßen auf der winzig kleinen Insel fest, und um sie herum befand sich nur die dunkle, bedrohliche Flüssigkeit.

Angestrengt starrte Ludmilla in die Dunkelheit, bis ihre Augen mehr schmerzten als ihre Füße und Beine. Aber sie konnte rein gar nichts erkennen. Auch die Späher schienen verschwunden. Es lag wieder diese einsame Stille über der Ebene, die auf Ludmilla erdrückend wirkte. Die Luft roch modrig und feucht. Der Baum war überzogen mit einer glitschigen Moosschicht, so dass sie Schwierigkeiten hatte, sich an dem Ast, auf dem sie saß, festzuhalten. Ständig glitten ihre Arme ab. Schließlich hatte sich ihr Atem beruhigt, und sie realisierte, dass der Baum nicht aus dem Moor emporwuchs, sondern aus einem kleinen, moosbedeckten Feld, so dass sie sich vor dem Baumstamm niederlassen konnte, ohne Gefahr zu laufen zu versinken.

Vorsichtig setzte sie sich. Sie streckte ein wenig ihre Beine aus und lehnte ihren Rücken an den Baumstamm. Erschöpft schloss sie die Augen. Sie war unendlich müde und verspürte etwas, was sie seit langen nicht mehr gefühlt hatte: Hunger. Aber sie war zu erschöpft, um darüber nachzudenken.

»Eneas?«, murmelte sie. »Kann ich ein wenig die Augen zumachen? Ich versuche dabei, unsichtbar zu bleiben. Ich bin nur so schrecklich müde und muss mich etwas ausruhen, ist das okay?«

Sie fühlte, wie Eneas ihre Schulter drückte. »Ruh dich aus. Das ist eine gute Idee. Ich möchte auf Lando warten. Ich passe auf, dass uns die Späher nicht entdecken, sollten sie wiederkommen.« Aber Ludmilla war schon eingeschlafen.

Sechsundzwanzigstes Kapitel

Die Wiar

Lange saßen Uri und Ada beisammen und schwiegen. Ada konnte nicht aufhören, den Kopf zu schütteln und Uri ungläubige Blicke zuzuwerfen. Immer wieder entfuhr ihr »Wie konntest du nur« und »Und du sprichst von Vertrauen« oder »Du kannst dir selbst nicht vertrauen.« Uri erduldete ihre Vorwürfe und schwieg. Er schloss die Augen und wartete, dass sich Adas Aufregung legen würde.

Irgendwann fragte sie leise: »Und wie hat Zamir es geschafft, Godal lebendig werden zu lassen?«

Uri zuckte zusammen. Er war vor Erschöpfung fast eingenickt und hatte Ada nicht mehr zugehört. Er hatte ihre Vorwürfe gehört, und sie hatte recht. Nur änderten sie nichts an der derzeitigen Situation. Er blickte sie unsicher an und sagte: »Wie du weißt, hat er jahrelang die Schatten von ihren Herren getrennt, sich die Mächte angeeignet und die Schatten dann zu der Wolke an den Himmel geschickt. Godal war der erste Schatten, den er lebendig werden ließ. Jetzt sind es anscheinend mehr, wie Lando behauptet und angeblich gesehen hat.«

Ada schnaubte verächtlich. »Dieser überhebliche Formwandler, wer weiß, was er mit Ludmilla im Schilde führt«, zeterte sie los. Aber Uri winkte ab, und sie verbiss sich die restlichen Kommentare, die ihr auf der Zunge lagen.

»Deine Frage ist berechtigt, Ada«, sprach Uri mehr zu sich

selbst. »Darüber haben wir uns viel zu wenig Gedanken gemacht. Wie hat es Zamir geschafft, Godal lebendig werden zu lassen? Ludmilla erzählte, dass Zamir Mina ihren Schatten stahl, nachdem sie eine Macht gestohlen hatte, auf die er ganz versessen war. Welche Kraft benötigt er, um Schatten zu eigenständigen Wesen auferstehen zu lassen? Wie hat er das gemacht?«

»Die Macht, alles lebendig werden zu lassen, egal welcher Gegenstand oder welche Art von Materie?«, überlegte Ada laut. »Gibt es ein Geschöpf in Eldrid, das so etwas kann? Ich habe es jedenfalls nicht getroffen. Wenn Mina einem solchen Wesen seine Macht gestohlen hat, dann war ich nicht dabei.«

Ruckartig richtete sich Uri auf und seine Augen glitzerten. »Aber natürlich. Ein solches Wesen gibt es in Eldrid. Es ist äußerst selten und lebt bei den Feuerreitern. Warum bin ich nicht selbst darauf gekommen? Mina muss einer Wiar ihre Macht gestohlen haben.«

Ada sah ihn verständnislos an. »Einer Wiar?«

Uri nickte heftig, so dass seine feine Brille die Nase hinunterrutschte. »Ja, einer Wiar. Die Wiar sind ein Hexenvolk. Sie sind winzig klein und leben im Gebiet der Feuerreiter. Es gibt nur noch eine Handvoll von ihnen, und sie leben in einer Kommune, sehr versteckt, hinter einem Hügel. Ich habe sie nur einmal in meinem Leben besucht. Sie sind feindselig, und ihre Macht ist außergewöhnlich.« Seine Augen funkelten bei der Erinnerung an diese Geschöpfe. »Wiar sind nicht größer als Käfer, aber sie sehen absolut menschlich aus. Wie Däumlinge, nur viel kleiner. Sie leben in winzigen Hütten und geben sich mit anderen Wesen von Eldrid nur sehr ungern ab. Sie können mit einem einzigen Fingerzeig jeden Gegenstand zum Leben erwecken.«

Erschöpft ließ er sich wieder in den Strohballen fallen. »Warum bin ich nicht schon früher darauf gekommen, welche Macht Zamir gebraucht hat, um Godal lebendig werden zu lassen?« Er schnaufte, und dann sah er Ada traurig an. »Aber was nutzt uns dieses

Wissen?«

Aber Ada war plötzlich sehr interessiert. »Erklär mir genau, wie die Macht dieser kleinen Hexen funktioniert«, forderte sie ihn eifrig auf.

Uri hob nur die Schultern. »Diese Art von Hexen können jeder Materie Leben einhauchen und es ihnen wieder nehmen. Ganz wie ihnen beliebt. Ein Besen fegt für sie den Boden, ein Kessel kocht das Essen, ein Messer schneidet das Gemüse. Wenn die Wiar die Dinge nicht mehr brauchen, dann nehmen sie ihnen die Selbstständigkeit wieder.«

»Aber das hat doch nichts damit zu tun, ob etwas lebendig wird«, widersprach Ada.

Uri lächelte matt. »Doch, weil diese Gegenstände dann auch laufen und sprechen können. Sie verwandeln sich in Wesen. Sie bekommen Kopf, Arme und Beine. Sie werden lebendig und dienen den Hexen, solange die das möchten.«

Ada nickte. »Nehmen wir einmal an, Zamir hat Godal tatsächlich das Leben mit der Macht einer Wiar eingehaucht. Dann könnte er ihm das Leben mit dieser Macht auch wieder nehmen, richtig?«

Uri runzelte die Stirn. »Wie meinst du das?«

»Nehmen wir einmal an, dass Zamir Godal nicht mehr als lebendigen Schatten gebrauchen kann. Dann könnte er ihn mit derselben Macht wieder zu einem gewöhnlichen Schatten machen, oder?«

Uri begriff langsam und nickte.

»Also könnte Zamir dafür sorgen, dass alle lebendigen Schatten nicht mehr lebendig sind.«

Erneut nickte er: »Wenn er die Macht der Wiar einsetzt.«

»Genau. Oder wir sorgen dafür, dass Zamir ihnen ihr Leben wieder nimmt«, triumphierte Ada.

Uri runzelte die Stirn. »Wie willst du das machen, Ada?«

»Indem wir ihn entmachten. Hat er keine Macht mehr, dann

werden vielleicht die Folgen der Mächte, die er ausgeübt hat, auch rückgängig gemacht und die lebendigen Schatten verschwinden.«

»Dazu müssten wir wissen, ob ein Gegenstand, der durch die Macht einer Wiar lebendig wurde, sein Leben wieder verliert, wenn die Wiar ihre Macht verliert«, überlegte Uri. »Aber selbst wenn dem so ist, wie soll ich Zamir seine Macht nehmen, Ada?« Verzweiflung sprach aus seiner Stimme.

»Du darfst ihn entmachten, schon vergessen? Der Beschluss des Rates«, erinnerte sie ihn.

»Dazu bin ich zu schwach«, erwiderte er matt.

»Doch nicht jetzt«, entgegnete sie munter. »Wenn du wieder bei Kräften bist. Dann musst du Zamir entmachten, und vielleicht entmachtest du damit auch Godal. An diese Möglichkeit haben wir noch gar nicht gedacht.«

Er blickte sie unsicher an und schwieg.

Pixis Rückkehr

»Wie konntest du mir das alles verheimlichen!«, schallte es durch Uris Höhle. Uri und Ada fuhren zusammen und blickten zum leuchtenden Spiegel.

Pixi katapultierte sich durch die Höhle wie ein Wurfgeschoss, wobei sie leuchtete wie ein kleiner Feuerball. Ihr Kopf war bis zu den Haarspitzen rot angelaufen, und sie wetterte in ihrer lauten tiefen Stimme so heftig auf Uri ein, dass weder Uri noch Ada auch nur ein weiteres Wort verstanden. Worte wie Vertrauensbruch, Missbrauch, Ende einer Ära, Freundschaft und etliche weitere hingen wie dunkle Wolken an der Höhlendecke. Uri hob beschwichtigend die Hände, doch kaum ein goldener Funken entfuhr seinen Fingerkuppen, so dass er sich resigniert auf den Strohballen fallen ließ und Pixis Toben betrachtete. Er hatte nicht die Kraft, sich aufzuregen. Es war zu spät. Es war alles zu spät, und Pixi regte sich zu Recht auf.

Doch plötzlich erstarrte Pixi, und flog ganz nah an ihn heran. Vorsichtig zog sie an seiner Brille, sodass sie von der Nase rutschte. Sie flatterte vor seinen Augen hin und her und stemmte ihre Hände in die Hüften.

»Was ist mit dir los, Uri?«, fragte sie etwas sanfter. »Ich sehe, du bist sehr geschwächt. Hast du Ludmilla etwa noch eine Macht verliehen?« Sie sah sich wie beiläufig um, fuhr dann aber durch den Raum und suchte die Höhle mit ihren Augen ab.

»Wo ist Ludmilla? Was ist hier los?«, donnerte sie wieder.

Uri blickte sie traurig an. »Das ist nicht in ein paar Sätzen erklärt, Pixi. Darf ich fragen, warum du aus dem Spiegel geflogen kommst? Wo warst du? Wir haben alles nach dir abgesucht. Du bist einfach so verschwunden. Ohne ein Wort. Ich habe mir Sorgen gemacht!«

Vorwurf schwang in seiner Stimme mit. Aber Pixi beachtete ihn nicht. Stattdessen flog sie zu Ada und setzte sich auf ihre Schulter. »Du kannst mir doch sicherlich sagen, was hier los ist, oder, Ada?«, zwitscherte sie. Ada lächelte und warf Uri einen Seitenblick zu, der nur die Schultern hob.

»Pixi, es ist so viel passiert, seitdem du sang- und klanglos verschwunden bist«, säuselte Ada mit einem sarkastischen Unterton. »Ich weiß gar nicht, wo ich beginnen soll. Die Berggeister sind erwacht, aber das weißt du, glaube ich, schon. Mal sehen, ob ich die richtige Reihenfolge einhalten kann. Hm …« Sie warf Pixi einen bösen Blick zu. »Du wüsstest das natürlich alles, wenn du einfach hiergeblieben wärst, statt dich schmollend abzusetzen.«

Pixi holte tief Luft, doch bevor sie sich rechtfertigen konnte, sprudelte es aus Ada heraus, und sie fasste zusammen, was sich seit dem Verschwinden der kleinen Fee zugetragen hatte.

Pixi schnappte nach Luft, nachdem Ada geendet hatte. Sie war blass geworden und flog zu Uri hinüber. »Ist das wahr, Uri?«, fragte sie leise.

Uri nickte ernst.

»Alles?«, wiederholte Pixi ungläubig. »Bodan hat keinen Schatten mehr, ihr wisst nicht, wo er ist, Zamir ist frei und Ludmilla abgehauen?«

Uri nickte erneut.

Sie ließ sich mit einer dramatischen Geste neben ihm auf den

Strohballen fallen und starrte entsetzt an die Höhlendecke.

»Das kann alles nicht wahr sein«, murmelte sie unentwegt vor sich hin. »Da ist man mal ein paar Tage weg und dann sowas.« Ihr Kopfschütteln wurde von einem leisen Brummen unterstützt, das ihr Körper erzeugte, der dabei matt leuchtete. »Armer Bodan.«

Uri blickte vorsichtig zu ihr hinüber. »Die Berggeister haben ihr Territorium verlassen«, ergänzte er. »Die Waldgeister sind aufgebracht und haben mir einen Besuch abgestattet. Sie respektieren uns Spiegelwächter und den Rat nicht mehr. Sie wollen es jetzt allein mit den Berggeistern aufnehmen.«

Pixi schoss wie ein Pfeil an die Decke: »Wie bitte? Das kann doch alles nicht wahr sein. Ist das nun alles oder kommt da noch etwas, Uri?«

Uri hob resigniert die Schultern. »Kelby und Arden haben sich gegen mich gestellt und wollen mich zwingen, Ludmilla zurückzuschicken, was ich aber in meiner jetzigen Verfassung nicht kann«, näselte er leise, als hätte er Angst, es laut auszusprechen.

Pixi hatte sich auf seine Brust gestellt und fixierte ihn. »Kelby und Arden! Die waren schon immer hinterhältig. Aber dass sie dir jetzt so in den Rücken fallen – so hätte ich sie nicht eingeschätzt.« Sie blies rote Luft aus ihren Backen, was sie immer tat, wenn sie sich aufregte. »Ludmilla zurückschicken? Warum das? Sind sie der Meinung, dass sie eine Gefahr darstellt, weil sie nun eine Macht hat?«

Uri sah sie nachdenklich an und nickte. »Ich denke ja. Sie geben Ludmillas Mission keine Chance, und das, obwohl der Rat sie genehmigt hat.«

Pixi tanzte auf seiner Brust auf und ab. »Diese Wichtigtuer«, schimpfte sie. »Kelby und Arden hatten noch nie viel für Menschen übrig. Da gab es nur dieses eine Geschwisterpaar. Die mochten sie richtig gern. Erinnerst du dich, Uri?«

Er blickte sie irritiert an.

»Ich schweife ab, schon verstanden«, plapperte sie weiter. »Was Ludmilla anbelangt, so weiß ich genau, wo sie nicht ist.«

Uri sah sie stirnrunzelnd an. »Was willst du damit sagen?«

»Ludmilla ist nicht zu Mina zurückgekehrt«, erwiderte sie bestimmt.

Er ließ sich zurück in den Strohballen fallen. »Das weiß ich auch«, murrte er. »Wenn sie den Spiegel genutzt hätte, hätte ich das gespürt.«

»Willst du denn gar nicht wissen, woher ich das weiß?«, fragte Pixi beleidigt.

Er hob auffordernd die Augenbrauen und blickte in ihre großen grünen Augen.

»Ich war bei Mina«, stellte sie triumphierend fest und warf einen Blick auf Ada, die ihren Körper straffte, als sie den Namen ihrer Schwester hörte. »Sie hatte um Hilfe gerufen. Das Spiegelbild macht ihr zu schaffen. Leider konnte ich nicht so helfen wie geplant, und dann ist auch noch Edmund Taranee aufgetaucht.«

»Edmund?«, entfuhr es Ada.

Pixi nickte eifrig. »Ja, der alte Edmund Taranee. Er ist inzwischen steinalt, aber immer noch klar im Kopf.« Pixi fing an, aufgeregt in der Höhle umher zu flattern. »Und Arndt Solas habe ich auch getroffen.«

»Arndt«, rief Ada aus.

»Ja, Arndt«, wiederholte Pixi und rollte mit den Augen. »Und er hatte interessante Neuigkeiten. Nicht nur Mina verlor ihren Schatten in Eldrid, sondern auch Edmund Taranee und jeweils ein Mitglied der Ardis- und der Dena-Familie. Insgesamt verloren also vier von vier Spiegelfamilienmitgliedern ihren Schatten mehr oder weniger gleichzeitig. Von vieren wissen wir es also sicher. Ob Arndts Bruder, Desmond«, Pixi warf Ada einen wichtigtuerischen Blick zu, indem sie die Augenbrauen in die Höhe zog, »auch seinen Schatten verloren hat, konnte Arndt nicht sagen. Aber Desmond verschwand im selben Jahr, in dem Mina, Edmund und die anderen beiden ihre Schatten verloren.«

Pixi blies goldene Luft aus ihren Wangen und pfiff durch ihre winzigen Zähne. »Das ist doch was, oder?«, ereiferte sie sich. »Das heißt, dass es noch mehr Schatten von Spiegelfamilienmitgliedern gibt, die Zamir vielleicht lebendig gemacht hat.«

Uri musste unwillkürlich lächeln. Wie sehr hatte er sie vermisst. Doch der Ernst der Lage hatte ihn schnell wieder eingeholt, und er blickte sie verständnislos an. »Was willst du damit sagen? Dass es einen Zusammen-hang zwischen den Spiegelfamilien und den lebendigen Schatten gibt, die Lando gesehen hat?«

Pixi flatterte aufgescheucht in der Höhle umher. Uri sah sich hilfesuchend nach Ada um. Sie stand bleich, das Gesicht halb abgewandt, an der Wand und nestelte gedankenverloren an ihren Lippen. »Desmond«, flüsterte sie immer wieder.

Pixi blieb in der Luft stehen und spitzte ihre feinen Ohren. »Ja, Desmond, Ada«, tönte sie. »Vielleicht kannst du uns etwas dazu sagen?«

Ada drehte sich zu ihr, konnte Uri aber nicht in die Augen schauen, während sie langsam den Kopf schüttelte.

»Hat er seinen Schatten auch hier verloren?«, beharrte Pixi.

Ada schüttelte erneut heftig den Kopf und wandte sich ab. Sie verbarg das Gesicht in ihren Händen und fing an zu schluchzen.

Uri starrte sie bestürzt an. Er richtete sich auf und wollte auf sie zugehen, aber sie winkte ab. »Lass mich«, herrschte sie ihn mit tränenerstickter Stimme an.

Ratlos hob Uri die Schultern und warf Pixi einen fragenden Blick zu. Deren Augen verengten sich, und sie flatterte wieder vor sein Gesicht. »Lando hat lebendige Schatten gesehen? Dieses kleine Detail hast du wohl vergessen, mir zu erzählen, liebe Ada.« Sie warf Ada einen missbilligenden Blick zu. Uri sah sie mit einem strengen Blick an, aber sie stemmte die Hände in die Hüften.

Er seufzte ergeben. »Lando berichtete, dass er vor Zamirs Höhle *fünf* lebendige Schatten gesehen habe, und Zamir nannte sie seine mächtigen Schatten.«

»Fünf«, quietschte Pixi. Aufgescheucht flatterte sie umher. »Und das glaubt ihr ihm?«

»Warum sollten wir ihm nicht glauben?«, fragte Ada leise.

»Na hört mal«, polterte Pixi los. »Lando faselt doch schon seit über einem Jahrhundert von dem Pentagramm der Schatten. Er verfolgt ein Hirngespinst.«

Uri sprang so heftig auf, dass er taumelte. »Ein Hirngespinst, Pixi?« Er konnte seine Stimme nicht kontrollieren, so dass sich diese überschlug. »Pentagramm der Schatten? Das ist es? Lando jagt der alten Legende hinterher? Und davon erfahre ich erst jetzt?«

Pixi hob entschuldigend die Schultern. »Es ist Lando. Du kennst ihn. Er hat sich in etwas verrannt.« Uri sah sie auffordernd an, also fuhr sie fort: »Lando ist der Meinung, dass sich die alte Legende bewahrheitet. Die Legende vom Pentagramm der Schatten. Er hat auf einen Menschen wie Ludmilla nur gewartet. Ich traue Lando, aber nicht seinem Gefasel. Für mich war das nur eine fixe Idee. Ein Hirngespinst eben.«

»Das interessiert mich nicht, ob du das glaubst oder nicht. Es ist Lando, und er zieht Ludmilla mit hinein«, unterbrach sie Uri aufgebracht. »Ist dir nicht in den Sinn gekommen, dass das gefährlich werden könnte? Gefährlich für Ludmilla?«

Pixi drehte beleidigt den Kopf weg. »Ich konnte ja nicht ahnen, dass sie sich mit ihm aus dem Staub macht.«

»Aber vielleicht hat er recht, und es ist kein Hirngespinst«, wandte Ada leise ein. »Da Pixi nun von Arndt Solas erfahren hat, dass nicht nur Mina ihren Schatten verloren hat, sondern noch drei weitere Spiegelfamilienmitglieder, dann sind es schon mindestens vier Schatten der Spiegelfamilien. Fehlt nur noch ein fünfter für das Pentagramm.«

»Genau«, pflichtete ihr die Fee bei. »Und einen Fünften hat er gefunden, zumindest laut Lando.«

Uri seufzte schwer auf. »Das ist eine Legende«, wandte er

genervt ein. »Erzähl uns bitte, was sich genau bei Mina zugetragen hat und woher du diese ganzen Informationen hast, liebe Pixi.«

»Das ist schnell erzählt«, erklärte sie und fasste die Geschehnisse kurz zusammen.

»Das heißt, dass das Problem mit Ludmillas Spiegelbild noch nicht gelöst ist?«, fragte Ada ungeduldig, als Pixi nicht zum Punkt kam.

Die kleine Fee warf ihr einen giftigen Blick zu, nickte aber. »Das ist nicht so leicht, wie du dir vielleicht denkst«, konterte sie.

Ada stöhnte auf. »Das hat uns noch gefehlt. Das Spiegelbild darf unter keinen Umständen das Haus verlassen. Es muss bei Mina bleiben.«

Uri saß in Gedanken versunken auf dem Strohballen und starrte in das Feuer. »Also gibt es mindestens vier Mitglieder von vier Spiegelfamilien, die ihren Schatten verloren haben«, fasste er zusammen. Er wandte sich an Ada und sah ihr forschend ins Gesicht. »Ada«, forderte er streng. »Was ist mit Desmond passiert? Ist er hier in Eldrid oder nicht?«

Ada errötete wie ein junges Mädchen, neigte den Kopf und schwieg.

ACHTUNDZWANZIGSTES KAPITEL

Die Suche nach dem Spiegelbild

Im Schritttempo fuhr Mina die Straßen ab. Weit konnte das Spiegelbild nicht gekommen sein. Oder doch? Mina traute sich nicht, weiterzudenken. Ihr Puls war gefährlich hoch, und ihre Brust hatte sich so zusammen gezogen, dass ihr das Atmen schwerfiel. Sie hatte aufgehört, Arndt im Minutentakt anzurufen. Er würde sich melden, wenn er es gefunden hatte. Sie hatte keine Vorstellung, wo sie noch suchen sollten. Was hatte es vor? Immer wieder schüttelte Mina den Kopf. Sie war fassungslos. Wie hatte sie so gutgläubig sein können? Wie hatte sie erwarten können, dass dieses garstige Abbild ihrer Enkelin auf sie hörte? Aber das Haus verlassen? Den Spiegel verlassen? Das war neu. Das hatte sich bisher kein Spiegelbild getraut. Zumindest nicht, soweit Mina bekannt war. Aber es war kein gewöhnliches Spiegelbild. Es hatte viel zu lange in dieser Welt geweilt. Ohne Ludmilla. Spiegelbilder hielten es nicht lange ohne ihren wahren Herren aus und wurden von Stunde zu Stunde bösartiger. Dieses Exemplar war der beste Beweis dafür. Die Idee, einen anderen Spiegel aufzusuchen, war allerdings die Krönung der Katastrophe. Wie konnte es auf eine solche Idee kommen? Und vor allem, durch welchen Spiegel wollte es reisen? Es hatte offenbar mitbekommen, dass der Taranee-Spiegel nicht funktionierte und der Solas-Spiegel nur manchmal. Und von den anderen beiden Spiegelfamilien war keine Rede gewesen.

174

Mina seufzte schwer auf und griff sich dabei an die Brust. Das Atmen schmerzte. Wieder wählte sie die Nummer von Arndt Solas und hob das Handy an ihr Ohr.

»Hast du es gefunden?«, fragte sie, ohne ihn zu Wort kommen zu lassen.

Arndt schnaufte ungeduldig. »Dann hätte ich mich doch sofort gemeldet, Mina. Es ist wie vom Erdboden verschwunden. Ich sollte zu Hause nachschauen. Vielleicht versucht es, durch meinen Spiegel zu reisen.«

Er legte auf, ohne Mina zu Wort kommen zu lassen. Mit quietschenden Reifen wendete sie den Wagen und fuhr zum Haus der Solas-Familie. Arndt öffnete ihr die Haustür, bevor sie klingeln konnte.

»Es ist nicht hier, Mina«, empfing er sie. »Lass uns hier warten. Ich bin mir sicher, es taucht wieder auf. Wo sollte es denn sonst hin?«

Mina schob ihn unsanft zur Seite und betrat das schwach beleuchtete Haus. Die Eingangshalle war riesig. Sie war eingerahmt von vielen Türen, und auf der Seite führte eine Treppe in die oberen Räume des Hauses. Die Halle war mit altem, dunklem Parkett ausgelegt, das vor Staub matt war. In der Mitte lag ein riesiger Teppich, der abgelaufen war und Löcher aufwies. Genau neben der Haustür stand ein Garderobenständer und daneben ein großer alter Ohrensessel mit dunkelgrünem Samtbezug, der stark verschlissen war. Sie ließ sich schnaufend hineinsinken und begrub ihr Gesicht in den Händen.

»Das darf alles nicht wahr sein«, schluchzte sie hemmungslos.

Arndt schloss leise die Haustür, trat auf sie zu und legte ihr unbeholfen die Hand auf die Schulter. »Sie wird aufkreuzen, Liebes. Ganz sicher. Reg dich nicht auf.«

Aber Mina schüttelte seine Hand ab und sah ihn mit Tränen in den Augen an. »Und wenn nicht? Und wenn nicht, Arndt? Was dann?«

Er hob die Schultern und musterte sie mitleidig. »Wir finden eine Lösung, Mina. Sie ist ein Teenager. Sie verschwindet nicht einfach.«

»Sprich nicht von ihm, als wäre es sie. Es ist ihr Spiegelbild«, fuhr sie ihn an und vergrub ihr Gesicht wieder in den Händen.

Er brummte etwas Unverständliches und blieb neben ihr stehen. Schließlich sagte er: »Du siehst ganz blass aus. Ich bringe dir ein Glas Wasser.« Er ging den großen Flur hinunter und öffnete eine Tür. Dahinter lag ein Raum, der hell beleuchtet war. Sie hörte, wie er eine Flasche öffnete und Flüssigkeit in ein Glas schüttete. Dann kam er schon wieder zu ihr geeilt. Als sie nicht reagierte, stellt er das Wasserglas neben dem Sessel auf den Boden.

In diesem Moment klingelte Minas Handy. Sie zuckte zusammen und griff danach. Sie zögerte, bevor sie den Anruf annahm. »Hallo«, sprach sie zaghaft hinein.

»Mina«, säuselte Edmund Taranees Stimme. »Dir ist etwas abhandengekommen, und ich habe es. Vielleicht solltest du mich besuchen kommen.« Und noch bevor sie etwas erwidern konnte, hatte er bereits aufgelegt.

Entsetzt starrte sie Arndt an. »Es ist bei Edmund«, krächzte sie, während er sie ungläubig anblickte.

Als sie die Einfahrt zu dem prächtigen Haus hinauffuhren, öffnete sich bereits die Haustür. Der Diener der Taranee-Familie trat hinaus, verschränkte seine Arme auf dem Rücken und wartete, bis Arndt und Mina aus dem Wagen ausgestiegen waren.

»Sie hätten ihr ruhig helfen können«, schimpfte Arndt, als er an ihm vorbei trat.

Der Diener verzog keine Miene, bedeutete aber mit einer Handbewegung, dass sie eintreten durften.

Die beiden betraten die prächtige Eingangshalle des Hauses der Taranee-Familie. Krachend fiel die Haustür ins Schloss, und der Diener erklärte trocken. »Sie werden bereits erwartet. Wenn Sie mir bitte folgen würden.«

176

Er trat an ihnen vorbei und ging schnellen Schrittes voran. Mina und Arndt wechselten einen Blick und folgten ihm. Er führte sie in die Bibliothek des Hauses. Von der Decke hing ein großer Kronleuchter, der den gesamten Raum in warmes Licht tauchte. Viele kleine Lampen in den Regalfächern dienten als zusätzliche Lichtquellen und erzeugten dadurch eine gemütliche Atmosphäre.

Edmund Taranee saß mit einem Glas Whisky in der Hand in einem der ledernen Sessel und betrachtete seine Gäste mit einem zufriedenen Lächeln. Neben seiner Armlehne lehnte lässig ein Jüngling, der ebenfalls ein Glas in der Hand hielt und die Neuankömmlinge neugierig beäugte. Arndt erkannte ihn sofort. Der junge Mann in dem Sportwagen, der vor seinem Haus geparkt hatte. Also hatte er sich das doch nicht eingebildet. Etwas weiter entfernt, auf einem ledernen Sofa, saß Ludmillas Spiegelbild und zog eine verächtliche Grimasse, als sie Mina und Arndt erblickte. Aber Edmund warf ihm einen strengen Blick zu, hob den Zeigefinger, und sein Gesichtsausdruck erfror.

»Was hast du ihm angeboten, dass es so brav hier sitzt?«, entfuhr es Mina entgeistert. Sie hatte die Situation blitzschnell begriffen und konnte nicht glauben, was sie sah.

Edmund Taranee lächelte zufrieden. »Gar nichts, liebe Mina«, näselte er. »Aber kommt doch herein und setzt euch.«

Er gab dem Diener einen Wink und dieser schloss die Tür hinter sich. Mina und Arndt traten zögerlich näher, Mina machte aber keinerlei Anstalten, sich zu setzen, so dass Arndt sich nicht traute, von ihrer Seite zu weichen.

»Arndt, du kennst dich hier doch aus. Schenk dir was ein, und wenn Madame Scathan etwas wünscht, ihr selbstverständlich auch.« Mit einer großen Geste deutete er auf einen Teewagen, auf dem Gläser und ein Flakon mit der goldenen Flüssigkeit stand.

Arndt sah Mina fragend an. Sie hob entsetzt die Augenbrauen und schüttelte den Kopf. »Aber wenn du etwas trinken möchtest«, zeterte sie, »nur zu. Für euch ist die Situation nicht so heikel wie

177

für uns. Also macht es euch bequem und genießt das Schauspiel.« Verächtlich schnaubte sie, während Arndt sich mit zitternden Händen ein Glas nahm.

»Auf welche Situation spielst du an?«, säuselte Edmund weiter und hob dabei gönnerhaft das Glas in Arndts Richtung. »Lass es dir schmecken, mein Lieber.«

Dieser nickte nur und schüttete den gesamten Inhalt des Glases hinunter.

»Aber, aber, das ist ein besonderer Whisky. Den sollte man genießen«, flötete der Alte weiter.

Arndt ignorierte diese Bemerkung und schenkte sich ein zweites Glas ein.

»Sicher, dass du nichts möchtest, Mina? Das Zeug ist gut und beruhigt«, wisperte er ihr zu.

Sie schüttelte energisch den Kopf. »Kommen wir zur Sache, Edmund«, begann sie mit zitternder Stimme. »Was willst du mit ihr?«

»Du willst doch eher sagen, mit ›ihm‹«, unterbrach er sie sanft und lächelte dabei gekünstelt.

»Was soll das heißen?«, zeterte Mina. Geistesgegenwärtig schob sie hinterher: »Das ist meine Enkeltochter, und wie du sehen kannst, ist sie ein Mädchen.«

Edmund und der junge Mann fingen gleichzeitig an zu lachen.

»Das ist nicht Ihre Enkeltochter, Frau Scathan«, begann der Jüngling. »Das ist deren Spiegelbild, und das wissen Sie ganz genau. Nur wir wissen es eben auch.« Er lächelte selbstgefällig, beugte sich in Minas Richtung und streckte ihr die Hand entgegen. »Ich habe mich noch nicht vorgestellt. Wie unhöflich von mir«, säuselte er. »Mein Name ist Vince Taranee. Ich bin Edmunds Enkelsohn und sein Nachkomme, insbesondere was den Spiegel betrifft. Auch bei den Taranees wurde bedauerlicherweise eine Generation ausgelassen.«

Mina reagierte nicht auf seine Charmeattacke, sondern fixierte weiterhin Edmund. Vince ließ mit einem fast enttäuschten Gesichtsausdruck die Hand wieder sinken.

»Du hattest recht, Großvater. Die Scathan-Familie«, er schüttelte gespielt missbilligend den Kopf, »weiß nicht, was sich gehört.«

Weiter kam er nicht, denn Arndt unterbrach ihn polternd: »Du schickst wirklich ihn, um mich beschatten zu lassen, Edmund? Was habe ich in deinen Augen zu verbergen, dass du deinen Enkelsohn auf mich hetzt?«

Aber Edmund beachtete ihn nicht. »Mina, meine Liebe. Du solltest dich wirklich setzen und etwas trinken. Du zitterst ja und siehst ganz blass aus.«

»Ich brauche deine Sorge nicht, Edmund«, herrschte sie ihn an. »Und nun lass sie mit uns nach Hause gehen. Sie hat hier nichts zu suchen. Das ist das falsche Haus für sie.«

Aber Edmund schüttelte langsam den Kopf. »Dieses Spiegelbild geht nirgendwohin«, erwiderte er sanft.

Mina stöhnte auf vor Entrüstung. »Du kannst sie hier nicht festhalten. Sie ist meine Enkeltochter«, beharrte sie.

»Es ist ein Spiegelbild«, unterbrach Vince sie leise, aber bestimmt. Seine Stimme hatte nun etwas Drohendes.

Sie würdigte ihn mit einem empörten Blick. »Kannst du ihn bitte zum Schweigen bringen?«

Edmunds Mund umspielte ein Lächeln. »Er kann so viel dazu beitragen, wie er will. Er ist mein Enkelsohn. Deiner Enkelin würdest du doch auch nicht den Mund verbieten, oder?«

Mina schnaufte.

»Wollen wir sie doch gleich einmal fragen. Sag mir nochmal wie du heißt, Schätzchen«, wandte er sich an das Spiegelbild.

»Sie heißt Ludmilla, Großvater«, antwortete Vince rasch.

»Stimmt, Ludmilla. Und kannst du deiner Großmutter mitteilen, warum du hier bist, Ludmilla?«

»Das braucht sie nicht«, herrschte Mina ihn an. »Ich weiß,

warum sie hier ist. Sie möchte durch den Spiegel reisen, und ich habe es ihr verboten.«

Wieder lachten die beiden Taranees schallend auf. »Das ist genau der Punkt«, erklärte Edmund ernst. »Sie möchte durch den Spiegel reisen, und ich möchte durch den Spiegel reisen. Also haben wir ein gemeinsames Ziel, und da sie schlau ist, ist sie mit ihrem Anliegen zu mir gekommen.«

»Du weißt genauso wie ich, dass sie nicht durch den Spiegel reisen kann. Weder durch den Scathan-Spiegel noch durch einen der anderen Spiegel«, schnappte Mina.

»Ist das so?« Edmund tat überrascht. »Aber im Endeffekt interessiert es mich nicht. Denn es ist ganz einfach, liebe Mina Scathan. Du wirst meinen Spiegel zum Leuchten bringen, und dann lasse ich deine Enkeltochter oder das Spiegelbild deiner Enkeltochter, ganz wie dir beliebt, gehen.«

Mina starrte ihn entgeistert an. »Der Taranee-Spiegel gehorcht mir nicht«, stammelte sie. »Wie soll ich ihn zum Leuchten bringen? Das liegt nicht an mir, dass er erblindet ist, das weißt du selbst. Frag deinen Spiegelwächter. Der wird dir alles erklären. Aber halte uns da raus. Meine Enkeltochter muss jetzt nach Hause. Es ist spät, und morgen ist Schule. Ludmilla?«

Sie warf dem Spiegelbild einen strengen Blick zu, aber es rührte sich nicht.

Edmund lachte künstlich auf, und Vince stimmte mit ein. »Du hast mich wohl nicht richtig verstanden, Mina«, erwiderte er hart. »Dieses Spiegelbild bleibt solange Gast in meinem Haus, bis der Taranee-Spiegel wieder leuchtet. Wie du das anstellst, ist mir gleich.«

Mina wurde noch blasser und musste sich an einem Bücherregal festhalten. Die Gedanken überschlugen sich in ihrem Kopf. Wie konnte sie den Taranee-Spiegel zum Leuchten bringen? Sie hatte keine Macht und keinen Einfluss auf diesen Spiegel. Aber sie musste das Spiegelbild wieder in ihr Haus zurückbringen.

Verzweiflung machte sich in ihr breit, und die Brust schnürte sich immer enger zu, bis sie keine Luft mehr bekam. Wie in Zeitlupe sank sie zu Boden und blieb bewusstlos liegen.

Neunundzwanzigstes Kapitel

Eneas

Ludmilla schreckte hoch. Sie rieb sich die Augen und setzte sich auf. Ihre Beine schmerzten immer noch. Neben ihr sah sich Eneas' Kopf unruhig um. Sie hatte den Eindruck, als wäre es etwas heller geworden, zumindest meinte sie am Horizont die Umrisse des Waldes erkennen zu können. Aber es waren mehr Schatten, die über dem Moor aufstiegen.

»Wie lange habe ich geschlafen?«, fragte sie und streckte sich vorsichtig aus.

Eneas sah sie mit traurigen Augen an. »Keine Ahnung, aber ich hoffe, du bist ausgeruht?« In seiner Stimme lag ein leichtes Zittern, das sie nicht überhören konnte.

»Was ist los?«, drängte sie. Eneas hob eine Augenbraue. »Ich weiß es nicht«, fuhr er sie leise, aber aufbrausend, an. »Lando ist nicht hier, und ich habe ihn nicht mehr gesehen, seit er als Adler auf Erkundungstour gegangen ist. Er ist nicht zurückgekommen.«

Ludmillas Herz fing an zu klopfen. »Heißt das, er ist weg?«, fragte sie zögerlich.

»Weg?«, zischte Eneas. Sie zuckte zurück. Er blickte sie an und rang sich ein Lächeln ab. »Tut mir leid, aber mir ist nicht wohl in dieser Lage. Er ist nicht weg. Wir können nur nicht länger auf ihn warten. Lass uns weitergehen. Die Späher suchen gerade nicht nach uns, und er wird uns schon finden.«

Der Unsichtbare sah sie aufmunternd an und ein durchsichtiger Funken löste sich von dem fast ebenso durchsichtigen Gesicht. »Lando lässt uns nicht im Stich«, fuhr er fort, aber die Unsicherheit in seiner Stimme war nicht zu überhören.

»Ich habe nicht behauptet, dass er uns im Stich lässt«, erwiderte Ludmilla vorsichtig. Sie wusste, dass Unsichtbare aufbrausende Wesen waren, und wollte Eneas nicht unnötig provozieren. Dennoch fühlte sie sich in der Situation nicht wohl.

»Wir müssen weiter«, wiederholte er. »Lass uns in dieser Richtung weiterlaufen. Den Wald immer im Rücken«, forderte er sie auf.

»Kannst du den Wald denn noch erkennen?« Sie blickte wieder zu den Schatten in der Ferne, die sie für die Umrisse des riesigen Waldes hielt.

Eneas lachte kurz auf. »Aber natürlich, er liegt in dieser Richtung.« Er deutete nach rechts. »Du bist in einem Bogen gelaufen, nachdem du dich unsichtbar gemacht hast.«

»Warum kannst du mich eigentlich sehen, wenn ich unsichtbar bin?«, platzte es aus ihr heraus. Unwillkürlich sah sie auf ihre Hände. Sie war im Schlaf sichtbar geworden. Offenbar konnte sie ihre Kräfte im Schlaf nicht kontrollieren.

Er lachte amüsiert. »Du nutzt offensichtlich die Fähigkeit eines Unsichtbaren, bist aber keine von uns. Denn wir können uns untereinander sehen, auch wenn wir unsichtbar sind. Wenn du die Macht hättest, dich unsichtbar zu machen, so wie die Spiegelwächter es tun, dann hätte ich dich nicht sehen können. Also musst du diese Kraft von einem Unsichtbaren haben.« Er stockte kurz, und sein Lachen erfror. »Besser gesagt von dem Schatten eines Unsichtbaren.«

Ludmilla blickte betreten zu Boden. Das fühlte sich in diesem Moment schrecklich an. »Aber warum kann ich dich dann nicht sehen?«, schoss es ihr durch den Kopf, und unkontrolliert sprach sie es aus. Ein Hoffnungsschimmer wuchs in ihr.

Er hatte keine Antwort darauf. »Das weiß ich nicht. Vielleicht, weil es eine andere Sichtweise ist. Diese Fähigkeit ist nicht der Teil der Macht, sondern ein Teil unseres Wesens. Wenn wir uns gegenseitig nicht sehen könnten, wären wir noch einsamer als ohnehin schon. Es kann sein, dass du auch diese Fähigkeit in dir trägst und dich nur nicht darauf konzentriert hast. Vielleicht kannst du es lernen, weil du die Macht eines Unsichtbaren in dir trägst, vielleicht aber auch nicht.«

In diesem Moment sprach eine Kälte aus seiner Stimme, die Ludmilla erschaudern ließ. So fühlte es sich also an, eine Schattendiebin zu sein. Auch wenn sie die Mächte nicht gestohlen hatte, wusste sie nun, dass ihre Großmutter sie gestohlen hatte und sie diese Mächte nutzen konnte, wenn Aik es ihr gestattete.

Er wandte seinen Kopf erneut nach rechts. »Wir sollten nicht warten, bis die Späher zurückkommen«, beschloss er. »Lass uns aufbrechen. Lando wird uns schon finden. Ihm kann schließlich eine Spürnase wachsen. Außerdem ist er ein brillanter Fährtenleser. Wenn Lando jemanden sucht, dann findet er ihn auch.«

Sie nahm eine Bewegung wahr, und schon schwebte Eneas' Kopf weit über ihr. »Komm schon, Ludmilla. Steh auf. Ich weiß, dass du müde und erschöpft bist, aber wir müssen weiter. Wir müssten das Dorf bald erreicht haben.«

»Das Schattendorf?«, platzte es aus Ludmilla heraus. »Du weißt, wo das Schattendorf ist?«

Eneas Augen funkelten. »Das Schattendorf?«, fragte er leise. Seine Stimme klang skeptisch.

»Das Dorf, in dem die lebendigen Schatten leben«, erwiderte sie. »Hat dir Lando nichts davon erzählt? Welches Dorf meinst du denn?«

Er lachte bitter. »Du meinst Landos Hirngespinste? Vom Pentagramm der Schatten? Von den fünf mächtigen Schatten und dem einen, der sie besiegen kann?«

184

Sie reckte sich stirnrunzelnd in die Höhe. »Pentagramm? Davon weiß ich nichts. Lando konnte Zamir belauschen, als er mit seinen, ja, fünf lebendigen Schatten sprach, und er sprach von einem Schattendorf. Das Schattendorf suchen wir, um Godal aufzuspüren und ihn an mich zu binden, damit ich ihn meiner Großmutter zurückbringen kann.«

Eneas entfuhr ein unkontrolliertes Kreischen. »Im Schattendorf? Ihr denkt, dass Godal im Schattendorf ist? Und wo soll dieses Schattendorf sein, mit all den lebendigen Schatten?« Er schnaubte verächtlich.

Sie blickte ihn verständnislos an. »Ich dachte, Lando hätte mit dir über unseren Plan gesprochen.«

»Hat er auch. Aber er hat wohl ein paar wichtige Details ausgelassen.« Er schnaubte und rote Funken kamen aus seiner Nase.

»Was hat er dir denn erzählt?«, bohrte Ludmilla nach. Aber Eneas machte eine unwirsche Bewegung mit der Hand, die plötzlich in der Luft auftauchte. Sein Gesicht hatte die Farbe gewechselt, was es immer tat, wenn er sich aufregte.

Sie biss sich auf die Lippe und schluckte ihre Bemerkung runter. Ihr Herz raste wieder. Was hatte Lando vor? Wie konnte er Eneas nicht einweihen?

Sie atmete durch und beharrte mit sanfter Stimme: »Bitte, Eneas, ich muss das wissen. Es muss doch klar sein, was wir vorhaben, oder?«

Seine durchsichtigen Augen blitzten sie an. Er schien zu überlegen. »Damit hast du recht, Ludmilla. Wie vom Rat beschlossen, sollen wir dir helfen, Godal an dich zu binden, damit du ihn zurück zu deiner Großmutter bringen kannst. In eure Welt. Dann stellt er für uns keine Bedrohung mehr dar.«

Sie starrte ihn erwartungsvoll an, bis er fortfuhr: »Aber es war keine Rede von einem Schattendorf und auch nicht von fünf mächtigen Schatten. Das ist mir neu. Lando und ich hatten vor, mit dir durch Fenris zu reisen und im Dorf der schattenlosen Wesen auf Godal zu warten. Es war keine Rede davon, dass wir ein Dorf suchen, in dem lebendige Schatten leben, oder das Schattendorf, wie ihr es nennt. Ich kenne nur das eine Dorf. Das Dorf, in dem die Schattenlosen leben und in das sie sich verbannt haben. Dieses Dorf gibt es tatsächlich, und es liegt hier in Fenris, irgendwo. Alles Weitere werde ich mit Lando besprechen müssen.«

»Warum?«, platzte es aus ihr heraus. Aber sie hatte ihren Ton unter Kontrolle. Sie klang neugierig, aber nicht fordernd. »Brichst du das Vorhaben sonst ab?«

Eneas schüttelte den Kopf. »Natürlich nicht.« Stolz sprach aus seiner Stimme. »Ich möchte nur wissen, worauf ich mich einlasse.«

»Also suchen wir nicht nach dem Schattendorf?«

»Das werde ich mit Lando besprechen«, wiederholte er. »Wir werden zunächst in das Dorf der schattenlosen Wesen gehen. Dort finden wir einen Ort, an dem wir uns ausruhen und du deine Kräfte erneuern kannst. Dort bekommen wir auch Informationen. Informationen, die uns hoffentlich helfen, Godal zu finden.«

»Du willst mit mir das Dorf der schattenlosen Wesen betreten?«, fragte sie ungläubig. »Meinst du denn wirklich, dass wir dort Hilfe bekommen? Schau mich an. Alle werden denken, dass ich Mina oder Ada bin. So wie in Fluar.« Sie schnaubte. »Was natürlich eigentlich gar nicht geht, da Mina und Ada inzwischen uralt sind, und ich bin 15. Es müsste doch allen klar sein, dass ich nicht sie sein kann. Oder haben die Wesen von Eldrid kein Zeitgefühl?« Es sprudelte unkontrolliert aus ihr heraus. Sie verstummte abrupt, kaute verlegen auf ihrer Unterlippe und schielte zu dem großen Kopf, der über ihr schwebte. Erleichtert meinte sie, ein Lächeln auf den breiten dünnen Lippen zu erkennen.

»Keine Sorge, da du dich unsichtbar machen kannst, werden die Schattenlosen dich nicht sehen. Sie können dir sowieso nichts anhaben, da sie keine Magie mehr haben, aber sie verspüren natürlich immer noch Hass gegenüber den Schwestern. Und ja, die Wesen von Eldrid haben ein Zeitgefühl, und sie sind auch nicht dumm.« Eine gewisse Strenge sprach aus seiner Stimme. »Da du deiner Großmutter wahnsinnig ähnlich siehst, werden alte Gefühle zu Tage gebracht. Gefühle, die wir hier in Eldrid nicht hegen. Aber durch die Schandtaten deiner Großmutter und Großtante haben wir gelernt, was Hass ist, und dieser Hass würde dich treffen. Er trifft die Scathan-Familie, die sich an den Schatten von so vielen Wesen vergriffen hat und Zamir dadurch zu so großer Macht verholfen hat. Einzig und allein die Formwandler haben diesen Hass überwunden. Deshalb lebt Ada bei ihnen. Sie kann sich trotz der langen Zeit unter vielen Wesen nicht blicken lassen. Aber«, schnaubend stieß er Funken aus seiner Nase, »mein Mitleid hält sich in Grenzen. Sie hat genauso viel Schuld wie deine Großmutter. Nur dass ihr Schatten nicht gestohlen wurde und sie etwas weniger Mächte gesammelt hat als Mina.«

Zwei traurige, durchsichtig-blauschimmernde Augen blickten sie an.

»Genug geredet, Scathan-Mädchen. Lass uns den Ort aufsuchen, an dem wir Unterschlupf finden und hoffentlich auch Lando wieder treffen.«

»Und du kennst den Weg zum Dorf der schattenlosen Wesen?«, musste sie ihn fragen, ob sie wollte oder nicht.

Eneas lachte amüsiert auf. »Ich habe einen hervorragenden Orientierungssinn. Und das Dorf der schattenlosen Wesen liegt am Fuß des Gebirges Odil, das sich auch hinter dem Schneegebirge in Fenris erstreckt.«

»Das heißt, dass du dich doch in Fenris auskennst«, stellte sie unsicher fest.

Er lächelte. Es war ein ehrliches und trauriges Lächeln. »Nur ein wenig«, erklärte er. Seine Stimme war dabei seltsam belegt. »Aber diese Landschaft habe ich noch nie bereist. Was ich nicht sonderlich bedauere.«

»Also gut!« Ludmilla klatschte leise in die Hände, um sich selbst Mut zu machen. Ihre Kräfte schienen erwacht. »Ich habe keine andere Wahl. Das Dorf der schattenlosen Wesen wird mich nicht willkommen heißen, aber wir haben eine Aufgabe zu erfüllen, und Lando schuldet uns ein paar Antworten.«

Ihr war nicht wohl bei dem Gedanken, das Dorf betreten zu müssen, in dem sich vermutlich viele von Minas und Adas Opfern aufhielten. Die Tatsache, dass die Wesen sie nicht sehen konnten, beruhigte sie zwar, dennoch machte sich ein ungutes Gefühl in ihr breit.

DREISSIGSTES KAPITEL

Pixis Aufgabe

»Ada«, ermahnte Uri. »Das ist nicht die richtige Zeit, um zu schweigen.«

Sie blickte zögerlich von Pixi zu ihm und presste die Lippen aufeinander. »Ich kann nicht«, flüsterte sie. »Ich habe es versprochen.«

»Ha!«, schrie Pixi auf. »Dann weißt du etwas.«

Auch Uri blickte sie auffordernd an. »Das ist nicht die richtige Zeit, um zu schweigen«, wiederholte er ernst, und seine Stimme gewann an Kraft. »Es geht hier um eine mächtige Legende, Ada«, donnerte er. »Wir müssen wissen, ob die Möglichkeit besteht, dass sie wahr wird. Das ändert alles.«

Ada schluckte hart und nickte. »Ich weiß«, würgte sie hervor. »Aber ich kann euch nicht helfen. Ich weiß nicht, ob er seinen Schatten verloren hat.«

»Dann war er hier in Eldrid oder ist es noch«, drängte Uri weiter, wobei seine Stimme milder wurde.

Sie nickte beschämt.

»Wie konnte sich Desmond all die Jahre hier in Eldrid aufhalten, und keiner hat es mitbekommen?«, ereiferte sich die Fee aufgeregt.

Ada hob die Schultern. »Ich kann euch nicht helfen, glaubt mir doch«, flehte sie. Sie sank auf den Boden und umschlang die Knie mit ihren Armen.

Uri hob einen matt glühenden Zeigefinger und brachte die Fee zum Schweigen, die erneut anhob, sich auf sie zu stürzten. »Also gut, Ada. Du willst uns nicht sagen, wo Desmond ist«, begann er diplomatisch.

»Nein«, schluchzte sie auf. »Ich weiß nicht, wo er ist. Er war hier in Eldrid, ja, das kann ich zugeben. All die Jahre war er hier in Eldrid. Aber er hatte seinen Schatten. Dann hörte er von Lando und von seiner Vermutung, dass Zamir versuchen könnte, das Pentagramm der Schatten zu schließen. Er wollte mich nicht in Gefahr bringen. Er wollte mich beschützen, weil er wusste, wie mächtig mein Schatten ist und dass ich die Alte Kunst erlernt hatte. Ich konnte ihn nicht davon abhalten zu gehen. Er ist verschwunden. Schon vor Jahren. Ich weiß nicht, wo er ist. Ob er durch einen der Spiegel zurück in die Menschenwelt gereist ist oder ob er noch hier ist.« Ihre Stimme war so tränenerstickt, dass ihre Worte kaum zu verstehen waren. »Ich weiß nicht, ob er seinen Schatten verloren hat. Ich weiß gar nichts«, schloss sie erschöpft.

Uri und Pixi blickten sich fragend an. In diesem Moment fing Uris Spiegel an zu leuchten. Er leuchtete matt auf, aber immer wieder, wie ein Warnsignal oder eine Sirene. Stumm und rhythmisch.

Uri fasste sich an die Brust, ein Schmerz durchzog sie. Er keuchte.

Ada war mit einem Satz bei ihm. »Ist es Zamir? Greift er dich an?«, rief sie aufgeregt.

Aber Uri schüttelte den Kopf. »Das ist es nicht. Irgendetwas stimmt mit dem Spiegel nicht. Er ist ohne Schutz«, keuchte er. »Es ist Mina.« Er suchte Pixis Blick, die nervös auf und ab flatterte.

Ada trat näher. Sie war blass und zitterte am ganzen Körper. »Was ist mit meiner Schwester?«, stammelte sie.

»Als ich sie verlassen habe, war noch alles in Ordnung.« Pixi schnaufte. »Soweit das in dieser Situation behauptet werden kann.«

»Wie meinst du das?«, presste Uri mühsam hervor.

Sie hob nur die Schultern und setzte ein unschuldiges Gesicht auf. »Ludmillas Spiegelbild ist besonders garstig, das habe ich schon erzählt«, erwiderte sie ungeduldig. »Mina sorgt sich um Ludmilla und dass das Spiegelbild das Haus verlassen könnte. Das wäre für unsere Ludmilla hier fatal.«

»Das wissen wir, Pixi«, unterbrach er sie. »Aber gesundheitlich ging es Mina gut?«

»Ja!«

Uri stöhnte auf. »Etwas präziser bitte, Pixi?«

»Mina ging es gut. Sie ist alt, Uri, und nicht mehr so belastbar wie früher. Und Edmund Taranee hat ihr ganz schön zugesetzt, aber insgesamt ging es ihr gut. Sie ist rüstig. Sie hat sich vielleicht etwas arg aufgeregt, aber nichts, was dazu führen könnte, dass sie den Spiegel im Stich lässt.«

Uri brummte etwas Unverständliches und starrte weiter auf den Spiegel, der unaufhörlich aufleuchtete. Langsam beruhigte sich sein Atem, aber der Schmerz blieb.

»Was hat das zu bedeuten?«, fragte Ada, sichtlich beunruhigt.

»Das bedeutet, dass irgendetwas im Hause Scathan nicht in Ordnung ist, und zwar ganz gehörig. Ich bin zu schwach, um nach dem Rechten zu sehen. Pixi …« Er sah sie ernst an. »Du musst dich darum kümmern. Wir müssen sicher sein, dass es Mina gut geht und dass das Spiegelbild keinen weiteren Ärger bereitet.«

Die kleine Fee stemmt die Hände in die Hüften. »Das ist nicht dein Ernst?«, polterte sie mit ihrer tiefen, lauten Stimme los. »Ich bin doch gerade erst zurück, und jetzt soll ich schon wieder in diese Welt reisen? Du weißt doch, wie sehr mich diese Welt langweilt.«

Ada hob erstaunt die Augenbrauen.

»Nichts gegen dich, Ada«, beeilte sich Pixi zu versichern. »Aber ich fühle mich in eurer Welt einfach nicht wohl. Die Zeit vergeht so langsam, und ich muss mich ständig verstecken.«

Sie legte den Kopf schief und säuselte mit einem filmreifen

Augenaufschlag: »Kann das nicht jemand anderes übernehmen? Ich wäre viel lieber hier bei dir und würde Aufgaben für dich erledigen. Bitte, Uri. Wir müssen nach Desmond suchen und herausfinden, wem diese mächtigen Schatten gestohlen wurden.«

Aber er schüttelte nur heftig den Kopf. »Mina vertraut dir, und du hast ihr schon geholfen, Pixi.« Uri blickte in ihre großen grünen Augen. »Hier gerät alles aus den Fugen. Ich weiß nicht mehr, wem ich noch vertrauen kann, und der Scathan-Spiegel muss geschützt werden. Er darf nicht in die Hände von Edmund Taranee fallen. Dafür musst du sorgen. Du weißt, wie sehr ich dir vertraue. Bitte, Pixi. Ich würde dich nicht bitten, wenn ich es selbst erledigen könnte. Schau nach dem Rechten in der Menschenwelt. Bringe das Spiegelbild dazu, sich zu benehmen, und vergewissere dich, dass es Mina gut geht. Und dann komm so schnell wie möglich zurück.«

Er nickte ihr bekräftigend zu und ließ den Spiegel in seiner vollen Pracht erleuchten. Schimpfend und Uri keines Blickes würdigend flog Pixi hinein und wurde von ihm innerhalb von einem Bruchteil einer Sekunde verschluckt.

EINUNDDREISSIGSTES KAPITEL

Die Wurzel

Sie rannten wieder. Ludmilla hatte darauf verzichtet, sich unsichtbar zu machen, da es sie angeblich mehr Kraft kosten würde, zwei Mächte auf einmal zu benutzen und sie wollte sich mit Eneas darüber nicht streiten. Die Späher verfolgten sie nicht mehr. Und weiterhin keine Spur von Lando. Ihr Magen knurrte inzwischen so laut, dass Eneas sich mehrfach verwundert zu ihr umdrehte. Er lief ein paar Meter vor ihr und gab so Richtung und Tempo vor. Zu ihrer Orientierung ließ er seinen Kopf sichtbar, mehr aber auch nicht. Er schwebte dünn, flach und durchsichtig in der Höhe vor ihr, in der eigentümlich blauschimmernden Farbe, langgezogen und ohne Haare. So richtig konnte sich Ludmilla nicht an den Anblick des Unsichtbaren gewöhnen. Die Assoziation zu einem Surfbrett ging ihr nicht aus dem Kopf, und auch wenn sie Eneas mehr vertraute, als sie Uri jemals vertraut hatte, war sie sich oft nicht sicher, wie sie sich verhalten sollte. Sein aufbrausender Charakter und die Unsicherheit, mit der er oft sprach, lösten wiederum bei ihr Unsicherheit aus.

Das Gute daran war, dass sie sich besser zusammenreißen konnte. Ihr entfuhren weniger Unverschämtheiten. Vielleicht hatte sie auch mehr Respekt vor Eneas, weil sie ihn nicht so gut einschätzen konnte. Armer Uri. Ihr Benehmen ihm gegenüber tat ihr leid. Wie es ihm wohl ging? War er geschwächt von Zamirs

Ausbruch? Und würde er nach ihr suchen? Wie ein Blitz schoss ihr der Gedanke durch den Kopf. Hatte er ihr nicht gesagt, dass er sie von überall in Eldrid zurückschicken konnte? Was, wenn er das tat? Was, wenn er nicht damit einverstanden war, dass sie mit Lando gegangen war? Sicherlich war er das nicht. Aber sie hatte keine Wahl gehabt. Sie wäre Gefahr gelaufen, nach Hause geschickt zu werden, ohne irgendetwas getan zu haben. Sie seufzte. Vielleicht reichte Uris Macht auch nicht bis nach Fenris. Dann wäre sie vor ihm sicher. Sicher davor, zurückgeschickt zu werden, gegen ihren Willen. Jedenfalls wunderte sie sich, dass Uri es bisher nicht versucht hatte, sie mental zu rufen oder zu kontaktieren.

Noch während sie nachdachte und dem durchsichtigen Kopf folgte, betrachtete sie abermals die karge, in Dämmerlicht getauchte Landschaft. Ihr kam das Moor bedrohlich vor. Leblos lag es da, als ob es darauf wartete, ein Wesen zu verschlingen. Es lauerte, lautlos und tot. Die Schreie der Späher waren längst verstummt, stattdessen drückte die Stille auf Ludmillas Gemüt. Stille, Leere, graue Dunkelheit und endlose Weite. Kein Geräusch war zu hören. Selbst ihre Schritte verschlang das Moor und erdrückte den Schall des Aufpralls ihrer Füße. Sie waren keinem weiteren Baum begegnet, und auch sonst erinnerte nichts daran, dass sie so etwas wie festen Boden unter sich hatten. Nur ihr eigener Atem und das unregelmäßige Schnaufen von Eneas war zu hören. Alles andere als aufbauend, dachte sie bei sich, während sie immer wieder suchend die Blicke schweifen ließ.

Die Luft war inzwischen kühl und schmeckte nach Feuchtigkeit. Der modrige Geruch lag weiterhin in der Luft. Nichts an diesem Teil von Eldrid war einladend. Ludmilla bekam ein ähnliches Gefühl wie im Schneegebirge. So gerne hätte sie mit Eneas darüber gesprochen, aber es gab keine Gelegenheit anzuhalten, und ihr Atem ging schnell und unregelmäßig. Dennoch verlangsamte sie ihren Schritt.

Eneas bemerkte sofort, dass sie nicht mehr zu ihm aufschloss

194

und wandte den Kopf zu ihr. »Was ist?«, flüsterte er. Er hatte offenbar immer noch Bedenken, zu viele Geräusche zu machen. Er ließ sich auf ihre Höhe zurückfallen, und eine seiner Hände tauchte neben ihr auf. Durchsichtig glitzerte sie in der Dunkelheit. Er wedelte damit, als ob er sie antreiben wollte.

Aber sie schüttelte den Kopf. »Ich fühle mich plötzlich so schlapp, Eneas«, flüsterte sie zurück. Sie wollte ihn nicht beunruhigen oder verärgern, indem sie lauter sprach.

Er runzelte die Stirn.

»Es fühlt sich so ähnlich an, wie im Schneegebirge.«

Fragend hob er die Augenbrauen, während er seinen Schritt immer mehr verlangsamte und auf ihrer Höhe blieb.

»Die Schneegeister, Eneas, weißt du nicht, was sie mit Wesen machen, die unbefugt ihr Territorium betreten?«

Er schüttelte ratlos den Kopf. Sie trabten nun nebeneinander, und Ludmillas Atem beruhigte sich, so dass sie ohne Kraftanstrengung flüstern konnte.

»Sie verbreiten eine Stimmung von Mut- und Kraftlosigkeit, damit die Eindringlinge ihr Gebiet so schnell wie möglich wieder verlassen. Und genau so fühle ich mich gerade. Nur dass es hier keine Schneegeister gibt, richtig? Gibt es hier andere Wesen, die solche Gefühle hervorrufen können?«

Eneas wäre fast stehen geblieben, so langsam waren sie geworden. Er presste die Lippen zusammen und schob seinen Kopf ganz nah an Ludmilla heran. Die durchsichtigen Funken, die von seinem Gesicht sprühten, berührten sie fast, und sie musste sich zusammenreißen, nicht zurückzuschrecken.

»Ich bin ein Unsichtbarer, Ludmilla. Ich weiß nur sehr wenig über andere Geschöpfe und noch weniger über diesen Teil der Welt. Wir sind zwar mächtige Wesen, aber durch unsere aufbrausende Art sind wir nicht sonderlich gern gesehen in Gegenden von Eldrid, in denen viele Wesen leben. Es kann sehr gut sein, dass es Kreaturen gibt, die ähnliche Abwehrmechanismen wie die Schneegeister haben. Das Schneegebirge können wir Unsichtbaren unbehelligt passieren, da die Schneegeister uns nicht wahrnehmen. Diese Geister sind nicht sonderlich intelligent, musst du wissen. Selbst wenn sie uns spüren, können sie uns nicht sehen, und suchen demzufolge nicht nach uns. Wir machen uns deshalb nicht die Mühe und reisen durch das Gebirge Odil, um nach Ilios zu kommen. Durch das Schneegebirge geht es viel schneller. Ganz davon abgesehen, dass wir unsere Heimat eher selten verlassen.«

»Ihr lebt in Ilios?«, platzte es aus Ludmilla heraus.

Eneas lachte auf. »Nicht direkt in Ilios, hinter Ilios, im Land der Unsichtbaren. Wir zählen nicht zu den Bewohnern von Ilios, dazu sind wir zu unbeliebt.« Die Heiterkeit in seiner Stimme stand im Widerspruch zu dem, was er sagte. »Aber unser Land ähnelt Ilios sehr. Es ist nur etwas karger, aber genauso hell und genauso lichtdurchflutet.«

»Lebt ihr dort in der Verbannung?« Ihr waren diesen Worte einfach so rausgerutscht, so dass sie sich die Hand auf den Mund schlug und ihn entschuldigend ansah.

Aber Eneas lachte. »Nein, Ludmilla. Dazu ist unser Land viel zu schön, um es Verbannung zu nennen. Wir leben in selbstgewählter Abgeschiedenheit, so könnte man es besser ausdrücken.«

»Ich verstehe diese Welt nicht«, murmelte sie mehr zu sich selbst.

»Was verstehst du an Eldrid nicht?«

»Wie funktioniert diese Welt? Warum gibt es Wesen, die in Einsamkeit leben, und andere in einem riesigen Haufen zusammen?«

Eneas brummte leise. »Es gibt Geschöpfe, die leben zusammen, weil sie dazu fähig sind. Weil es funktioniert. Und andere leben in der Isolation, weil sie mit anderen Wesen nicht auskommen. Jede Wesensart hat ihr Territorium. So können die Wesen so leben, wie sie sich am wohlsten fühlen. Wir Unsichtbaren sind gerne unter uns. Für uns ist das keine Isolation, sondern eine Wohltat. Wir

196

müssen uns nicht verstellen, nicht zusammenreißen. Wir können so sein, wie wir sind, und niemand erschrickt oder fühlt sich unberechtigterweise angegriffen. Wir sind ein sehr friedfertiges Volk und lieben unser Territorium. Auch wir können von dort aus zum Erhalt des Lichtes etwas beitragen. Gäbe es uns nicht, wäre das Licht nicht so hell und klar. Aber selbstverständlich gibt es auch Unsichtbare, die durch Eldrid reisen und bei anderen Völkern leben.«

»Und zu diesen zählst du?«

»Ja, unter anderem. Wobei ich mir die Völker gezielt aussuche. Ich lebe gerne mit den Formwandlern zusammen, aber das hast du dir sicherlich schon gedacht. Ich meide aber die Städte. Die meisten Kreaturen von Eldrid haben noch nie Unsichtbare gesehen.« Er lachte auf. »Wie auch?«

Ludmilla stellte sich diese Situation kurz vor und lachte in sich hinein. Natürlich nicht. Unsichtbare waren unsichtbar. »Also macht ihr euch nicht gerne sichtbar?«, fragte sie neugierig.

Eneas schüttelte den Kopf. »Nein, das gehört wirklich nicht zu unseren Vorlieben. Da wir nicht gerne mit anderen Geschöpfen in Kontakt treten, ist dies in der Regel auch nicht notwendig. Aber wenn es nötig wird, erschrecken die meisten Wesen erst einmal. Es kommt auch vor, dass sie die Flucht ergreifen, weil wir so groß sind. Mit den Riesen teilen wir dieses Schicksal. Allerdings sind sie geselliger als wir und dadurch auch häufiger gesehen. Aber Formwandler haben in der Regel keine Angst vor uns. Sie haben Verständnis für andere Wesensarten und sind von Natur aus neugierig. Deshalb lebe ich gerne bei ihnen und lerne so viel über unsere Welt. Vielleicht sollte ich dazusagen, dass ich für einen Unsichtbaren sehr jung bin.«

»Wie alt bist du denn?«, unterbrach ihn Ludmilla.

Er lächelte sie mit den dünnen Lippen an, und sie meinte, Unsicherheit in seinem Gesichtsausdruck zu erkennen. »Ich glaube, wenn du es in Menschenalter übersetzen würdest, sind wir ungefähr gleichalt. Ich bin genau wie du ein junger Erwachsener. Kein Kind mehr, aber auch kein richtiger Erwachsener.«

»Cool«, grinste sie. »Dann verstehen wir uns, oder?«

Das hatte sie unüberlegt dahin gesagt, aber über Eneas dünnes Gesicht breitete sich ein dankbares Lächeln aus, und er nickte. »Ja, das denke ich auch.«

Während ihres Gespräches waren sie fast zum Stillstand gekommen. Beinahe gleichzeitig zuckten sie zusammen, und Ludmilla starrte auf ihre Füße, die im Begriff waren, vom Moor aufgesogen zu werden. Sie konzentrierte sich wieder auf ihre Fähigkeit, schnell zu laufen, und rannte weiter, jedoch waren ihre Beine müde, und sie konnte bald kaum noch einen Schritt vor den anderen setzen.

»Darf ich?«, flüsterte Eneas plötzlich neben ihr und bevor sie sich versah oder antworten konnte, spürte sie, wie starke Arme sie in die Luft hoben und ihr Körper wie ein Sack Kartoffeln über eine Schulter geworfen wurde, die gar nicht da war. Sie hing auf Eneas' durchsichtigem Körper, während er schnaufte: »Du bist müde. Ich suche nach einem Rastplatz für uns. Das Dorf der schattenlosen Wesen kann nicht mehr weit sein. Aber vorher brauchst du etwas Ruhe und etwas zu essen. Ich hatte völlig vergessen, dass ihr Menschen essen müsst, um stark zu bleiben.«

Kopfschüttelnd trabte er voran und murmelte unentwegt: »Wie konnte ich das nur vergessen!«

Noch während Eneas nach einem Platz suchte, wo sie rasten konnten, war sie wie ein Baby auf den Schultern seines Vaters eingeschlafen.

Als sie erwachte, lag sie auf einem weichen Untergrund. Eneas kniete neben ihr. Die riesige, durchsichtige Gestalt krümmte sich regelrecht über den Boden, und sie fragte sich sofort, was er da tat. Mühsam hob sie den Kopf und sah gerade noch seinen Arm verschwinden. Aber nicht in der Luft, sondern in dem Boden, unter ihm. Sein Gesicht war verzerrt und sie meinte, durchsichtige

Schweißperlen erkennen zu können.

»Was machst du da?«, flüsterte sie. Aber es kam nur ein Krächzen heraus.

Eneas Kopf schoss herum. Seine Augen glitzerten. »Ich habe mich an etwas erinnert.«

Mit einer ruckartigen Bewegung fuhr sein Arm in die Höhe. Triumphierend hielt er etwas in der Hand, das aussah wie ein langer Wurm. Verständnislos blickte Ludmilla von dem Etwas zu Eneas.

»Das ist eine Wurzel«, erklärte er stolz. Und als sie nicht reagierte, fügte er hinzu: »Sie enthält Flüssigkeit und Nährstoffe, die für euch Menschen sehr wertvoll sind. Zerkaue diese Wurzel, und du wirst weder hungrig noch durstig sein. So können sich deine Mächte erholen, und du wirst wieder laufen können.«

Ungläubig starrte sie die Wurzel an, die für sie immer noch aussah wie ein Wurm, der sich in Eneas Hand wand. »Bist du dir sicher?«

Eneas nickte heftig. »Ganz sicher.« Er reichte ihr die Wurzel. »Langsam kauen. Je mehr du kaust, desto mehr Nährstoffe nimmst du auf.«

Zögerlich nahm sie ihm das Gewächs aus der Hand und betrachtete das Loch im Untergrund, aus dem er es gezogen hatte. Sie saßen erneut auf einer Art Insel, auf der sich ein verdorrter Baum oder Strauch befand. Die Insel bot mehr Platz als die letzte. Aber um sie herum erstreckte sich weiterhin das tiefschwarze Moormeer.

Während Ludmilla sich weiter umsah, biss sie in die Wurzel. Sie schmeckte bitter, so dass sie sie am liebsten sofort wieder ausgespuckt hätte. Aber Eneas blickte sie so erwartungsvoll an, dass sie es nicht wagte. Vielmehr schluckte sie brav das hölzerne Zeug hinunter, das sich in ihrem Mund ausbreitete wie ein modriger Pilz.

»Langsam kauen«, mahnte er. Angewidert nickte sie und

versuchte, den Mund nicht zu verziehen.

»Schmeckt sie so abscheulich?«

Sie nickte.

»Aber sie hilft, und sie ist das einzige Essbare weit und breit. Du musst dich leider überwinden. Ich habe keine andere Lösung für dich. Und wir müssen weiter. Das Dorf ist nicht mehr weit. Sieh, dort.« Er zeigte mit dem durchsichtigen Finger in die Ferne.

Sie kniff die Augen zusammen, aber sie konnte nichts erkennen. Angestrengt starrte sie in das graue Dämmerlicht. Dabei kaute sie konzentriert auf der Wurzel herum. Nach einer Weile entfaltete sich ein süßlicher Geschmack wie von einer Orange, und Flüssigkeit trat heraus, als würde etwas ausgepresst werden. Staunend kaute Ludmilla immer weiter und wagte es nicht, die Augen von der Stelle zu lösen, auf die Eneas zeigte. Und wirklich, irgendwann, als sie mehrere Schlucke dieses köstlichen Saftes geschluckt hatte, meinte sie, vereinzelte Punkte am Horizont zu erkennen. Winzig klein, aber eindeutig Lichter.

»Das ist das Dorf?« Langsam tauchte ein ganzes Punktemeer vor ihren Augen auf.

»Deine Sinne kommen zurück«, lächelte Eneas zufrieden. »Weiterkauen«, ermutigte er sie.

Sie wunderte sich nicht mehr darüber, dass die Wurzel immer wieder ihre Konsistenz in ihrem Mund veränderte und auch der Geschmack sich wandelte. Sie vermied es, sie hinunterzuschlucken, sondern genoss es. Sie konnte sich nicht daran erinnern, wann sie das letzte Mal etwas gegessen hatte. Dann hielt sie inne und reichte Eneas die Wurzel.

»Du musst auch bei Kräften bleiben.«

Aber er winkte ab. »Ich esse sowas nicht«, lachte er. Als sie ihn verständnislos ansah, fügte er hinzu: »Hat dir das Uri nicht erklärt? Wir Geschöpfe von Eldrid benötigen keine Nahrung bis auf das magische Licht selbst. Wenn wir etwas essen, dann aus Genuss, aber nicht, weil wir es brauchen.«

Nachdenklich blickte sie zu den kleinen Punkten am Horizont. »Und wie überleben die schattenlosen Wesen dann, so ganz ohne Licht?«

Eneas Gesichtsausdruck wurde ernst. »Sie werden versorgt«, erwiderte er bitter. »Aber nur mit dem nötigsten Licht. Sie leben am Existenzlimit.«

Als sie anhob, nachzufragen, sah sie an seinem Gesichtsausdruck, dass dies zwecklos war. Also saß sie kauend neben ihm und starrte auf das Punktemeer, das immer deutlicher vor ihren Augen in der Ferne tanzte. Dabei hatte sie nicht bemerkt, dass sie sich an ihn lehnte. Und er ließ es geschehen. Der Unsichtbare fühlte sich nicht kalt an, wie sie es erwartet hatte. Seine Haut strahlte Wärme ab. Die langen dünnen Arme hätten sie fast zwei Mal umschlingen können, und dennoch fühlten sie sich muskulös an. Aus irgendeinem Grund, den sie sich nicht erklären konnte, fühlte sie sich bei ihm geborgen und sicher. Er hatte dafür gesorgt, dass sie wieder zu Kräften kam.

»Eneas«, fragte sie nach einer Weile.

»Hhm?« Er schien sich kaum rühren zu können. War er die Berührung anderer Wesen vielleicht nicht gewöhnt?

»Wie lange kannst du ohne das Licht auskommen?«

»Ich habe noch meinen Schatten und meine Magie. Das macht mich stark, und damit kann ich mehrere Monate ohne das wertvolle Licht auskommen. Aber irgendwann werde auch ich es benötigen.«

»Und Lando?«

»Genauso.«

Sie nickte erleichtert. Dann schluckte sie hinunter, was sie noch im Mund hatte. Dieses Mal war es angenehm. Sie fühlte sich satt, und ihr Durst war gestillt, als hätte sie mindestens einen Liter Wasser getrunken. Den Rest der Wurzel verstaute sie sorgfältig in ihrer Hosentasche. »Mehr brauche ich nicht. Wir können weiter, wenn du möchtest.«

ZWEIUNDDREISSIGSTES KAPITEL

Der Scathan-Spiegel in Gefahr

Pixi landete unsanft auf dem Boden des Spiegelzimmers. Sofort fiel ihr die Ruhe auf, die im Haus herrschte. Der Gang im ersten Stockwerk war beleuchtet. Es war Nacht in der Menschenwelt. Unruhig flatterte sie die Treppe hinunter und in die Küche. Aber Mina war nicht da.

»Mina«, dröhnte sie mit ihrer tiefen Stimme durch das Haus. »Wo bist du? Uri macht sich Sorgen um dich.« Aber sie bekam keine Antwort. Das Haus war hell erleuchtet, als wäre jemand zu Hause, aber es war niemand da. Kein Mensch und kein Spiegelbild. Ludmillas Zimmer war leer, ebenso das Wohnzimmer und Minas Schlafzimmer. Die kleine Fee stöhnte genervt auf. »Wo kann sie nur sein? Zusammen mit dem Spiegelbild? Irgendetwas stimmt hier nicht. Vielleicht weiß Arndt etwas«, meckerte sie, während sie ein offenes Fenster suchte, durch das sie hinausfliegen konnte.

Sie musste weit fliegen, bis sie das Haus der Solas-Familie erreichte. Aber schon von Weitem sah sie, dass das Haus still und dunkel dalag. Sie klingelte dennoch und umflog das Gebäude einmal vollständig, spähte durch jedes Fenster, um bestätigt zu bekommen, dass ihre erste Annahme richtig war.

Schwebend stand sie in der Luft und blickte ratlos um sich. Was jetzt? Denk nach, Pixi, denk nach! Es dauerte nur wenige Sekunden, bis ihr die Taranee-Familie in den Sinn kam. Wenn

Mina und das Spiegelbild nicht bei Arndt Solas waren, dann konnten sie nur bei den Taranees sein. Warum sollte der Spiegel sonst in Gefahr sein? Es gab nur diese Lösung. Die kleine Fee flatterte los, so schnell sie konnte. Das Haus der Taranee-Familie war weit entfernt, und sie schimpfte auf dem Weg unentwegt vor sich hin. Denn es war eine kühle Nacht, und ihre Flügel wurden durch die menschliche Luft in der Stadt ganz schwer. Erleichtert atmete sie auf, als sie das Taranee-Anwesen hell erleuchtet antraf. Schon von Weitem hörte sie Arndt Solas' aufgeregte Stimme.

»Wir müssen einen Krankenwagen rufen«, rief er. Seine Stimme, schien sich zu überschlagen.

Pixi flog nah an das Fenster heran, woher sie die Stimme vernommen hatte. Und tatsächlich. Da stand Arndt Solas. Er hatte sich vor Edmund Taranee aufgebaut, der ungerührt in einem Sessel saß und ihn mit einer gleichgültigen Miene betrachtete. Sie spähte in den Raum hinein, und da sah sie Mina, deren lebloser Körper auf dem Boden zusammengesunken lag. Sie schlug sich die Hand vor den Mund, und dennoch entfuhr ihr ein knapper Schrei des Entsetzens.

»Warum sollte ich?«, entgegnete der alte Taranee. »Wenn Mina Scathan stirbt, ist der Weg zum Scathan-Spiegel endlich frei.«

Arndt schnappte nach Luft. »Sie stirbt nicht«, keuchte er. »Sie braucht nur ärztliche Hilfe. Und du weißt genauso gut wie ich, dass du keine Macht über den Scathan-Spiegel hast. Du bist kein Mitglied der Scathan-Familie. Er wird dir nicht gehorchen. Selbst wenn du es dir noch so sehr wünschst. Und jetzt rufe ich einen Krankenwagen.« Er zückte sein Handy und tippte wie wild darauf herum.

Edmund lachte laut und höhnisch auf. »Ja, aber ich habe großen Einfluss auf das Spiegelbild, und es wird alles tun, was ich verlange. Und deshalb wird Mina genau das tun, was ich sage. Sie wird einen Weg finden, den Spiegel zu aktivieren, und dann werde ich endlich wieder nach Eldrid reisen können und mir meinen Schatten zurückholen.«

Pixi schwebte vor dem Fenster und war vor Entrüstung rot angelaufen. Aufregt und mit klopfendem Herzen überlegte sie, was sie tun konnte. Sie spähte weiter in den Raum hinein und entdeckte Ludmillas Spiegelbild, wie es teilnahmslos auf einem Sofa hockte. Es spielte mit seinen Haaren und schien sich für die gesamte Situation nicht zu interessieren. Pixi überlegte. Sollte sie alles in Arndts Händen lassen und sich erst später einmischen, oder sollte sie jetzt für Wirbel sorgen und damit Edmund Taranee noch mehr Stoff für seine Hetze liefern? Sie beschloss abzuwarten.

In diesem Moment ertönten schon die Sirenen hinter ihr. Arndt riss die Haustür auf, empfing die Sanitäter und führte sie hinein. Ununterbrochen redete er auf sie ein. Dabei deutete er immer wieder auf Ludmillas Spiegelbild. Er ist schlau, dachte Pixi und lächelte. Die Sanitäter werden darauf bestehen, dass Ludmillas Spiegelbild mit ins Krankenhaus fährt, da sie die nächste Angehörige ist.

Aber Arndt hatte nicht mit Edmund gerechnet. Charmant begrüßte er die Sanitäter und tat sehr besorgt. Dann erklärte er ihnen, dass die Enkeltochter der Patientin schwer verstört sei und große Angst um die Großmutter habe. Daher wäre es sicherlich sinnvoller, den völlig verängstigten Teenager bei seinem Patenonkel, nämlich bei ihm, zu belassen, und Arndt Solas, der Freund und Lebensgefährte, könne die Patientin doch begleiten.

Arndt bebte vor Wut. »Wie kannst du es wagen?«, fuhr er den alten Taranee an, aber dieser lächelte nur spitz.

Die Sanitäter ließen sich von den Diskussionen nicht beeindrucken und erklärten knapp: »Die Patientin muss ins Krankenhaus, und zwar schnell. Wer mitfährt, ist uns egal.«

Damit war es beschlossen. Das **Spiegelbild** blieb bei den Taranees, und Arndt fuhr hinter dem Krankenwagen her. Pixi hatte gerade noch Zeit, in das Auto hineinzuhuschen, bevor er die Fahrertür zuschlug und den Motor aufheulen ließ.

Arndt folgte dem Krankenwagen und fluchte dabei unentwegt vor sich hin. Die Fee traute sich nicht, sich bemerkbar zu machen. Sie hatte Angst, ihn zu sehr zu erschrecken. Jedoch fiel ihr ebenso schnell auf wie ihm, dass ihnen ein Sportwagen folgte. Am Steuer saß der junge Mann, der bei Edmund Taranee im Haus gestanden und sich in die Diskussionen um das Spiegelbild nicht eingemischt hatte. Vielmehr hatte er blass gewirkt und die meiste Zeit Mina angestarrt. Arndt konnte jedoch wenig Gutes an seinem Verfolger finden und bedachte ihn, als er ihn bemerkte, mit allerlei Schimpfwörtern, bei denen sich Pixi am liebsten die Ohren zu gehalten hätte.

So erreichten sie schon bald das Krankenhaus. Arndt parkte und begleitete Minas Trage in die Notaufnahme. Die Fee folgte ihm mit sicherem Abstand. Sie achtete genau darauf, dass sie weit oben an der Decke flog, zu der kaum jemand schaute. Arndts Verfolger betrat ebenfalls die Notaufnahme und setzte sich in eine Ecke, wobei er Arndt nicht aus den Augen ließ, der unentwegt den Wartebereich auf und ab tigerte. Wenig später kamen die Sanitäter zurück, versicherten, Mina sei in guten Händen, und ließen ihn stehen.

Erst nach mehreren Stunden kam ein Arzt in den Wartebereich und sah sich suchend um. Arndt ging, seine Hände knetend, auf ihn zu.

»Sind Sie ein Angehöriger von Mina Scathan?«, fragte der Arzt ernst.

»Kein Angehöriger, aber ein Freund«, entgegnete Arndt besorgt.

»Ist kein Angehöriger hier?«, beharrte der Arzt. »Haben Sie niemanden informiert? Oder gibt es niemanden?«

»Doch, doch. Die Enkeltochter, aber sie ist nicht

mitgekommen«, er stockte kurz. »Und ihre Tochter habe ich bisher nicht erreicht, aber ich werde selbstverständlich die Familie informieren. Bitte, wie geht es ihr?«

Der Arzt wirkte nicht zufrieden mit dieser Auskunft, betrachtete Arndt erst skeptisch, erwiderte dann aber freundlich: »Sie schläft jetzt. Wir mussten einen Bypass setzen. Es ist gut, dass Sie sofort den Krankenwagen gerufen haben. So konnten wir schnell genug reagieren. Sie hat den Eingriff gut überstanden, soweit ich das bis zu diesem Zeitpunkt beurteilen kann. Aber sie braucht Ruhe. Sie können nach Hause gehen. Jetzt dürfen Sie sie sowieso nicht sehen. Ruhen Sie sich aus. Informieren Sie bitte die Familienangehörigen und kommen Sie morgen wieder. Dann dürfen Sie sie sicherlich kurz sehen.«

Arndt nickte kurz, bedankte sich und ließ sich erleichtert auf einen Sessel fallen. Er schnaufte auf. Der Arzt sah ihn skeptisch an, aber er winkte ab. »Mir geht es gut«, versicherte er. »Ich habe mich nur sehr aufgeregt.«

Arndt saß lange da und starrte vor sich hin. Irgendwann raffte er sich auf, schnitt seinem Beschatter eine Grimasse und lief langsam zum Auto. Doch bevor er es erreicht hatte, hatte ihn der junge Mann eingeholt.

»Wie geht es ihr?«, fragte er, und seine Stimme klang besorgt.

Arndt blieb stehen und stierte ihn feindselig an. »Das geht dich überhaupt nichts an«, blaffte er.

»Aber das wollte ich nicht, und mein Großvater sicherlich auch nicht«, versicherte Vince aufrichtig.

Arndt wedelte energisch mit der Hand. »Das kann man hinterher immer sagen.«

Aber dann warf er einen kurzen Blick in das bekümmerte und blasse Gesicht des jungen Taranee und sagte dann knapp: »Sie wird es überleben«, und ließ ihn stehen.

Er knallte die Autotür zu und ließ den Motor aufheulen. Unentwegt schimpfte er vor sich hin, während Pixi auf seiner

Kopfstütze saß. Ständig hielt sie sich vor Schreck die Augen zu, so unkontrolliert und wild fuhr er um die Kurven. Auch jetzt zeigte sie sich ihm nicht, aus Angst, er könne gegen den nächsten Baum fahren. Glücklicherweise waren die Straßen leer. Nach einer langen Fahrt, die Pixi wie ein Ritt auf einem wildgewordenen Dub vorkam, kamen sie an seinem Haus an.

Immer noch schimpfend betrat er das Haus und ließ sich völlig erschöpft am Küchentisch auf einen der Stühle fallen. In diesem Moment verstummte er und starrte abwesend auf den Boden. Das war die richtige Gelegenheit, empfand Pixi, ihm endlich zu offenbaren, dass er nicht allein war und sie ihm helfen würde.

Sie sprang auf den Küchentisch und winkte ihm zu. Doch Arndt war so müde, dass er sie entsetzt anstarrte und losschrie. Damit hatte die Fee nicht gerechnet. Sie hob beschwichtigend die Hände, aber der alte Mann schrie aus vollem Leib und riss die Augen weit auf.

Nervös flatterte Pixi herum und dröhnte mit ihrer tiefen lauten Stimme: »Jetzt beruhige dich doch, Arndt. Ich bin es, Pixi. Wir haben uns gerade erst gesehen. Ich bin zurück.«

Er schnaufte schwer ein und aus und fixierte geistesabwesend den Tisch. Es dauerte lange, bis er sich ihr zuwandte. »Wie kannst du mich so erschrecken? Seit wann bist du hier?«, schnauzte er sie an.

Sie hob die Schultern. »Schon eine ganze Weile. Ich war auch mit im Krankenhaus. Aber ich konnte mich dort nicht zu erkennen geben«, erklärte sie geduldig.

Er nickte langsam. »Und was willst du hier?«

Die kleine Fee hob missbilligend die Augenbrauen und verschränkte die Arme vor ihrem Körper. »Was ich hier will?«, polterte sie los. »Helfen möchte ich. Der Scathan-Spiegel ist schutzlos, solange Mina ohne Bewusstsein und im Krankenhaus ist. Das ist gefährlich. Uri hat gespürt, dass etwas nicht in Ordnung ist. Stell dir nur vor, Mina muss länger im Krankenhaus bleiben. Der

Scathan-Spiegel darf zu diesen Zeiten nicht komplett unbewacht sein. Auch von dieser Seite nicht.«

»Es geht euch nur um den Spiegel«, blaffte Arndt sie an. »Mina hatte einen Herzinfarkt, und alles nur wegen euch und Eldrid und Ludmilla, die unbedingt nach Eldrid reisen musste. Da interessiert mich der Spiegel herzlich wenig.«

Unruhig flatterte Pixi durch die Küche und warf ihm strenge Blick zu. »Ich kann deine Sorge um Mina verstehen«, antwortete sie besonnen. »Aber hier geht es nicht nur um Mina. Es geht auch um Eldrid und den Scathan-Spiegel. Sie hatte den Herzinfarkt wegen alldem!« Sie machte eine ausladende Bewegung mit ihren Armen. »Und sie muss zurück in ihr Haus. Ihre Präsenz ist wichtig für den Spiegel. Es wird dich sicherlich interessieren, dass Edmund Taranee ein Anrecht auf Minas Haus angemeldet hat, für den Fall, dass sie verstirbt, und dann hat er auch ein Anrecht auf den Spiegel.«

»Er hat was?«, platzte es aus ihm heraus.

»Er hat ein Vorkaufsrecht auf das Haus. Mina hat die Tradition der Scathan-Familie gebrochen. Die Spiegelfamilien sind einen Pakt eingegangen, dass die Spiegel bewahrt und nicht bewegt werden. Das Pentagramm der Spiegel darf nicht zerstört werden. Da Mina aber für keine Nachfolge gesorgt hat, hat sich die Taranee-Familie bereit erklärt, die Verpflichtungen der Scathan-Familie zu übernehmen.«

»Und was?«, bellte Arndt. »Was passiert mit eurer schönen Welt, wenn die Spiegel zerstört werden? Oder das Pentagramm der Spiegel nicht mehr existiert? Was dann?«

Pixi schwebte vor sein Gesicht und sah ihn mit ihren riesigen grünen Augen lange an, bevor sie antwortete: »Das wissen wir nicht. Aber bestimmt nichts Gutes. Unsere Welt ist mit eurer verbunden. Das hat einen Grund. Wenn die Verbindung abbricht, ist Eldrid abgeschnitten, und das kann böse enden. Die Menschen stellen ein Gleichgewicht in Eldrid her. Sie geben unserer Welt einen gewissen Sinn. Wozu sollen die Spiegel sonst dienen, als für die Reisen der Menschen nach Eldrid?«

Der Alte reagierte nicht. Er blickte sie müde und verwirrt an, und sie konnte sehen, dass er versuchte, seine Gedanken zu ordnen.

»Wenn wir verhindern wollen, dass die Taranee-Familie den Scathan-Spiegel übernimmt, dann müssen wir alles dafür tun, dass Mina in ihr Haus zurückkehrt und dass Ludmilla sicher nach Hause kommen kann. Das Spiegelbild muss im Haus sein.«

Arndt nickte. »Edmund gibt es erst frei, wenn sein Spiegel wieder leuchtet«, murmelte er.

Pixi fing an zu grinsen. »Das ist meine leichteste Übung«, flötete sie.

Er sprang auf. »Was soll das heißen?«, rief er und war plötzlich wieder hellwach.

»Ich kann jeden Spiegel zum Leuchten bringen. Was meinst du denn, wer den Taranee-Spiegel zum Erblinden gebracht hat?«

»Du?«, stammelte er. Sie nickte stolz. »Ja, ich. Und es ist Uris und mein Geheimnis. Nur sehr wenige Feen können das, und ich bin eine davon. Ich bin mir sicher, dass selbst Zamir davon keine Ahnung hat.« Sie lachte ihr glockenhelles Lachen.

»Das heißt, dass du den Taranee-Spiegel aktivieren kannst?«, fragte Arndt sehr langsam, als hätte er immer noch nicht begriffen. Pixi flog ein kleines Looping und nickte dabei unentwegt. »Aber dann solltest du es sofort tun«, rief er aufgeregt. »Dann kommt das Spiegelbild zurück in Minas Haus, und der Scathan-Spiegel ist wieder bewacht. Mina und ich werden dafür sorgen, dass sich das Spiegelbild benimmt. Nur Edmund Taranee haben wir nicht im Griff.« Er rückte nah an Pixi heran und flüsterte: »Er ist der Teufel in Person.«

Sie schwebte starr in der Luft und schüttelte langsam den Kopf. »Ist er nicht. Er ist böse, aber nicht der Teufel. Außerdem weiß ich nicht, ob ich seinen Spiegel aktivieren darf. Das müsste ich erst mit

Uri besprechen.«

»Aber dafür haben wir keine Zeit«, rief Arndt außer sich. »Wir wissen nicht, wann Ludmilla zurückkommt, und dann muss das Spiegelbild im Haus sein. Außerdem darf Mina sich nicht länger aufregen. Sie wird sich wahnsinnige Sorgen machen, wenn das Spiegelbild nicht im Haus ist. Du musst es tun, Pixi. Bitte.«

Nervös flatterte sie durch die Küche, während Arndt atemlos auf sie einredete. »Bitte, Pixi. Wenn du dich erst mit Uri berätst, ist es vielleicht schon zu spät, entweder für Mina oder für Ludmilla oder sogar für beide.« Schweißperlen rannen ihm die Wangen hinunter. Er fuhr sich unentwegt durch die wenigen Haare, die seinen Kopf bedeckten.

»Und was machst du, wenn Uri nicht zustimmt? Was dann? Du weißt so gut wie ich, dass es keine andere Lösung gibt. Du musst den Spiegel der Taranee-Familie aktivieren.« Seine zittrigen Finger fuhren über den Mund. Er leckte sich die Lippen, bevor er fortfuhr: »Wenn du ihn eingefroren hast, dann ist es für dich doch sicherlich ein Kinderspiel, ihn wieder zu aktivieren, oder?« Er zwang sich zu einem Lächeln, während er sie begierig anstarrte.

Die Fee strich sich über die Flügel und legte den Kopf schräg. Er hatte ihr geschmeichelt, und das hatte auf Feen in Eldrid eine ganz besondere Wirkung. In ihrem Kopf drehte sich alles, und sie schüttelte sich, um ihre Gedanken zu ordnen. Aber seine Schmeicheleien hatten ihre Wirkung nicht verfehlt. Ihre kleine Brust blähte sich unwillkürlich auf, und ohne, dass sie es wollte, stand sie kerzengerade auf dem Tisch und stolzierte wie ein eitler Pfau umher.

»Ganz genau. Ich habe diesen Spiegel erblinden lassen. Nicht eingefroren, lieber Arndt. Nein, nein. Ich habe ihn erblinden lassen. Das ist viel effektiver als einfrieren. Nicht viele Feen in Eldrid beherrschen diese Kunst. Nur ein paar wenige, und meist müssen die bei Spiegelwächtern leben, um diese Macht auszuüben zu können. Aber wie wir ja alle wissen, ist Uri der einzige

Spiegelwächter, der eine Fee hat. Also bin ich wohl auch die einzige Fee, die diese mächtigen Spiegel erblinden lassen kann.« Sie schnaufte kurz auf vor Anstrengung. In ihrem Kopf spielten sich Kämpfe ab. Sie wollte sich nicht so aufführen und erst recht wollte sie diese Geheimnisse nicht ausplaudern, aber Arndt hatte ihr ein Kompliment gemacht und sie damit betört.

Er sah sie mit großen Augen über seine Brillenränder an und nickte beeindruckt. »Wenn du die einzige Fee bist in Eldrid, also im Grunde das einzige Wesen in Eldrid, das einen solch mächtigen Spiegel wie den Taranee-Spiegel erblinden lassen kann«, und er flüsterte das Wort »erblinden« eindrucksvoll und hauchte es in die Luft, »dann muss ich mich vor dir verneigen, ehrenwerte Pixi. Mir war gar nicht klar, welch mächtiges Wesen mir hier in meinem bescheidenen Haus einen Besuch abstattet. Ich bin geehrt und stehe zu Diensten.«

»Du schlauer Fuchs«, presste Pixi hervor, während sich ihre kleine Brust erneut hob und sie sich in die Luft schwang. »Zeig mir deinen Spiegel, und ich werde dir eine Kostprobe meiner Macht demonstrieren«, flötete sie. Arndt nickte höflich und wies ihr den Weg durch sein Haus. Das Solas-Haus war weder so prächtig noch so groß wie das Haus der Taranee-Familie. Es war alt und verwinkelt mit vielen geschlossenen Türen, hinter denen sich ebensoviele Zimmer befanden. Arndt Solas war kein vermögender Mann. Er sparte an allen nur möglichen Stellen, unter anderem auch an Elektrizität. Es gab nur wenig Licht, aus den meisten Lampen waren die Glühbirnen herausgedreht, und es roch muffig. Über die Wände, die ursprünglich sicherlich einmal weiß gewesen waren, hatte sich ein Grauschleier gelegt. Vor manchen Fenstern hingen alte Vorhänge aus schwerem Samt, bei anderen fehlten die Gardinenstangen, und nur die Löcher in der Wand erinnerten daran, dass dort auch einmal welche gewesen sein mussten.

Pixi flatterte fröhlich und überschäumend plappernd durch dieses triste Haus und bemerkte nichts von der erdrückenden

Stimmung, die sich über jeden Raum gelegt hatte. Arndt lief voran und wies ihr den Weg. Dabei hörte er nicht auf, sie bewundernd anzulächeln und ihren Redeschwall mit anerkennenden Ausrufen zu begleiten. Immer wieder gelang es Pixi, ihm einen bösen Blick zu zuwerfen, bevor sie wieder in seinem Bann gefangen war.

Vor einer Tür blieb er stehen und sagte feierlich: »Das ist der Solas-Spiegel.«

Mit diesen Worten öffnete er die Tür und schaltete das Licht ein. Eine mickrige Energiesparlampe begann zu leuchten, ohne den Raum zu erhellen. Es befanden sich kaum Möbel in diesem Zimmer. Ein mächtiger Spiegel, dessen Rahmen komplett mit Kupfer überzogen war, lehnte gegenüber der Tür an der Wand. Er war riesengroß und überragte Arndt Solas um mindestens zwei Köpfe. Der Rahmen war übersät mit kleinen Blättern und Blumen aus Kupfer, die sich wie Efeu um den Spiegel rankten. Das Spiegelglas war, insbesondere im Vergleich zum Scathan-Spiegel, im tadellosen Zustand.

Arndt stellte sich stolz davor und betrachtete ihn kurz, bevor er sich wieder Pixi zuwandte. »Darf ich dich fragen, wie du das machst? Wie kannst du einen Spiegel zum Leuchten bringen? Setzt du die gleiche Kraft ein wie Uri oder eine andere? Und welche Macht benötigst du, um einen Spiegel erblinden zu lassen? Ich bin sehr neugierig, musst du wissen. Aber wenn das Einzelheiten sind, die wir Menschen nicht erfahren dürfen, dann bitte ich um Verzeihung, dass ich überhaupt gefragt habe«, säuselte er.

Pixi schüttelte stolz den Kopf und klimperte wie wild mit den Wimpern. »Das ist in Ordnung, lieber Arndt. Ich kann den Spiegel hier genauso zum Leuchten bringen wie alle anderen auch. Ich muss dafür noch nicht einmal mit dem Spiegel in demselben Raum sein.«

Arndt schlug sich die Hand vor den Mund. »Nein?«, rief er aus.

Pixi schüttelte stolz den Kopf. »Nein. Ich kann jeden der fünf Spiegel zum Leuchten bringen, egal wo sie sich befinden beziehungsweise …« Sie lachte, und es klang gekünstelt und fast überheblich. »… unabhängig davon, wo *ich* mich befinde. Denn die Spiegel stehen immer an derselben Stelle.«

»Wie ist das möglich? Bist du so mächtig?«, beharrte Arndt. »Ich verneige mich vor dir«, fügte er schnell hinzu, damit seine zweite Frage nicht abschätzend wirkte.

Pixi nickte stolz. »Das heißt, dass du auch den Taranee-Spiegel zum Leuchten bringen kannst? Jetzt und hier?«

Wieder nickte sie und streckte ihr Kinn in die Höhe.

»Und kannst du auch alle Spiegel gleichzeitig zum Leuchten bringen?«

Sie blickte ihn erschrocken an. »Das kann keiner«, erwiderte sie empört. »Das wäre viel zu gefährlich. Aber ich kann alle Spiegel hintereinander zum Leuchten bringen. Ich zeig es dir.«

Und sie streckte ihre Hand aus, die zitterte, weil sie innerlich mit sich kämpfte. Aber die Schmeicheleien waren zu groß und ihre Wirkung zu stark. Sie konnte nicht anders, als sich dem hingeben. Aus Pixis Finger schoss ein kleiner goldener Strahl, der den Solas-Spiegel erfasste. Der Spiegel leuchtete für ein paar Sekunden auf und erlosch dann wieder.

»Das war einfach«, lachte sie fröhlich, während Arndt sie bewundernd beobachtete. Und dieses Mal war seine Bewunderung echt. Ein zweiter goldener Strahl traf in die Mitte des Spiegelglases und durchbohrte es. Zurück blieb nur ein kleiner Funke. Pixi wiederholte das weitere drei Mal.

»Das waren der Scathan-, der Dena-, und der Ardis-Spiegel«, erklärte sie stolz. Feierlich erhob sie ein fünftes Mal den Finger und sagte: »Und jetzt der Taranee-Spiegel.«

Gleichzeitig flüsterte sie: »Was tust du mir da an, Arndt. Das ist nicht fair und kann mich in große Schwierigkeiten bringen.«

Arndt reagierte nicht, sondern starrte wie gebannt auf ihren kleinen Finger, aus dem der Strahl schoss. Dieses Mal brannte sich ein größerer Funke in das Spiegelglas ein, und der Arm der Fee zitterte. Der Funke breitete sich über das Spiegelglas aus, aber Pixi ließ den Arm nicht sinken. Arndt starrte wie gebannt auf seinen Spiegel, der regelrecht in Flammen stand. Aber es war nicht der Rahmen, der brannte, so wie er es tat, um als Portal nach Eldrid zu dienen, sondern das Spiegelglas.

Mit einem großen Knall erlosch der Spiegel, und die Fee flatterte auf den Rahmen und setzte sich auf die Kante. Sie baumelte lässig mit den Beinen, aber ihr Gesichtchen war auffallend blass.

Arndt stürzte auf sie zu. »Geht es dir gut?«

»Selbstverständlich«, flötete sie, aber ihr kleiner Körper rutschte vom Rand ab, und der Alte konnte sie gerade noch auffangen, bevor sie auf den Boden gefallen wäre.

»Das war nicht fair, Arndt«, murmelte Pixi völlig erschöpft. »Ich weiß, deine Absichten waren gut, aber du hast mich benutzt.«

Dann ließ sie ihren Kopf auf sein Handgelenk fallen und schloss die Augen.

DREIUNDDREISSIGSTES KAPITEL

Die Flussgeister

Bodans Mund war ganz trocken von den vielen Wörtern, die aus ihm herausflossen. Er selbst war sehr selten durch Fenris gereist. Er hatte diesen Teil von Eldrid, so gut es ging, gemieden. Auch das Dorf der schattenlosen Wesen kannte er nicht. Die Geschöpfe von Eldrid, die ihren Schatten noch besaßen, mieden Fenris und auch das Dorf der schattenlosen Wesen. Dort gab es zu wenig Licht, und sie fühlten sich in der Gegenwart von Schattenlosen unwohl. Es erinnerte sie daran, wie verletzlich sie waren und wie leicht es war, seinen Schatten zu verlieren. Also mieden sie die, die sich selbst verbannt hatten. Er wusste aber von ein paar wenigen Ausnahmen, die mit ihren Verwandten und Freunden über ein Portal kommunizierten. Aber die Informationen waren karg, und dieser Weg des Austausches war selten. Aber das, was er darüber wusste, erzählte er Raan. Er schmückte seine Erzählungen weiter aus und versuchte so, Vertrauen in dem König aufzubauen. Je mehr der ihm vertraute, desto weniger würde er ihn bewachen lassen, und um so größer waren seine Chancen auf Flucht. Dachte er. Und so redete er und redete. Wie er es in Fluar für die Kinder getan hatte. Bodan liebte es, Geschichten zu erzählen. Und Raan schien zufrieden, denn er hockte ganz still neben dem Spiegelwächter und lauschte seinen Worten.

»Genug von Fenris und dem dunklen Teil«, unterbrach er ihn

schließlich. »Erzähl mir, was du über die Geisterwelten weißt. Was weißt du über die Waldgeister?«

Bodan sah ihn erstaunt an. »Die Waldgeister?«

»Ja. Sie leben in Teja und auch in anderen Gebieten von Eldrid, in denen sich Wälder ausbreiten, nicht wahr?« Es hatte fast etwas Beiläufiges, wie er das erwähnte. Aber der Berggeist sah ihn mit seinen tiefschwarzen Augen an, und es loderte ein winziges Feuer in ihnen.

»Waldgeister«, überlegte Bodan. »Ich weiß nicht viel über Waldgeister«, gab er wahrheitsgemäß zu. »Sie zeigen sich den Geschöpfen des Lichts sehr selten.« Er hielt inne. »Eigentlich nie. Ich habe noch nie einen Waldgeist zu Gesicht bekommen, geschweige denn mit einem gesprochen.« Raan brummte unwillig, also fuhr er fort: »Sie leben in unseren Wäldern und nähren sich vom Licht, so wie wir. Aber sie sind davon nicht abhängig. Sie haben keine Schatten. Sie sind sehr mächtig und beherrschen den Wind.«

»Was bedeutet das?«

Bodan hob erstaunt die Augenbrauen. »Oh, das bedeutet, dass sie den Wind hervorbeschwören können. Wenn sie ungebetene Eindringling vertreiben wollen, dann werden die weggefegt. So ersparen sie sich das Gerede.« Er musste schmunzeln. »Ein Elf berichtete mir von einer Begegnung mit den Waldgeistern. Sie hätten ihm eine Windhose hinterhergejagt, weil er einen Wacholderzweig gepflückt hatte. Die Windhose hätte ihn fast von seinem Schatten getrennt, so stark war sie.«

»Also mögen sie es nicht, wenn ihr Territorium durchquert und ihre Wälder zerstört werden?«, fragte Raan interessiert.

Bodan sah ihn erstaunt an. »Natürlich nicht, aber das mag kein Geschöpf von Eldrid.«

»Wir sind auch Geschöpfe von Eldrid und uns schert der Wald nicht«, donnerte der Berggeistkönig.

Er blickte ihn entsetzt an. »Aber unsere Wälder, unser Licht«, stammelte Bodan.

Raan grunzte nur und befahl: »Jetzt zu den Flussgeistern. Erzähl mir alles über die Flussgeister.«

Bodan zuckte zusammen. »Die Flussgeister«, stotterte er.

»Ja. Hinter diesem Spalt befindet sich ein Fluss. Dieser Fluss fließt durch das Gebirge und durch das Tal vor dem Wald, wie wir inzwischen herausgefunden haben. Wir vermuten außerdem, dass er auch durch Ilios fließt. Der Fluss ist also sehr lang, und sicherlich leben in ihm Flussgeister.« Ein triumphierendes Lächeln umspielte den steinernen Mund.

Bodan versuchte, sich nichts anmerken zu lassen, aber sein Herz pochte wie wild. Er durfte die Flussgeister nicht verraten. Unter keinen Umständen. Also musste er seine Antwort mit viel Bedacht wählen. Raan war schlau, schlauer, als er angenommen hatte.

»Flussgeister leben ebenso wie die anderen Geisterarten in Eldrid sehr zurückgezogen. Ich habe sehr wenig Kontakt mit ihnen«, begann er wahrheitsgemäß. »In der Regel leben sie an den Teilen des Flusses, der breit und reißend ist. Das ist ihr Element. Sie können schnell abtauchen …«

Er stockte. Wenn er jetzt verriet, dass sie unter Wasser lebten, brachte er Raan auf die Idee, selbst im Fluss nach ihnen zu suchen. Aber Raan schien nicht beeindruckt.

»Sie sind sehr scheue Geister«, fuhr er schnell fort. »Sie schätzen die Gesellschaft der Geschöpfe des Lichts nicht. Aber sie verteidigen ihr Territorium nicht, so dass diese Gebiete ohne Hindernisse durchquert werden können. Die Schneegeister dagegen wollen nicht gestört werden. Es ist keine gute Idee, durch das Schneegebirge zu reisen. In der Regel lassen sie niemanden passieren.«

Der König nickte ungeduldig. »Zurück zu den Flussgeistern. Was weißt du noch? Wann treten sie in Erscheinung? Kann man sie hervorlocken?«

»Was wollt ihr von den Flussgeistern?«, platzte es aus Bodan heraus. Seine Stimme war laut geworden.

Raan sah ihn überrascht an. »Das«, auch er erhob seine Stimme, »geht dich nichts an. Du dienst hier nur als Informant und mehr nicht. Fragen zu stellen ist dir nicht erlaubt.«

Bodan nickte unterwürfig. »Aber ich weiß nicht viel über die Flussgeister«, versicherte er.

»Dann weiß ich nicht, ob du für uns von großem Wert bist«, brauste der Geist auf, verwandelte sich in eine Nebelwolke und schoss davon.

Bodan wartete lange, bevor er es wagte, wieder näher an den Spalt zu rücken. »Seid ihr noch da?«, fragte er so leise wie möglich.

»Ja«, schoss es in hohen Tönen durch den Spalt. Er atmete erleichtert auf.

»Könnt ihr mir helfen?«, fragte Bodan. »Könnt ihr mich hier rausholen?«

»Ja«, flüsterte es. »Du musst nur durch diesen Spalt kommen, den Rest erledigen wir.«

»Ist es nicht zu gefährlich für euch?«

»Hast du ihm erzählt, wie wir aussehen?«, zwitscherte die Stimme.

Bodan überlegte kurz. »Nein«, erwiderte er zögerlich.

»Es ist wichtig, dass sie nicht wissen, wie wir aussehen. Wenn sie nach uns suchen, sehen sie nur Treibholz im Wasser. Gerade hier im Gebirge sind wir kleine Ästchen, die sie kaum bemerken. Wenn sie aber wissen, wie wir aussehen, dann werden sie uns erkennen.«

Bodan nickte und lächelte. Das stimmte. Die Körper der Flussgeister bestanden aus vielen Ästen, die ineinandergesteckt waren. Beine, Arme, Kopf. Aber im Wasser treibend waren es nur ein paar Holzstücke. Nichts weiter. Die perfekte Tarnung.

»Ich denke mir etwas aus, wenn er fragen sollte«, flüsterte er aufgeregt. »Aber wie komme ich durch diesen Spalt?«

Auf der anderen Seite hörte er ein Aufstöhnen. »Zieh den Bauch ein, Bodan, oder du musst warten, bis er so dünn ist, dass du durchpasst.«

Er blickte ungläubig auf seine kleine Kugel. Sein Bauch sollte ihn an der Flucht hindern?

»Und sorge dafür, dass sie nicht weiter an diesem Spalt arbeiten. Lenke sie, so gut wie es geht, ab.«

Bodan nickte und lächelte. Zum ersten Mal, seitdem er seinen Schatten verloren hatte, empfand er wieder so etwas wie Hoffnung. Doch diese wurde jäh zerstört.

»Zur Seite, Spiegelwächter«, polterte ein Berggeist, der auf ihn zugewankt kam. Er hatte seine Gesteinsform angenommen und hielt eine riesige Spitzhacke in der Hand.

»Was hast du vor?«, rief Bodan ihm entgegen. »Weiß Raan davon?«

»Du sollst keine Fragen stellen, schon vergessen, nutzloser Spiegelwächter?«, dröhnte der Berggeist und fing an, mit der Spitzhacke den Spalt zu bearbeiten.

Bodan wich entsetzt zurück.

Die Croax-Wölfe

Ludmilla hatte ein mulmiges Gefühl im Bauch bei der Aussicht, den schattenlosen Wesen zu begegnen. Die Lichter in der Ferne wurden nur sehr langsam heller und größer. Ludmilla, die sich durch die Kraft der Wurzel wieder voller Energie fühlte, verließ dennoch fast der Mut, als sie realisierte, wie weit es noch war. Eneas schien dies zu bemerken, als sie ihren Schritt verlangsamte.

Er wandte sich ihr zu und versuchte, sie aufzumuntern, wobei er seinen langen Arm sichtbar machte und sie vorsichtig in die Seite stupste: »Jetzt nur nicht nachlassen, Ludmilla. Wir sind bald da. Es sieht nur so weit aus. Wir finden dort Unterschlupf. Ich kenne jemanden, der uns aufnehmen wird.« Er schenkte ihr ein breites Lächeln, wobei sein Mund eine überdimensionale Länge annahm.

Sie grinste unwillkürlich zurück. »Alles klar, Eneas, dann zeig mal, was du noch so drauf hast«, rief sie und mobilisierte ihre Fähigkeiten.

Seine Augen blitzten auf, doch dann gefror das Lächeln auf seinen Lippen. Sie nahm nur noch wahr, wie er hinter sie starrte und sich die Farbe der Augen änderte. Als Nächstes spürte sie seine Hand an ihrem Arm, und sie wurde nach vorne geschleudert. Mit einer Wucht, die sie nicht erwartet hatte, flog sie, als würde gerade Engelchen-flieg mit ihr gespielt. In der nächsten Sekunde war Eneas schon wieder vor ihr und zog sie weiter. Sie entwickelten eine Geschwindigkeit, die sie bisher nicht erreicht hatten, und Ludmilla wagte es nicht, sich umzudrehen. Sie hörte die Schreie der Späher, auch ohne sie zu sehen. Die Art und Weise, wie Eneas sie weiterzog, sein Schnaufen und seine Anspannung ließen sie erschaudern. Es waren nicht nur die Späher, die über ihnen kreisten. Sie hörte ein bedrohliches neues Geräusch hinter sich. Ein Hecheln, Knurren, Jaulen und Getrampel. Wie das eines Tieres.

Als sie den nächsten Satz machte, wagte sie einen Blick hinter sich. Sie hatten sie fast eingeholt. Ludmilla konnte den Blick nicht abwenden: Es war ein riesiger Schwarm aus Spähern. In ihrer Mitte formierte sich noch ein anderes Tier, das nicht flog, sondern über das Moor zu schweben schien. Sie erkannte Pfoten, Beine und einen breiten, beharrten Kopf wie von einem Hund, aber das Hinterteil bestand aus den schwarzen Vögeln. Ein riesenhafter Hund oder Wolf in der Größe eines Kleinbusses, dessen Hinterläufe aus Spähern bestanden. Und es waren mehrere. Waren diese Tiere eins mit den Spähern?

Ihre Gedanken überschlugen sich, während sie in die flammenden Augen der Bestien starrte, die mit den Zähnen fletschten und die Lefzen voll triefendem Speichel hatten, der blutrot aus den Mäulern tropfte. Mehr konnte sie nicht erkennen, da sie stolperte und Eneas sie auffangen musste. Im Lauf zog er sie in die Höhe, bis ihre Beine wieder zur Laufbewegung fanden und er sie wieder auf die Füße ließ.

»Das sind die Croax-Wölfe«, brüllte er. »Lauf, Ludmilla, lauf und mach dich unsichtbar.« Sie schluckte und konzentrierte sich auf ihre Schritte und ihre Macht. Aber Angst überkam sie. Croax-Wölfe. Eneas' Worte hallten in ihrem Kopf, während es in ihren Ohren rauschte und sie versuchte, die Kontrolle über ihre Füße nicht gänzlich zu verlieren. Diese Kreaturen machten ihr mehr Angst als alle Späher zusammen. Was, wenn diese Wölfe sie erreichten?

Die Croax-Wölfe ließen sich von ihrer Unsichtbarkeit nicht

irritieren und behielten die Verfolgung bei. Sicherlich können sie uns wittern, dachte Ludmilla angestrengt. Sie wünschte sich das Dorf herbei. Aber ob das Dorf eine Zuflucht bieten würde? Vor diesen Ungeheuern?

Es kam ihr wie eine Ewigkeit vor, bis sie schließlich den Rand des Dorfes erreichten und damit den Fuß des Gebirges. So wie Fluar lag das Dorf direkt am Gebirge. Odil im Reich von Fenris. Odil, nicht golden schimmernd, sondern bedrohlich dunkel funkelnd thronte es über der Moorebene. Und das Moor hatte plötzlich aufgehört, ein Moor zu sein, und hatte sich in eine zähflüssige Masse verwandelt, die auf dem harten Boden eine dünne Schicht bildete. Das machte das Rennen leichter, und weder die Späher noch die Wölfe hatten sie bislang eingeholt. Eneas war zu schnell, und dazu noch groß und stark genug, Ludmilla zeitweise mitzuschleifen.

»Wir brauchen nicht mehr zu rennen«, raunte er ihr zu. »Es ist wichtiger, dass wir so leise wie möglich sind. Hier gibt es zu viele Gerüche. Das wird sie hoffentlich in die Irre führen.«

Er zog sie weiter mit sich hinein in dieses Dorf, das mehr einer Ansammlung von Zelten, Hütten und Baracken glich als einem Dorf. Mehr konnte Ludmilla nicht erkennen, denn Eneas schob sie zielstrebig durch die unbefestigten Gassen. Er schlug Haken wie ein Kaninchen im Kohlfeld, das von einem Jäger gejagt wurde. Sie konnte die Schreie der Späher hören, die über dem Dorf kreisten. Und sie hörte das Knurren und Jaulen der Croax-Wölfe, das Fletschen ihrer Zähne, während sie durch die Gassen hechelten. Hatten die ihre Spur verloren?

Eneas war geschickt. Er durchkämmte das Dorf und legte immer wieder eine falsche Spur, indem er einen Funkenregen auf den Boden spuckte und dann in die entgegengesetzte Richtung davonschlich. Und es funktionierte. Sie ließen von ihnen ab. Zumindest kam es Ludmilla so vor.

»Sie verteilen sich nur«, flüsterte Eneas neben ihrem Ohr, so dass sie zusammenzuckte. »Mach dich erst sichtbar, wenn ich es dir ausdrücklich sage, egal, wen wir jetzt treffen«, fuhr er eindringlich fort.

Sie schlichen durch die Gassen und versuchten, so wenig Geräusche wie möglich zu machen.

Odil lag direkt über ihnen. Die Gebirgsauslässe waren steil, es gab kaum eine abschüssige Stelle. Es schien, als lägen die Behausungen der Schattenlosen an der blanken Gebirgswand. Und als Dorf hätte Ludmilla diese Siedlung nicht bezeichnet. Sie lag vor ihr, breitete sich am Fuß des Gebirges aus und reichte bis an die Gebirgswand heran. Es waren Hunderte oder Tausende von Baracken, die sich aneinanderreihten. Behausungen, keine Häuser, nur Zelte aus Tüchern und Decken, hier vereinzelt ein Ast oder ein Baumstamm da, um die Abgrenzungen zu tragen. Vor den Eingängen der Baracken hingen Tücher und Decken, so dass nur ein dumpfer Lichtstrahl nach außen drang. Die Wege zwischen den Behausungen waren nicht befestigt, nur festgetrampelt. Es gab keine Ordnung, die Baracken standen ohne Konzept kreuz und quer. Alles erinnerte an einen Zeltplatz, der plötzlich überrannt worden war, und jeder hatte sein Zelt dort aufgestellt, wo Platz war.

So lief Eneas immer wieder in Sackgassen, da die Wege nicht zwangsläufig auf einen anderen Weg trafen. Umdrehen war jedoch keine Option, also nahm Eneas Ludmilla, wenn es nicht anders ging, auf die Schultern und stieg über die niedrigste Behausung hinweg, während sie ganz oben thronte und die Wölfe knurren hörte. Aber die meiste Zeit lief sie hinter ihm her, von seiner Hand geführt. Sie irrten von Zelt zu Zelt, von Behausung zu Behausung. Sie begegneten keinem Wesen, und bald hörten sie auch die Wölfe nicht mehr. Ludmilla hoffte, dass die Bestien ihre Spur verloren hatten.

Eneas hielt vor der einen oder anderen Baracke inne, wobei er ihr mit einem Händedruck bedeutete, dass er stehen bleiben würde, bevor sie in ihn hineinlief. Sie sah, wie sich der Vorhang vor dem

Eingang zu einem Spalt öffnete und in der nächsten Sekunde wieder zusammenglitt.

Schließlich, an einer Stelle, war es anders. Erst verlangsamte Eneas seinen Schritt, legte die Hand auf ihre Schulter und machte den Kopf kurz sichtbar. Er nickte ihr zu und schlug die Decke zurück, die vor dem Eingang hing. Es war ein besonders schäbig aussehendes Zelt, größer als so manche Behausungen, an denen sie vorbeigekommen waren. Das Wesen, dem es gehörte, mochte ungefähr so groß wie ein erwachsener Mensch sein. Eneas schob Ludmilla durch die Öffnung in den Raum dahinter und zwängte sich selbst hinein.

Sie stand im Inneren eines Zeltes, das vollständig aus Decken und Teppichen bestand. In der Mitte befand sich eine kleine Feuerstelle aus einem gusseisernen Korb, in dem Holzscheite lagen. Das Feuer war fast erloschen, aber die einzige Lichtquelle in dem Raum, so dass er in ein schummriges Licht getaucht war. Es roch modrig.

Suchend sah sich Ludmilla um, aber sie konnte niemanden entdecken.

»Es ist keiner hier«, flüstere sie Eneas zu.

»Das sehe ich auch«, brummte dieser unwillig. »Warte hier«, hörte sie gerade noch, bevor sich die Decke am Eingang hob und senkte.

Betreten stand sie da und wartete. Sie sah sich um, fasste aber nichts an und wagte es kaum, sich vom Eingang wegzubewegen. Sie konnte im hinteren Teil des Zeltes eine Schlafstätte entdecken. Eine Matratze lag auf dem Boden, darauf mehrere Decken und ein Kissen. Außerdem stand eine Schüssel daneben und ein Krug.

Hinter ihr wurde die Decke wieder beiseitegeschoben. »Ludmilla«, flüsterte Eneas Stimme. »Komm raus. Sie sind alle bei der Zeremonie.«

Sie schob sich an Eneas vorbei, dessen Anwesenheit sie erahnen, aber immer noch nicht sehen konnte. »Was für eine Zeremonie?«, fragte sie in die Richtung, in der sie ihn vermutete. Aber er packte nur ihre Hand und zog sie mit sich.

Sie liefen immer weiter bergauf, der nackten Bergwand entgegen. Die Behausungen wurden weniger. Die Gesteinsmasse bot keinen Platz für Zelte oder Baracken. Sie hätten ganz anders gebaut werden müssen, mit Holz oder anderen stabilen Materialien, die es hier offenbar nicht gab. Noch während Ludmilla sich fragte, wohin Eneas sie führte, erkannte sie Fackeln an der Wand. Sie rahmten eine riesige hölzerne Tür ein. Sie war doppelflügelig, wie die von christlichen Kirchen, und sie erreichten sie über eine in die Gebirgsmasse gehauene breite Treppe. Darauf standen aufgereiht schemenhafte Gestalten, in einer Reihe, als ob sie anstehen würden, um durch diese Tür gehen zu können. Sie wandten ihnen den Rücken zu. Ludmilla zuckte zurück. Was waren das für Wesen?

Sie vergaß immer noch, dass sie unsichtbar war und keiner, außer Eneas, sie sehen konnte. Er schob sie sanft weiter, als sie zögerte.

»Das sind die schattenlosen Wesen. Sie verbergen ihre Gestalten und ihre Gesichter unter diesen Umhängen«, flüsterte er in ihr Ohr.

Die schemenhaften Gestalten verschmolzen regelrecht mit der Gebirgswand. Ludmilla konnte fünf oder sechs von ihnen sehen, die sich langsam auf die Tür zu bewegten und dann dahinter verschwanden. Sie waren alle in dunkle, lange, weite Umhänge gehüllt, deren Farbe dem des Gebirges glichen, sodass sie sich kaum davon abhoben. An den Umhängen befanden sich Kapuzen, die sich die Schattenlosen über den Kopf gestülpt hatten. So war weder Körper noch Kopf zu erkennen. Auch die Füße waren nicht zu sehen.

Die Schattenlosen standen gebeugt, und plötzlich vernahm Ludmilla eine bekannte traurige Melodie. Es war dieselbe Melodie, die sie bereits auf dem Marktplatz in Fluar gehört hatte. Nur viel trauriger und melancholischer. Sie summten sie, und Ludmilla durchschauderte es. Es ging so viel Trauer von dieser Musik aus. Sie kroch in ihr hoch wie ein ungutes Gefühl. Trauer um das Leben im Licht. Trauer um den verlorenen Schatten. Aber auch Sehnsucht mischte sich bei. Die Sehnsucht nach dem magischen Licht von Eldrid und die Sehnsucht nach dem verlorenen Leben.

Ludmilla und Eneas stellten sich in die Schlange. Immer wieder drehte sie sich nervös um. Sie befürchtete, dass noch mehr Schattenlose kämen und in sie hinein laufen könnten. Dann würden sie entdeckt werden. Außerdem war Eneas so groß, dass durch ihn eine große Lücke entstehen würde. Aber es kam kein Wesen nach ihnen die Treppen herauf. Sie waren die Letzten in der langen Schlange und rückten der mysteriösen Tür immer näher. Zu gern hätte sie Eneas angesehen und in seinem Gesicht gelesen oder ihn mit Fragen bombardiert. Aber sie wagte es nicht, auch nur einen Ton von sich zu geben. Stattdessen stand sie mit pochendem Herzen hinter einem schattenlosen Wesen und hörte es schwer atmen. Jede Bewegung schien ihm schwerzufallen. Es bewegte sich nur sehr langsam, mit schleifenden Füßen und rasselndem Geräusch. Der Atem, den es dabei ausstieß, stank abscheulich.

Ludmilla presste sich die Hand auf den Mund, um nicht husten zu müssen. Dennoch war sie neugierig und versuchte, sich neben die graue Gestalt zu stellen, um einen Blick in das Gesicht zu werfen, aber Eneas hielt sie davon ab. Energisch packte er sie an der Schulter und zog sie zurück. So blieb ihr nichts anderes übrig, als sich anzustellen und Schritt für Schritt auf die hölzerne Tür zwischen den Fackeln zuzugehen.

FÜNFUNDDREISSIGSTES KAPITEL

Die Lichtzeremonie

Die Stimmung war erdrückend. Ludmilla und Eneas rückten immer weiter zu der Flügeltür auf, die dem Portal einer Kirche oder eines Tempels glich. Die beiden Flügel waren aus dunklen Holz geschnitzt und mit feingoldenen, schillernden Verzierungen übersäht. Auch der Rahmen trug diese Verzierungen. In der Mitte des oberen Rahmens des Portals thronte ein fratzenartiger Kopf, der Ludmilla an eine Teufelsmaske erinnerte. Das passte nicht zu den fast lieblichen Ranken und Blumen, die den Rest des breiten Rahmens des Portals zierten.

Je näher sie dem Eingang kamen, desto lauter wurde die Melodie, die die Geschöpfe summten. Die Musik drang vom Inneren des Gebirges nach außen. Es mussten Hunderte, wenn nicht Tausende Schattenlose sein, die diese Melodie summten. Die Traurigkeit war noch immer kaum zu ertragen. Ludmilla hätte sich am liebsten die Ohren zugehalten.

Endlich hatten sie das Portal erreicht. Beide Flügel standen offen, doch ein dicker dunkler Vorhang wie aus Samt hing direkt dahinter. Er wurde ein Stück zur Seite geschoben und nach dem Eintreten sofort wieder fallen gelassen. Gerade in dem Moment, als das Wesen vor ihnen durch den Spalt trat, den der Vorhang preisgab, schob Eneas Ludmilla energisch hindurch. Sie stolperte fast in den Raum hinein, der sich dahinter auftat.

Vor ihnen lag ein matt erleuchteter, hoher Raum. Er glich dem Hauptschiff einer gotischen Kirche und war angefüllt mit Gestalten, die alle denselben Umhang trugen und dem Eingang den Rücken zuwandten. Ludmilla stellte sich auf die Zehenspitzen, aber sie konnte nichts anderes erkennen als verhüllte Kreaturen, die in der Halle standen und die Melodie summten.

Eneas zog Ludmilla an den Rand und drückte sie sanft an die Wand. Die Halle war ursprünglich eine Höhle, wie an der Decke zu erkennen war, die sich uneben über ihnen wölbte. Sie befanden sich im Inneren des Gebirges. Die Halle war sehr hoch, sicherlich an die zehn Meter, schätzte Ludmilla, und mindestens dreimal so lang. An den Wänden hingen Fackeln in Halterungen, und das Licht des Feuers tauchte alles in eine warme Atmosphäre. Gerade als sich Ludmilla etwas entspannte, da sie sich unentdeckt wähnte, kam Bewegung in die Menge. Die Wartenden wandten sich der Tür zu und formten einen Gang, der bis zum anderen Ende der Halle reichte. Zeitgleich verstummten sie. Die Stille, die sich ausbreitete, war erdrückend. Ludmilla schielte neugierig zu dem Vorhang, der sich in diesem Moment ganz hob wie ein Bühnenvorhang.

Die Schattenlosen wichen weiter zurück, und die Gasse wurde größer. Sie drängten sich aneinander, während ein ebenfalls in einen langen Umhang gehülltes Wesen den Gang entlang rauschte. Es schien über dem Boden zu schweben. Vor sich trug es einen schwarzen, kugelförmigen Behälter mit Deckel. Während dieses Geschöpf den Gang entlangschritt oder schwebte, breitete sich im gesamten Saal eine plötzliche Kälte aus. Ludmilla hielt den Atem an, aus Angst, er könne durch die Eiseskälte sichtbar werden.

Im gleichen Moment presste ihr Eneas die Hand auf den Mund. Sie war schweißnass. Das ist kein schattenloses Wesen, durchfuhr es Ludmilla. Instinktiv senkte sie den Blick. Obwohl sie unsichtbar war, befürchtete sie, plötzlich entdeckt zu werden. Das ist ein Schatten, ein lebendiger Schatten, durchfuhr es sie. Ihn umgab eine mächtige Aura, wie sie sie noch nie zuvor in Eldrid verspürt hatte. War es vielleicht sogar einer der mächtigen Schatten? Zu gern hätte sie Eneas fragend angeschaut. Etwa Godal selbst?

Aik, ist es Godal?, fieberte sie angestrengt. Im gleichen Moment bereute sie es schon wieder, ihren Schatten überhaupt angesprochen zu haben. Sie befürchtete, dass auch das die Aufmerksamkeit auf sich ziehen konnte.

Der Schatten glitt majestätisch den Gang hinunter, und die Schattenlosen wandten sich in seine Richtung. Stille hing über ihnen wie eine dunkle Wolke. Er steuerte auf das andere Ende des Saales zu, und hinter ihm schmolzen die Wesen zu einer Masse zusammen, so dass der Gang verschwand. Er hielt kurz inne und drehte sich in die Richtung des Portals. Alles schien stillzustehen, als wäre die Zeit angehalten worden. Dann fuhr ein Luftzug durch die Halle, und die Tür fiel mit einem schmetternden Geräusch ins Schloss. Ludmilla zuckte vor Schreck zusammen, doch sofort lenkte sie ihre Aufmerksamkeit wieder auf die Bewegung im Saal. Sie reckte sich, um besser sehen zu können. In diesem Moment spürte sie zwei starke Hände, die sie um die Hüfte packten und in die Höhe hoben. Schon thronte sie unsichtbar auf Eneas Schultern.

Sie war überrascht, dass Geschöpfe vor ihr standen, die ihr die Sicht verdeckten, so groß waren die. Aber Eneas positionierte sich so, dass sie etwas sehen konnte. Sie beobachtete, wie der Schatten ein paar Stufen hinaufschritt, die zu einer kreisförmigen Empore führten. Die Empore war groß genug, um mindestens zwei Dutzend Wesen Platz zu bieten. In der Mitte befand sich ein Becken, das einem Taufbecken ähnelte. Der Schatten, dessen Gesicht von der Kapuze seines Umhangs verhüllt war, wandte sich dem Becken zu und platzierte den kugelförmigen Behälter darin. Gleichzeitig kam Bewegung in die Masse. Die Schattenlosen stellten sich in Reihen auf, alle mit Blick zum Becken und zur Empore. Sie stellten sich wie Soldaten auf, die zum Spalier antraten. Reihe für Reihe. Es gab kein Durcheinander.

Der unheimliche Schatten hielt in seiner Bewegung inne, und unter der Kapuze begannen glühende Punkte zu leuchten. Das mussten seine Augen sein. Es ertönte ein Zischen, unüberhörbar und doch ganz leise, und die Wesen standen still. Dann löste sich die erste Reihe und trat auf das Becken zu. Der Schatten berührte das Gefäß und hob den Deckel an. In demselben Moment entwich dem Gefäß ein gleißend helles Licht. Ein Aufatmen ging durch die Reihen der Wesen. So manches reckte und streckte sich, um das Licht sehen zu können.

Das magische Licht von Eldrid, durchfuhr es Ludmilla. Er hat es mitgebracht. Er hat es mitgebracht, damit sie sich nähren können.

Die Schattenlosen stellten sich im Kreis um das Becken auf und starrten für einige Augenblicke in das Gefäß. Sie sogen das Licht in sich auf. Dann traten sie zurück und machten Platz für die nächsten, die an der Reihe waren. Sie bewegten sich einen Schritt nach vorn, und die anderen, die sich bereits genährt hatten, stellten sich hinten in der letzten Reihe wieder in Position. Niemand verließ den Saal.

Fasziniert verfolgte Ludmilla die Zeremonie. Es waren so viele Schattenlose in diesem Saal, dass es noch Stunden dauern musste, bis sich alle genährt hatten. Auch wenn sie nur wenige Augenblicke vor dem Licht verharrten, ging alles sehr gemächlich vonstatten. In den hinteren Reihen entstand jedoch keine Unruhe. Keiner zappelte oder beschwerte sich. Es lag dieselbe unangenehme Stille über dem Saal wie von dem Moment an, in dem der Schatten den Saal betreten hatte. Nur ab und zu wurde sie von dem drohenden Geräusch unterbrochen, das der Schatten von sich gab, wenn ein Schattenloser sich zu lange am Becken aufhielt.

Gerade als Ludmilla sich etwas entspannte und in Sicherheit wiegte, flog mit einem krachenden Geräusch das Portal auf und der Vorhang wurde von einem heftigen Windstoß beiseite gefegt. Die Wesen fuhren schreckhaft herum. Alle blickten zur Tür, durch die ein riesiger Croax-Wolf schritt. Halb Wolf, halb aus Spähern gebildet, die seine Hinterbeine formten, stand er keuchend und Zähne fletschend in der Tür. Auf ihm thronte eine Kreatur, die in einen Umhang gehüllt war. Auch ihr hing die Kapuze tief ins Gesicht. Ein Zischen erfüllte den Saal und hallte von den Wänden wider, so dass alles, was sich bewegte, erstarrte.

Ludmilla presste instinktiv die Hände auf die Ohren. Das Geräusch ging durch Mark und Bein und erreichte noch den kleinsten Winkel im Saal. Es erfüllte die Schattenlosen, die anfingen, sich an die Köpfe zu fassen. Manche krümmten sich, so sehr durchfuhr sie dieser Laut. Eneas erzitterte, aber bewegte sich nicht, so dass er weiterhin mit Ludmilla auf seinen Schultern unsichtbar an der Wand gelehnt stand.

»Aufhören«, knarrte die zischende Stimme durch den Saal und erlöste sie von dem erdrückenden Geräusch. Sie klang anders als alle Stimmen, die Ludmilla je zuvor gehört hatte. Sie hatte etwas Künstliches und Gepresstes an sich. Der Kopf des Croax-Wolfes schwenkte hin und her, und seine blutigen Augen sprühten einen Feuerregen vor sich auf den Boden. Der Befehl war unnötig gewesen, da alles wie erstarrt war. Der einzige, der vollkommen unbeeindruckt von der Ankunft der Kreatur auf der Bestie war, war der Schatten an dem Becken. Er ließ geräuschvoll den Deckel auf den Behälter fallen. Die Schattenlosen zuckten zusammen. Ludmilla konnte sehen, wie sich ein paar an den Händen packten, als wollten sie sich stützen.

»Wo sind sie?«, fauchte die unheimliche Stimme. »Wo ist das Scathan-Mädchen und der Unsichtbare?«

Durch die Menge fuhr ein ungläubiges Gemurmel. Die Schattenlosen wurden unruhig und sahen sich verständnislos um. Eneas ging ganz langsam und vorsichtig in die Hocke. Er rutschte lautlos an der Felswand entlang und hob Ludmilla von seinen Schultern. Er ließ sie aber nicht los, sondern drückte ihren Rücken an sich. Sie konnte fühlen, wie sein großes Herz im Brustkorb heftig schlug, und seine Panik ergriff auch sie.

»Wer weiß, wo sie sind?«, knurrte die Stimme durch den Saal. »Wer hat sie gesehen?«

Das Gemurmel unter den Schattenlosen wurde lauter. Aber keiner wagte, das Wort direkt an den Fragenden zu richten. Die Kreatur trieb den Croax-Wolf an, den Saal zu durchqueren. Die Späher lösten sich von dem Hinterteil des Tieres und flogen kreischend an die Decke. Die Bestie hatte nun Hinterläufe wie die eines Wolfes, während die Späher die Menge umkreisten wie Aasgeier ihre Beute.

Das riesenhafte Tier wurde von seinem Reiter die Treppen hinaufgetrieben, dann sprang die Kreatur mit einem Satz auf das Becken und zischte ungeduldig in die Menge. Die Wesen zuckten reihenweise zusammen, als das Geschöpf, dessen Gesicht unter dem Umhang nicht zu erkennen war, seinen Arm hob und mit einer skelettartigen rabenschwarzen Hand auf einzelne Schattenlose deutete. Die Ausgewählten eilten demütig die Stufen hinauf.

»Sprich«, forderte es sie nacheinander auf.

»Verzeih, Ceres«, stammelten sie und schüttelten nach einander ratlos die Köpfe.

Angestrengt versuchte Ludmilla, zu erahnen, was an dem Becken geschah. Aber eines wurde ihr in diesem Moment schlagartig klar: Ceres war ein lebendiger Schatten. Ein Schatten, der sogar einen eigenen Namen trug. So wie Godal. Zu gerne hätte sie einen Blick erhascht, auch wenn ihr gleichzeitig das Blut in den Adern gefror. Noch während sie fieberhaft nachdachte, spürte sie mit einem Mal Blicke auf sich. Sie hob langsam den Kopf und blickte direkt in die Augen eines menschenähnlichen Wesens. Es war ein Mann, im ähnlichen Alter wie ihr Vater. Er war groß gewachsen und sehr hager. Die Haut war fahl, das Gesicht wirkte eingefallen. Seine weißen Haare blitzten nur vereinzelt unter der Kapuze hervor. Sie zuckte zusammen, als sie bemerkte, dass das Augenpaar dieses Mannes nicht zufällig auf ihr ruhten, sondern er sie ansah. Prüfend blickte sie an sich herunter, aber sie war unsichtbar. Sie konnte sich selbst nicht sehen. Also musste es Zufall sein, dass dieser Mann so intensiv die Wand anstarrte, an der sie standen. Aber das Augenpaar wandte sich nicht ab.

Angsterfüllt presste sie sich gegen Eneas und stieß ihn dabei an. »Ich glaube, es hat uns jemand entdeckt, Eneas«, flüsterte sie, so leise sie konnte. »Er schaut mich direkt an.«

Aber er kam nicht dazu, ihr zu antworten, denn schon im nächsten Moment bewegte sich diese Gestalt auf sie zu. Er löste sich von seinem Platz in der Reihe und lehnte sich, wie reinzufällig, neben Eneas an die Wand. Das Wesen starrte nach vorn, während es ihnen plötzlich zuraunte: »Ihr könnt hier nicht bleiben. Sie werden euch entdecken. Ich bin nicht der Einzige, der euch sehen kann.« Sie spürte, wie Eneas nickte. »Ich werde sie ablenken und ihr verschwindet von hier. Wir treffen uns in meiner Hütte«, hörte sie ihn flüstern. Eine tiefe warme Stimme. Aber konnten sie ihm vertrauen? Hatten sie eine Wahl?

Eneas zog Ludmilla hoch und schob sie auf den Vorhang zu, der nicht weit von ihnen entfernt über dem Boden vor der Tür schwebte. »Hier«, rief im selben Moment der, der sie gewarnt hatte. »Ich kann vielleicht helfen, sie aufzuspüren.«

Ludmilla drehte sich ungläubig zu ihm um, aber er hatte ihnen den Rücken zugewandt und bahnte sich einen Weg durch die Menge, hinauf zu dem Becken, auf dem noch immer Ceres stand und suchend durch den Saal blickte. Ungläubiges Raunen folgte ihm, als er mit aufrechtem Gang auf die Schatten zuschritt. Er ließ sich Zeit dabei. Zeit, die Eneas nutzte, um den Vorhang zu heben und Ludmilla hinausschlüpfen zu lassen.

SECHSUNDD AREISSIGSTES KAPITEL

Der Taranee-Spiegel

Ein Schlag durchfuhr das gesamte Haus von Edmund Taranee. Ludmillas Spiegelbild, das auf dem Sofa in der Bibliothek schlief, setzte sich verwundert auf.

Hektisch kam der Diener hineingelaufen und rief nach seinem Herrn. »Herr Taranee, Herr Taranee, geht es ihnen gut?«

Edmund betrat Augenblicke später den Raum. Er war in einen eleganten Morgenmantel gekleidet und trug samtene Slipper. Er sah weder verschlafen noch zerzaust aus. Bevor er etwas erwidern konnte, stürzte Vince in die Bibliothek. Er hatte Boxershorts und ein weißes T-Shirt an. Seine Haare standen ihm zu Berge, und er sah verschlafen aus.

»Großvater, das musst du dir anschauen. Der Spiegel…«, rief er, doch weiter kam er nicht, denn Edmund schob ihn unsanft beiseite und ging mit energischen Schritten auf die Tür zu, aus der Vince soeben gestürzt war. Hinter ihr lag ein kleiner Treppenaufgang, der in ein Zwischengeschoss führte. Die Treppe war hell erleuchtet, und an ihrem Fuß lagen zwei Zimmer. Eine Tür stand weit offen. Edmund ging hastig hinein, Vince und Ludmillas Spiegelbild folgten ihm. Der Raum war groß und hell erleuchtet. In der Mitte stand ein Bett, das zerwühlt war. Rechts und links davon befanden sich Nachtische. Außerdem gab es einen Schrank, eine Kommode und einen Schreibtisch, vor dem ein Stuhl stand. Alle Möbel waren farblich und stilistisch aufeinander abgestimmt. Genau gegenüber der Zimmertür stand ein riesiger Spiegel. Er war ähnlich groß wie der Scathan-Spiegel. Ein erwachsener Mensch konnte ohne Umstände hindurchschreiten, ohne sich bücken zu müssen. Im Gegensatz zu Zamirs Spiegel glänzte dieser in allen goldenen Facetten. Es wirkte fast so, als ob jemand den Rahmen täglich polieren würde, so glitzerte er. Auch dieser Rahmen war mit goldenen Blättern, Ranken und Heckenzweigen übersät, worauf wiederum Ornamente und Schriftzeichen abgebildet waren. Es waren dieselben Schriftzeichen wie auf dem Rahmen der Scathan-Familie.

Edmunds Blick wanderte zu der Krone des Rahmens. Das fratzengleiche Gesicht mit seinen schlitzartigen Augen und der scharfen Nase hatte die Lippen zu einem Lächeln gekräuselt und glühte golden. Schwer atmend trat Edmund davor. Seine Hand zitterte, als er sie ausstreckte, um den Rahmen des Spiegels vorsichtig zu berühren.

»Er funktioniert wieder«, schrie Edmund völlig außer sich und schlug seinem Enkelsohn hart auf die Schulter.

Vince nickte begeistert und starrte den Spiegel an. In diesem Moment begann er zu leuchten. Und das Gesicht, das fächerartig von kleinen goldenen Händen getragen wurde, trat aus dem Rahmen des Spiegels heraus.

»Ha«, schnappte Edmund. »Das ging aber schnell.« Er schob den Kopf in den Nacken und trat ganz nah an den Spiegel heran. Ludmillas Spiegelbild kreischte auf und wollte sich auf den Spiegel stürzen, aber Vince streckte seinen Arm aus und versperrte ihm den Weg. Es strampelte, hatte aber keine Chance gegen ihn. Er hielt es auf sicheren Abstand zu dem Spiegel.

Da ertönte eine tiefe Stimme. »Edmund«, dröhnte das goldene Fratzengesicht.

»Ja, ja«, hauchte dieser eifrig. »Ich bin da. Ich war immer da.«

»Edmund, schick mir einen Abkömmling«, die Stimme wurde

immer lauter und befehlender.

»Einen Abkömmling«, wiederholte Edmund. »Warum einen Abkömmling? Ich komme selbst.« Und er hob die Hand und wollte den Spiegel berühren, um sich von ihm verschlingen zu lassen. Vince warf seinem Großvater einen überraschten Blick zu. Am liebsten hätte er ihn gepackt und davon abgehalten, aber er war zu sehr damit beschäftigt, Ludmillas Spiegelbild festzuhalten.

Da donnerte der Kopf, der auf dem Spiegel saß: »Nein!«, und das Haus bebte. »Du darfst nicht nach Eldrid reisen, Edmund Taranee. Du hast deinen Schatten verloren. Du müsstest dich verbannen, solltest du einen Fuß nach Eldrid setzen, und das willst du doch nicht, oder?«

Er zuckte zurück. »Schattenloses Wesen«, murmelte er. »Nein.«

»Schick mir einen Abkömmling der Taranee-Familie. Deinen wahren Erben. Schick ihn mir, und ich werde die Taranee-Familie reich belohnen.«

Mit diesen Worten erstarrte das Gesicht und der Spiegel erlosch. Erneut kreischte Ludmillas Spiegelbild auf und versuchte verzweifelt, an Vince vorbeizukommen.

»Georg«, rief Edmund genervt. »Schaff das Exemplar zum Scathan-Haus. Wir brauchen es nicht mehr.«

»Nein«, plärrte das Spiegelbild. »Das war nicht der Deal. Wie kannst du mich so hintergehen. Du Missgeburt eines Taranees.«

Aber Edmund und Vince ignorierten seine Hasstiraden und schoben es vor die Tür, wo es von dem Diener in Empfang genommen wurde.

»Großvater«, wandte der Enkel ein. »Im Scathan-Haus ist niemand. Mina liegt im Krankenhaus. Georg kann es dort nicht abliefern. Wäre es nicht besser, das Spiegelbild zu Mina ins Krankenhaus zu bringen oder zu Arndt?«

»Arndt«, näselte der Alte. »Das ist eine gute Idee, mein Junge.«

Er öffnete erneut die Tür und rief: »Georg, du bringst dieses Exemplar zu Arndt Solas.« Zu Vince gewandt sagte er: »Dann ist der Alte beschäftigt, und wir können uns in aller Ruhe um Eldrid kümmern.« Ein böses Lächeln umspielte seinen Mund.

Der Bedienstete gab ein Geräusch von sich, dass er verstanden habe, und schleifte das Spiegelbild grob mit sich.

Dann wurde es still in dem Zimmer. Edmund Taranee trat versonnen vor den Spiegel und strich verliebt über den Rahmen. Der leuchtete nicht mehr, dennoch wirkte Edmund sehr zufrieden.

»Ich kann Zamir verstehen. Ein junger Taranee soll ihm helfen, Eldrid zu erobern. Du bist genau der Richtige für diese Aufgabe. Du bist mein Erbe. Du bist ein Taranee. Du wirst nach Eldrid reisen. Er hat eine Aufgabe für dich. Also zieh dich an.« Er deutete, offensichtlich genervt auf den Kleiderhaufen, der neben dem Bett lag. »Ich werde dir zeigen, wie du den Spiegel aktivierst, damit du jederzeit wieder zurückreisen kannst.«

Vince nickte, während er in seine Jeans stieg.

»Du wirst Zamirs Auftrag erfüllen und ihn zufrieden stellen. Aber dann, dann bringst du mir meinen Schatten zurück.«

»Das haben wir schon so oft besprochen, Großvater. Ich weiß. Ich bringe dir deinen Schatten, vorher komme ich nicht zurück. Glaube mir, ich bin bestens für diese Mission vorbereitet. Du hast mich alles gelehrt, was ich dafür wissen muss.«

»Und was ich weiß«, unterbrach ihn der Alte besonnen. »Denk immer daran: In Eldrid ist viel Zeit vergangen, und es ist sicherlich auch viel passiert, von dem wir nichts wissen. Nimm dich also in Acht. Auch vor Zamir. Traue niemandem.«

Sein Enkelsohn nickte ernst, schob sich die Sonnenbrille in die Haare und trat auf den Spiegel zu.

»Bereit?«, Edmund sah ihm in die Augen. »Du darfst nicht scheitern. Bring mir meinen Schatten zurück.«

Vince nickte. »Das werde ich, Großvater, versprochen.«

Edmund legte sacht die Hand auf den Rahmen, und der Spiegel begann zu leuchten. »Genau so, Vincent. Einfach die Hand auflegen, Geduld haben, ohne Hektik, und der Spiegel wird dir gehorchen.«

Das Leuchten ergriff das junge markante Gesicht seines Enkelsohns, und Vince trat entschlossen in den Spiegel ein.

Uris Gewissheit

Uri fuhr aus dem Schlaf hoch. Er hatte nicht geplant einzuschlafen, aber die Müdigkeit hatte ihn übermannt. Seine fehlenden Kräfte machten ihm zu schaffen, und er war müde, nur noch müde. Und er vertraute Pixi. Sie würde die Situation in der Menschenwelt in den Griff bekommen. Etwas anderes erlaubte er sich nicht zu denken. Er war weder in der Lage, in die Menschenwelt zu reisen, noch konnte er jetzt seinen Spiegel alleine lassen. Er brauchte die Gegenwart des Spiegels, um wieder zu Kräften zu kommen. Und er musste ihn bewachen. Er traute Zamir alles zu, vor allem, weil dessen eigener Spiegel erblindet war. Er würde ihn nicht zum Leuchten bringen. Davon war Uri überzeugt. Zamir wusste nicht, dass Pixi seinen Spiegel hatte erblinden lassen. Diese Gabe der Feen war ein wohlbehütetes Geheimnis. Und nur sehr wenige Feen hatten diese Macht. Aber Pixi konnte es, und nun war sie in der anderen Welt.

Und in diesem Moment begriff Uri seinen Fehler. Er hatte Pixi der Taranee-Familie ausgeliefert. Sie war in der Lage, ihren Zauber rückgängig zu machen. Sie allein konnte, als eine der wenigen von Eldrid, den Taranee-Spiegel wieder aktivieren. Und so sehr er Pixi auch schätzte – Feen waren geschwätzige kleine Wesen, die gerne mit ihren Fähigkeiten prahlten. Wenn nun die Lage so ernst war, wie sie erschien, würde sie ihr Geheimnis preisgeben, um zu helfen.

Weil sie denken würde, sie könne helfen.

Uri versuchte aufzuspringen, aber seine Beine versagten, und ganz vorsichtig richtete er sich auf. Dabei murmelte er immer wieder: »Nein, nein, bitte nicht, ich muss sie zurückrufen.«

Er wandte sich dem Spiegel zu, der in diesem Moment aufleuchtete. Er leuchtete in dieser ganz besonderen Art auf, wenn alle Spiegel hintereinander aktiviert werden. Das war ebenfalls eine Fähigkeit, die nur wenige Feen beherrschten, und eine davon war Pixi.

Uri stöhnte auf. »Nein!«, formten seine Lippen wie ein endlos langer Schrei. Aber er brachte keinen Ton heraus. Stattdessen starrte er den Spiegel entsetzt an. Wie konnte er nur so dumm gewesen sein? Pixi war zu gutgläubig und zu unbekümmert, um zu verstehen, welche Konsequenzen es hatte, wenn der Taranee-Spiegel aktiviert werden würde.

Ada war aufgesprungen und starrte nun vom Spiegel zu Uri und wieder zurück. Sie sah gerade noch, wie die Stichflamme erlosch.

»Was war das?«, fragte sie ihn besorgt.

Er sah sie bekümmert an und musterte seinen Spiegel mit schmerzverzerrtem Gesicht. »Das war Pixi«, flüsterte er.

»Was hat sie getan?«

»Sie hat den Taranee-Spiegel aktiviert«, erwiderte er matt.

»Sie hat was? Wie denn?« Ada baute sich vor ihm auf, als hätte er es selbst getan.

»Es gibt nur wenige Feen in Eldrid, die die Spiegel aktivieren können. Und zwar alle hintereinander, ohne mit ihnen in einem Raum sein müssen. Pixi ist eine davon. Sie war auch die Fee, die Zamirs Spiegel erblinden ließ. Nun hat sie ihn wieder erweckt, und Zamirs Macht ist komplett.«

»Das gibt es doch nicht«, schrie Ada aufgebracht. »Was hat sie sich dabei gedacht?«

Uri schüttelte nur matt den Kopf. »Sicherlich wollte sie nur helfen. Es ist meine Schuld. Ich hätte sie nicht schicken dürfen. Ich

240

hätte wissen müssen, dass die Gefahr besteht, dass sie ihn aktiviert. Aus welchen Gründen auch immer. Sie muss in jedem Fall der Meinung gewesen sein, dass es die richtige Entscheidung ist.«

»Kennt sie denn das Ausmaß ihrer Entscheidung?«, fragte Ada barsch.

Er hob nur zweifelnd die Schultern. »Du kennst doch die Feen. Sie sind unbedarft und denken nicht an die Konsequenzen ihrer Handlungen. Für sie war die Aktivierung des Taranee-Spiegels der einzig logische Weg, um die Lösung für ein Problem herbeizuführen. Das Problem hat sie so höchstwahrscheinlich gelöst.« Uri begrub sein Gesicht in seinen Händen.

»Sie hat damit alles noch schlimmer gemacht«, zeterte Ada weiter. »Jetzt ist Zamir wieder im Besitz eines funktionierenden Spiegels und dessen Macht, und wir werden es hier bald mit den Taranees zu tun haben.« Sie schüttelte sich voller Abscheu. »Das wird ein Spaß.«

Uri sah sie traurig an. »Die Taranee-Familie ist unser kleinstes Problem, liebe Ada. Zamir ist mit seinem Spiegel wiedervereint. Dadurch potenziert er seine Macht. Und er ist ohnehin schon so mächtig. Bedenke doch nur: Er hat die Berggeister geweckt. Aus seiner Verbannung heraus.«

»Wer weiß, welche Hilfe er dabei hatte«, unterbrach sie ihn. »Ich glaube nicht an seine unermessliche Macht.«

Er schwieg und betrachtete sie mit einem hilflosen Blick, den sie von ihm nicht kannte.

»Du wirst dich doch nicht entmutigen lassen, Uri? Wir haben einen Plan. Komm erst einmal zu Kräften, und dann finden wir einen Weg, diese Welt zu retten und die Dunkelheit zu bekämpfen. Du wirst schon sehen.«

Aufmunternd nickte sie ihm zu, während er sich resigniert in den Strohballen fallen ließ.

»Zamir ist nun mächtiger als je zuvor. Die Waldgeister werden sich mit den Berggeistern bekriegen und respektieren den Rat nicht mehr. Die Schneegeister sind ebenfalls außer Kontrolle. Das können wir zumindest nur vermuten, warum sonst liegt Schnee über Fluar? Bodan ist ein Schattenloser, ich ein Schwächling, und Zamir?« Er blickte sie traurig an. »Zamir wird die Herrschaft über Eldrid an sich reißen. Du wirst schon sehen. Es ist alles verloren.«

Mit diesen Worten schloss er die Augen. Eldrid ist verloren, dachte er. Es hat alles keinen Sinn mehr. Ada redete unentwegt auf ihn ein. Aber er hörte ihre Worte nicht mehr, sondern fiel in einen tiefen, traumlosen Schlaf.

ACHTUNDDREISSIGSTES KAPITEL

Ein Taranee betritt Eldrid

Immer noch fassungslos betrachtete Zamir seinen leuchtenden Spiegel. Was war geschehen? Er hatte sich den Kopf zerbrochen, wie er ihn aktivieren könnte, welche Macht er benutzen könnte, um die Erblindung rückgängig zu machen. Und dann, aus heiterem Himmel, fing sein Spiegel an zu leuchten. Er war wiederhergestellt.

Zamir entfuhr ein Aufschrei der Verwunderung und ein Schauer der Freude lief ihm den Rücken hinunter. Er spürte die Macht, die sein Spiegel ihm verlieh, durch seine Adern fließen. Er war wieder komplett. Er war wieder ein Spiegelwächter. Und jetzt war er der mächtigste Spiegelwächter von Eldrid. Uri war ein Nichts, und mit den anderen dreien hatte er sich noch nie gemessen. Nun würde er über Eldrid herrschen. Niemand und nichts würde ihn daran hindern.

»Ha«, schrie er auf, und durch die Höhle hallte ein tausendfaches Echo. Immer wieder trat er an den Spiegel heran und berührte zaghaft, fast liebevoll den Rahmen. Dieser antwortete ihm mit seinem Leuchten, die Schriftzeichen fingen an zu glühen, und Zamir wusste, dass ihn nun nichts mehr würde aufhalten können. Zärtlich strich er über den glühenden goldenen Rahmen und spürte die Anwesenheit der Taranee-Familie. Sie waren zur Stelle. Auch sie schienen gewartet zu haben. Er musste sich etwas einfallen lassen, um sie zu beschäftigen. Auf keinen Fall konnte er

Edmund Taranee in seiner Nähe gebrauchen. Das würde ihn zu sehr ablenken. Ein unerfahrenes Mitglied der Spiegelfamilie wäre besser geeignet, um ihm die Ruhe vor ihnen zu verschaffen, die er benötigte.

Ein martialisches Lächeln breitete sich über sein feines Gesicht aus, während er in den Spiegel sprach. Kurz darauf flammte dieser auf, und Zamir trat zurück. Die Taranee-Familie verlor keine Zeit. Sie schickten ein neues Mitglied. Schon in der nächsten Sekunde stolperte ein Mensch durch den Spiegel in die Höhle. Er taumelte ein paar Schritte vorwärts, fing sich mit den Händen ab und sprang sofort auf, als er Zamir neben der Feuerstelle stehen sah.

Es war ein junger Mann, noch nicht einmal erwachsen, groß und blond wie er selbst, aber er, Zamir, war größer, drahtiger und schöner. Noch während der Neuankömmling auf ihn zutrat, drückte Zamir seinen Rücken durch und hob das Kinn noch etwas höher. Mit herablassender gelangweilter Miene betrachtete er ihn. Das war also der Nachkomme von Edmund Taranee? Wo war die Eleganz geblieben, die souveräne Ausstrahlung, die Stärke? Dieser Mensch war ein Jüngling. Unbeholfen, nicht älter als das Scathan-Mädchen, gegen das er einen unergründlichen Hass verspürte. Eine Witzfigur. Was sollte Eldrid mit diesen Kindern? So hatte er sich das nicht vorgestellt, als er nach dem Abkömmling von Edmund Taranee verlangt hatte.

Der Jüngling räusperte sich verlegen. »Zamir?« Er streckte die Hand aus und sah Zamir fest in die Augen. »Vince Taranee. Ich bin der Enkelsohn von Edmund Taranee und der rechtmäßige Erbe des Taranee-Spiegels.«

Seine Stimme klang fest und bestimmt. Stolz sprach aus ihr. Aber Zamir lachte auf.

»Was soll ich mit dir?«, tönte er mit seiner hohen, sich fast überschlagenden Stimme. »Du bist ja fast noch ein Kind. Ich dachte, Edmund würde mich kennen und mir seinen wahren Erben schicken. Und nicht so einen Halbstarken wie dich.«

Vince' Augen verengten sich, während er die Hand sinken ließ. »Ich bin weder halbstark noch ein Kind«, erwiderte er bestimmt. »Ich bin der wahre Erbe des Spiegels. Es wurde eine Generation übersprungen, also musst du notgedrungen mit mir vorliebnehmen.«

Zamir zuckte unmerklich zusammen, als Vince sprach. Jeder S-Laut wurde von einem Zischen begleitet und verursachte in ihm ein unbehagliches Gefühl. Aber er hatte sich sofort wieder im Griff und konterte.

»Dann sag mir eins«, flötete er. »Du, der du der Erbe des Taranee-Spiegels bist und der Nachfahre von Edmund Taranee: Wie kommt es, dass mein Spiegel plötzlich nicht mehr eingefroren ist?«

Vince blickte ihn verdutzt an. »Er war eingefroren?«, fragte er vorsichtig.

Zufrieden registrierte Zamir eine leichte Unsicherheit in seiner Stimme. Er hatte also doch Respekt vor ihm und das gefiel ihm. »Von eurer Seite nicht?«, forschte nun Zamir.

Vince schüttelte den Kopf. »Der Spiegel sah immer gleich aus, erzählte mein Großvater. Eines Tages funktionierte er nicht mehr. Er leuchtete einfach nicht mehr. Aber eingefroren, eingefroren war er nie.«

Zamir schritt im Kreis um die Feuerstelle und nickte. »Und dann? Was habt ihr gemacht, damit er jetzt plötzlich wieder leuchtet?«

»Wir haben nichts gemacht. Das muss Mina gewesen sein.«

»Mina?«

Vince nickte.

»Wie kommt ihr auf Mina?«

»Mein Großvater hat sie unter Druck gesetzt. Das Spiegelbild von Ludmilla bereitet inzwischen große Schwierigkeiten, und das haben wir uns zunutze gemacht. Wir haben ihm versprochen, dass es durch den Spiegel reisen darf, wenn der Spiegel wieder leuchtet.«

245

»Ihr habt was?«, brüllte Zamir aufgebracht.

»Mina haben wir versprochen, das Spiegelbild wieder an sie auszuliefern, wenn sie unseren Spiegel zum Leuchten bringt«, fuhr Vince unbeirrt fort. »Selbstverständlich hätten wir das Spiegelbild nie durch den Spiegel reisen lassen. Es war nur ein Druckmittel, um Mina dazu zu bringen, den Taranee-Spiegel zu aktivieren.«

Wieder so viele S-Laute. Zamirs linkes Auge fing unkontrolliert an zu zucken.

»Und wie kamt ihr auf die Idee, dass Mina den Taranee-Spiegel zum Leuchten bringen kann?«, zischte Zamir.

»Wir wussten nur, dass Mina sehr viel mehr weiß, was hier in Eldrid vor sich geht, als wir. Wir dachten, dass sie einen Weg finden würde, den Taranee-Spiegel aus seinem Schlaf zu erwecken, wenn sie genug unter Druck steht. Und es hat funktioniert. Offensichtlich.«

Zamir brummte etwas Unverständliches vor sich hin.

»Offensichtlich«, äffte er Vince nach. »Es ist überhaupt nichts offensichtlich. Mina hat nicht die Macht, meinen Spiegel zu erwecken.«

Die Zornesfalte auf Zamirs Stirn trat zum Vorschein, und er blickte Vince wütend an.

Dieser ließ sich davon nicht beeindrucken, sondern erwiderte: »Was auch immer sie gemacht oder nicht gemacht hat, es hat geklappt. Wir wissen es nicht. Plötzlich fing er an zu leuchten, und offensichtlich funktioniert er auch wieder.« Er deutete an sich hinunter und grinste. »Endlich. Meine erste Reise nach Eldrid. Ich bin fast ein wenig aufgeregt. Was ist meine Aufgabe? Welchen Dienst darf die Taranee-Familie dir erweisen?«

Zamir sah ihn verdutzt an. So traute sich keiner, mit ihm zu sprechen. Das Problem einfach wegwischen? Verwirrt lief er weiter im Kreis und ordnete seine Gedanken. Aber eigentlich hatte dieser Jüngling recht. Der Spiegel leuchtete wieder.

»Zamir?«, fragte Vince.

Zamir fuhr herum und musterte ihn. Wie er da in seiner Höhle stand. Blonde Haare, die länger waren als die so mancher Hexe. Eine Sonnenbrille im Haar. Was wollte er mit dieser Brille? Er war im dunklen Teil von Eldrid. Da gab es kein Licht und keine Sonne. Missbilligend schüttelte Zamir den Kopf.

»Meine Aufgabe?«, wiederholte Vince nun schon etwas nachdrücklicher.

Entrüstet blickte Zamir auf ihn herab. Was bildete sich dieser Mensch ein? Er hatte mehr Respekt verdient. Er war der mächtige Spiegelwächter Zamir. Funken lösten sich von seinen Augen, aber er beherrschte sich. Mit geballten Fäusten starrte er Edmunds Erben an und dachte kurz nach. Die Aufgabe. Ja, er würde ihm eine Aufgabe erteilen. Eine, an der der Halbstarke sich die Zähne ausbeißen und Zamir gleichzeitig eine lästige Widersacherin vom Hals schaffen würde.

»Deine Aufgabe, mein Lieber«, säuselte er nun und kam auf Vince zu. Er nahm seine Hand in die seine und schüttelte sie, als hätte er das ein paar Momente zuvor nur vergessen. Dabei klopfte er Vince freundschaftlich auf die Schulter und schob ihn sacht in die Richtung des Ausgangs der Höhle. »Ich habe tatsächlich eine Aufgabe für dich, und sie ist sehr wichtig. Du musst das Scathan-Mädchen für mich aufspüren und zu mir bringen.«

»Ludmilla?«

Zamir nickte und lächelte dabei diabolisch. »Ja, genau. Ludmilla. Sie ist in Fenris unterwegs. Mit einem Unsichtbaren und einem Formwandler. Sie sucht nach dem Dorf der schattenlosen Wesen oder hat es schon erreicht. Sie ist äußerst wichtig für mich und sollte nicht länger in Eldrid ihr Unwesen treiben. Bring sie mir. Fang sie ein und bring sie zu mir hier in die Höhle.«

Vince nickte entschlossen. »Und welche Hilfsmittel gibst du mir an die Hand?«, fragte er.

Zamir blickte ihn empört an. »Hilfsmittel?«

»Ja. Ich benötige Mächte und ein Reisemittel. Der Weg bis zum

Dorf der schattenlosen Wesen ist sicherlich weit, und ich soll Ludmilla so schnell wie möglich zu dir bringen. Außerdem kenne ich mich in Eldrid nicht aus und erst recht nicht in Fenris. Das ist meine erste Reise nach Eldrid, wie du weißt. Also benötige ich Unterstützung.«

Zamir stöhnte auf. Dieser Menschenjüngling fing an, ihm auf die Nerven zu gehen. Da wäre es einfacher, er würde einen seiner mächtigen Schatten schicken. Aber die brauchte er für seine Pläne, und Ludmilla war ihm nicht so wichtig. Er wollte sie nur aus dem Weg schaffen, und die Taranee-Familie musste beschäftigt werden, damit sie ihm nicht in die Quere kam. So schlug er zwei Fliegen mit einer Klappe. Zu viele Hilfestellungen wollten er ihm jedoch nicht die Hand geben. Die Suche nach Ludmilla sollte ihn eine ganze Weile beschäftigen. Zamir nickte bestätigend, aber seine Augen verengten sich. Nur – wie wurde er diesen Jüngling jetzt los?

Dieser stand immer noch da und blickte ihn erwartungsvoll an. Vince schien überhaupt nicht beeindruckt von Zamirs Anwesenheit zu sein, und nun stellte er auch noch Forderungen. Zamir raste innerlich vor Wut. Sein Gesicht verzog sich zu einer bösen Grimasse, während er Vince freundlich anlächelte.

»Aber selbstverständlich bekommst du von mir auch Hilfsmittel zur Seite gestellt«, flötete er sarkastisch.

Vince schlug in die Hände. »Prima. Dann kann ich gleich aufbrechen. Wer wird mich begleiten? Und welche Macht verleihst du mir?«

Zamir brüllte unkontrolliert los und ließ einen Funkenregen über sich niederregnen. »Du bekommst überhaupt keine Macht von mir verliehen, du kleines unbedeutendes Menschlein. Was glaubst du eigentlich, wer du bist?«

Vince setzte ein verwundertes Gesicht auf. Das brachte Zamir noch mehr in Rage, und Feuerbälle entsprangen seinen Händen, während er angespannt vor ihm stand.

Vince jedoch blieb ganz ruhig und sprach: »Zamir. Ich kann dir

Ludmilla nur bringen, wenn ich mächtig bin und schnell vorankomme.«

»Jetzt wirst du auch noch frech«, tobte dieser, und die Zornesfalte auf seiner Stirn fing an zu pulsieren.

»Nein, keineswegs«, erwiderte Vince besänftigend. »Ich versuche nur, dir zu erklären, dass meine Erfolgschancen größer sind, wenn du mich dabei unterstützt. Hast du nicht gesagt, dass Ludmilla wichtig für dich ist? Außerdem wird sie von Wesen von Eldrid begleitet, gegen die muss ich auch gewappnet sein.«

Zamir kreischte auf. »Verhöhnst du mich jetzt auch noch?«

Er tobte innerlich vor Wut, dass dieser Jüngling ihm erklären wollte, wie seine Welt funktioniert. Ein Feuerball löste sich von seiner Hand und landete vor Vince Füßen. Der machte einen Satz zurück und starrte auf seine weißen Turnschuhe. Er wird sich doch wohl keine Gedanken um seine dämlichen Schuhe machen, wetterte Zamir in Gedanken. Er konnte sich kaum noch beherrschen.

»Keineswegs. Ich bringe dir viel Respekt entgegen. Nur bitte verstehe, dass ich neu in Eldrid bin und keine Macht habe. Dadurch wird die Aufgabe, die du mir aufträgst, schwer zu erfüllen sein.«

»Also gut«, knurrte Zamir. Es blieb ihm nichts anderes übrig, als ihm etwas mitzugeben. Sonst würde er ihm noch mehr seiner wertvollen Zeit stehlen. »Für die Reise erlaube ich dir, auf einem Croax-Wolf zu reiten. Dann wirst du sehr schnell das Dorf erreichen und hoffentlich genauso schnell mit dem Scathan-Mädchen wieder hier sein. Ich erwarte dich in dieser Höhle mit ihr. Lass es mich wissen, wenn du sie hast.« Er wandte ihm den Rücken zu.

»Wie soll ich dich das wissen lassen?«, fragte Vince vorsichtig.

Zamirs hysterisches Lachen erfüllte die Höhle. »An mich denken, mein liebes Jüngelein. Denk an mich, und ich werde dich hören. Aber wage es nicht, vorher mit mir Kontakt aufzunehmen.

Erst wenn du sie in deiner Gewalt hast.«

Vince nickte. Am Ende wirkte er doch etwas eingeschüchtert. Aber er zwang sich ein Lächeln ab.

»Was willst du noch hier?«, herrschte Zamir ihn an.

»Ich dachte, dass du mich noch kurz über die neusten Vorkommnisse aufklärst, bevor ich aufbreche«, erwiderte Vince vorsichtig. »Die Taranee-Familie hat keine Ahnung, was nach dem Verlust des Schattens meines Großvaters passiert ist, und ich habe gewagt zu hoffen, dass du mich aufklären könntest.« Er blickte ergeben zu Boden.

Zamir schnaubte wie ein wildgewordenes Rhinozeros, wobei Funken aus seinen Nasenlöchern stoben. »Raus«, presste er nur hervor. »Die Märchenstunde ist vorbei. Bringe mir das Scathan-Mädchen, und zwar am besten noch heute.«

Vince hob beschwichtigend die Hände und verließ eilig die Höhle.

Neununddreissigstes Kapitel

Mainart, der Magier

Eneas hatte Ludmillas Hand fest umklammert und lief mit großen Schritten die Treppen hinunter. Er bahnte sich einen Weg durch die Baracken und Zelte, während sie hinter ihm her keuchte. Zielstrebig steuerte er erneut das Zelt an, das sie bereits zuvor betreten hatten. Als sie zögerte, schob er sie ungeduldig hinein. Dann ließ er den Vorhang fallen und machte kurz seinen Kopf sichtbar. Er musste offenbar knien, denn sein Kopf war gebeugt, das Zelt war eindeutig zu klein für den riesigen Körper.

»Mach dich nicht sichtbar«, flüsterte er. »Wir warten hier auf ihn. Du solltest die Zeit nutzen und dich ausruhen. Versuche, dich auf deine Macht zu konzentrieren. Es wäre wirklich sehr hilfreich, wenn du lernen könntest, mich zu sehen, wenn ich unsichtbar bin.«

Aber Ludmilla schüttelte den Kopf. »Eneas«, fuhr sie ihn hitzig an. »Bist du dir sicher, dass wir diesem Wesen vertrauen können? Wir sollten hier verschwinden, und zwar, bevor es zu spät ist. Diese Schatten und ihre Croax-Wölfe geben nicht so schnell auf. Wer weiß, was sie sich alles einfallen lassen, bis sie uns gefunden haben?«

Er schüttelte energisch den Kopf und wechselte die Farbe, was er immer tat, wenn er sich aufregte. »Wir bleiben hier«, zischte er sie unbeherrscht an. »Ich vertraue Mainart. Er verrät uns nicht,

und das Dorf ist riesig, so schnell werden sie uns nicht entdecken.«
Er blickte nervös zum Eingang. »Außerdem müssen wir Lando
finden. Wir können nicht ohne ihn weiter. Und wir benötigen
Informationen, und die bekommen wir nur hier und von Mainart.«

»Aber Eneas!« Sie versuchte, ihn am Arm zu packen, griff aber
ins Leere. Eindringlich und zitternd blickte sie ihm die Augen.
»Bitte. Mir ist nicht wohl dabei. Warum vertraust du gerade diesem
Mann?«

Ein Lächeln huschte über sein glitzerndes Gesicht. »Er ist ein
Freund, und ich vertraue ihm. Ich kenne ihn schon mein ganzes
Leben. Wenn du mir vertraust, musst du ihm auch vertrauen. Dir
bleibt nichts anderes übrig.«

Er brach ab und sein Kopf verschwand. Ludmilla hätte mit der
Luft weiterdiskutieren können, aber sie wusste, dass das keinen
Sinn machte. Außerdem vertraute sie ihm. Sie fühlte sich dennoch
unbehaglich, und die Angst kroch weiter in ihr hoch. Aber sie
musste auf Eneas hören. Er hatte recht, sie hatte keine Wahl.
Erschöpft setzte sie sich auf den Boden neben der Feuerstelle.
Suchend blickte sie sich um und entdeckte einen Strohballen in der
Ecke, den sie näher zog und sich darauf legte. Sie war unendlich
müde, ihr war kalt und sie hatte Angst. Zweifel stiegen in ihr hoch.
Hatte sie sich das so vorgestellt? War es das, was sie wollte? Aber
was wollte sie überhaupt? Sie wollte dieser Welt helfen. Sie wollte
einen Teil von dem wiedergutmachen, was ihre Großmutter
verbrochen hatte. Aber zu welchem Preis? Sie steckte mitten in
einem irrsinnigen Abenteuer, hatte ihre Großmutter mit einem
bösartigen Spiegelbild allein gelassen und musste nun befürchten,
rausgeschmissen zu werden, wenn sie wiederkam. War es das alles
wert? Sie hörte ihr Herz wild pochen, während sie ununterbrochen
lauschte, ob sich Schritte näherten. Und dann dachte sie an Eneas
und an Lando, und selbst ihr unheimlicher Schatten kam ihr in den
Sinn. Was für ein Abenteuer. Was für eine Geschichte. Sie hatte
keine Wahl. Sie konnte jetzt nicht wie ein kleines Mädchen zurück

zu Mama rennen, nur weil sie feststellte, dass sie sich doch nicht traute. Sie würde weitermachen. Weitermachen und ihre Aufgabe erfüllen.

Sie nickte, während sie realisierte, dass ihr fast die Augen zufielen. Aber wie konnte sie in dieser Situation schlafen? Mühsam richtete sie sich auf, aber da drückte sie eine Hand sanft auf den Strohballen.

»Es ist in Ordnung, Ludmilla. Ich sehe, wie erschöpft du bist. Mach ruhig die Augen zu. Wir warten hier, und ich passe auf dich auf. Du weißt, dass du mir vertrauen kannst. Sammle deine Kräfte, du wirst sie früher, als uns allen lieb ist, wieder brauchen.«

Eneas hatte nur geflüstert, aber Ludmilla war schon bei den letzten Worten eingeschlafen.

Sie schreckte aus dem Schlaf hoch, als sie Geflüster vernahm, das nicht in ihren Traum passte. Sie hatte von schwarzen Ebenen, schwarzen Umhängen und schwarzen Kapuzen geträumt. Alles war so dunkel in ihrem Traum gewesen wie im dunklen Teil von Eldrid selbst. Im Traum hatte sie realisiert, wie sehr ihr das Licht fehlte. Dabei war sie noch nicht einmal von dem Licht abhängig, so wie die Geschöpfe von Eldrid.

Sie schlug die Augen auf und sah Eneas, der auf dem Boden kniete und sich vollständig sichtbar gemacht hatte. Sie zuckte zusammen und sah instinktiv an sich hinunter, um zu realisieren, dass auch sie nicht mehr unsichtbar war. Innerlich fluchte sie, dass sie diese Kraft nicht im Schlaf beherrschte.

Weder Eneas noch das Wesen, das bei ihm saß, beachteten sie. Sie hockten in einer Ecke neben dem Eingang des Zeltes und unterhielten sich mit unterdrückten Stimmen. Der Schattenlose hatte seine Kapuze zurückgeschlagen, und sie erkannte eine menschliche Statur. Ein Mann mit schneeweißem Haar und faltigem Gesicht. Die Haut war fahl, und die hellen Augen sahen müde aus. Die Haare hingen in einem langen dünnen, geflochtenen

Zopf über der Schulter und den Rücken hinunter. Er hatte den Umhang eng um seinen hageren Körper geschlungen, während er immer wieder die freie Hand vor den Mund nahm.

»Wie konntest du nur, Eneas«, herrschte er ihn an. »Das ist viel zu gefährlich. Du weißt doch, dass sie in das Dorf kommen, um uns zu nähren. Wir haben immer noch nicht herausgefunden, warum sie das tun, aber sie werden ihre Gründe haben, dass sie uns hier nicht verrotten lassen.« Verbitterung sprach aus seiner Stimme.

Eneas warf einen Seitenblick auf Ludmilla, schien aber nicht zu realisieren, dass sie wach war, oder er ließ sie gewähren. Er verzog keine Miene. »Erstens wusste ich nicht, dass es Schatten sind, die euch nähren, und zweitens hatten wir keine Wahl. Ich wusste nicht wohin, und wir haben Lando verloren. Er wollte auf Erkundungstour gehen und kam nicht wieder. Wir wurden von den Spähern verfolgt, und kurz vor dem Dorf kamen die Croax-Wölfe hinzu.« Ein unkontrollierter Funkenregen ging von ihm zu Boden.

Der Schattenlose hob beschwichtigend die Hand. »Reg dich nicht auf, Eneas. Wenn du mit deiner Gestalt zu viel Licht machst, wird mein Zelt erhellt, und das führt eure Verfolger direkt zu mir.« Er seufzte. »Sie haben uns die Nahrung verweigert. Die Zeremonie wurde abgebrochen und wird erst vollendet, wenn sie euch gefunden haben. So viele von uns sind schwach, Eneas. Zu schwach, um noch viel länger ohne das Licht auszukommen.«

»Und was ist mit Lando? Hast du was gehört? Ist er hier?«, unterbrach Eneas ihn ungeduldig.

Das Wesen sah ihn forschend an. »Was habt ihr vor? Lando, du und das Mädchen?«

Eneas wischte die Frage mit einer Handbewegung weg. »Mainart, bitte.«

Mainart seufzte schwer und unterdrückt. »Er ist sehr schwach. Wir haben ihn auf der Ebene gefunden, als wir nach heilenden

254

Kräutern gesucht haben. Er ist schwer verletzt. Wir haben ihn in eine der Höhlen gebracht.«

Eneas schlug sich die fast durchsichtige, riesige Hand auf den dünnen Mund. Ludmilla sah Mainart schwach lächeln. »Was wollt ihr nur hier?«, fragte er erneut und sah Eneas mit durchdringendem Blick an. Der hielt dem Blick stand, zeigte aber Unbehagen, indem er unruhig hin und her rutschte.

Mainart tätschelte leicht seine Hand. »Also gut. Aber irgendwann schuldet ihr mir eine Erklärung.« Seine Stimme klang krächzend.

Mühsam erhob er sich und wandte sich Ludmilla zu. Sie fuhr zusammen, wie direkt er sie anschaute. Aber er lächelte im gleichen Moment, und sie atmete innerlich erleichtert auf. Es war ein offenes mildes Lächeln, ohne Hass und Feindseligkeit. Er bewegte sich mit einer Leichtigkeit auf sie zu, die überraschte, nachdem er offenbar Schwierigkeiten gehabt hatte, vom Boden aufzustehen. Aber jetzt waren seine Bewegungen fließend, fast als würde er schweben. Er streckte ihr die Hand entgegen. »Ich bin Mainart, und du musst Ludmilla sein.«

Sie stand auf und erwiderte den Handschlag. Dabei nickte sie. »Das ist richtig.«

Er studierte nachdenklich ihr Gesicht. »Es ist wahr, was sie über dich sagen. Du siehst aus wie Mina und auch ein bisschen wie Ada, als die beiden ihr Unwesen getrieben haben. Kein Wunder, dass sich die Wesen erschrecken.«

Er sprach sehr leise, aber sie konnte ihn wunderbar verstehen. Seine Stimme hatte von Nahem einen angenehmen Klang, und auch seine Ausstrahlung war warmherzig. Aber seine Erscheinung war ärmlich. Das Gesicht war eingefallen, und die Wangenknochen traten hervor. Aber es hatte nicht so viele Falten wie seine Hände. Das fiel Ludmilla sofort auf. Die Hände waren die eines alten Mannes, während das Gesicht viel jünger aussah. Sie waren zudem groß, riesig, ebenso wie der Rest des Körpers.

»Bist du ein Riese?«, fragte sie, obwohl sie die Antwort schon zu kennen glaubte. Sie hatte schon Riesen gesehen. Sowohl in Fluar als auch bei der Ratssitzung. Mainart hatte keine Ähnlichkeit mit Riesen, dennoch war er sehr groß. Zu groß für einen Menschen, aber zu klein für einen Riesen.

Mainart lächelte. »Nein, ich bin kein Riese. Ich bin ein Magier«, erklärte er sanft. »Eneas will zu seinem Freund, und ich schätze, dass auch du Lando sehen möchtest.« Er reichte ihr die Hand und deutete auf Eneas und den Ausgang. »Wir sollten gehen.«

Sie beantwortete seinen fragenden Blick mit einem heftigen Nicken.

»Dann besprechen wir alles Weitere später, wenn wir bei Lando sind. Dort laufen wir weniger Gefahr, entdeckt zu werden.« Er nickte Eneas zu, der augenblicklich verschwand, und sie tat es ihm nach.

Mainart hob den Vorhang und trat sehr langsam auf den Weg hinaus, wobei er seine beiden unsichtbaren Begleiter an sich vorbei huschen ließ. Er wandte sich entschieden nach rechts, wieder in die Richtung des Saales in der Gebirgswand. Für Ludmilla war es nun einfacher, sich zurechtzufinden, da sie Mainart sehen konnte und nicht darauf achten musste, Eneas zu verlieren. Der ging hinter ihr, Mainart voraus. Sie begegneten keinem Croax-Wolf, keinem Schatten und auch keinem Späher. Die Späher kreisten stumm über dem Dorf, sie schrien nicht mehr. Aber ab und an hörte sie den Flügelschlag der Vögel, der ihr signalisierte, dass sie noch da waren und nach ihnen suchten.

In den Behausungen, an denen sie vorbeikamen, brannte dumpfes Licht, und von Zeit zu Zeit meinte sie, Geflüster zu hören. Aber keines der schattenlosen Wesen war zu sehen. So stiegen sie immer höher die steilen Wege zum Gebirge empor und die Behausungen wurden weniger. Sie versuchte, sich zu erinnern, ob dies derselbe Weg war wie zu dem Saal, aber sie konnte aufgrund der Dunkelheit wenig erkennen. Nach einer Weile meinte sie,

Lichtquellen im Gebirge auszumachen. Kleine Punkte tanzten vor ihren Augen, während sie an der Gebirgswand hinaufsah. War das möglich? Die gesamte Gebirgswand war mit Höhlen versehen. Sie waren schlecht zu erkennen, denn vor den Eingängen schienen Tücher oder Teppiche zu hängen.

Gerade als sie einen steilen Weg betreten wollten, blieb Mainart abrupt stehen. Mehrere verhüllte Gestalten bauten sich vor ihm auf.

»Wohin des Weges, alter Zauberer?« Verachtung sprach aus der Stimme.

»Ich hatte zugesagt, bei der Suche zu helfen«, entgegnet Mainart gelassen. »Wahrscheinlich standest du zu weit hinten und konntest meine Unterhaltung mit Ceres nicht verfolgen.«

Die Schattenlosen kreisten Mainart ein und rückten dabei näher an ihn heran. Eneas zog Ludmilla ein paar Schritte zurück und legte seinen Arm um ihre Schulter.

»Ich habe sehr wohl vernommen, was du mit Ceres besprochen hast«, lautete die knarrende Antwort. »Aber wir trauen dir nicht. Du hast noch nie etwas Gutes im Schilde geführt und uns immer nur Ärger eingehandelt. Wir wollen nur unser Licht, damit wir unser Dasein fristen können. Mehr können wir nicht verlangen, und wir befürchten, dass du dies unterwandern könntest. Du warst doch so gut mit dem Unsichtbaren befreundet. Sicherlich hat er längst Kontakt zu dir aufgenommen.«

Auch die anderen Wesen drängten sich jetzt immer dichter an Mainart heran und bekräftigen diese Aussage mit Kopfnicken und leisen Zurufen.

»Ja, genau. Du weißt, wo sie sind, und wir werden sie zusammen mit dir ausliefern. Dann bekommen wir zuerst unsere Portion«, ereiferte sich ein anderer Schattenloser.

Mainart schüttelte entschieden den Kopf. »Es tut mir leid, euch enttäuschen zu müssen, aber ich habe sie bisher nicht finden können.« Er machte eine betont lange Pause, bevor er fortfuhr:

»Selbstverständlich würde ich sie sofort ausliefern. Ich setze nicht das Leib und Wohl der anderen Schattenlosen aufs Spiel. Auch nicht für einen Freund. Das sollte euch eigentlich klar sein. Ich bin es schließlich, der sich um die Heilmittel für die Kranken kümmert, der das Gemeinwohl über sein eigenes stellt. Schaut mich an!« Er trat nun ganz nah an jedes einzelne Wesen heran, das sich ihm genähert hatte. »Ich stehe immer in der letzten Reihe. Ich ziehe aus, um Wurzeln in dieser Dunkelheit zu finden, die euch heilen. Ich stelle mich den Schatten entgegen, wenn ihr bestraft werden sollt, weil sie sich über euch ärgern. Und da werft ihr mir vor, dass ich nichts Gutes im Schilde führe? Dass ich euch immer nur Ärger einhandele? Was für einen Ärger? Inwiefern führe ich nichts Gutes im Schilde?«

Wieder sah er jedem einzelnen Schattenlosen fest in die Augen. »Wenn hier ein Wesen einen wertvollen Beitrag für die Gemeinschaft leistet, dann bin ich das.«

Seine Stimme wurde zunehmend lauter, so dass sich die Schattenlosen nervös umschauten. Mainart aber scherte sich nicht um deren Sorge, gehört zu werden.

Er breitete seine Arme aus und rief: »Was würdet ihr ohne mich machen? Ihr würdet gerade so überleben. Mehr aber auch nicht. Dank mir geht es euch gar nicht so schlecht.« Er stieß dem Wesen, das zuerst gesprochen hatte, den Finger in die Brust. »Wagt es also nicht, mir aufzulauern, mich zu verfolgen oder gar mich zu verdächtigen. Ich setze mich stets für das Wohl dieses Dorfes ein. Es ist nicht das erste Mal, dass sie uns das Licht verweigern. Ich werde einen Weg finden, dass sie diese Sperre aufheben. Auch ich brauche das Licht, nicht nur ihr.«

Und mit diesen Worten stieg er weiter den steilen Weg zum Gebirge hinauf und ließ die Schattenlosen stehen. Diese sahen ihm betreten nach, murmelten einander etwas zu und verteilten sich dann in verschiedene Richtungen. Keiner von ihnen folgte ihm, so dass Ludmilla und Eneas ihn bald wieder eingeholt hatten.

VIERZIGSTES KAPITEL

Arndt, Pixi und das Spiegelbild

Zufrieden lächelte Arndt die kleine schlafende Fee an. Er war stolz auf sich. Stolz, dass er Ludmillas Spiegelbild gerettet hatte und dass er helfen konnte. Edmund würde das Spiegelbild nun freilassen, davon war er überzeugt. Und dann würde Arndt auch weiter helfen können. Helfen, das Spiegelbild in Schach zu halten, bis Mina aus dem Krankenhaus kam. Oder vielleicht sogar, bis Ludmilla zurückkehrte? So wie er Pixi verstanden hatte, konnte das noch ein paar Tage, wenn nicht sogar Wochen dauern. Das Spiegelbild würde Ludmillas Platz einnehmen. Zur Schule gehen, eine brave Tochter sein und dafür sorgen, dass sie nicht zurück zu ihren Eltern ziehen müsste. Ja, er, Arndt Solas, hatte einen Plan. Eine genaue Vorstellung in seinem Kopf. Er war alt, aber nicht dumm, und nicht so gebrechlich, wie alle immer meinten. Es ging ihm gut. Allein in diesem riesigen Haus, mit dem Spiegel, der ihm nicht gehorchte. Das lag aber vielleicht auch daran, dass er ihn gar nicht benutzen wollte. Seit dem Verlust seines Bruders, des innig geliebten kleinen Bruders, hatte er beschlossen, nie wieder nach Eldrid zu reisen. Nie wieder einen Fuß in diese Welt zu setzen, die ihm den Menschen genommen hatte, den er am meisten geliebt und bewundert hatte. Seinen Bruder Desmond.

Und nun? Nun saß er hier, mit einer kleinen Fee auf der Hand, die vor Erschöpfung schlief, einer alten Freundin im Krankenhaus und einem wildgewordenen Spiegelbild, das so viel Ärger machte, dass alles in sich zusammenstürzte. Ein böses Lächeln huschte über sein Gesicht. Vielleicht hätte dann alles endlich ein Ende. Wäre das so schlecht? Er hatte die fremde Welt nie sonderlich gemocht. Schon die Reise durch den Spiegel war ihm zuwider gewesen. Er hatte sich fast immer übergeben müssen. Zugegebenermaßen, Bodan war ein wundervoller Spiegelwächter, und auch der Spiegel der Solas-Familie war prächtig und bezaubernd. Aber Eldrid hatte ihn schon immer abgeschreckt. Die Geschöpfe mit ihrer Abhängigkeit vom Licht. Und alles drehte sich nur um den Erhalt der Welt und um den Erhalt des Lichts. Es gab keine Kreatur in Eldrid, die nicht dafür lebte und arbeitete, das Licht zu erhalten und strahlen zu lassen. Sie waren dieser Welt vollkommen ergeben. Das hatte Arndt nie verstehen können. Eine riesige Gemeinschaft von Zauberwesen, die alle nur ein Ziel hatten.

Außer Zamir. Er war schon immer anders gewesen. Nicht, dass er ihm geheuer gewesen wäre oder er gerne mit ihm gesprochen hätte, dazu war Arndt viel zu schüchtern und feige gewesen. Aber er hatte sehr wohl verstanden, dass Zamir anders war als die anderen. Und das hatte ihm imponiert. Er seufzte. Aber nein! Er würde nichts tun, was Mina oder Ludmilla schaden könnte. Aber wenn dieser ganze Albtraum vorbei ist, dann werde ich mit Mina sprechen und wir werden eine dauerhafte Lösung für das Problem mit den Spiegeln finden, dachte er entschlossen. Er würde es nicht ertragen, wenn auch das Haus seiner Familie in die Hände der Taranee-Familie fallen würde, und alles nur wegen dieser Spiegel.

Plötzlich fühlte er eine unendliche Müdigkeit in sich. Er legte die Fee behutsam ab und setzte sich neben sie in einen Stuhl, der mitten im Raum stand, und schloss die Augen.

Wenig später wurde er durch ein lautes Geräusch aus dem Schlaf gerissen. Es wiederholte sich ungeduldig, bis er begriff, dass es die Türklingel war. Er schleppte sich mühsam die Treppe hinunter und öffnete die Tür. Und da stand es. Ludmillas Spiegelbild.

Der Diener der Taranee-Familie hatte es grob am Arm gepackt und hielt ihn Arndt entgegen. »Hier«, brummte er. »Sie ist jetzt in Ihrer Obhut, und ich bin dieses Exemplar endlich los.«

Das Spiegelbild schnitt ihm eine kindische Grimasse und sah Arndt verdrossen an. Der nahm seinen Arm entgegen, murmelte ein »Danke« und zog es ins Haus. Er hörte noch die quietschenden Reifen des Autos, als es davon brauste.

Arndt führte Ludmillas Abbild in die Küche. »Setz dich«, befahl er. Aber sein Ton war milde. Er war unendlich müde. Das war das Spiegelbild offenbar nicht gewöhnt, denn es gehorchte.

»Möchtest du was trinken? Hast du Hunger?«, fragte er und betrachtete es mit einer gewissen Neugier. Er hatte noch nie ein Spiegelbild aus der Nähe betrachtet. Nur kannte er Ludmilla kaum, so dass er den Unterschied nicht hätte feststellen können.

Das Spiegelbild nickte heftig. »Wie ein Bär«, gab es zu. Arndt machte ein paar Brote und schenkte zwei Gläser Wasser ein. Dann setzte er sich an den Küchentisch und beobachtete das Spiegelbild, wie es gierig die Brote verschlang. Als es bei dem letzten Brot angelangt war, fing er verhalten an: »Dass wir hier ein Problem haben, das hast du sicherlich schon mitbekommen.«

Das Spiegelbild stockte, schluckte hart und runzelte die Stirn. »Ich bin doch nicht blöd. Natürlich weiß ich, was hier vor sich geht«, blaffte es.

»Dann wirst du sicherlich auch begriffen haben, dass wir im selben Boot sitzen. Du wirst nicht nach Eldrid reisen können und musst in Minas Haus bleiben, bis Ludmilla wieder zurück ist.«

Das Spiegelbild seufzte und verdrehte die Augen. »Ja, und? Was interessiert mich Ludmilla? Ich bin jetzt Ludmilla und ich will durch diesen Spiegel reisen.«

»Aber das geht nicht«, herrschte er es an. »Überleg dir was anderes, was du als Gegenleistung forderst, aber durch den Spiegel reisen ist keine Option.«

»Ich kann dich auch einfrieren«, tönte plötzlich Pixis laute tiefe

Stimme, so dass beide erschrocken zusammen zuckten. »Und jetzt hör mal genau zu, du kleines mieses Exemplar von einem Spiegelbild«, schimpfte sie, während sie ganz nah an das Gesicht des Spiegelbildes heranflog und es dabei absichtlich mit ihren Flügel streifte. Das zuckte zurück. Die Flügel waren nicht federweich, wie man annehmen könnte, sondern hart und die Enden spitz. »Du wirst genau machen, was wir dir sagen. Mina wäre wegen dir fast gestorben, das werden wir kein zweites Mal zulassen. Jetzt ist Schluss mit diesem Theater, Schluss mit den Forderungen, Schluss mit der Zickerei und Schluss mit der Vorstellung, dass du irgendwelche Bedingungen stellen könntest.«

Pixi ließ sich auf dem Küchentisch nieder und stampfte so heftig auf, dass der Tisch einen Satz machte. Das Spiegelbild betrachtete sie voller Feindseligkeit.

»Und was willst du machen, wenn ich nicht tue, was du sagst? Mich einfrieren? Das kannst du doch gar nicht«, höhnte es.

Pixi schrie auf vor Zorn, sog Luft in ihre Backen und blies. Der Stuhl des Spiegelbildes kippte um, und es landete krachend auf dem Boden. Die kleine Fee setzte sich auf seinen Brustkorb und wippte darauf hin und her. Es verzog schmerzerfüllt das Gesicht.

»Hör auf damit, das tut echt weh«, entfuhr es ihm atemlos.

»Ja wirklich, das tut weh? Du hast keine Ahnung, was Schmerz ist. Vielleicht sollten wir mal Mina Scathan fragen, was es heißt, Schmerzen zu haben. Denn sie liegt wegen dir im Krankenhaus.«

»Das ist nicht wahr«, fauchte es zurück. »Nicht wegen mir, sondern wegen Ludmilla. Ich kann nichts dafür, dass Ludmilla nach Eldrid gereist ist und mich zurückgelassen hat. Ich bin nur wütend, weil ich gerne mitgekommen wäre. Was soll ich blödes Spiegelbild schon in dieser Welt, die mir nicht gehört.«

Pixi zuckte zurück und sah Arndt verwundert an. »Ein Spiegelbild mit echten Gefühlen und nicht nur Boshaftigkeit«, stellte sie verdutzt fest. »Das ist neu.«

Arndt hob nur die Augenbrauen. »Wir sollten es so schnell wie möglich in Minas Haus schaffen, und dann besuchen wir Mina. Es ist schon Morgen, und Mina ist sicherlich aufgewacht.«

Aber das Spiegelbild schüttelte den Kopf. »Ich gehe nicht wieder in dieses Haus. Ihr behandelt mich wie eine Gefangene. Wenn Ludmilla nicht bald zurückkommt, und davon geht ihr offensichtlich nicht aus, dann will ich ihr Leben leben. Und zwar so, wie *ich* will. Und wenn ich frech sein will und Leute beleidigen will, dann werde ich das tun. Denn ich habe hier nur meine begrenzte Zeit und die will ich auskosten. Wenn ich schon nicht durch den Spiegel reisen kann, dann will ich wenigstens Spaß haben. Und wem es nicht passt, der kann ja versuchen, Ludmilla zurückzuholen.«

Der Alte und die Fee tauschten erstaunte Blicke. Er bedeutete Pixi mit einer Kopfbewegung, dass sie ihm folgen möge. Dann schloss er hinter sich die Küchentür und flüsterte: »Das klingt doch ganz vernünftig.«

»Vernünftig?«, entfuhr es ihr empört. »Es wird Ludmillas Leben ruinieren.«

»Aber wir haben keine andere Wahl. Ludmilla muss in der Schule auftauchen. Es muss ihr Leben weiterleben. Auch im Hinblick auf die Drohung der Eltern. Wir müssen dafür sorgen, dass es in Minas Nähe und in der des Spiegels bleibt. Nur so können wir sicher gehen, dass Ludmilla auch zurückkommen kann, wenn sie soweit ist.«

Pixi presste die Lippen zusammen. »Das gefällt mir alles gar nicht«, wisperte sie.

Arndt öffnete die Tür wieder, und ehe er es verhindern konnte, stürzte sich Pixi auf das Spiegelbild. »Du undankbares, garstiges Exemplar von einem Abbild. Was bildest du dir ein? Denkst du wirklich, dass du Forderungen stellen kannst?«, brüllte sie.

»Ihr habt gar keine Wahl«, schrie es und wich vor der Fee zurück, die wie eine wildgewordene Hornisse auf sie zu raste. »Doch, ich habe noch eine Wahl«, giftete sie. »Ich kann dich einfrieren, dann haben wir kein Problem mehr mit dir.«

»Aber wer geht dann zur Schule? Was erklärt ihr Ludmillas Eltern?«, konterte es, während es sich rückwärts der Haustür näherte.

Pixi biss sich auf die Lippen. »Da fällt mir schon was ein«, fauchte sie.

In diesem Moment stellt sich Arndt dazwischen. »Genug«, donnerte er. »Wir fahren jetzt alle gemeinsam zu Mina ins Krankenhaus. Wir werden Minas Tochter unterrichten, und Ludmillas Abbild muss im Krankenhaus sein, wenn sie ihre Mutter besucht. Also kommt es mit und wird nicht eingefroren, verstehst du mich, Pixi?«. Drohend hob er den Zeigefinger.

Sie wandte sich schmollend ab, konnte es aber nicht lassen, dem Spiegelbild wilde Grimassen zu schneiden.

EINUNDVIERZIGSTES KAPITEL

Wiedersehen mit Lando

Keiner wagte zu sprechen. Mainart blieb immer wieder stehen und vergewisserte sich, dass ihnen niemand folgte. Sie mussten nun steile Treppen erklimmen, die in die Gebirgswand geschlagen waren, und Ludmilla lief ein Schauer über den Rücken, wenn sie sich umschaute und in die Tiefe blickte. Der Abgrund war tief, und unter ihr lagen nur die Behausungen der Schattenlosen. Diese Geschöpfe taten ihr leid. Wie konnte Zamir nur so grausam sein und sie ihr Dasein hier fristen lassen? Und warum versorgte er sie mit dem Licht? Hatte er noch Pläne mit ihnen? Es war eine Sache, sich selbst zu verbannen, aus Scham, aber eine andere, vom Feind mit dem lebenswichtigen Elixier versorgt zu werden. Warum tat Zamir das? Was nutzten sie ihm? Sie waren machtlos, ihre Schatten ebenfalls, verloren am Himmel von Eldrid, als Wolke zum Verdunkeln der Welt. Warum kümmerte er sich um diese Kreaturen? Sie kamen ihr vor wie verlorene Wesen, die in ihrem Unglück gefangen waren. Genau das beschäftigte Ludmilla: Waren sie Gefangene der Schatten, oder waren sie frei? Und wenn sie gehen konnten: Gab es in Eldrid einen Ort, an dem sie nicht geächtet waren? An dem sie leben konnten, ohne ihre Schatten, aber im Licht? Was für eine grausame Welt war das, die die Opfer des Bösen verbannten bzw. erwarteten, dass sie sich verbannten? Und das nannte Uri eine wunderschöne Welt? Ihr kam das in diesem Moment als andere als wunderschön vor. Wunderschön grausam vielleicht.

Während sie sich in ihren Gedanken verlor, bemerkte sie nicht gleich, dass Mainart stehen blieb. Er stand vor einem Vorhang, hinter dem sie den Eingang zu einer Höhle vermutete. Nur ein schmaler dumpfer Lichtschein trat am Rand des Vorhangs nach außen.

Sie wandte sich um, um nach Eneas zu schauen. Dieser hatte seinen Kopf sichtbar gemacht und nickte ihr zu.

»Da soll ich rein?«, raunte sie. »Da drin soll Lando sein? Und wenn das eine Falle ist, Eneas?«

»Dann seid ihr längst hineingetappt«, amüsierte sich Mainart.

Ludmilla wirbelte herum, aber er hatte den Vorhang bereits zurückgeschlagen und war in die Höhle eingetreten. Widerwillig folgte sie ihm. »Soll ich mich sichtbar machen?«, flüsterte sie in Eneas Richtung.

Aber auch hier hatte Mainart sie längst gehört, denn er sprach nun in normaler Lautstärke zu ihnen. »Ihr könnt euch beide sichtbar machen. Schlagt nur bitte den Vorhang wieder vor den Eingang. Der Stoff nimmt den Schall auf, sodass wir nicht mehr zu flüstern brauchen. Hier kann uns keiner hören, der es nicht soll. Die Schatten kommen nicht zu den Höhlen. Aus irgendeinem Grund vermeiden sie das Gebirge.«

»Vielleicht wegen der Berggeister«, murmelte Ludmilla mehr zu sich selbst, während sie sich neugierig in der Höhle umsah. Sie war etwa so groß wie Mainarts Zelt. Es gab eine Feuerstelle in der Mitte, in der ein kleines Feuer brannte. Um sie herum lagen Strohballen.

Im hinteren Teil gab es eine Art Schlaflager, über das sich eine Gestalt beugte, als sie eintraten. Sie erhob sich und kam auf sie zu geeilt. »Mainart. Ist das nicht zu gefährlich? Ich habe gehört, sie haben das Licht verweigert.«

Es war ein weibliches Wesen, fast genauso groß wie Ludmilla und von einem ähnlichen Erscheinungsbild wie die Hexen, die

266

Ludmilla in Eldrid kennengelernt hatte. Eine menschliche Gestalt, in langen Gewändern gekleidet, mit vielen Ketten um den Hals und mit langem Haar.

»Was heißt, du hast gehört?«, fragte Mainart in einem sehr strengen Ton. »Du warst nicht bei der Zeremonie?«

Sie schüttelte den Kopf. »Nein, ich wollte ihn nicht alleine lassen. Er ist so schwach.«

Sie verzog das schöne Gesicht zu einer mitleidigen Mine. Sie hatte sehr helle grüne Augen, goldblonde lange Haare und zarte ebenmäßige Haut. Sie war sehr blass, was ihr schmales Gesicht betonte. Sie schien sehr jung zu sein. Nicht viel älter als Ludmilla. Aber Ludmilla hatte in Eldrid gelernt, dass selbst Wesen, die jung aussahen, mehrere hundert Jahre alt sein konnten. Ihr Gesicht war fahl und eingefallen, wie das von Mainart. Auch sie war extrem mager und verhüllte ihren Körper mit vielen Lagen von Gewändern, die hin und her schwangen und sich ihren Bewegungen anpassten.

»Das ist verantwortungslos«, schimpfte Mainart. »Gwendolyn, wie konntest du nur? Wie soll er überleben, wenn du zu schwach bist, um ihn zu pflegen?«

Sie schüttelte nur den Kopf und sah neugierig in die Richtung des Eingangs. Ludmilla hatte vergessen, sich sichtbar zu machen, und Eneas gab ihr einen Schubs, während er sich an Mainart und Gwendolyn vorbeischob und sich dem leblosen Körper auf dem Lager näherte. Bei dem Anblick seufzte er laut auf und kniete sich daneben.

Noch bevor Ludmilla ihm folgen konnte, sprach Gwendolyn sie an. »Du bist also die berühmte Ludmilla.« Sie versuchte, einen unbeschwerten Tonfall anzuschlagen.

Ludmilla zuckte kurz zusammen. Also auch Gwendolyn kannte ihren Namen, wie fast jedes Geschöpf in Eldrid. Sie wischte den Gedanken weg, lächelte und streckte ihre Hand aus: »Ja, genau, und du musst die Retterin von Lando sein. Vielen Dank.«

Gwendolyn lachte. Ein helles Lachen, das in Ludmillas Ohren wundervoll klang. »Ich habe ihn nicht gerettet. Das hätte ich gar nicht gekonnt. So ganz ohne Kräfte. Ich pflege ihn nur. Die anderen haben ihn da draußen gefunden und hergebracht. Sie haben dafür viel riskiert. Aber auch hier muss man aufpassen, wem man trauen kann.« Und an Mainart gewandt sprach sie: »Und du bist sicher, dass dir niemand gefolgt ist? Wenn wir jetzt Besuch bekommen, habe ich ein Problem. Ich kann ihn nicht verschwinden lassen. Dazu ist er zu groß.« Sie wies auf den leblosen Körper, der im Schatten der Höhle lag.

Ludmilla ging an Gwendolyn und Mainart vorbei und näherte sich langsam Eneas und dem Körper. Lando hatte seine Formwandlergestalt angenommen. Lilaschimmernd, mit braunen kurzen Haaren und den ebenmäßigen Zügen. Er atmete flach und röchelte leise. Sein Arm und sein Bein waren mit Binden versehen, die von Blut durchtränkt waren. Sie schlug sich die Hand vor den Mund. Es sah schlimm aus. Er war ernsthaft verletzt. Damit hatte sie nicht gerechnet. Sie hatte eigentlich mit gar nichts gerechnet. Sie hatte sich nicht ausgemalt, was sie erwarten würde. Das hatte sie nicht gewagt. Ludmilla war der Meinung, wenn man sich etwas ausmalt, wird es dann genauso eintreten. Also dachte sie über schlimme Dinge nicht gerne nach, sondern verdrängte sie, bis sie damit konfrontiert wurde. Jetzt aber konnte sie sich nicht mehr davor verschließen. Lando war verletzt, und zwar so stark, dass er bewusstlos war. Und dies in einem Teil von Eldrid, in dem es nur sehr beschränkte Hilfe gab. Keine Hexen, die ihn im Handumdrehen heilen konnten.

Gwendolyn trat neben sie und legte ihr sanft die Hand auf die Schulter. »Es sieht schlimmer aus, als es ist«, versuchte sie, Ludmilla zu beruhigen. »Er braucht nur etwas Zeit und …« Sie stockte und warf Mainart einen besorgten Blick zu.

»… Licht«, beendete Eneas ihren Satz. »Er braucht unser Licht. Dann kann er gesund werden. Formwandler können sich selbst heilen, wenn sie genug Licht von Eldrid in sich aufsaugen. Du hast dich sicherlich bemüht ...« Eneas Stimme wurde laut vor Aufregung. »... und dafür bin ich dir auch sehr dankbar, liebe Gwendolyn. Aber deine Kräuter und Heilsalben helfen ihm nicht, wenn er kein Licht bekommt.«

Ein durchsichtiger Funkenregen ergoss sich über den Boden. Ludmilla legte beschwichtigend ihre Hand auf den Arm des Unsichtbaren, der unkontrolliert anfing zu schluchzen.

Mainart und die Hexe standen wie versteinert da und starrten die beiden an. Ludmilla konnte nicht erkennen, ob sie Verständnis für seinen Ausbruch hatten oder ob er ihnen missfiel.

Gwendolyn fand als erstes die richtigen Worte: »Damit magst du recht haben. Aber auch mit meinen Heilmitteln wird er wieder gesund. Es wird nur länger dauern, als wenn er sich im strahlenden Licht unserer magischen Welt aufhalten würde. Aber er stirbt nicht.« Ihre Stimme war sanft und einfühlsam.

»Aber warum kommt er nicht zu sich?«, schluchzte Eneas hemmungslos.

Ludmilla hatte vergessen, was für emotionale Wesen die Unsichtbaren waren: nicht nur aufbrausend, sondern auch gefühlvoll. Sie betrachtete ihn überrascht, und gleichzeitig bewunderte sie ihn. Ihm schien es nichts auszumachen, dass die anderen seinen Gefühlsausbruch mitbekamen. Ihr wäre das sicherlich fürchterlich peinlich gewesen, aber er zeigte keine Spur der Scham.

Mainart trat näher. »Wir können nur mutmaßen, was passiert ist. Aber die Bisswunden, die er am Arm und am Bein hat, stammen von einem Croax-Wolf. Außerdem hat er tiefe, spitze Verletzungen am Kopf und Oberkörper. So wie das aussieht, ist er von Spähern angegriffen und zu Boden gezwungen worden. Dort wurde er dann von einem Croax-Wolf überwältigt. Wir können uns nur nicht erklären, warum die Bestie ihn nicht getötet hat. Vielleicht konnte er sich schnell genug in ein kleines Tier verwandeln, das der Wolf mit seinen Zähnen nicht erfassen konnte.«

Mainart sah in das entsetzte Gesicht von Eneas, dessen Augen sich erneut mit Tränen füllten. »Wir fanden ihn in der Formwandlergestalt auf einer der Bauminseln im Moor liegen. Er war blutüberströmt und ohne Bewusstsein. Wir haben ihn zu Gwendolyn gebracht, und sie pflegt ihn gesund. Mehrere Schattenlose haben sich in große Gefahr begeben und Kräuter und Wurzeln gesammelt, die die Heilung beschleunigen. Es ist für uns schwierig, ihm ganz ohne Magie zu helfen. Aber wir schaffen es.«

Die letzten Worte sollten ihnen Mut machen, aber Eneas schluchzte erneut unkontrolliert auf und vergrub sein Gesicht neben Lando auf dem Lager. Ludmilla stand hilflos daneben und starrte immer wieder von dem Unsichtbaren, der wie ein Kind neben dem leblosen Körper kniete, zu den beiden Rettern, die mitleidig die Szene betrachteten.

»Wie lange wird es dauern, bis er wieder gesund ist?«, fragte sie schließlich, um die Stille zu durchbrechen, die sich in der Höhle unangenehm ausbreitete.

Mainart und Gwendolyn sahen sie verwundert an.

»Natürlich danken wir euch für eure Hilfe. Es ist wirklich bemerkenswert, wie ihr ihm ohne Magie helfen konntet.«

Die junge Hexe runzelte die Stirn.

»Ich wollte nicht respektlos sein«, beeilte Ludmilla sich, ihnen zu versichern. »Ich kann mir ungefähr vorstellen, wie gefährlich es gewesen sein muss, ihn hierher zu schaffen.«

Zögerlich sah sie Gwendolyn an. Deren Gesicht entspannte sich, und sie nickte langsam. Also fuhr sie fort. »Dafür sind wir euch unendlich dankbar. Wir können nur nicht lange hierbleiben, und wir brauchen ihn.«

Sie warf einen Seitenblick auf Landos Körper, der blass und leblos auf dem Lager ruhte. Seine Brust hob und senkte sich kaum merklich, so dass sie ihre Worte fast schon wieder bereute. Es würde Tage dauern, bis Lando wieder bei Kräften war. Das sah sie ein. Aber sie wollte kein Wesen unnötig lange in Gefahr bringen.

»Mainart hat Eneas und mir bereits gesagt, dass wir hier nicht lange verweilen können. Sie suchen nach uns.« Das ›sie‹ sprach sie bewusst vorsichtig aus. Wie viel wusste Gwendolyn? War sie bereit, so viel für Lando und sie beide aufs Spiel zu setzen? Sie hatte die Zeremonie verpasst, nur um Lando nicht allein zu lassen. Das sprach für sie. Aber was, wenn sie hörte, dass quasi ein Kopfgeld auf Eneas und sie ausgesetzt worden war? Würde sie das auch ignorieren?

Aber die Hexe verzog keine Miene. Also fuhr Ludmilla fort: »Eneas muss mit Lando sprechen.« Sie stockte. Sollte sie alles offenbaren, was sie wusste?

In diesem Moment unterbrach sie Eneas: »Lando hat mit mir nicht die Details unserer Mission abgesprochen. Ich weiß nicht, wohin er wirklich mit Ludmilla wollte. Ich weiß nur so viel: Wir benötigen die Unterstützung eines Magiers, der den Umkehrzauber für uns spricht. Ohne Magier brauchen wir Godal überhaupt nicht zu suchen. Natürlich müssen wir wissen, wo sich Godal aufhält. Insofern war unsere Reise hierher nicht vergebens. Aber wir müssen vorbereitet sein, wenn wir auf ihn treffen. Godal muss an Ludmilla gebunden werden, damit sie zusammen mit ihm durch den Spiegel reisen kann. Ich bin mir nicht sicher, wie das alles funktionieren soll. Uri muss sich bereit halten. Denn sobald Ludmilla Godal an sich gebunden hat, muss er sie umgehend durch den Spiegel schicken, egal wo sie sich gerade befindet. Wir wissen jedoch nicht, ob er das überhaupt kann, wenn sie sich in Fenris aufhält. Es gibt so viele Fragen, die geklärt werden müssen. Und der Magier.«

Es sprudelte aus ihm heraus. Unkontrolliert, wie Wasser aus einer Quelle. Dann hielt er inne und sah Mainart ratlos an. »Wie kommen wir an einen Magier, der dafür mächtig genug ist? Und wo sollen wir nach Godal suchen? Kommt er überhaupt hierher, in

271

dieses Dorf?«

Auch Ludmilla sah Mainart und Gwendolyn erwartungsvoll an. Eneas hatte recht. Es gab so viele Fragen und zu wenige Antworten. Sie waren überstürzt aufgebrochen. Aber sie hatte auf Lando vertraut. Darauf, dass er einen Plan hatte. Ihr kamen Zweifel, ob das richtig gewesen war. Und Eneas offenbar ebenfalls.

»Lando hat mir etwas von einem Schattendorf erzählt«, stoppte sie Eneas Redefluss.

Aber genau das heizte den Unsichtbaren noch mehr auf. »Ja, genau. Ich habe noch nie von einem Schattendorf gehört. Wo soll das sein? Was soll das sein?«

»Lando hat Zamir belauscht, wie er seine fünf mächtigen Schatten empfangen hat«, versuchte sie erneut zu erklären. Sie bemerkte die Blicke, die sich Mainart und Gwendolyn zuwarfen. Wissende Blicke. Aber sie schwiegen.

Eneas dagegen sah sie herausfordernd an. »Genau«, brauste er los. »Fünf mächtige Schatten, und lebendig sollen sie sein. Nicht nur Godal, nicht nur einen. Gibt es noch mehr? Diese beiden, die wir bei der Zeremonie gesehen haben, sind auf jeden Fall mächtige Schatten, oder? Ich habe noch nie zuvor einen lebendigen Schatten gesehen, und dann gleich zwei auf einmal? Was geht hier eigentlich vor?«

Mainart nickte und hob die Hand. Der Unsichtbare verstummte sofort. »Es gibt Schatten und *die* Schatten, Eneas«, begann er mit Bedacht. »Es gibt *lebendige* Schatten, und es gibt *mächtige* Schatten. Die mächtigen Schatten. Davon, Lando hat recht, gibt es nur fünf. So wie in der Legende.« Er hielt inne und fixierte Eneas ernst. »Die Legende, Eneas, vom Pentagramm der Schatten. Sie wird wahr.«

Eneas sprang so unwillkürlich auf, dass er sich an der Decke der Höhle den Kopf stieß. »Was erzählst du da?«, rief er und lief vor Zorn rot an. »Das ist eine Legende. Eine Geschichte, die wir den Kindern erzählen, um ihnen Angst einzujagen und ihnen die Schönheit unserer Welt zu erklären.« Er rieb sich wütend den

Schädel und ließ sich wieder neben Lando nieder. »Das ist doch Unsinn«, schimpfte er weiter. »Die Legende vom Pentagramm der Schatten. So alt wie unsere Welt. Und so schön ausgedacht, wie es eben zu unserer Welt passt.« Er schnaubte durchsichtige Funken aus seinen Nasenhöhlen.

ZWEIUNDVIERZIGSTES KAPITEL

Eine unbequeme Reise

Unschlüssig trat Vince von einem Fuß auf den anderen. Er stand vor Zamirs Höhle und wusste nicht, was er tun sollte. Er ärgerte sich über sich selbst, da er sich fest vorgenommen hatte, Zamir auf den Schatten seines Großvaters anzusprechen. Aber dazu war es nicht gekommen. Außerdem hatte Zamir ihn unfreundlich empfangen. Der Spiegelwächter wirkte gestresst.

Vince schüttelte den Kopf. Das war überhaupt nicht so gelaufen, wie er sich die Begegnung vorgestellt hatte. Und jetzt? Wie sollte er an diesen Croax-Wolf kommen, wenn ihn Zamir nicht schickte? Er blickte in den dunklen Wald hinein. Die Schönheit dieser Welt, von der ihm sein Großvater immer vorgeschwärmt hatte, konnte er nicht erkennen. Es war finster, roch modrig, und von schillernden Farben war nichts zu sehen. Zamirs Werk verzauberte ihn nicht. Ganz im Gegenteil. Dieser Teil der Welt war abweisend und kalt, wie der Empfang des Spiegelwächters, der ihn geschaffen hatte.

»Lauf schon los«, drang Zamirs ungeduldige Stimme zu ihm nach außen. »Immer der Dunkelheit entgegen. Weg vom Licht. Ist nicht zu verfehlen.« Hohn sprach aus der Stimme. »Der Croax-Wolf wird dich schon finden. Und jetzt beleidige mich nicht länger mit deiner Anwesenheit.«

Vince murrte vor sich hin, während er sich in Bewegung setzte.

Die Hecke teilte sich wie von Zauberhand und machte den Weg frei. Zu gerne hätte er gewusst, warum Zamir sich so für die Wiederbelebung des Spiegels interessiert hatte. Und warum er so unzugänglich war? Er wusste von seinem Großvater, dass die Taranee-Familie ein gutes Verhältnis mit Zamir gepflegt hatte. Ein freundschaftliches. Warum sonst hätte sein Großvater ihm seinen Schatten überlassen sollen? Er hatte es aus Vertrauen und der alten Verbundenheit wegen getan. Die genauen Hintergründe hatte sein Großvater ihm nie erläutert, sondern hatte sich bei diesem Thema immer besonders bedeckt gehalten. Zu gerne würde Vince mehr darüber erfahren. Aber nun musste er erst einmal dieses Mädchen suchen. Es reichte wohl nicht, dass er sich schon mit ihrem Spiegelbild rumärgern musste. Jetzt musste er das Original auch noch einfangen und zu Zamir bringen. Dass das so leicht werden würde, wagte er zu bezweifeln.

Er ging durch den Wald von Fenris, immer der Dunkelheit entgegen, so wie es Zamir gesagt hatte. Er hatte Mühe, überhaupt etwas zu erkennen. Aber er konnte differenzieren, wo es heller zu werden schien und wo dunkler. Er wandte sich stets der dunklen Seite zu und stolperte so fluchend durch den Wald. Kein Tier begegnete ihm, kein Wesen. Es war gespenstisch still, bis er ein Knacken und dann ein rasselndes Geräusch hinter sich vernahm. Als würde die Luft durch eine Dampfmaschine eingesogen werden. Er fuhr herum und stand vor einer pechschwarzen Gestalt. Sie war über zwei Köpfe größer als er und in einen schwarzen Umhang mit Kapuze gehüllt. Sie war gerade im Begriff, sich über ihn zu beugen. Und sie schnüffelte. Zumindest hörte es sich wie ein Schnüffeln an. Sie sog die Luft des Raumes ein, den Vince einnahm.

Erschrocken stolperte er rückwärts, taumelte und fiel über einen Baumstumpf in eine Hecke. Das Wesen blieb stehen und betrachtete den ungeschickten Menschen mit glühenden Augen. Langsam glitt es auf ihn zu und hatte ihn schon fast erreicht, als Vince ein »Halt« hervorpressen konnte. Sein Herz schlug ihm bis zum Hals, und seine Kehle war trocken. Er hob eine zittrige Hand und schluckte hart. »Halt!«, wiederholte er. »Ich bin im Auftrag von Zamir, dem mächtigen Spiegelwächter, hier. Ich stehe unter seinem Schutz.«

Wieder ertönte das rasselnde Geräusch, und Vince meinte, darin Gelächter zu erkennen. »Es stimmt«, sprach er hastig weiter. »Er hat mir eine Aufgabe erteilt, und dafür schickt er mir einen Croax-Wolf. Er hat mich aber wohl noch nicht gefunden.«

Das rasselnde Geräusch brach ab, und das Wesen wandte sich um. Das Unterholz auf der gegenüber liegenden Seite knackte laut und krachend, und dann erhob sich ein riesiges Untier. Vince nutzte die Chance, sich aufzuraffen, blieb dann aber wie versteinert stehen. Das Geschöpf brach aus dem Gebüsch, zur Hälfte aus einem Wolf und zur anderen Hälfte aus einem Schwarm schwarzer Vögel bestehend. Die Vögel kreischten schrill, und der Wolf scharrte ungeduldig mit der Pfote, während er Vince mit flammenden Augen anstarrte.

Am liebsten hätte Vince losgebrüllt und wäre davongerannt, aber er konnte sich nicht rühren. Wie paralysiert starrte er in die feurigen Augen. Das musste ein Croax-Wolf sein. Der musterte ihn, schnüffelte, und dann senkte er den Kopf und ging in die Beugen seiner Vorderläufe. Vince sah sich kurz um, als wollte er sich vergewissern, dass die Geste dieses Untiers auch wirklich ihm galt. Dann löste sich seine Erstarrung, und er trat zögerlich auf den Croax-Wolf zu. Er blickte zur Seite, wo immer noch die Gestalt mit dem schwarzen Umhang stand. Sie jagte ihm mehr Angst ein als dieses wolfsartige Wesen. Also nahm Vince Anlauf und sprang auf den Nacken des Tierwesens, das ergeben den Kopf beugte.

Der Croax-Wolf richtete sich auf, und Vince hielt sich am Fell fest. Als sich die Bestie in Bewegung setzen wollte, zischte die schwarze Kreatur erneut. Es war ein so unangenehmes Geräusch, dass Vince sich instinktiv die Ohren zuhalten musste. Die Bestie drehte ungeduldig den Kopf zur Seite, fletschte die Zähne, und die

Späher stießen schrille Schreie aus. Aber die Gestalt ließ sich davon nicht beeindrucken. Stattdessen griff sie unter ihren Umhang und holte etwas hervor. Vince kauerte sich auf dem Croax-Wolf zusammen. Die Bewegung hatte etwas von einer Szene in einem Western, in dem ein Cowboy einen Revolver zieht. Aber statt eines Revolvers streckte ihm eine skelettartige Hand etwas entgegen, das an einer Kordel hing. Es sah aus wie das Horn eines Tieres.

Zögerlich ergriff Vince die Schnur und zog den Gegenstand zu sich. Es war tatsächlich ein Horn. Wie das von einem Nashorn. Das schwarze Wesen machte mit seiner dürren Hand eine auffordernde Bewegung, und Vince verstand: Er sollte hineinblasen.

Er nickte unterwürfig und blies mit aller Kraft in das Horn. Es ertönte ein fremder, gedrückter Ton, der sich jedoch wie ein Echo im gesamten Wald ausbreitete und die Luft erfüllte. Der Wolf jaulte auf, und die Späher schrien noch lauter. Dann setzte sich der Croax-Wolf in Bewegung. Vince hängte sich rasch das Horn um den Hals und krallte sich am Nackenfell fest. Er wagte es nicht, sich zu bewegen, aus Angst, hinunterzufallen.

Es war kein angenehmer Ritt. Immer wieder blickte er sich um und versuchte zu erkennen, ob die schwarze Gestalt ihnen folgte, aber er sah nichts. Stattdessen verschmolz alles um ihn herum mit der Dunkelheit des Waldes.

DREIUNDVIERZIGSTES KAPITEL

Die Legende vom Pentagramm der Schatten

Wutschnaubend setzte sich Eneas auf Landos Lager. »Das Pentagramm der Schatten«, murmelte er verbissen. »Dass ich nicht lache.«

Aber Gwendolyn hockte sich neben ihn und fing an, sehr leise ein Lied zu singen:

> *Unsere magische Welt vom Licht durchströmt,*
> *das unsere Herzen verwöhnt,*
> *dem Licht haben wir alles zu verdanken,*
> *für das Leben und die Magie wollen wir danken,*
> *indem wir erfüllen unsere Pflicht:*
> *Zu pflegen das Licht!*
> *Es ist das Licht, das uns nährt,*
> *damit sich das Wunder vermehrt,*
> *und uns die Kräfte verleiht,*
> *die uns mit unseren Schatten vereint.*
> *Das ist das Licht,*
> *das ist unser Licht,*
> *das Licht von Eldrid.*

Ludmilla erkannte die Melodie sofort. Es gab offenbar nur ein Lied in Eldrid, das in unterschiedlichsten Varianten gesungen und gesummt wurde. Die Melodie dazu war immer gleich. Mal traurig, mal fröhlich. Aber es war immer dasselbe Lied. Den Text hatte sie allerdings noch nie gehört.

Gwendolyn lächelte sie an und, als hätte sie ihre Gedanken gelesen, erklärte sie: »Normalerweise singen wir es in unserer alten Sprache, die nicht jeder versteht und viele verlernt haben. Ich habe den Text für dich übersetzt. Die erste Strophe ist die Bekannteste. Aber es gibt noch zwei, die schon fast vergessen sind und die unter anderem auch die Legende vom Pentagramm der Schatten enthalten.« Ihre Stimme war wunderschön, klar und hoch, als sie sang:

> *Das Licht warnt uns vor der Gefahr,*
> *bei Dunkelheit werden wir ihrer gewahr.*
> *Auch den Schatten zu verwahren*
> *und gemeinsam die Magie zu bewahren*
> *ist unsere Pflicht*
> *gegenüber dem Licht.*
> *Denn wenn sich die Schatten vom Licht abwenden*
> *und sich zu der Dunkelheit wenden,*
> *dann können wir nicht mehr bewahren,*
> *was wir einmal waren.*
> *Das ist das Licht,*
> *das ist unser Licht,*
> *das Licht von Eldrid.*
>
> *Wenn die Schatten ersticken das Licht,*
> *zeigt die dunkle Macht ihr wahres Gesicht,*
> *und die mächtigen Fünf werden aufsteigen.*
> *Vor ihnen wird den Kopf jeder neigen,*
> *nur der Eine nicht,*
> *um zu wahren das Licht.*
> *Der Eine kann das Pentagramm zerstören,*

wird er nur all seine Mächte beschwören,
für uns
und für das Licht.
Das ist das Licht,
das ist unser Licht,
das Licht von Eldrid.

»Ja, ja«, brummte Eneas ungehalten. »Ich kenne das Lied und ich kenne die Legende. Aber wer soll der eine sein? Wer soll sie stoppen, wenn es sie wirklich gibt, die fünf?«

Mainart und Gwendolyn starrten Ludmilla an. Sie richtete sich auf. Es war ihr unangenehm, wie die Geschöpfe sie anstarrten, aber dann wurde es ihr schlagartig klar. »Vor ihnen wird den Kopf jeder neigen, nur der Eine nicht, um zu wahren das Licht. Der Eine kann das Pentagramm zerstören, wird er nur all seine Mächte beschwören, für uns und für das Licht«, wiederholte sie langsam die letzten Sätze des Liedes, die ihr im Kopf geblieben waren wie Kaugummi an der Schuhsohle. Erst hatte sie nicht gewusst, warum sie gerade bei diesen Zeilen so aufgehorcht hatte, aber plötzlich verstand sie es.

»Ihr meint doch nicht …«, begann sie zweifelnd. »Nein, nein, das könnt ihr nicht ernst meinen«, stotterte sie. »Mein Schatten?«

Sie prustete hysterisch los, und auch Eneas fiel in ihr Lachen ein. »Lando und seine Hirngespinste«, wieherte er, »das könnt ihr doch nicht ernsthaft glauben.«

Aber Mainart und Gwendolyn lachten nicht. Sie blieben ernst, so ernst, dass Ludmilla das Lachen im Halse stecken blieb, und auch Eneas verstummte abrupt.

»Du meinst …«, stotterte er, »ihr meint, Lando hat recht, und es ist wahr?«

Beide nickten stumm.

»Was soll das heißen?« Ludmilla rang nach Luft. »Mein Schatten ist der *Eine*, der diese Welt retten wird und die Legende wahr werden lässt? Mein Schatten? Aik? Das könnt ihr doch nicht ernst meinen.«

Nun war sie es, deren Stimme laut geworden war. Sie sprang auf und lief in der Höhle auf und ab. Wie ein Tier im Käfig. Das Herz pochte ihr bis zum Hals, und ihre Gedanken überschlugen sich.

Mainart trat auf sie zu und legte ihr die Hand auf die Schulter. »Ganz so einfach ist es nicht, Ludmilla. Lass es uns erklären. Atme tief durch und beruhige dich erst einmal.«

Er machte eine einladende Handbewegung in Richtung des Feuers und der Strohballen. »Bitte«, fügte er geduldig hinzu und sah sie eindringlich an.

Er hatte sehr helle graue Augen, die einen bernsteinfarbenen Hintergrund hatten. Fast die eines Tieres und weniger die eines Menschen. Warum war ihr das nicht früher aufgefallen? Jetzt fühlte sie sich plötzlich unbehaglich.

Sie zögerte und blickte Eneas fragend an. Dieser hob nur zweifelnd die Schultern. »Also gut«, murmelte sie und ließ sich auf einem der Strohballen nieder.

Gwendolyn brachte ihr einen dampfenden Becher mit einer wohltuend duftenden Flüssigkeit. Sie nippte daran und hatte augenblicklich ein wohliges, sattes Gefühl. Sie lächelte der Hexe dankbar zu. Plötzlich war alle Aufregung gewichen, und sie war bereit. Bereit zuzuhören.

Eneas tigerte immer noch aufgebracht im Kreis umher. Er konnte sich nicht beruhigen. »Ich habe sofort gesehen, dass ihr Schatten etwas Besonderes ist. Niemandem außer mir ist das aufgefallen. Schaut doch nur, wie er daliegt. So selbstgefällig. Wir sprechen von dir«, fauchte er. »Aber das weißt du ja längst, weil du zuhörst.« Er schnaubte verächtlich.

Mainart hob beschwichtigend die Hand. »Wenn er der *Eine* ist, dann sollten wir ihn mit Respekt behandeln.« Er besann sich kurz, dann fügte er hinzu: »*Selbstverständlich* gebührt allen Schatten Respekt. Das haben wir nur über die Jahrhunderte hinweg verlernt und vergessen. Eine Schande, ich weiß.« Und er deutete eine Verbeugung in Aiks Richtung an.

»Du musst dich nun wirklich nicht auch noch verbeugen, Mainart«, fuhr ihn Eneas an.

Ludmilla hörte Aiks sanfte tiefe Stimme in ihrem Kopf lachen.

»Falls du es nicht weißt«, zeterte Eneas weiter in die Richtung ihres Schattens. »Das ist der einzigartige Magier, Mainart. Er ist eine Berühmtheit hier in Eldrid.«

Und warum ist er dann hier, ohne Schatten?, erklang die spöttische Frage in Ludmillas Kopf. Sie atmete genervt auf. *Das ist respektlos, Aik. Er hat dir seinen Respekt erwiesen, nun erweise ihm deinen,* forderte sie ihn auf und blickte auf ihren Schatten, der gelassen auf dem Boden lag. Plötzlich regte er sich. *Also gut,* ertönte es in ihrem Kopf. Ihr Schatten erhob sich und wuchs. Er wuchs so stark, dass Ludmilla ein Schrei entfuhr und Eneas' Augen so groß wie Billardkugeln wurden.

Mainart aber blieb ganz ruhig und trat dem Schatten entgegen. Aik, der an Ludmillas Körper gebunden war, verbeugte sich langsam vor dem alten Magier. Mainart lächelte weise und schwieg. Aber Eneas musste von Gwendolyn zurückgehalten werden, sonst hätte er sich auf den Schatten gestürzt.

Sag deinem aufgeblasenen Freund, dass er mir nichts anhaben kann, flüsterte Aik spöttisch in Ludmillas Kopf. Aber sie schüttelte den Kopf. *Das werde ich nicht,* erwiderte sie schroff. Stattdessen wandte sie sich Mainart zu und sprach: »Dann ist es mir auch eine Ehre, dich kennenzulernen, Mainart«, und lächelte ihn an.

Aber der hob nur die Hand. »Wir hatten doch schon das Vergnügen, liebe Ludmilla. Eneas übertreibt mal wieder. Ein großer Magier ohne Schatten ist ein Magier ohne Mächte und damit ein ziemlich nutzloser Magier.«

Gwendolyn schüttelte energisch den Kopf. »Was wäre das Dorf ohne dich, Mainart. Im Grunde können wir froh und dankbar sein, dass du deinen Schatten verloren hast, denn ohne dich wären wir hier aufgeschmissen.« Mainart hob amüsiert die Augenbrauen. Die junge Hexe beeilte sich, hinzuzufügen: »Es ist natürlich tragisch, dass du deinen Schatten verloren hast. Mit deiner Magie wärst du sicherlich eine große Hilfe im Kampf gegen die Dunkelheit. Aber hier, im Dorf, leistest du einen wertvollen Beitrag. Ohne dich wären wir nicht in der Lage, die Umgebung zu erkunden, Verletzte wie Lando aufzuspüren und die Schatten auszuspionieren, die uns das Licht bringen.«

Ludmilla setzte sich interessiert auf. »Ihr spioniert die Schatten aus? Was heißt das genau?«

Mainart lächelte sie geheimnisvoll an, während Gwendolyn ihrem Blick auswich und sich neben ihr auf einem Strohballen niederließ.

»Eins nach dem anderen«, begann Mainart langsam. »Erst einmal sollte ich dir erklären, dass Lando keine Hirngespinste verfolgt hat. Es gibt Dinge, die du, lieber Eneas, nicht weißt. Das habe ich nun verstanden. Deshalb lasst mich euch ein paar Dinge erklären. Manches kommt dir, Eneas, sicherlich bekannt vor, anderes wird für dich offenbar genauso neu sein wie für Ludmilla.«

Eneas trat von einem Fuß auf den anderen. Ludmilla konnte erkennen, dass er sich unbehaglich fühlte. Ständig wechselte seine Farbe. Sie betrachtete ihn mit so viel Vertrauen und Selbstverständnis, dass es ihr erst in diesem Moment auffiel: Sie waren Verbündete. Der Marsch durch das Moor hatte sie zusammengeschweißt. Sie würde für ihn da sein. Er wirkte in vielen Situationen, insbesondere im zwischenmenschlichen Bereich, unbeholfen. Auch wenn er schon viel gereist war und verschiedene Völker kennengelernt hatte, war er doch noch recht jung. Das hatte er ihr gesagt. Und so wirkte er auch auf sie. So aufbrausend, unkontrolliert und emotional wie sie. Sie mochte sich selbst nicht, wenn sie aus der Haut fuhr, unsensibel und unverschämt reagierte. Aber sie war impulsiv und war noch nicht immer dazu fähig, ihre Emotionen zu kontrollieren und sich zu beherrschen, wenn es angebracht gewesen wäre. Genauso wenig wie Eneas. Nur dass seine Gefühlsausbrüche wesentlich anschaulicher waren, in Farbenspiel und Funkenregen. In der jetzigen Situation aber, als er erfahren musste, dass sein Freund keine Hirngespinste verfolgte, hatte sie fast ein bisschen Mitleid mit ihm. Damit hatte er nicht gerechnet. Und offenbar konnten Unsichtbare nicht sehr gut mit Überraschungen umgehen.

Ihr Gedankengang wurde von Mainarts ruhiger Stimme unterbrochen: »Vor vielen, vielen Jahrhunderten, als die Wesen von Eldrid noch die alte Sprache sprachen und sich daran erinnerten, dass sie ihre Macht nicht allein trugen, sprachen sie mit ihren Schatten. Sie banden ihre Schatten an sich. Ihre Schatten konnten nicht gestohlen werden, da sie ihren Herren gehorchten. Es war ein anderes Leben damals. Ein respektvolleres, und die Wesen waren sich der Gefahr, die von den fünf Spiegeln ausging, bewusst. Nur die fünf Spiegelwächter, die sich für allmächtig hielten, sprachen als einzige nicht mit ihren Schatten.« Mainart lachte bitter auf. »Sie waren überzeugt, dass dies nicht erforderlich sei, weil sie in den fünf Spiegeln keine Gefahr sahen. Auch die Legende von den fünf mächtigen Schatten hielten sie für Unsinn. Fünf mächtige Schatten, von jeder Spiegelfamilie einer, würden lebendig werden und sich verbünden. Gemeinsam würden sie ein weiteres Pentagramm bilden und einen Gegenpol zu dem Pentagramm der Spiegel bilden.«

Ludmilla runzelte die Stirn. »Die Spiegel bilden ein Pentagramm?«

Der alte Magier nickte. »Sowohl in Eldrid als auch in eurer Welt. Deshalb dürfen die Spiegel nicht bewegt werden. Sie müssen in den Häusern und Höhlen bleiben. Das Pentagramm stellt ein Gleichgewicht dar, sowohl auf eurer Seite als auch auf unserer. Fällt dieses weg, wissen wir nicht, was mit Eldrid passiert.«

»Und das Pentagramm der Schatten?«, fragte nun Eneas mit heiserer Stimme.

»Der Legende nach bildet sich das Pentagramm der Schatten, wenn sich die Schatten der Spiegelfamilien vereinen. Dieses Pentagramm besitzt unermessliche Macht. So gewaltig, dass demjenigen, der es schafft, die fünf Schatten zu vereinen, selbst unendliche Macht zuteil wird. Er kann alles erschaffen, alles vernichten. Das Pentagramm der Schatten bringt Dunkelheit über Eldrid und erstickt unser magisches Licht. Eldrid ist dem Untergang geweiht, wenn sich das Pentagramm der Schatten zusammenfügt.«

Ludmilla schlug sich die Hand auf den Mund. »Zamir«, flüsterte sie.

Gwendolyn nickte.

»Hat er so die Berggeister erweckt?«

»Das vermuten wir«, entgegnete der Magier.

»Aber warum hat er sich nicht erst befreit?«, ereiferte sich Ludmilla.

»Das haben wir uns auch gefragt. Es gehörte wahrscheinlich zu seinem Plan. Zamir und Uri hatten schon immer eine besondere Beziehung zueinander. Sicherlich hat er den richtigen Moment abgewartet, um Uri zu demütigen. Ein einfacher Paukenschlag und sich dabei des Pentagramms zu bedienen, das hat ihm offenbar nicht gereicht. Er wollte den großen Auftritt. Erst hat er die Berggeister erweckt und dann Uris Bann gebrochen. Nun ist er frei, und sicherlich wird er uns bald besuchen. Auf dem Weg zum Schattendorf. Denn dorthin wird er sicherlich auch reisen wollen. Sein Werk mit eigenen Augen betrachten.«

»Also gibt es das Dorf tatsächlich? Das Schattendorf?«, fragte Ludmilla weiter.

Mainart nickte. »Ja und es wird euch nicht gefallen.«

»Und das Pentagramm?«, ertönte eine schwache Stimme aus dem hinteren Teil der Höhle.

Alle wandten sich um. Eneas war der Erste, der auf Lando zustürzte. »Du bist wach. Du bist wach«, rief er.

Ludmilla trat erleichtert auf das Lager zu und lächelte Lando schüchtern an. Sie schämte sich dafür, dass sie an ihm gezweifelt hatte. Angenommen hatte, er habe sie im Stich gelassen. Sei auf und davon.

Aber Lando reagierte weder auf Eneas Bestürmungen noch auf Ludmilla. Statt dessen wiederholte er die Frage: »Mainart, bist du sicher, dass das Pentagramm der Schatten zusammengefügt wurde?«

Der Magier trat hinzu und setzte eine düstere Miene auf. »Was heißt sicher, Lando? Die meisten von uns kennen Godal, den Schattenkönig, und von dem wissen wir, dass er von einem Mitglied der Spiegelfamilien, nämlich von Mina Scathan, abstammt. Es gibt aber noch andere lebendige Schatten. Godal ist längst nicht der einzige. Die restlichen Schatten stammen von Wesen. Godal hat sich eine Armee aus Schatten geschaffen, Lando. Er hat längst nicht alle an den Himmel gesandt. Zamir hat keine Ahnung, was Godal die letzten Jahre getrieben hat. Zumindest gehen wir davon aus, dass er es nicht weiß. Aber auch Zamir ist sehr mächtig geworden. Viel mächtiger, als uns lieb ist. Er hat mit seinen Spionen und Spähern viele Schatten gesammelt und sich viele Mächte einverleibt. Wir dürfen ihn nicht unterschätzen.«

»Ja, ja« unterbrach ihn Lando barsch. »Aber was ist mit dem Pentagramm? Wissen wir, dass jeweils ein Spiegelfamilienmitglied einen Schatten verloren hat? Wissen wir das? Nur so kann sich das Pentagramm der mächtigen Schatten zusammenfügen. Und wenn dem nicht so ist, warum hat Zamir fünf der lebendigen Schatten dann ›meine mächtigen Schatten‹ genannt?«

»Das muss nicht zwangsläufig heißen, dass es *die* mächtigen Schatten waren. Es gibt Schatten, die lebendig und mächtig sind und nicht von einem Menschen stammen. Aber«, Mainart hielt kurz inne und sah Lando durchdringend an, »wir gehen davon aus, dass es Zamir gelungen ist, von jedem Spiegelfamilienmitglied einen Schatten zu stehlen und sie dann zu vereinen.«

»Dann haltet ihr das also doch für glaubhaft?«, entfuhr es Eneas.

»Ja, weil sich vor einiger Zeit etwas änderte«, murmelte Gwendolyn. Alle sahen sie auffordernd an. Mainart schwieg. Also erklärte sie: »Kurz bevor die Berggeister erwachten, änderten die Schatten ihr Verhalten. Die Jahre zuvor kamen sie in regelmäßigen Abständen in das Dorf, viele von ihnen, und durchkämmten unsere Behausungen. Sie suchten jemanden oder etwas. Aber sie sagten nicht, was. Sie verhängten auch keine Strafe. Sie durchsuchten das gesamte Dorf und verschwanden dann wieder. Gefunden haben sie nichts. Das ging eine lange Zeit so, bis kurz vor dem Erwachen der Berggeister dieses Ritual plötzlich stoppte.«

»Danach haben sie nur noch einmal gesucht, nach euch, aber das ist etwas anderes«, warf der Magier kurz ein. »Bei der Suche nach euch haben sie genau gesagt, was und wen sie suchen. Sie haben ein Kopfgeld ausgesetzt. Das haben sie zuvor nie getan. Wir sehen darin einen Zusammen-hang.«

»Und«, fügte Gwendolyn so leise hinzu, dass sich Lando recken musste, um sie zu verstehen, »mindestens einen weiteren mächtigen Schatten, der von einem Mitglied der Spiegelfamilien abstammt, gibt es: Ceres. Er überwacht uns und kontrolliert die Lichtzeremonie. Er ist mächtiger als alle anderen. Nicht mächtiger als Godal, aber viel mächtiger als die restlichen lebendigen Schatten.«

»Woher weißt du das?«, fragte Ludmilla ebenso leise.

Aber die junge Hexe zuckte nur mit den Schultern. »Das spüren wir. Macht ist spürbar. Vor allem, wenn man selbst keine mehr hat. Godal ist mächtig, und Ceres ist mächtig. Den restlichen drei mächtigen Schatten bin ich bisher nicht begegnet. Aber ich bin mit anderen lebendigen Schatten zusammengetroffen, und die waren bei weitem nicht so mächtig wie Godal oder Ceres. Deshalb bin ich mir sicher, dass Ceres einer von den fünf ist.«

»Aber wie könnt ihr euch so sicher sein, dass das Pentagramm der Schatten nicht ein Märchen ist, eine Legende? Warum glaubt ihr das jetzt alles plötzlich?«, brauste Eneas noch einmal auf.

»Weil es wahr wird«, entgegnete Lando ruhig. Seine Stimme gewann langsam an Stärke. »Die Dunkelheit bricht über Eldrid herein, die Schatten vereinen sich, sie bilden nicht nur eine Schattenwolke, sondern sie verbünden sich, um für die Dunkelheit zu kämpfen. Und es gibt mächtige Schatten von den Mitgliedern der Spiegelfamilien. Zamir ist so alt wie diese Welt und sogar älter als die Legende. Er kennt sie bestimmt. Liegt es da nicht nahe, dass er nicht nur der Scathan-Familie einen Schatten gestohlen hat? Was hat er davon, wenn er sich nur Godal schafft? Ist es nicht denkbar, dass er von den anderen Spiegelfamilien ebenfalls die Schatten gestohlen hat, um das Pentagramm der Schatten zu erschaffen und dann zu schließen, um diese Macht für sich zu nutzen?«

Schweigen breitete sich in der Höhle aus wie die Dunkelheit über Eldrid. Jeder versank in seine eigenen Gedanken.

Schließlich fragte Gwendolyn Lando: »Du hast sie doch gesehen, Lando. Die fünf. Wie waren sie? Mächtig? Sehr mächtig? Haben sie sich stark von Godal unterschieden?«

Lando überlegte lange, bevor er antwortete: »Es waren fünf mächtige Schatten. Godal hatte eine übermächtige Ausstrahlung, aber die anderen waren auch mächtig. Das habe ich gespürt. Für mich war in diesem Moment klar, dass es die fünf sein müssen. Welche Schatten bestellt Zamir sonst in seine Höhle? Aber ich war mir nicht sicher genug, um es mit Uri zu teilen. Also habe ich beschlossen, das Schattendorf zu suchen, um mich zu vergewissern.«

Entsetzt starrte Ludmilla ihn an, dann lachte sie schrill. »Das war dein Plan? Mal schauen, wie mächtig diese Schatten sind, Lando? Hast du dabei auch über die Risiken nachgedacht, oder wolltest du es auf dich zukommen lassen?« Sie konnte sich den Sarkasmus nicht verkneifen.

Er blickte sie nachdenklich an. »Ich habe dich nicht getäuscht,

Ludmilla.« Seine Stimme klang bestimmt, aber sanft. »Ich habe dir gesagt, dass ich mit dir Godal suchen möchte, um ihn an dich zu binden und um euch beide zurück in die Menschenwelt zu schicken. Genau das ist und war mein Plan, bevor dieser Croax-Wolf mich zerfetzt hat.«

Er blickte an sich herunter und betrachtete seine Wunden. »Ich heile hier sehr langsam. Ich brauche Licht«, murmelte er vor sich hin.

Mainart nickte. »Das wissen wir. Wir haben bisher nur keinen Stein gefunden, der das notwendige Licht für dich speichert, um es dir zu bringen.«

Ludmilla wusste nicht, ob sie sich mit Landos Antwort zufriedengeben sollte. Genau genommen hatte er sie nicht belogen. Das stimmte. Dennoch fühlte sie sich hintergangen. Warum hatte er sie nicht in seinen gesamten Plan eingeweiht.

Er schien ihre Gedanken zu lesen, denn er versicherte ihr: »Ich hätte es dir erklärt, aber dazu war keine Zeit. Du erinnerst dich an die Waldgeister und dann die Späher? Wir hatten noch keine Zeit zu reden. Es war nicht mein Plan, dich hierher zu zerren und dir dann zu erklären, dass ich erst im Schattendorf, wenn wir es denn finden, erkennen kann, ob das Pentagramm der Schatten existiert.«

Gwendolyn und Mainart schüttelten beide den Kopf. »So einfach ist es leider nicht mehr, Lando«, sprachen sie fast gleichzeitig und blickten auf Aik, der wieder unschuldig und reglos neben Ludmilla lag.

Lando richtete sich mühsam auf. »Das ist nicht euer Ernst«, fuhr er die beiden an.

»Sag ich doch«, fiel Eneas mit ein.

»Die letzte Strophe des Liedes?«, fragte Lando ungläubig. »Und ihr meint, dass das der Schatten ist? Der eine?« Er schüttelte heftig den Kopf und stöhnte sofort vor Schmerzen auf.

»Beruhige dich, Lando«, flüsterte die junge Hexe und zwang ihn, sich wieder hinzulegen. Er wehrte sich, war aber zu schwach und gab nach.

Mainart schritt in der Höhle auf und ab. »Ludmillas Schatten ist sehr mächtig. Sie spricht mit ihm, und er teilt seine Mächte mit ihr. Das ist außergewöhnlich. Er könnte es sein. Bedenke«, er hielt kurz inne, »es muss ein Schatten sein, der zeitgleich mit dem Pentagramm der Schatten auftritt. Ludmilla kam nach Eldrid, kurz bevor die Berggeister erwacht sind. Vom zeitlichen Ablauf passt es. Er ist ein Schatten der Scathan-Familie. Diese Schatten sind mächtiger als die der Solas-, Ardis- oder Dena-Familie. Die Schatten der Taranee-Familie und die Schatten der Scathan-Familie waren schon immer sehr, sehr mächtige Schatten.«

Eneas lachte auf. »Bei der Scathan-Familie wissen wir auch warum«, höhnte er.

Ludmilla warf ihm einen unsicheren Blick zu, den er auffing und sofort verstummte. »Tut mir leid«, flüsterte er ihr zu. »Du kannst ja nichts dafür.«

»Das spielt keine Rolle«, herrschte Lando ihn an, der die Entschuldigung offenbar nicht gehört hatte.

»Alles in Ordnung, Lando«, ging Ludmilla dazwischen. »Woher können wir wissen, ob Aik der eine ist?«, fragte sie stattdessen.

»Aik?«, fragte Mainart interessiert. »Sein Name ist Aik?« Sie nickte. »Woher weißt du das?«, forschte er weiter.

»Sie spricht mit ihm, das haben wir dir doch schon gesagt«, fauchte Eneas. »Es ist offenbar gar nicht so schwer, die Alte Kunst zu lernen. Bei ihr dauerte es ein paar Minuten. Unsereins braucht dafür viele Jahre. *Das* ist außergewöhnlich.«

Er pfiff leise durch die Zähne und warf einen dramatischen Blick in die Runde. Dabei sah er komisch aus, und Ludmilla war zum Lachen zumute. Sein langgezogener Kopf, die dünnen Lippen, die sich in die Länge zogen, wenn er lachte, das Farbspiel auf seinem durchsichtigen Körper und die hohe Stimme passten einfach nicht zusammen. Sofort schoss ihr wieder das Surfbrett durch den Kopf. Aber sie schämte sich dafür. Eneas war ihr

Freund, ihr Vertrauter. Sie durfte sich nicht an seiner äußeren Erscheinung stoßen oder sich gar darüber lustig machen. Das war nicht fair. Beschämt blickte sie zu Boden.

VIERUNDVIERZIGSTES KAPITEL

Bodans Fluchtversuch

Schon bald war der Spalt groß genug, und Bodan hätte hindurchschlüpfen können. Aber der Berggeist hörte nicht auf, auf die Bergwand einzuhacken. So wurde die Öffnung immer größer und das Rauschen des Flusses lauter. Bodan erkannte den Sinn darin nicht. Die Berggeister konnten in Nebelform durch den Spalt hindurchfahren und sich auf der anderen Seite der Wand wieder in ihre Gesteinsform verwandeln. Warum also musste die Öffnung immer größer werden? Es dauerte nicht lange, und sie hatte die Form einer riesigen Tür, durch die ein Mensch hätte hindurchspazieren können.

Bodan passte einen unbeobachteten Moment ab und schlüpfte hindurch. Ein paar Schritte entfernt lag der Fluss. Es war mehr ein Bächlein, aber er sprudelte und floss in wellenartigen Formen durch eine Art Grotte. Sein Herz machte einen Freudenhüpfer, aber er erstarrte jäh, als er ein unzufriedenes Grollen hinter sich vernahm.

»Was machst du da? Habe ich dir erlaubt, dich dem Fluss zu nähern?«

Bodan schüttelte den Kopf: »Ich bitte um Verzeihung, ich war nur so fasziniert …«

»Mich interessieren deine Märchen nicht, erzähl sie Raan! Und nun verzieh dich wieder in den Krater. Ich habe hier zu arbeiten und könnte dich mit der Hacke erschlagen. Nicht, dass mich das stören würde, aber Raan hat was dagegen.«

Bodan fuhr zusammen und schlüpfte wieder zurück. Flussgeister hatte er keine gesehen. Nicht die Spur eines Astes. Er überlegte angestrengt. Waren sie geflohen, als die Arbeiten an dem Spalt begonnen hatten? Hatten sie ihn am Ende doch im Stich gelassen und würden ihm nicht zur Flucht verhelfen?

Er ließ sich in der Nähe des arbeitenden Berggeistes nieder und beobachtete ihn, wie er mühelos die riesige Hacke schwang und so Gesteinsbrocken um Gesteinsbrocken aus der Wand löste. Es würde nicht lange dauern, dann wäre es ein gewaltiger Durchgang.

Plötzlich begann der Boden zu zittern, und Bodan sah, dass ein weiterer Berggeist eine gigantische Gesteinskugel heranrollte. Diese sollte durch die Öffnung passen.

»Wollt ihr etwa den Fluss zuschütten?«, schrie er die beiden Geister an.

»Schon vergessen, Spiegelwächter«, grollte der mit der Hacke zurück. »Keine Fragen.«

»Nein«, schrie Bodan. Und ohne weiter darüber nachzudenken, rannte er durch die Öffnung und stürzte sich in den Fluss. Mit einem lauten Platschen landete er auf dem Bauch. Das Bächlein war fast nur eine Pfütze. Wie konnten die Flussgeister darin leben? Hinter ihm erhob sich das Gelächter der beiden Berggeister.

»Wolltest du etwa fliehen? In diesem Gewässer?«, dröhnten sie. Einer hob Bodan mit zwei spitzen Fingern aus dem Fluss hoch und setzte ihn unsanft daneben ab. »Dann schau mal zu, was jetzt passiert«, grölte der andere.

Er rollte die massige Gesteinskugel auf den winzigen Strom zu. Die Kugel blieb genau darin liegen. Dann hob der Berggeist die Hacke und zertrümmerte sie. Sie zersprang in abertausende Gesteinsbrocken, die sich auf dem Flussbett ausbreiteten.

»Nein«, brüllte Bodan verzweifelt. »Nein, was macht ihr? Was macht ihr da?«

Aber die Berggeister lachten erneut auf. »Du wirst diese Gesteinsbrocken verteilen, bis kein Wasser mehr zu sehen ist«, befahlen sie. »Das bekommst du auch ohne Magie hin. Die Brocken sind ganz leicht und vor allem voller Lehm. Der saugt das Wasser besonders gut auf.« Bodan rührte sich nicht. Der Berggeist mit der Hacke stieß ihn grob mit einem Finger an. »An die Arbeit«, brüllte er. »Das ist keine Bitte, sondern ein Befehl von Raan.«

Bodan liefen die Tränen über die Wangen, während er anfing, die Gesteinsbrocken auf dem noch verbliebenden Wasser zu verteilen. Seine letzte Hoffnung auf Flucht war gerade zunichte gemacht worden.

FÜNFUNDVIERZIGSTES KAPITEL

Das Karneolherz

»Erzähl mir mehr«, bat Mainart sie mit freundlicher Stimme. Sie sah ihn verwundert an. »Wie bist du darauf gekommen, mit deinem Schatten zu sprechen und ihn an dich zu binden?«

»Ach so«, platzte es aus Ludmilla heraus. »Das war eigentlich ganz einfach.« Sie blickte die Geschöpfe an, die sie wie gebannt anstarrten, und wählte ihre Worte vorsichtiger. »Wir waren an dieser Lichtung, über die die Späher kreisen und uns den Weg versperrten.« Es kam ihr vor, wie wenn es eine Ewigkeit her wäre. Sie sah sich zusammen mit Lando und Eneas dort stehen und diskutieren. Gedankenverloren spielte sie mit ihrer Kette, an der das Herz aus Karneol baumelte. »Lando schlug vor, dass ich meinen Schatten fragen sollte, ob er eine Macht mit mir teilt. Die der Unsichtbarkeit.«

Gwendolyn rückte näher, und plötzlich ergriff sie das Herz an Ludmillas Kette. Ludmilla sah sie verwundert an, wusste nicht, wie sie reagieren sollte. Die Hexe befühlte den Stein ganz vorsichtig und voller Ehrfurcht, als hätte sie etwas sehr Zerbrechliches in der Hand. In der nächsten Sekunde schnellte ihre Hand zurück, als hätte sie sich verbrannt. Aber sie lächelte selig, und ihre Augen glitzerten. Alle waren verstummt und starrten den Kettenanhänger an. Auch Mainart war näher gekommen.

»Darf ich?«, fragte die Hexe leise.

»Was darfst du?«, erwiderte Ludmilla verständnislos.

»Die Kette näher betrachten? Könntest du sie vielleicht abnehmen?«

Ludmilla nickte widerwillig. Die Kette war ihr liebstes Stück, ihr Glücksbringer. Sie legte sie niemals ab. Aber es schien wichtig zu sein. Also kam sie dem Wunsch nach und löste den Verschluss. Sie wollte sie der Hexe reichen, aber diese wich zurück, als würde sie brennen.

»Nein, nein, Ludmilla, leg sie hier hin.« Sie deutete vor sich auf den Höhlenboden. »Ich möchte es nicht verbrauchen.«

»Was verbrauchen?«

»Sag mir, weißt du, welcher Stein das ist?«, fragte Gwendolyn.

»Ja, das ist ein Karneol. Ich habe die Kette von meiner Großmutter bekommen.«

Ein Raunen erhob sich in der Höhle. Selbst Lando setzte sich auf und reckte sich neugierig in die Richtung des Steins.

»Von Mina?«, wollte es Mainart genau wissen.

»Ja, warum?«

»Kennst du die Eigenschaften des Steins?«

»Karneol?«

Alle nickten. Ludmilla hob verwundert die Schultern. »Ja, klar. In unserer Welt wird er als Heilstein bezeichnet. Er soll Vitalität, Mut, Leidenschaft und Standfestigkeit in seinem Träger hervorbringen oder diese Eigenschaften stärken.«

»Das hast du schön formuliert«, lobte Mainart, und sie fühlte sich sofort wie ein kleines Kind. Sie mochte das Gefühl nicht.

»Ich habe mich eine Weile viel mit Steinen beschäftigt«, erklärte sie sachlich, um dieses Gefühl hinunterzuschlucken. »Interessant an Karneol ist, dass es Quellen gibt, die besagen, dass er vor vielen Jahrhunderten in Griechenland als Sinnbild für die …«, jetzt stockte ihr der Atem, »… wiederkehrende Sonnenkraft stand.« Sie schlug sich die Hand auf den Mund und sah Lando an. Er lächelte erleichtert und nickte.

»Genau«, flüsterte er. »Hier in Eldrid ist Karneol sehr selten. Es ist schwer, ihn zu finden.«

»Und er ist sehr kostbar geworden«, fügte Gwendolyn hinzu. »Er kann unser magisches Licht speichern und uns damit nähren, selbst wenn wir uns in der Dunkelheit aufhalten.«

»Kann er auch Lando heilen?«, schoss es aus ihr heraus.

Er lächelte immer noch, aber in seinen Augen vermochte sie auch Verlangen zu erkennen. Er verzehrte sich regelrecht nach diesem Stein. Ohne es zu realisieren, hatte er schon seine schwache Hand nach ihm ausgestreckt. Als er es bemerkte, zuckte er zurück und ließ sie wieder sinken.

»Ist er voller Licht?«, fragte Mainart die Hexe.

Diese nickte. »Ich habe es gespürt, als ich ihn berührte. Er ist voll aufgeladen. Es ist herrlich.« Sie seufzte. Hatte sie eine kleine Prise des Lichts etwa verbraucht, als sie ihn berührt hatte?

Eine Weile war es sehr still in der Höhle. Niemand wagte zu sprechen. Aller Augen ruhten auf dem Stein.

»Hat Mina dir einen Grund genannt, warum sie dir genau diesen Stein geschenkt hat?«, fragte der Magier schließlich.

Ludmilla schüttelte den Kopf. Es war ein Herz, ein Herz an einer Kette. Der Stein war nie Thema gewesen. Selbst nicht, nachdem sie sich eingehend mit Steinen beschäftigt hatte. Sie erinnerte sich noch daran, wie sie mit Mina darüber gesprochen und ihr erzählt hatte, was sie herausgefunden hatte. Mina hatte geduldig zugehört und gelächelt. Aber sie hatte dazu nichts weiter gesagt.

»Kann es nicht sein, dass Mina ihn Ludmilla absichtlich geschenkt hat, für den Fall, dass sie unser Licht in Eldrid benötigt?« Eneas hohe Stimme hallte durch die Höhle, obwohl er leise gesprochen hatte.

Sie hob den Kopf. Warum sollte sie das magische Licht benötigen? Sie war kein Geschöpf dieser Welt und daher nicht davon abhängig.

»Es hat heilende Kräfte, Ludmilla«, erklärte Mainart.

»Aber als mir der Feuerspucker den Arm verbrannte, wurde ich von einer Hexe geheilt und nicht von dem Licht. Inwiefern soll es mich also heilen?«

»Es hat viele Eigenschaften, die du als Mensch nicht sofort bemerkst«, beharrte er.

»Als ich im Schneegebirge war, habe ich davon nichts bemerkt. Der Stein hat mir weder mehr Kraft geschenkt noch mehr Mut noch sonst irgendetwas. Während meiner ganzen Zeit hier in Eldrid habe ich nie eine zusätzliche Hilfe oder Kraft durch die Kette erhalten. Ganz sicher. Das hätte ich bemerkt. Es gab genug Situationen, in denen ich zusätzliche Hilfe wirklich gut hätte gebrauchen können. Aber«, sie hob die Schultern und schüttelte gleichzeitig den Kopf, »da war nichts. Nur meine innere Macht und offenbar die von Aik hat mir geholfen. Sicherlich nicht das Licht von Eldrid oder dieser Stein. Aber Lando benötigt das Licht, und zwar dringend. Also sollte er es bekommen.«

Dieser hatte wieder die Hand ausgestreckt und nickte. Aber Eneas stellte sich dazwischen. »Es gibt einen Grund, warum Mina dir das Herz geschenkt hat. Du solltest dir gut überlegen, ob du Lando das Licht gibst oder es dir lieber aufsparst«, gab er zu bedenken.

Aber sie schüttelte den Kopf. »Warum, Eneas? Lando muss so schnell wie möglich gesund werden, und dabei kann meine Kette ihm helfen. Ich hoffe doch sehr, dass wir irgendwann aus dieser Dunkelheit rauskommen, und dann kann ich den Stein wieder aufladen. Jetzt möchte ich, dass er Lando heilt.«

Entschlossen ging sie an Eneas vorbei und hockte sich zu dem Formwandler.

Dieser hatte die Hand gesenkt und sah sie ernst an. »Eneas hat recht, Ludmilla. Wir sollten einen anderen Weg suchen und das Licht aufbewahren.«

»Nein, Lando. Dafür haben wir keine Zeit. Du benötigst das

Licht, um zu heilen und ich werde es dir geben. Ich bin kein Wesen von Eldrid. Das vergesst ihr hier alle, habe ich das Gefühl. Ich brauche kein Licht zum Überleben. Ich benötige etwas zu essen und zu trinken und Schlaf. Das ist mein Lebenselixier. Dinge, die ihr nicht braucht. Ihr braucht dafür aber das Licht, und deshalb steht mein Entschluss fest. Wir müssen hier so schnell wie möglich weg, aber ohne dich gehen wir nicht.«

»Die Frage ist nur: Wohin?«, ertönte Eneas' verzweifelte Stimme.

»Wir werden das Schattendorf suchen«, entgegnete Lando entschlossen. »Wir müssen wissen, ob die Legende wahr geworden ist, und Aik kann zeigen, ob er der eine ist oder nicht.«

Ludmilla schossen Tausende Gedanken gleichzeitig durch den Kopf, aber statt sich in ihnen zu verlieren, legte sie Lando instinktiv die Kette in die Hand. Bevor dieser reagieren konnte, umschloss sie sanft seine Finger mit den ihren und drückte den Stein in seine Haut.

»Nicht, Ludmilla, nicht! Das ist ein Fehler!« Landos Augen weiteten sich, er wollte noch etwas sagen, sank dann aber mit einem Stöhnen zurück in seine Kissen. Er konnte sich des Lichts nicht erwehren, das durch ihn hindurchströmte. »Es tut so gut«, seufzte er.

Sie konnte zusehen, wie seine Wunden heilten und sich schlossen. Er bekam wieder eine glühende Gesichtsfarbe, die in allen Lilatönen funkelte.

»Das reicht!«, rief Gwendolyn schroff aus. »Lass noch etwas übrig. Ihr könntet es später noch gebrauchen.« Sie nahm Lando die Kette aus der Hand, noch bevor Ludmilla reagieren konnte. Aber er hatte bereits die Augen geschlossen und war eingeschlafen.

»Er muss sich jetzt von seiner Heilung ausruhen und noch etwas schlafen. Es dauert nicht mehr lange, und ihr könnt weiterziehen«, erklärte Mainart.

Die Drohung

Gerade als sie sich wieder um die Feuerstelle niedergelassen hatten, ertönten die Schreie der Späher. Sie waren lauter als zuvor. Dann erklang der Ton eines Jagdhorns. Irritiert sprangen sie auf.

»Was ist das?«, fragte Ludmilla beunruhigt.

Mainart und Gwendolyn tauschten Blicke und antworteten nicht. Stattdessen spähten sie aus dem Eingang hinab zur Siedlung. Schwarz und undurchsichtig lag sie da. Und dann hörten sie eine männliche Stimme. Sie hallte über das Dorf der schattenlosen Wesen hinweg, prallte an der Gebirgswand ab und verteilte sich echoartig über die gesamte Ebene:

»Hört mich an, ihr Wesen von Eldrid, die ihr ohne Schatten seid. Und du, Ludmilla Scathan, hör auch gut zu. Ich weiß, dass du hier bist. Du und deine Gefolgschaft. Ihr werdet nicht weit kommen. Das hier ist Fenris, Zamirs Land, sein Terrain. Hier herrschen andere Regeln. Also ergib dich, und deinen Freunden wird nichts geschehen.« Der Ansprache folgte das Heulen eines Wolfes.

»Wer ist das?«, fragte Eneas.

Ludmilla horchte angestrengt. Die Stimme kam ihr so bekannt vor. Und wie er ihren Namen aussprach: *Scathan*. Woher kannte sie dieses Zischen? Dieses *S*. Er sprach es in einer ganz eigenen Art aus. Kein Sprachfehler. Eher eine Betonung, die dem Zischen einer Schlange gleich kam.

»Das ist Vince«, stöhnte sie auf. »Was hat *der* denn hier zu suchen?«

Die Wesen sahen sie verwundert an. »Du kennst ihn?«

»Kennen ist übertrieben. Er ging auf meine Schule und hat bei jeder Gelegenheit meinen Namen gesagt: Ludmilla Scathan. Dabei hat er das S so komisch gezischt. Aber daran habe ich ihn erkannt. Er ist es, kein Zweifel. Diese Stimme und die Aussprache würde ich überall wiedererkennen.« Sie hielt inne und wandte sich Mainart zu. »Aber wie kann das sein? Er ist ein Mensch.«

»Er muss zu einer der Spiegelfamilien gehören«, erwiderte Mainart. Aber er klang nicht überzeugt.

Sie hob die Schultern. »Ich kenne seinen Nachnamen nicht. Keine Ahnung.«

»Dann sind wir alle genauso schlau«, flüsterte Gwendolyn angespannt. »Aber er stößt in das Horn der Schatten, und die Späher und Croax-Wölfe stehen ihm zur Seite, sonst würden sie nicht schreien und heulen. Er ist in jedem Fall Zamirs Verbündeter, und wenn er nicht dumm ist, dann bringt er einen mächtigen Schatten mit sich, der noch an ihn gebunden ist. Sonst würde er nicht diese Machtdemonstration vorführen, wie er es gerade tut.«

Abermals stieß Vince in das Horn. Vorsichtig lugte die Hexe hinter dem Vorhang hervor. Und da sah sie ihn nicht weit von der Halle der Zeremonien. Das Licht der Fackeln erhellte seine Erscheinung: Er thronte auf einem besonders großen Wolf der Finsternis, dessen Hinterläufe aus Späher bestanden. Ein großer Jüngling, etwas älter als Ludmilla, strohblond und strahlend. Seine Haare waren länger, und eine Sonnenbrille steckte darin, die sie davon abhalten sollten, in das sonnengebräunte Gesicht zu fallen. Er hatte feine scharfe Züge. Mehr konnte sie nicht erkennen.

»Ein schöner Menschenjunge«, entfuhr es ihr, als sie den Vorhang wieder fallen ließ. Beschämt blickte sie zu Boden.

Aber Ludmilla musste sich ein Lachen verkneifen. »Er ist furchtbar arrogant und eitel.«

»Das passt dann wiederum zu Zamir und den Taranees«, kommentierte Eneas.

»Was machen wir jetzt?«, fragte Ludmilla.

»Uns bleibt sehr viel weniger Zeit, als ich dachte«, flüsterte Mainart. »Wir müssen Lando wecken. Wir müssen zu dem Becken.«

»Was für ein Becken?«, fragte Eneas skeptisch.

»Das Becken, in dem uns das Licht dargereicht wird«, erklärte Gwendolyn knapp und warf Mainart einen warnenden Blick zu.

Aber dieser ignorierte ihn. »Es ist ein Becken der Wahrheit. Ihr müsst in dieses Becken blicken, und es wird euch verraten, wo das Schattendorf liegt und wer sich dort aufhält. Sobald Lando gestärkt ist, müssen wir uns auf den Weg machen.«

Eneas entfuhr ein Aufschrei der Verwunderung. Schnell presste er die Hand auf den Mund. »Ein Becken der Wahrheit! Wie kommt es hierher? Davon gibt es nur wenige in Eldrid. Warum ausgerechnet hier?«

Mainart lächelte leicht. »Es ist die Belohnung für besonders tadelloses Verhalten der Schattenlosen. Sie empfangen nicht nur daraus Licht, sondern dürfen auch ihre Angehörigen und Freunde durch das Becken betrachten. Sich vergewissern, dass es ihnen gut geht. Aber wir können das Becken auch für unsere Zwecke nutzen und es befragen. Es wird uns das Schattendorf zeigen.« Er blickte forschend zu Lando hinüber, der immer noch schlief. »Ich bin gespannt, was wir darin sehen werden, wenn wir es um diese Auskunft bitten.«

»Genau«, erhitzte sich Eneas. »Es ist ein Instrument des magischen Lichts. Es gehört nicht hierher, nicht in die Dunkelheit, nicht an diesen Ort.« Er schnaubte glitzernde Funken. »Es ist vielleicht gar nicht in der Lage, Dinge oder Orte zu zeigen, die in der Dunkelheit liegen.«

Mainart hob nur die Augenbrauen. »Das werden wir sehen.«

Wieder ertönte das Horn und Vince wiederholte seine

Aufforderung. Er ergänzte sie um eine Drohung: »Ihr Bewohner des Dorfes der schattenlosen Wesen«, rief er laut und schallend. »Ich stelle euch hiermit ein Ultimatum. Entweder Ludmilla Scathan stellt sich, oder ihr liefert sie mir bis zum Ende dieses Tages aus. Solange bin ich gewillt zu warten.«

Er wurde unterbrochen von einem ohrenbetäubenden Zischen, wie sie es schon in der Halle der Zeremonien gehört hatten. Ludmilla riss die Augen auf und presste sich die Hände auf die Ohren, während sich Mainart und Gwendolyn mit versteinerten Mienen ansahen. Ludmilla hatte den Eindruck, dass sie zitterten. Auch Eneas schien durch das Geräusch Schmerzen zu empfinden, und Lando bewegte sich unruhig im Schlaf. Das Zischen legte sich wie ein unheilvoller Teppich über das gesamte Dorf, bis es endlich verstummte. Es folgte die unangenehme Stimme von Ceres. Sie war schneidend und knarrend zugleich und erreichte selbst den kleinsten Winkel des Dorfes.

»Solltet ihr nicht Folge leisten und dieses Mädchen nicht ausliefern, dann ziehe ich alle Schatten ab und mit ihnen das Licht. Für immer. Kein Licht mehr für euch, wenn ihr Ludmilla Scathan nicht übergebt.«

Gwendolyn schlug sich die zarte Hand auf den Mund. »Das wagt er nicht«, murmelte sie verzweifelt. »Oder, Mainart? Zamir würde uns doch nicht das Licht entziehen – oder doch?«

»Aber warum gibt er euch das Licht überhaupt?«, platzte es aus Ludmilla heraus. Die beiden Schattenlosen sahen sie befremdet an. »Verzeiht, ich schätze es sehr, dass ich euch kennenlernen durfte. Ich frage mich nur, was Zamir davon hat, dass er euch das Licht gibt. Warum kümmert er sich um euch? Er muss sich davon doch etwas versprechen, oder?«

Mainart wiegte den Kopf. »So unberechtigt ist die Frage gar nicht, Gwendolyn. Und um ehrlich zu sein, wir wissen es selbst nicht. Er hat sicherlich noch etwas mit uns vor. Da magst du recht haben, Ludmilla. Nur haben wir noch nicht herausgefunden, was das ist.«

Lando brummte genüsslich im Schlaf und streckte seine Glieder. Der Magier lächelte. »Er wird bald aufwachen und dann ganz der Alte sein. Wir haben glücklicherweise noch etwas Zeit gewonnen, da Vince keine Ahnung hat, wann der Tag hier zu Ende geht. Schließlich geht die Sonne in diesem Teil von Eldrid gar nicht erst auf, also gibt es auch keinen Sonnenuntergang, der ihm anzeigt, dass sich der Tag dem Ende neigt.«

Ludmilla konnte sich ein Kichern nicht verkneifen. »Ja, der Hellste war er schon in der Schule nicht, sagte man zumindest.«

Gwendolyn musste ebenfalls schmunzeln, während Mainart feststellte: »Und der Schatten hat uns auch kein Ultimatum gestellt, das diesen Zeitpunkt besser definiert. Sie scheinen noch etwas Geduld mit uns zu haben, bevor sie uns das Licht vollständig nehmen wollen.« Seine Miene verriet Sorge, aber auch Entschlossenheit.

SIEBENUNDVIERZIGSTES KAPITEL

Das Becken der Wahrheit

Sanft weckte Eneas seinen Freund. Lando streckte sich und gähnte.

»Wir müssen los«, flüsterte Eneas.

Lando sprang auf und war sofort voller Tatendrang. »Mir geht es hervorragend«, tönte er. »Warum schaut ihr alle so ernst? Habe ich etwas verpasst?«

Gwendolyn lächelte ihn an, aber ihr Lächeln war bemüht. »Schön, dass es dir besser geht.«

»Wir müssen hier verschwinden, Lando«, fiel Eneas ein. »Sie nehmen ihnen das Licht, wenn Ludmilla nicht ausgeliefert wird. Aber sie können niemanden ausliefern, der nicht mehr da ist. Deshalb müssen wir jetzt aufbrechen.«

Lando stand in der Höhle und sah ihn verständnislos an. »Was soll das heißen, sie nehmen ihnen das Licht?«

Er wandte sich dem Magier zu, der schon am Eingang der Höhle stand. »Mainart?«

»Zamir hat uns einen Jüngling auf den Hals gehetzt, der ihm Ludmilla bringen soll. Und er kam nicht allein. Er wird von den Schatten unterstützt. Es sieht übel aus. Ihr müsst hier schleunigst verschwinden. Wir bringen euch jetzt zum Becken der Wahrheit, das euch hoffentlich den Weg weisen wird. Da sie euch suchen, dürft ihr nicht ziellos durch Fenris reisen. Aber ich bin mir sicher, dass das Becken euch die Antworten geben wird, die ihr braucht.«

Lando blickte immer noch drein, als hätte er nicht verstanden, was Mainart gesagt hatte. Und dann fing er lauthals an zu lachen. Alle starrten ihn verständnislos an. Aber er stand da und lachte, bis ihm die Tränen über die blaulilaschimmernden Wangen liefen.

»Oh nein«, entfuhr es Gwendolyn, und sie schlug die Hand vor den Mund. »Das ist das Licht. Der Stein hat es sehr konzentriert gespeichert. Er hat eine zu starke Dosis unseres Lichts empfangen, und jetzt ist er völlig überdreht.«

Mainart blickte sie erschrocken an. »Aber sie können nicht länger bleiben. Wir müssen sie so schnell wie möglich wegschaffen. Wann lässt die Wirkung nach, Gwendolyn? Kannst du etwas tun?«

Sie sah ihn an und dachte fieberhaft nach. »Eigentlich müsste er noch mehr schlafen. Das sollte die Wirkung etwas dämpfen.«

»Aber ich bin nicht müde«, krähte Lando heiter. »Ich will jetzt nicht mehr schlafen. Lasst uns aufbrechen, es wird schon gehen.«

Er schluckte den letzten Lacher herunter und versuchte, ernsthaft dreinzuschauen. Ludmilla hatte sich trotz der ernsthaften Situation von Landos Lachen anstecken lassen. Sie kicherte in sich hinein und beobachtete Mainart und Gwendolyn, die gehetzte Blicke austauschten.

Lando klopfte Mainart übermütig auf die Schulter. »Komm schon, alter Magier. Ich bekomme das hin. Wir müssen hier weg, das habe ich verstanden«, gluckste er. »Also werde ich versuchen, mich zu beherrschen, und wir brechen auf. Oder, Eneas?« Er wandte sich zu Eneas und fing an loszuprusten. »Hat dir schon einmal jemand gesagt, dass Unsichtbare wirklich komisch aussehen? Nichts für ungut, alter Freund, aber ich glaube, ich darf dich die nächste Zeit nicht mehr anschauen, sonst muss ich noch mehr lachen.«

Eneas wandte sich beleidigt ab, während die junge Hexe versuchte, ihm zu versichern: »Das ist nur die Wirkung des Lichts. Er meint es nicht so.«

Aber der Unsichtbare schien verletzt zu sein, denn er verschwand. »So besser, alter Freund?«, murrte er.

306

»Och, bist du jetzt beleidigt?«, höhnte Lando belustigt. »Das wollte ich nicht.«

»Lando«, herrschte Ludmilla ihn an. »Hör auf damit. Reiß dich zusammen. Du weißt doch selbst, wie sensibel Unsichtbare sind. Später wirst du dich entschuldigen müssen.«

»Hoppla, Ludmilla«, gluckste der Formwandler. »Woher kennst du dich denn auf einmal so gut mit Unsichtbaren aus?«

Aber bevor er noch weiteren verbalen Schaden anrichten konnte, wandte sie sich an Mainart und Gwendolyn und fragte: »Wenn er sich in ein Tier verwandelt, verändert sich dann die Wirkung des Lichts? Wäre das besser?«

Die Hexe wirkte beunruhigt. »Ich bin mir nicht sicher. Er war so geschwächt, und für die Verwandlung hat er vielleicht nicht genug Kraft. Wenn er sich in ein Tier verwandelt, das nicht so laut ist, dann kann er als Tier so viel lachen wie er will. Das ist richtig.«

»Gut«, beschloss Ludmilla. »Wir sollten es wagen. So können wir mit ihm nicht durch das Dorf laufen.«

»Ludmilla hat recht«, hörten sie Eneas sanfte, leise Stimme.

»Lando! Wir müssen jetzt aufbrechen. Verwandle dich bitte in eine Maus, und ich stecke dich in meine Tasche. So können wir sicher sein, dass wir nicht wieder getrennt werden.«

Lando hörte auf zu lachen und sah Ludmilla verwundert an. »Seit wann erteilst du hier die Kommandos, Scathan-Mädchen?«, feixte er.

Sie rollte nur mit den Augen und sagte: »Tu es einfach, okay? Glaub mir, das ist die richtige Entscheidung.«

Er schluckte das letzte Lachen hinunter und nickte. Es dauerte nur wenige Sekunden, und vor ihnen saß eine kleine graue Maus. Ludmilla hob sie behutsam auf, streichelte ihr kurz über den Kopf, woraufhin das Tier vergnügt piepste.

Mainart nickte erleichtert. »Das war eine gute Idee, Ludmilla. Sein Piepsen ist leise, und er wird uns nicht verraten.«

Vorsichtig steckte sie die Maus in die Tasche ihres Hoodies und atmete erleichtert auf. »Es kann losgehen. Ich werde mich jetzt unsichtbar machen. Mainart, du kannst Eneas und mich dennoch sehen, richtig?«

Der Magier lächelte sie an und nickte. Gwendolyn tippte ihr auf die Schulter. »Ich komme nicht mit«, sagte sie bedrückt. »Ich wünsche euch viel Glück. Rettet Eldrid. Es hat mich gefreut, dich kennenzulernen, Ludmilla!«

Dann umarmte sie sie. Ludmilla erwiderte verlegen die Umarmung, nickte und murmelte: »Fand ich auch, und tausend Dank für alles.« Dann wandte sie sich dem Vorhang zu. Sie war entschlossen. Entschlossen, den nächsten Schritt zu gehen. Mit Eneas und mit Lando. Mit den beiden fühlte sie sich sicher.

Mainart hob den Vorhang und ließ Ludmilla und Eneas hinaustreten. Die Luft war kühl geworden, und es roch weniger modrig. »Es wird Abend«, raunte er ihnen zu.

Ludmilla versuchte, sich auf ihre Macht zu konzentrieren, aber sie konnte Eneas nicht sehen. Dafür ist jetzt keine Zeit, dachte sie und eilte Mainart die schmalen Wege hinterher.

Schnell hatten sie die Halle der Zeremonien erreicht. »Wartet hier«, raunte der Magier den beiden zu und schob den Vorhang zur Seite.

Ludmilla runzelte die Stirn. »Warum sollen wir warten«, zischte sie in die Richtung, in der sie Eneas vermutete.

»Er ist nicht der einzige, der Unsichtbare sehen kann«, raunte er ihr aus der anderen Richtung ins Ohr.

Sie zuckte zusammen. »Ich muss das dringend lernen«, maulte sie leise.

»Was?«

»Dich zu sehen, wenn du unsichtbar bist.« Sie vernahm ein amüsiertes Brummen. Erleichtert atmete sie auf. Seine Laune hatte sich schon wieder gebessert.

In diesem Moment hob sich der Vorhang wieder und Mainart flüsterte: »Kommt schnell, die Luft ist rein.«

Ludmilla schlüpfte hindurch. In ihrer Hand, die sie in den Hoodie gesteckt hatte, zappelte es wild. Aber sie hielt die Maus sanft und fest umschlossen. »Jetzt nicht, Lando«, raunte sie ihm zu. »Du bist noch betrunken.« Und dabei musste sie schmunzeln.

Die Halle war leer. Ohne die Schattenlosen wirkte sie noch größer, noch erhabener, und hatte eine erdrückende Wirkung auf Ludmilla. Sie war riesig. Die Decke war fast nicht zu erkennen, da nur wenige Fackeln an den Wänden brannten. In dem Licht sah der Saal wie ein riesiges, leeres Kirchenschiff aus, an dessen Ende sich ein Altar befand. Nur das Kreuz fehlte. Stattdessen führten die Stufen zu dem Becken hinauf, das Ludmilla bei der Zeremonie von weitem gesehen hatte. Jetzt ging Mainart mit großen Schritten darauf zu. Sie beeilte sich, ihm zu folgen.

Die letzten Stufen vor dem Becken nahm sie mit Bedacht. Irgendetwas ging von dem Becken aus, das ihr Angst machte. Es hatte eine merkwürdige, machtvolle Aura, die keineswegs positiv war. Und dann hörte sie plötzlich Aiks Stimme in ihrem Kopf. *Sei vorsichtig, Ludmilla. Das Becken ist nicht ungefährlich. Sei auf der Hut.* Sie runzelte die Stirn. *Wenn ich dich brauche, antwortest du mir nicht? Und jetzt warnst du mich?* Aber darauf reagierte er schon nicht mehr.

Sie seufzte und näherte sich vorsichtig dem Becken. Mainart winkte sie näher. »Ihr müsst euch beide sichtbar machen, und Lando sollte am Rand sitzen, damit auch er hineinschauen kann.«

Eneas wurde schon sichtbar, und auch Ludmilla brauchte nur einen Bruchteil einer Sekunde, um in Erscheinung zu treten. Sie holte die zappelnde Maus vorsichtig aus ihrer Tasche und setzte sie auf den Beckenrand.

Zögerlich blickte sie hinein, nur um zu sehen, ob etwas in dem Becken war. Sie erkannte eine Flüssigkeit und zog den Kopf sofort wieder zurück.

»Jetzt!« Mainart rieb sich die Hände. »Ihr müsst alle drei

gleichzeitig hineinschauen und dabei an nichts anderes als an das Schattendorf denken. Könnt ihr das?«

Eneas und Ludmilla nickten. Ludmillas Herz pochte wie wild. Sie war plötzlich wahnsinnig aufgeregt und wusste selbst nicht, warum. Sie sah die Maus an, die ihren Kopf vorsichtig über den Rand schob.

»Eins, zwei, drei, jetzt«, zählte Eneas, und in diesem Moment bewegte sich die Flüssigkeit in dem Becken. Ludmilla sah dunkle Wellen, eine zähflüssige, schwarze Flüssigkeit, die sich bewegte. Sie gab keine Spiegelbilder der drei Gestalten wieder, die in das Becken hineinstarrten. Und noch bevor sie etwas erkennen konnte, hörte sie Schritte hinter sich.

»Nicht aufhören, hineinzuschauen!«, raunte Mainart. »Ihr braucht diese Informationen. Nicht aufhören!«

Aber zu spät. Ludmilla hatte längst den Kopf zum Eingang des Saales gedreht und entdeckte Vince mit dem zischenden S. Triumphierend schritt er die Halle entlang, während der Croax-Wolf im Eingang stand und auf ihn wartete.

Vince lachte schrill auf. »Das war ja einfach. Ich, Vince Taranee, direkter Abkomme und Erbe des Taranee-Spiegels, befehle dir, Ludmilla Scathan: Mitkommen!«

Aber Ludmilla wich zurück. »Ich denke nicht daran«, fauchte sie und machte sich unsichtbar.

Vince hielt inne. »Wow, was ist das denn für ein Trick? Den musst du mir beibringen. Am besten auf dem Rückweg zu Zamirs Höhle.«

Und mit einem Satz hatte er das Becken erreicht. Ludmilla war in den hinteren Teil des Altars zurückgewichen, als könnte er sie sehen. Die Bestie im Eingang heulte und fletschte die Zähne. Konnte *er* sie etwa sehen? Sie bemerkte, wie Mainart mit einer beiläufigen Bewegung die Maus in die Hand nahm.

Eneas hatte sich ebenfalls unsichtbar gemacht. »Ich bin hier«, raunte er ihr aus nächster Nähe zu. Sie nickte nur stumm.

Vince streckte die Hand in ihre Richtung aus und winkte sie heran. »Komm her, Ludmilla. Ich weiß, dass du hier irgendwo stehst. An dem Croax-Wolf kommst du nicht vorbei, und du möchtest doch nicht, dass ich diese Schattenfigur rufe, oder?«

»Diese Schattenfigur ist ein lebendiger Schatten«, erwiderte Mainart ruhig und stellte sich zwischen Ludmilla und Vince.

Vinces Blick wanderte zu dem Magier. »Ein was?«, fragte er erstaunt. Für ein paar Sekunden schien er abgelenkt.

»Ein lebendig gewordener Schatten. Vielleicht ist es auch der Schatten, der der Taranee-Familie abhandengekommen ist?«, pokerte Mainart gelassen.

Und tatsächlich. Vince zuckte zusammen. »Was soll das heißen? Was willst du damit sagen«, herrschte er ihn barsch an.

Mainart lächelte wissend. »Heißt das, dass deine Familie einen Schatten verloren hat? Die Taranee-Familie?«

Vince verlor komplett seine Beherrschung. »Ja, das soll das heißen, und was heißt nun, bitte, *lebendig geworden*?«

»Der Schatten eines Mitglieds deiner Familie ist lebendig. Er heißt Ceres, wenn es dieser Schatten ist, und bewegt sich eigenständig hier in Eldrid. Aber du hast ihn ja bereits kennengelernt.«

Mainarts Stimme war noch immer milde und freundlich. Hinter seinem Rücken winkte er Eneas und Ludmilla wieder an das Becken heran und streckte ihnen die Maus entgegen. Sie begriff sofort und tippelte auf Zehenspitzen auf Ludmilla zu. Diese ergriff das kleine Tier und setzte es auf den Beckenrand. Sie verstand: Lando musste allein in das Becken schauen. Ihr würde das Becken nicht antworten.

Also stellte sie sich wieder zurück an ihren Platz und lauschte weiter der Unterhaltung zwischen dem Magier und dem Taranee-Jungen. Sie war erstaunt, dass er so wenig wusste. Vielleicht war das eine der Voraussetzungen, um nach Eldrid zu reisen. Man musste unwissend sein. Sie schüttelte den Kopf. Warum musste das in dieser Welt so kompliziert sein? Es wäre doch viel einfacher, wenn man von Anfang an wüsste, worauf man sich einlässt. Fast tat Vince ihr leid.

Mainart hielt ihn großartig beschäftigt. Vince schnappte gerade ungläubig nach Luft. »Willst du damit sagen, dass der Schatten meines Großvaters, Edmund Taranee, nicht in dieser Schattenwolke am Himmel schwebt, sondern hier durch Eldrid wandert?«

»Wenn Edmund Taranee damals seinen Schatten verloren hat, dann ist das korrekt«, erwiderte Mainart geduldig. »Und durch Eldrid wandern ist ein sehr positiver Ausdruck. Ich würde ›sein Unwesen treiben‹ bevorzugen.«

»Er ist böse?«, platzte es aus Vince heraus.

Mainart lächelte kurz und nickte bedeutungsvoll. Die kleine Maus hatte ihren Kopf über den Rand des Beckens geschoben und blickte wie gebannt hinein. Ludmilla und Eneas beobachteten sie angespannt.

»Genug der Informationen«, herrschte Vince den Magier an. »Ludmilla! Du kommst jetzt mit mir, verstanden. Du hast keine Chance mehr. Du kommst hier nicht raus, und du möchtest doch nicht, dass irgendjemand zu Schaden kommt, oder?«

Er setzte ein falsches Lächeln auf und ließ seine Augen angestrengt durch die Halle wandern. Mainart nutzte die Gelegenheit und warf einen Blick auf die Maus. Auch Ludmilla rückte näher. Sie wollte unbedingt sehen, was in diesem Becken vor sich ging.

Und in diesem Moment geschah es: Mainart schubste die Maus mit einer Handbewegung in das Becken. Ludmilla stürzte an den Rand und sah, wie Lando in der Flüssigkeit verschwand.

»Nein«, schrie sie. »Was hast du getan?«

Aber im selben Moment fühlte sie eine starke Hand auf ihrem Rücken und wurde ebenfalls kopfüber in das Becken befördert. Sie

tauchte in die schwarze Flüssigkeit ein, und ihr wurde schwarz vor
Augen.

Das Schattendorf

Hustend und prustend kam Ludmilla wieder zu Bewusstsein. Sie spuckte dunkle Flüssigkeit auf den Boden, auf dem sie lag. Vorsichtig öffnete sie die Augen. Ihr schmerzte der Kopf. Sie war ungebremst aufgeschlagen, mit dem Kopf voran. Langsam erinnerte sie sich und rieb sich den Schädel. Alles war verschwommen, aber sie erkannte Lando, der in seiner Formwandlergestalt neben ihr lag. Er hatte die Augen geschlossen.

Sie rückte zu ihm und rüttelte an ihm. »Lando«, flüsterte sie und sah sich um. »Lando, wach auf. Ich weiß nicht, wo wir sind.«

Sie befühlte den Untergrund. Er war hart und kalt. Mühsam setzte sie sich auf und versuchte, etwas um sich herum zu erkennen. Ihr Sehvermögen kam langsam zurück, und sie nahm eine karge, in Dämmerlicht getauchte Landschaft wahr. Sie bestand aus glattem dunklem Stein.

Wieder berührte sie behutsam Landos Arm. »Lando«, zischte sie. »Lando, bitte. Wach auf.«

»Hm«, brummte er benommen und öffnete die Augen. Vorsichtig befühlte er seinen Kopf und rieb sich die Stirn. »Ich habe Kopfschmerzen«, stöhnte er.

Sie seufzte auf. »Du hast einen Kater«, stellte sie knapp fest. Und bevor er noch etwas dazu sagen konnte, fügte sie hinzu: »Wenigstens lachst du nicht mehr wie ein Irrer. Wo sind wir hier,

Lando, und was ist passiert?«

Er antwortete nicht, sondern deutete hinter sie. Sie wandte sich langsam um. Vor ihr lag eine Siedlung aus Zelten. Zelte aus einem schwarzen Material. Es herrschte eine gespenstische Stille.

»Wir sind im Schattendorf«, erklärte Lando trocken.

Sie starrte ihn entsetzt an. »Das ist das Schattendorf? Woher weißt du das? Und wo ist Eneas? Ist er nicht gesprungen?«

»Doch«, ertönte seine Stimme. Beide sahen sich suchend um. »Ich bin hier«, raunte Eneas und machte sich augenblicklich sichtbar. Auch er rieb sich den Kopf.

»Bist du verletzt?«, fragte Ludmilla besorgt. Eneas schüttelte den Kopf. »Ich habe mir den Kopf am Becken gestoßen. Vince ist auf das Becken zugeschossen, als er Mainarts Handbewegung gesehen hat. Da sind wir zusammengestoßen. Er hat sich sicherlich auch verletzt. Sieht es schlimm aus?«, fragte er an Lando gewandt und hielt ihm den langgezogenen Kopf hin.

Lando lächelte und umarmte seinen Freund. »Schön, dass du mir nicht mehr böse bist. Und nein, du hast höchstens eine Beule, aber die kann ich auch nicht erkennen, bei deinem durchsichtigen Schädel.« Er klopfte ihm auf die Schulter. Eneas sah ihn schräg an und rieb sich den Kopf.

»Woher weißt du, dass das das Schattendorf ist?«, fragte Ludmilla erneut.

Lando seufzte auf. »Ich habe das Becken der Wahrheit befragt und es hat es mir gezeigt. Genauso«. Er deutete auf die Zelte.

»Und war das Mainarts Absicht?«, fragte sie und ärgerte sich gleichzeitig über diese Frage. »Natürlich«, erwiderte Lando empört. »Dieser Vince hatte recht. Du wärst nicht an ihm vorbeigekommen, also war das der einzige Weg.«

»Es hätte sicherlich noch einen anderen gegeben«, beharrte sie. »Und hoffentlich folgt uns Vince nicht«, fügte sie argwöhnisch hinzu.

Eneas und Lando sahen sie an und grinsten. »Und selbst wenn.

Der ist so ahnungslos. Was soll er uns schon anhaben?«

»Uns verraten, vielleicht?«, gab sie verärgert zurück. »Wir sind hier offenbar im Schattendorf. Meint ihr nicht, dass es die Schatten interessieren könnte, dass wir sie ausspionieren?«

»Ja, das ist richtig, aber vielleicht verspeisen sie den erstmal zum Nachtisch«, feixte Lando. »Er kann euch nämlich nicht sehen, wenn ihr euch unsichtbar macht, und mich kriegt er auch nicht.«

»Wir werden sehen«, erwiderte sie skeptisch.

Sie blickte auf die Ansiedlung der schwarzen Zelte. Die gesamte Umgebung hätte nicht weniger einladend sein können. Alles war in ein dunkles Dämmerlicht getaucht. Es gab weit und breit keine Bäume oder Sträucher, nur den nackten glatten Felsen und die Zelte. Spitz standen sie da, keines größer als das andere, und in mehreren Reihen angeordnet. Wenn das das Schattendorf war, also das Dorf, in dem die lebendigen Schatten lebten, dann waren es viele. Sehr viele lebendige Schatten. Ein kalter Schauer lief ihr über den Rücken. Aber sie riss sich zusammen. Sie waren hier, um Godal zu finden und um herauszufinden, ob die Legende vom Pentagramm der Schatten wahr war.

»Dann lasst uns mal schauen, was uns hier erwartet«, sagte sie schließlich. »Weiß denn einer von euch, in welchem Teil von Eldrid wir uns gerade befinden? Und wie wir wieder zurückkommen? In den hellen Teil?« Sie schaute sich suchend um. »Das Becken scheint nur in die eine Richtung zu funktionieren, oder seht ihr es hier irgendwo?«

Die beiden blickten sich ebenfalls um und schüttelten dann den Kopf.

»Wir werden schon einen Weg finden«, ermunterte sie Lando. »Nun sollten wir das Schattendorf erkunden. Ich bin gespannt, wie viele mächtige Schatten wir antreffen. Von zwei Schatten wissen wir schon einmal mit Sicherheit: Godal und Ceres. Also fehlen noch drei, um die Theorie vom Pentagramm der Schatten zu bestätigen.«

Sie sah ihn an und lächelte. Dann wandte sie sich Eneas zu und lächelte auch ihn an. In einem Punkt hatte sie recht behalten: Sie fühlte sich sicher mit ihren beiden Begleitern. Und der Rest würde sich zeigen.

Verzeichnis der Personen und Wesen

Personen

Ada Scathan
Minas Schwester, die in Eldrid geblieben ist und dort lebt. Mitglied des Rates.

Alexa Scathan und Pit Musk
Ludmillas Eltern.

Arndt Solas
Alter Vertrauter von Mina Scathan. Letzter Überlebender der Solas-Familie

Desmond Solas
Kleiner Bruder von Arndt Solas. Seit Jahrzehnten verschwunden.

Die Spiegelfamilien
Scathan, Taranee, Solas, Ardis und Dena.

Edmund Taranee
Oberhaupt der Taranee-Familie. Reiste zur gleichen Zeit wie Mina und Ada Scathan nach Eldrid. Verlor seinen Schatten in Eldrid.

Hedda Ardis
Angehörige der Ardis-Familie. Verlor gemeinsam mit Edmund Taranee und Margot Dena ihren Schatten in Eldrid.

318

LUDMILLA SCATHAN
Lebt bei ihrer Großmutter Mina im Haus der Scathan-Familie. Sie entdeckt den Spiegel im Haus ihrer Großmutter und reist durch diesen Scathan-Spiegel nach Eldrid.

MARGOT DENA
Angehörige der Dena-Familie. Verlor zusammen mit Edmund Taranee und Hedda Ardis ihren Schatten in Eldrid.

MINA SCATHAN
Ludmillas Großmutter. In ihrem Haus steht der Spiegel, durch den Ludmilla nach Eldrid reist.

VINCE TARANEE
Enkelsohn von Edmund Taranee. Erbe des Taranee-Spiegels.

WESEN

AIK
Ludmillas Schatten.

AMIRA
Mächtige Oberhexe. Mitglied des Rates. Im ersten Band der Saga von Godal getötet.

ARDEN
Spiegelwächter des Dena-Spiegels. Mitglied des Rates.

BODAN
Spiegelwächter des Solas-Spiegels. Lebt in Fluar. Engster Vertrauter von Uri. Mitglied des Rates.

CROAX WOLF
Wesen, das in Fenris lebt. Halb Wolf halb Späher.

DUB
Pferdeähnliches Tier, das, folgt es dem Ruf eines Wesens, sich reiten lässt und dabei windschnell wird.

ENEAS
Unsichtbarer. Mitglied des Rates.

GODAL
Der selbstständige, übermächtige Schatten von Mina. Verbündeter von Zamir.

GWENDOLYN
Schattenloses Wesen. Junge Hexe.

KELBY
Spiegelwächter des Ardis-Spiegels. Mitglied des Rates.

LANDO
Formwandler. Vertrauter von Uri. Mitglied des Rates.

MAINART
Schattenloses Wesen. Magier.

PIXI
Uris Fee. Mitglied des Rates.

RAAN
König der Berggeister.

URI
Spiegelwächter des Scathan-Spiegels, der in Minas Haus steht. Oberhaupt von Eldrid. Mitglied des Rates.

WIAR
Hexenvolk, das im Land der Feuerreiter in Eldrid lebt.

ZAMIR
Spiegelwächter des Taranee-Spiegels. Verbannt in eine Höhle im dunklen Teil von Eldrid.

SPECIAL THANKS TO ...

@the love of my life: Danke für Deine Geduld, wenn ich mal wieder wochenlang „nicht wirklich da war", für Deine wertvollen Korrekturen und Deine unermüdliche Unterstützung.

@mein Sparringspartner: Dein Enthusiasmus ist ungebrochen und trägt mich, trotz der Distanz, immer weiter. Das Brainstorming war grandios – miss you so!

@myBavariaConnection: Dein stets offenes Ohr und Dein Feingefühl haben mich immer wieder motiviert. Danke, dass Du immer für mich da bist.

@myLondonConnection: Du hast es erneut fertig gebracht, dass ich auch noch die letzten Feinheiten korrigiere und Dinge erkenne, die ich in der Schlussphase einfach übersehe. DANKE!

@myKidsConnection: Tausend Dank für Deine Mühe beim Testlesen und Deine Begeisterung. Ich habe viele wertvolle Tipps von Dir bekommen und natürlich umgesetzt.

@periwinkle bell: Deine Kritik ist die härteste und hat mich oft schlucken lassen. Aber sie bringt mich weiter und hilft mir sehr. Danke für Deinen Perfektionismus und Deine Offenheit.

@ro_ke: Deine Liebe zu Eldrid ist einfach unglaublich, so dass ich mich manchmal frage, ob Du heimlich schon mal da warst ;-)

@Mrs Books: Herzlichen Dank für Deine Geduld, Deine Mühe und das Testlesen.

Ein RIESIGES DANKE von ganzem Herzen an meine Leser, die ich mit dem ersten Band begeistern konnte. Ihr habt mich dazu motiviert, diesen Band zu schreiben und weiterzumachen. Ihr seid die Besten!

Ein ganz besonderer Dank gilt auch meinem Lektor, Michael Raffel, ohne ihn wäre der Band nur halb so gut zu lesen. Vielen herzlichen Dank für die tolle Zusammenarbeit und Ihre tolle Arbeit!

Last but not least: Stefan Hilden und Veronika Wunderer von Hilden Design haben zum zweiten Mal sensationelle Arbeit bei dem Cover, der Umschlaggestaltung und der Karte geleistet. Tausend Dank. Ohne sie würdet Ihr gar nicht auf das Buch aufmerksam werden.

ÜBER DIE AUTORIN

Annina Safran wurde 1974 in Offenbach am Main geboren. Als Rechtsanwältin war sie jahrelang in einer internationalen Großkanzlei im Wirtschaftsrecht tätig, bevor sie sich dem Schreiben zuwandte. Nach einer jahrelangen Schaffensphase und Konzipierung der Saga von Eldrid erschien im Juni 2018 der erste Band der Saga von Eldrid, Der Spiegelwächter.
Annina Safran lebt mit ihrem Mann und ihren zwei Töchtern in der Nähe von Frankfurt am Main.

Weitere Informationen auf: www.anninasafran.com